HEYNE <

W0418270

Das Buch

Hispania, Ende des 6. Jahrhunderts: Es ist die Zeit, in der sich die Stoffe der späteren Nibelungensage bilden. Um seinem Land Frieden zu schenken, verheiratet König Athanagild seine Tochter Brunichilde mit Sigibert, einem der drei Frankenkönige. Und obwohl Brunichilde ihren Mann bis zur Hochzeit noch nie gesehen hat, liebt sie ihn bald aufrichtig. Doch in dem kühlen nordischen Land fühlt sich die junge Westgotin häufig einsam. Deshalb ist Brunichilde überglücklich, als ihre Schwester Galsuinta eine Verbindung mit Sigiberts Bruder, König Chilperich, eingeht. Schon als Kinder hatten sich die Schwestern versprochen, nur königliche Brüder zu heiraten. Umso schwerer trifft Brunichilde der unerwartete Tod ihrer geliebten Schwester. Sie schwört Rache, denn sie glaubt, dass Galsuinta ermordet wurde. In der kommenden Zeit ereilen die junge Königin noch weitere Schicksalsschläge. Bis sie erkennt, dass der Ring, den sie seit langem trägt, einen schrecklichen Fluch birgt. *Sterben müssen alle, die du liebst.* Wer steckt dahinter? Gunthram von Burgund, der Brunichilde unbedingt für seinen Harem gewinnen will? Chilperich selbst? Oder ein Unbekannter? Brunichilde bittet Diakon Aitulf, die Herkunft des Ringes ausfindig zu machen und den Mörder zu suchen.

Im Jahr 590 landet der irische Mönch Columban mit seinen Gefährten in einfachen Lederbooten auf dem Festland. Columban, ein Meister der Askese und der Demut, sucht die Königin auf, um für die Gründung neuer Klöster in ihrem Gebiet zu werben. Brunichilde will den Mönch, der in dem Ruf steht, Wunder zu vollbringen, ebenfalls für die Suche nach dem Mörder einspannen. Als Columban sich ihr widersetzt, wird die Königin zornig. Doch der tiefe Glaube und die Unbeugsamkeit des Iren bewegen Brunichilde tief und die Begegnung mit Columban führt zu weitreichenden Entscheidungen.

Der Autor

Albrecht Gralle, 1949 in Stuttgart geboren, studierte Evangelische Theologie. Nach seiner Vikariatszeit bei Hamburg verbrachte er fünf Jahre im kirchlichen Entwicklungsdienst in Westafrika. Seit 1976 schreibt Albrecht Gralle Kurzgeschichten. Es folgten Romane und Kinderbücher. Er lebt heute als freier Schriftsteller mit seiner Familie in Northeim bei Göttingen. Zu seinen Veröffentlichungen zählen die historischen Romane *Der Geschmack des Wunders* und *Die Weissagerin.*

ALBRECHT GRALLE

Der Mönch und die Königin

ROMAN

WILHELM HEYNE VERLAG
MÜNCHEN

HEYNE ALLGEMEINE REIHE
Band-Nr. 01/13781

Umwelthinweis:
Dieses Buch wurde auf
chlor- und säurefreiem Papier gedruckt.

Redaktion: Birgit Groll

Originalausgabe 10/2003
Copyright © 2003 by Ullstein Heyne List GmbH & Co. KG, München
Der Wilhelm Heyne Verlag ist ein Verlag der
Ullstein Heyne List GmbH & Co. KG
Printed in France 2003
Quellennachweis: »Das Nibelungenlied« nach dem Text von K. Bartsch
und H. de Boor, ins Neuhochdeutsche übersetzt von Siegfried Grosse,
Reclam Stuttgart 1999
Umschlaggestaltung: Nele Schütz Design, München, unter Verwendung
des Gemäldes YOUNG WOMAN IN MYTHOLOGICAL GUISE von
Sandro Botticelli, ca. 1480
Satz: Buch-Werkstatt GmbH, Bad Aibling
Gesetzt aus der Berkeley
Druck und Bindung: Maury Eurolivres, Manchecourt
http://www.heyne.de

ISBN: 3-453-86978-8

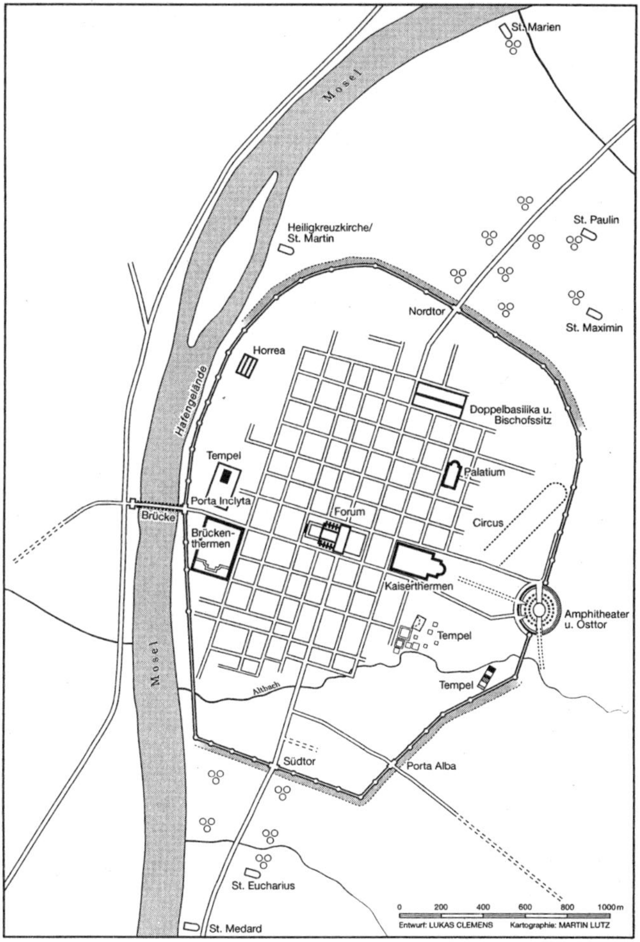

Trier (Treveris) in der Spätantike bzw. im frühen Mittelalter

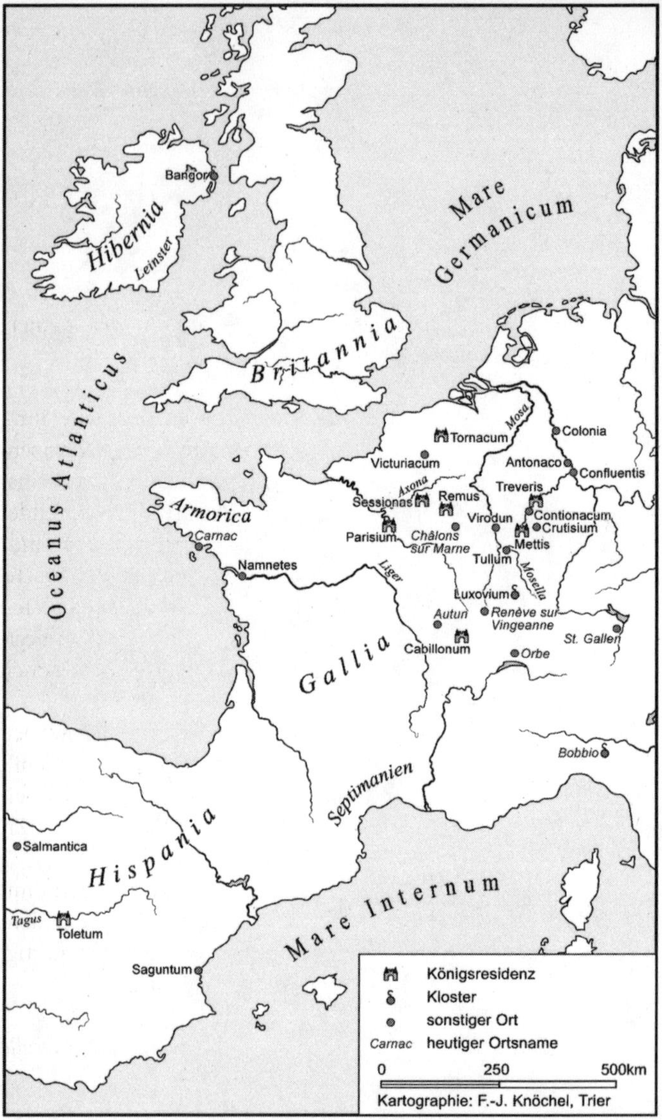

Europa im frühen Mittelalter – Orte der Handlung

Historische Vorbemerkungen

Zwei historische Gestalten prägten Europa gegen Ende des 6. Jahrhunderts: Königin Brunichilde, eine Westgotin aus Spanien, und der irische Mönch Columban.

Brunichilde, eine starke Persönlichkeit, die an der Seite ihrer Söhne und Enkel jahrzehntelang die politische Szene beherrschte, könnte der Brünhild des Nibelungenliedes Namen und Charakter gegeben haben. Oder ist es nur Zufall, dass Brunichildes Mann Sigibert hieß und ihr Schwager Gunthram von Burgund?

Die zweite herausragende Gestalt dieser Zeit war der irische Mönch Columban, der Jüngere. Er und seine Gefährten landeten mit ihren einfachen Lederbooten um 590 n. Chr. auf dem Festland. Es kam zu einer historischen Begegnung zwischen Mönch und Königin.

Auf Grund dieser zeitgeschichtlichen Hintergründe fand ich es reizvoll, die Kapitel dieses Romans, die von Königin Brunichilde handeln, jeweils mit Zitaten aus dem Nibelungenlied einzuleiten und die Kapitel über die irischen Mönche mit altirischen Zitaten zu schmücken.

Selbst wenn die Brunichilde des 6. und 7. Jahrhunderts mit dem Brünhildlied der Edda und dem Nibelungenlied aus dem 12. Jahrhundert nichts zu tun haben sollte, ist es doch eigenartig, wie sich Ereignisse, Namen und Schicksale ähneln.

Albrecht Gralle

Prolog

Nachdem der grüne Smaragd eingesetzt war, betrachtete der Mann den Ring und drehte ihn hin und her. Der Stein besaß eine längliche Form. In der Ecke war eine kleine Verunreinigung zu sehen: eine Schliere, die aussah wie eine winzige Pfeilspitze.

»Das macht gar nichts«, murmelte er. »Im Gegenteil. Der Stein hat vielleicht nicht mehr den Wert, aber dieses dunkle Dreieck lässt zusätzliche Deutungen zu.«

Auf dem Tisch lagen drei in Feuer gehärtete Eisennadeln, die in runden Holzgriffen steckten. Der Mann strich seine blonden, fast borstigen Haare zur Seite, die ihm in die Stirn gefallen waren, nahm das spitzeste Instrument und fing an, mit geübter Hand eine Inschrift einzustechen. Die Buchstaben mussten klein sein, damit der volle Wortlaut in die Innenseite passte. Aber zum Glück war der Ring so breit, dass man zweizeilig schreiben konnte.

Langsam entstand ein Satz in fränkischer Sprache:

thot werdan muozan that sint chiminni fona thi – sterben müssen alle, die du liebst.

Erster Teil

Iteniuwe mære
sich huoben über Rîn.
man sagte, daz da wære
manec scóene magedîn

Ganz neue Nachrichten gelangten von weither an den Rhein.
Man sprach davon, es gäbe viele schöne Mädchen.

6. Aventiure, Nibelungenlied, mittelhochdeutsch, 12. Jahrhundert, nach der Übersetzung von Siegfried Grosse. Alle folgenden Zitate aus demselben Text.

Im vierten Regierungsjahr Athanagilds, König der Westgoten, Herrscher über das Gebiet der früheren römischen Provinz Hispania (558 n. Chr.)

EINS

Die Sommerhitze wütete im Inneren Hispanias wie ein Drache, der unbarmherzig seinen Feueratem über das Land blies. Äcker und Wiesen verwandelten sich innerhalb von zwei Wochen in gelbe Flächen. Nur dort, wo sich Bäche oder Rinnsale durch das Gras schlängelten, zeichneten sich grüne Linien ab.

Der Wasserspiegel in den tiefen Brunnen von Toletum* hatte sich bedenklich gesenkt, aber noch konnte man dort Wasser holen, selbst wenn es nicht mehr so klar in der Sonne funkelte wie vor einigen Wochen. Auch führte der große Fluss Tagus, der Toletum von drei Seiten umgab, noch genügend Wasser, obwohl Sand und Kiesbänke sich aus dem Wasser hoben wie die Rücken von träge daliegenden Wassertieren. Wenn die Hitze sich weiter halten würde, könnte es sein, dass die Brunnen irgendwann austrockneten und man ins Tal steigen musste, um das trübe Flusswasser zu schöpfen.

Es war am späten Nachmittag. Die Sonne hatte ihre Kraft schon eingebüßt und das Grün der Zypressen fing an aufzuleuchten, da trauten sich die Menschen allmählich wieder aus ihren engen Steinhäusern heraus und belebten die steil nach oben führenden oder jäh abfallenden Gassen der Stadt. Denn Toletum war von den Römern auf einem riesigen, schräg abfallenden Felsen gebaut worden, der durch den Fluss von den übrigen Hügeln abgeschnitten war.

* die heutigen geografischen Namen sowie die Ausspracheregeln befinden sich im Anhang

Am Rand der Stadt, im Osten, erhob sich das Castellum der westgotischen Könige, die zeitweise dort residierten. Die verschachtelten Gebäude, von den Römer vor langer Zeit gebaut und jetzt mit neu gebrannten Ziegeln vervollständigt, beherbergten Mägde, Sklaven, Krieger, Handwerker und die Mitglieder der Königsfamilie, ganz zu schweigen von den Pferden und Schafen.

Auch dort wurde es nach der Mittagsruhe wieder lebendig. Frauen eilten mit Wasserkrügen auf der Schulter über das Kopfsteinpflaster, Waffen klirrten, und hier und da hörte man ein herzhaftes Gähnen oder ein ärgerliches Brummen.

Im Innenhof des Castellum, dessen Mauer sich mit dem Granitfelsen verband und steil ins Tal stürzte, standen ein paar alte, große Platanen, die vor hundert Jahren aus Italia importiert worden waren und großzügigen Schatten spendeten. Und wenn der Wind durch die Blätterkronen rauschte, hörte es sich an wie die Brandung eines fernen Meeres.

Diese Baumgruppe war der Lieblingsplatz von Bruna und Galsuinta, der beiden Töchter König Athanagilds und seiner Frau Gotesuinda. Unter dem kühlen Schatten der Zweige konnten die Kinder auf den Wurzeln sitzen und sich unterhalten. Außerdem standen die Bäume weit genug von der Mauer entfernt. Und das war gut, denn so stieg der Gestank, den die »Wandpisser« dort hinterließen, den Mädchen nicht zu stark in die Nase.

»Wandpisser« nannten die Mädchen alle Männer, wenn sie unter sich waren.

»Sai, Suinta – Schau nur, Suinta«, rief Bruna auf Gotisch und warf ihre dunklen Locken nach hinten, weil sie sich aus dem Lederband gelöst hatten. »Haba unsarana manaseths us arthai – ich habe unsere Erdmenschen dabei.« Sie hielt zwei kleine Gegenstände hoch, die so groß wie eine Männerhand waren und aus getrocknetem Lehm bestanden. Brunas Gesicht, das eben von einem Sonnenstrahl getroffen wurde, schimmerte bronzen. Es war nicht von ungefähr, dass sie den Namen Bruna, *die Braune,* bekommen hatte.

»Ah, die hatte ich ganz vergessen«, sagte Galsuinta, und in ihrer Stimme schwang eine leise Entschuldigung mit. Galsuinta war etwas größer als ihre Schwester, dafür schlanker und zierlicher. Ihr Name bedeutete: die Starke. Aber wenn die Schwestern nebeneinander standen, wirkte Bruna stärker und kräftiger als die größere Schwester. Während Bruna südländisch, römisch aussah, hatte Galsuinta das gotische Erbe aus dem Norden bewahrt. Ihre Haut war hell, mit Sommersprossen übersät, und die Haare leuchteten rötlich.

Vorsichtig, als seien die Figuren kostbare Schätze, legte sie Bruna zwischen zwei Wurzeln.

War es nur Zufall, dass die eine Figur kleiner und breiter geformt war als die andere? Oder hatten die Mädchen gleich von Anfang an den Plan gefasst, sich selbst in den Lehmfiguren abzubilden?

Jedenfalls lagen Bruna und Galsuinta jetzt magisch verkleinert in einem Erdbett zwischen zwei Wurzeln und erwachten gerade aus einem tiefen, lehmartigen Schlaf.

»Uahh«, gähnte Bruna und schwebte in der Luft, festgehalten von der Hand ihrer riesenhaften Doppelgängerin. »Heute müssen wir früh aufstehen, weil die … weil die …«

»Weil die Könige der ganzen Welt kommen werden«, fuhr die größere Lehmfigur fort, »um uns zu besuchen und um unsere Hand anzuhalten.«

»Um unsere Hände anzuhalten«, verbesserte Bruna und ließ ihr zweites Ich den Baumstamm hinaufklettern. »Ich sehe am Horizont eine große Schar von Pferden und vielen Leuten. Bald werden sie eintreffen. Komm, Suinta, wir müssen unsere Festkleider anziehen, die Haare flechten und den passenden Schmuck anlegen!«

Ein Stein, der auf dem Boden lag, verwandelte sich vor den Augen der Mädchen in eine kostbare Holztruhe mit Elfenbeinverzierungen.

Langsam und feierlich holte Bruna unsichtbare seidene Unterkleider, Obergewänder und kostbare Mäntel heraus, die mit goldenen Fibeln an der Schulter zusammengehalten wurden und bekleidete die noch nackten Lehmpuppen.

Währenddessen schälte Galsuinta zwei Handteller große Rindenstücke von einem der Bäume, brach die dünne Rinde an einigen Stellen so ab, dass die groben Umrisse von zwei Menschen erkennbar wurden und trat ein paar Schritte zurück.

»Wir sind zwei Könige aus fernem Land«, sagte Galsuinta mit tiefer Stimme, »und haben gehört, dass es zwei Prinzessinnen geben soll, die in ganz Hispania bekannt sind wegen ihrer Schönheit und Klugheit.«

Bruna lehnte die fertig angezogenen Prinzessinnen gegen den Baum, ging zu ihrer Schwester und nahm ihr einen Rindenkönig aus der Hand.

»O ja«, nickte sie bedächtig, »der Ruf ihrer Schönheit hat sogar schon Hispania verlassen und weitet sich immer mehr aus. Ich glaube sie heißen Bruna und Galsuinta.«

»Du hast Recht, o König aus dem Norden«, fuhr Galsuinta fort, »sie sollen so anmutig sein, dass die Mägde ihre Blicke senken vor ihrer Schönheit und ihnen manchmal die falschen Kleider zum Anziehen geben, weil sie es nicht wagen, ihre Augen zu heben.«

»Lass uns nach Toletum reisen, um diese wunderbaren Geschöpfe zu sehen und uns an ihrem Anblick zu laben. Und – wenn es möglich ist –, um ihre … Hände anzuhalten.« Bruna schüttelte den Kopf. »Nein das klingt doch zu seltsam, wenn man *Hand* in die Mehrzahl setzt.« Sie runzelte die Stirn und verbesserte ihren Satz: »Lass uns nach Toletum reisen, um diese wunderbaren Geschöpfe zu sehen und uns an ihrem Anblick zu laben. Und – wenn es möglich ist –, sie zu heiraten.«

»Bis die Könige kommen, um diese unvergleichlichen Geschöpfe zu sehen«, hörten die Mädchen plötzlich eine weibliche Stimme hinter sich, »ist gerade noch Zeit, eure Lateinlektionen durchzunehmen. Ich habe schon vermutet, dass ihr hier seid.«

Unwillig drehten sich die Schwestern um. Sie hatten gar nicht gehört, wie Josefa, ihre Erzieherin, gekommen war.

»Nun kommt schon. Euer Lehrer wartet auf euch.«

Bruna verzog den Mund. »Muss das jetzt sein, wir sind mitten in einer wichtigen Besprechung.«

»Ja, es muss jetzt sein. Ihr könnt nachher immer noch mit euren Königen zusammentreffen. Außerdem dauert es Wochen, bis sie Toletum erreichen. Jetzt ist Schulzeit.«

Seufzend ergaben sich Bruna und Galsuinta, die schönsten Prinzessinnen Hispanias, in ihr Schicksal und wandten sich zum Gehen. Die beiden Figuren mit ihren Rindenkönigen ließen sie in ihrem Wurzelbett zurück.

Sobald die Mädchen aus dem Schatten der Baumgruppe getreten waren, hauchte sie der Feueratem des Sommertages an, der zwar schon seine Kraft eingebüßt hatte, aber nach dem Spiel im Schatten heißer schien, als er in Wirklichkeit war.

Über den gepflasterten Innenhof erreichten sie ein wenig später das Unterrichtszimmer, in dem die Kühle des Morgens noch gefangen war. Dicke Kalksteinmauern ließen die Hitze nicht durch, denn die beiden glaslosen Fenster zeigten nach Westen und würden erst viel später die milde Abendwärme hereinlassen.

Ein kleiner alter Mann, der von allen *Magister Felix* genannt wurde und dessen Gesicht an die faltige Haut einer Eidechse erinnerte, stand am Fenster, das auf den Innenhof zeigte, und wandte sich den beiden Mädchen zu: »Ah, adestis, hirundines inconstantes! – Ah, da seid ihr ja endlich, ihr flatterhaften Schwalben!« Er wies mit der Hand auf zwei Stehpulte. »Stellt euch da hin und holt eure Wachstafeln heraus!«

Während sie ihre Tafeln aus dem Hohlraum unter der Auflage holten, setzte sich Magister Felix würdevoll auf den einzigen Stuhl im Raum und sagte auf Latein: »Wir werden heute ein neues Wort lernen. Es heißt *hereditas* und bezeichnet alles, was jemand bekommt, wenn ein Verwandter stirbt und …«

Während ihr Lehrer fortfuhr, das Wort *hereditas* zu erklären, das seine Schülerinnen auf ihre Wachstafeln schrieben, schweiften Brunas Gedanken ab. Sie war immer noch bei ihren beiden Lehmpuppen und den Rindenkönigen, die geschützt zwischen den Baumwurzeln lagen. Geschützt? Aber was wäre, wenn ein Hund daran herumschnüffelte und sie vielleicht ins Maul nahm und forttrug? Eigentlich war es unvorsichtig gewesen, die Figuren zurückzulassen …

Magister Felix, der die lautlosen Lippenbewegungen Brunas beobachtet hatte, stand auf, kam zu ihr herüber und fragte. »Quod cogitas, Bruna? – Was denkst du, Bruna?«

Das Mädchen schreckte hoch und stotterte. »Ich … ich denke an unsere beiden Spielfiguren, die unten bei den großen Bäumen liegen und …«

Draußen hörte man Pferdegetrappel und lautes Wiehern.

Bruna sprang auf. »Pferde!«, rief sie auf Gotisch. »Pferde könnten darauf treten und sie zertrampeln.«

Jetzt gab es kein Halten mehr, Bruna rannte zur Türöffnung und war schon verschwunden. Magister Felix konnte so viele »Sta, Bruna!« schreien, wie er wollte, seine braun glänzende Schülerin hatte nur eine Sache im Sinn: ihre Figuren zu beschützen.

Als Bruna den Innenhof erreichte und sich rasch umblickte, sah sie, wie zwei Pferde mit Reitern das Kopfsteinpflaster überquerten. Der eine Reiter schwang sich eben von seinem Pferd und führte es am Zügel weiter. Mit der anderen Hand hielt er die Zügel des zweiten Pferdes. Darauf saß ein Gefangener, dessen Hände gefesselt waren und dessen Füße man mit einem Strick unter dem Bauch des Pferdes verbunden hatte, so dass er zwar reiten, aber nicht absteigen konnte. Bruna blieb stehen und sah sich den Gefangenen an. Andere waren auch schon aus den Gebäuden gekommen und beobachteten den Auftritt.

Der Mann auf dem Pferd trug einen Lederhelm, aber seine halblangen blonden Haare quollen darunter hervor. Sein Gesicht, rot vor Anstrengung und Hitze, war mit einem hängenden Schnurrbart verziert.

»Ein Franke«, sagte eine Männerstimme neben Bruna. »Wahrscheinlich hielt er sich in Septimanien auf und wurde an der Grenze gefangen genommen. Ich möchte nicht in seiner Haut stecken.«

Bruna erinnerte sich, dass die Franken ihre Feinde waren. Sie hatten unter der Führung von König Chlodovech die Westgoten vor einer Generation aus den Ländern des südlichen Frankenreichs verdrängt und sie über das Gebirge nach Hispania getrieben.

Aber im Augenblick interessierte Bruna diese Geschichte nicht. Ihr ging es um die Spielfiguren. Denn der Mann, der die beiden Pferde führte, schien sich der Platanengruppe zu nähern.

So schnell sie konnte, rannte Bruna zu den Bäumen, um ihre Puppen zu holen.

Schon war das Mädchen bei den Baumwurzeln und griff nach ihren Figuren, merkte aber nicht, dass der Gote mit den Pferden auf sie zukam. Erst im letzten Augenblick erkannte sie die Gefahr, ließ vor Schreck ihr Spielzeug aus Lehm und Rinde fallen und riss ohne zu überlegen die Arme nach oben, als wollte sie das Tier zurücktreiben. Durch die plötzliche Aufwärtsbewegung fing das reiterlose Pferd an zu wiehern, scheute und ging ein paar Schritte zurück.

Danach hörte Bruna nur ein kleines knirschendes Geräusch, als sie zur Seite trat, und es ging dem Mädchen durch Mark und Bein: Sie war aus Versehen auf ihre Spielfiguren getreten.

Jetzt kam Bewegung in die Umstehenden. Jemand griff nach dem Zügel und versuchte das Pferd zu beruhigen. Andere eilten zu dem Gefangenen, zerschnitten seine Fußfesseln und halfen ihm abzusitzen. Dann verschwanden die Pferde in den Ställen und die beiden Männer in einem der Gebäude.

Bruna stand noch da, völlig erstarrt. Inzwischen war ihre Schwester mit der wütenden Josefa gekommen.

Galsuinta bückte sich und hob die Bruchstücke der Spielzeuge auf.

»Sie sind auseinander gebrochen«, sagte sie leise.

»Ja«, sagte Josefa aufgebracht und wandte sich an Bruna: »Du selbst hast sie durch deine unvorsichtige Eile zerstört. Wärst du beim Unterricht geblieben, dann wäre deinem Spielzeug nichts passiert. Nun, für heute beenden wir die Lektionen.«

Galsuinta sagte nichts, sondern legte den Arm um die Schwester, führte sie zu den Platanen und drückte sie sanft auf eine der Wurzeln. Dann weinten sie beide.

Dicke Tropfen fielen auf die zerbrochene kleine Lehmbruna. Galsuintas Figur hatte nur einen Arm verloren.

»Wir werden morgen eine neue Puppe machen«, meinte Galsuinta und strich der Schwester über die dunklen Locken.

Bruna atmete tief aus und sagte mit schwankender Stimme:

»Was werde ich nur ohne dich machen, Suinta? Wenn wir später unsere Könige heiraten, werden wir weit voneinander entfernt wohnen und uns kaum sehen.«

Galsuinta nickte. Dann schien sie eine Idee zu haben. »Wir könnten später doch noch zusammen sein«, fuhr sie fort.

»Wie meinst du das?« Bruna wischte mit dem Handrücken über die nassen Wangen und hinterließ einen dunkeln Strich auf ihrer bronzenen Haut.

»Wir brauchen nur zwei Könige zu heiraten, die Brüder sind und ganz dicht beieinander wohnen, dann können wir uns immer besuchen.«

Bruna lächelte und zog die Nase hoch. »Ja, das stimmt und ...«

Aber sie redete nicht weiter, sondern hob den Kopf. Unten im Tal hörten sie beide einen lang gezogenen Klagelaut.

»Was war das?«, fragten sie gleichzeitig und mussten lächeln.

»Los, wir sehen nach!«, schlug Galsuinta vor.

Sie standen auf und rannten zur Mauer, die zum Glück nicht glatt war, sondern kleine Vorsprünge aufwies. Im Nu hatten sich die Schwestern hochgestemmt, blickten nach unten ins Tal und sahen auf der braungrünen Flussaue eine seltsame Prozession.

Entlang des großen Flusses, an seiner Biegung, zogen seltsame Tiere langsam und majestätisch vorbei. Sie nickten mit den Köpfen und schienen tiefe Einsichten über das Leben zu haben. An ihren langen Hälse hingen zottelige Haare nach unten und auf dem Rücken wölbten sich zwei behaarte Buckel.

»Was sind das für Tiere?«, fragte Galsuinta erstaunt.

»Man nennt sie Kamele«, antwortete Bruna. »Ich glaube, Vater hat sie aus Mauretanien gekauft. Er will die Tiere bei uns züchten. Sie sollen sehr widerstandsfähig sein.«

Es sah schön aus, wie die großen Tiere in aller Ruhe, bedächtig kauend, ihren Weg gingen, während ein Mann zwischen den Höckern saß und dabei hin- und hergeschaukelt wurde.

»Weißt du, was ich später einmal machen will?«, fragte Bruna ihre Schwester und wartete gar nicht erst die Antwort ab. »Eines Tages will ich einmal auf so einem Kamel reiten.«

Ni car Brigid buadach bith.
siasair suide éoin i n-ailt.
Contuil cotlud cimmeda
ind noebécnairc a m'Maic.

Siegreiche Brigid liebte nicht die Welt.
Sie schwebte darüber wie ein Vogel auf einer Klippe.
Die Heilige schlief einsam wie eine Gefangene,
die sich nach ihrem Sohn verzehrt.

Aus einem Gedicht über die heilige Brigid von Irland
Autor: Broccan, der Krüppel, altirisch, 7. Jahrhundert

Irland, hundertachtundzwanzig Jahre nach der Ankunft St. Patricks (560 n.Chr.)

ZWEI

Ein Junge trat gebückt unter die tief herabhängenden Zweige einer Kiefer und suchte Schutz vor dem einsetzenden Regen. Der Baum mit seiner weit ausladenden Krone bot nicht nur Schutz vor Regen, sondern hatte auch einige trockene Äste abgeworfen, die der Junge als Feuerholz verwenden konnte.

Er spähte unter den Zweigen in den Wald hinein, an dessen Rand er stand und war unschlüssig, ob er ihn betreten sollte. Einerseits konnte er mehr Feuerholz sammeln, andererseits wusste niemand genau, was einen in diesem Wald erwartete, der nicht von belebten Handelswegen, sondern höchstens von kleinen Trampelpfaden durchzogen war.

Welche Tiere mochten in dem grünen Reich hausen? Jetzt im Frühling war das Dämmerlicht zwar mit einem weißen Teppich aus Anemonen aufgehellt und die noch dünnen Blätterkronen der Buchen ließen mehr Licht als sonst hindurch, aber an vielen Stellen war der Wald doch immer noch so undurchdringlich wie das verfilzte lange Haar der Mönche.

Der Junge hatte gehört, dass ein Mensch in dem Zwielicht wohnen sollte. Sogar eine Frau. Sie lebte allein in einer selbst gemachten Hütte und folgte damit dem Beispiel der heiligen Brigid, die sich vor Jahrzehnten in die Einsamkeit zurückgezogen und am Anfang unter einer Eiche gewohnt hatte, bis sie später ein Kloster bei Kildare gründete. Brigid lebte zwar nicht mehr, aber es gab hin und wieder Frauen, die ihrem Beispiel folgten wie diese seltsame Alte, deren Name der Junge nicht einmal kannte.

Gelegentlich wagten sich kleine Gruppen durch das Dickicht, um die Einsiedlerin aufzusuchen, aber nur, wenn die Not zu groß wurde und sie keinen Rat mehr wussten. Dann konnte es sein, dass die Alte lange schwieg und schließlich nach einer endlos scheinenden Zeit einen Satz sagte, der mit wunderbarer Treffsicherheit den Knoten von Leid und Unwissenheit löste. Und immer segnete sie mit ihren fleckigen Händen die Menschen, die zu ihr kamen. Was sie dann sagte, waren nicht nur ein paar weise Worte, sondern Sätze, die aufgeladen mit Kraft, heilige Schauer über Kopf und Rücken sandten. Ein Segen, der tiefer wirkte als der lateinische Spruch eines Priesters oder eines Bischofs.

Wie sah diese seltsame Frau wohl aus? Da gingen die Beschreibungen auseinander. Sicher nicht wie die Königin oder die Edlen von Leinster, die sich bei Festtagen ihre Haare mit Goldfäden und bunten Bändern verzierten. Eher wie eine Frau aus den Bergen, die es gewohnt war, ihr Feld zu bestellen, ihre Gärten zu pflegen und Schafe zu hüten. Mit einem Gesicht, wettergegerbt, durchzogen von vielen Falten wie ein altes, ehrwürdiges Stück Pergament.

Ein Mann hatte jedoch erzählt, dass er die Einsiedlerin mit einem jugendlich strahlenden Gesicht gesehen habe, obwohl sie doch schon über sechzig Winter zählen musste. Ob Gebete einen jung erhielten?

Der junge Mann, der immer noch zögernd am Waldrand stand, sah mit den kinnlangen, gerade abgeschnittenen Haaren auch eher wie ein Schafzüchter aus, obwohl seine Hände es nicht nur gewohnt waren, das Schermesser bei der Schur zu führen. Sie wussten auch, wie die dünnen Pergamentrollen beim Lesen und Studieren gedreht wurden. Seine Mutter hatte sich unter großen Opfern für ihren einzigen Sohn um seine Bildung gekümmert, hatte ihn Latein und Mathematik lernen lassen, so dass er zwischen seinen Altersgenossen jedes Mal herausstach und die Mädchen allmählich auf ihn aufmerksam wurden.

Auf der Oberlippe des Siebzehnjährigen wuchs schon der erste Bart, den der junge Mann noch nicht rasieren wollte. Seine Arme und Beine sahen kräftig aus. Und aus seinen Augen blitzte der Übermut.

Mit einem Ruck straffte er seinen Rücken und trat in den Wald. Er würde hier jedenfalls mehr Brennholz finden als auf den Feldern, wo die Krüppelkiefern wuchsen, die dünnes, grünes Holz hergaben, das im Ofen fürchterlich qualmte. Hier gab es reichlich dicke, trockene Äste. Und was sollte ihm schon passieren? Er war kräftig und würde sich mit jedem anlegen, der ihm in den Weg trat.

Nach einigen Schritten fand er sogar einen schmalen Pfad. Er sah aus wie ein Holzweg, der irgendwo in der Mitte des Waldes endete.

Aber das war gar nicht schlecht, dann würde er auf demselben Weg zurückgehen und sich wenigstens nicht verirren.

Vorsichtig und angespannt ging er weiter. In der Hand hielt er seinen kostbarsten Besitz: ein zweischneidiges Messer mit Holzgriff und Bronzeklinge.

Aber außer dem Schrei eines Hähers und dem aufgeregten Flügelschlagen einer Amsel hinter einem Busch hörte er zunächst nichts.

Es gab Bären in den Wäldern von Leinster, aber die waren im Augenblick nicht gefährlich. Der Winterschlaf, aus dem sie erwachten, hatte sie geschwächt und trieb sie im Augenblick mehr zu pflanzlicher Nahrung als zu einem Kampf mit Wesen aus Fleisch und Blut.

Der Junge ging weiter, blieb ab und zu stehen, wenn er abgebrochene Äste neben dem Weg liegen sah, hob sie auf und schnürte sie mit einem breiten Lederriemen zu einem Bündel, das er sich über die Schulter warf.

Es regnete zwar immer noch, aber das Wasser tropfte nur leicht von den Zweigen und von da auf die ungewaschenen Haare des Jungen.

Eine seltsam stille Musik erklang neben dem Holzsucher, während er leise weiterging: das Trippeln der Tropfen auf die Nadeln und die halb verfaulten Blätter vom letzten Herbst, dazu kurze Schreie der aufgeschreckten Vögel und ab und zu ein Ächzen, das von weiter oben herabschwebte, wenn eine Windböe die starken Äste bewegte.

Der Junge dachte beim Klang des Waldes sofort an die Erzählungen der Alten. Wenn er sehr leise ging, ob er dann vielleicht Waldfeen überraschen könnte, die auf einer Lichtung tanzten? Aber nein, das taten sie meistens nachts, im Mondschein. Und trotzdem wäre es schön, eine der Feen zu sehen und mit ihr zu sprechen … Sie sollten ja überirdisch schön sein. Nicht so plump wie Créidhe, die Tochter der Nachbarn mit ihrem krächzenden Lachen und den dicken Waden, die er einmal gesehen hatte, als sie sich streckte, um einen Apfel zu pflücken.

Es müsste schön sein, eine Fee in den Armen zu halten und über ihr glänzendes Haar zu streichen. Aber es könnte auch gefährlich werden. Hatten Feen nicht oft schon Männer bezaubert mit ihrer Schönheit und sie dann in Trolle verwandelt?

Dann lieber ein Mädchen aus dem Dorf umarmen, das war weniger gefährlich. Er hatte schon bei zweien sein Glück probiert und war erstaunt gewesen, wie bereitwillig sie ihren Mund zum Küssen anboten. Die eine so lange, bis er vor Lust erschauerte.

Der Junge blieb stehen und hing seinen Gedanken nach, dann schüttelte er den Kopf und murmelte: »Irgendwann werde ich ein Mädchen heiraten, eine Familie gründen, vielleicht an einem Königshof unterrichten, meine eigenen Schafe züchten … Oder vielleicht in den Krieg ziehen, siegreich heimkehren … und dann?

Nein, das wäre zu langweilig. Er wollte jemand sein, der etwas Bedeutendes schaffen würde. Nur was konnte das sein?

Ob Priester ein Beruf für ihn war? Aber die meisten Priester, die er kannte, waren arme Leute und führten mit ihren Frauen und Kindern ein kümmerliches Dasein. Außerdem hatte er den Ruf Gottes noch nicht gehört. Und nur so Priester zu werden, ohne innere Berufung, das schien ihm zu riskant. Es würde ihm vorkommen, als ob er sich Gott aufdrängen wollte. Und Bischof? Nein, Bischof konnte man nur werden, wenn man zu der Schicht der Adligen gehörte. Seine Familie war zwar angesehen und nicht arm, aber zum Adel gehörte sie nun einmal nicht.

Also blieb doch nur der Krieg. Er könnte lernen zu kämpfen und über das Meer zu fahren, um ein berühmter Krieger zu werden. In Irland selbst gab es keine bedeutenden Kriege, da musste man schon auf das Festland, zu den Franken reisen, um gegen die Sachsen zu kämpfen. Aber warum über das Meer fahren, wenn er zu Hause ein gutes Leben führen konnte?

Er ging weiter und hob wieder einen Ast auf, der noch nicht verfault und brüchig war, sondern noch fest und hart, so dass er gut als Feuerholz taugte. Bevor er ihn jedoch in sein Bündel steckte, hob er ihn wie ein Schwert empor und führte einen Kampf mit der Luft, wobei er ein altes irisches Kriegslied anstimmte:

»Moín oba noíd ní ba ás ardríg
ort ríga rout án Luircc Labraíd.
Schon als Kind schlug Moín, der Einsame,
Könige mit einem Streich zu Boden: den Labraíd, den Enkel des Luircc.«

Plötzlich blieb er stehen, denn nur ein paar Schritte entfernt hörte er eine klare feste Stimme, die sein Lied weitersang:

»Láithti gaile Galián gabsat inna lámaib láigne
Laigin de sin slog glonnach Galián.
Die Krieger von Galián nahmen Lanzen in die Hand,
von da an wurden die schrecklichen Männer Laigin genannt.«

Ein Schrecken durchzuckte ihn. Wer mochte das sein? Ein Waldgeist, der ihn zum Narren hielt? Sollte er so schnell wie möglich wieder zurücklaufen und diesen unheimlichen Wald verlassen, in dem Geister oder sprechende Tiere Kriegslieder sangen?

Aber wie sagte sein Onkel, der alte Aillil immer? »Kehre einem Geist nie den Rücken, das beweist, dass du Angst vor ihm hast. Er wird sich auf deinem Rücken festkrallen und dich grün und blau prügeln.«

Also bekreuzigte sich der Junge, dessen Herz so laut schlug, dass er meinte, im Umkreis von zehn Schritten müsste man es hören und rief mit zitternder Stimme: »Wer singt da? Im Namen Christi, antworte!«

Da trat hinter einem Baum eine Gestalt hervor, einen Kopf kleiner als der Junge selbst, in Lumpen gehüllt, aufrecht stehend. Weiße, lange Haare hingen bis auf die Schulter. Das Gesicht war ohne Bart.

Und anstelle von Zaubersprüchen hörte der Junge eine ganz normale, helle Stimme, die zu ihm sagte: »Hier singt niemand anders als Ita, die Einsiedlerin, deren Haus auf vielen Säulen ruht und deren Dach die Baumwipfel sind. Und wie heißt du?«

Der junge Holzsucher atmete erleichtert auf. Es war zwar auch etwas beunruhigend auf diese seltsame Einsiedlerin zu treffen, aber immer noch besser als auf Geister oder wilde Tiere.

»Ich ... ich heiße Colmán, Sohn des Froích.«

Die Frau kam näher, fast unhörbar, als schwebte sie über den Boden.

»Und was tust du, Colmán, Sohn des Froích, hier mitten in meinem Wald?«

»Ich ... ich ... ich sammle hier Brennholz. Ich habe nichts abgeschlagen, sondern nur aufgelesen.«

Schien es nur so oder hörte sich Itas Stimme so an, als müsste sie gewaltsam das Lachen zurückhalten? Nein, das konnte nicht sein. Weshalb sollten Einsiedlerinnen lachen?

»Nun, Holzauflesen ist erlaubt«, sagte Ita. »Schließlich muss deine Mutter etwas kochen und dazu braucht man nun einmal Feuerholz.«

Sie schwieg und blickte Colmán genau ins Gesicht. Dann fuhr sie fort: »Und du bist ganz allein hier im Wald?«

Der Junge nickte.

»Das ist mutig. Es hätte nämlich sein können, dass dir nicht eine harmlose Einsiedlerin den Weg verstellt hätte, sondern andere Wesen. Ich denke, du hast eine Menge Holz gesammelt. Und bevor du wieder zurückgehst, möchte ich dich zu mir einladen. Ich kann dir etwas Quellwasser anbieten, hab sogar noch einen Rest Bier und ein Stück selbst gebackenes Brot mit ein paar Streifen Schinken.«

Ohne seine Antwort abzuwarten, drehte sich die Einsiedlerin um und ging zielstrebig auf einen Baum zu.

Colmán blieb nichts anderes übrig, als ihr zu folgen.

Was redete man eigentlich mit einer Einsiedlerin? Stellte man Fragen? Aber das sähe aus wie unhöfliche Neugier. Colmán konnte doch schlecht fragen: Und was machst du so den ganzen Tag? Singst du heilige Lieder oder denkst du heilige Gedanken? Und woher hast du das Mehl, um Brot zu backen? Am besten abwarten, dachte Colmán, und sah zu, dass er die Alte nicht aus den Augen verlor.

Nach ungefähr hundert Schritten kreuz und quer durch das Unterholz – er würde einen anderen Rückweg nehmen müssen –, erreichten sie schließlich eine Baumgruppe, an der notdürftig ein Dach befestigt war: Die unteren Zweige waren mit Gräsern verflochten und dann mit abgebrochenen Ästen, Rinde und Moos abgedeckt worden und schufen so ein einfaches Dach. Die Wände der »Hütte« bestanden zum Teil aus den Stämmen der Baumgruppe und aus Hölzern, die palisadenartig in den weichen Waldboden gerammt worden waren. Statt einer Tür hing das schäbige, haarlose Fell eines Bären vor dem Eingang.

Inzwischen hatte der Regen aufgehört. Nur noch ab und zu fielen einige Tropfen von den Blättern, die das Regenwasser nicht halten konnten.

»Nimm Platz, Colmán, ich werde uns ein Brot machen. So oft habe ich nicht Gäste hier.«

Der Junge setzte sich auf einen Stein und wartete. Schon kam die Weißhaarige wieder heraus. In der Hand hielt sie einen Tontopf, in dem sie Glut aufbewahrte, in der anderen ein paar trockene Zweige und Äste, die sie in einem Steinkreis um ein Häufchen Glut herum geschickt aufschichtete. Vorsichtig blies sie in das kleine Kunstwerk. Als das Feuer brannte und mit ein paar dickeren Ästen gefüttert wurde, legte die Alte noch einen breiten glatten Stein in die Glut und setzte sich zu ihrem Gast.

»Und du wohnst also hier in der Nähe und liebst Kriegslieder? Willst du einmal ein Soldat werden?«

Colmán wiegte den Kopf hin und her. »Vielleicht ja … oder vielleicht werde ich auch ein Lehrer.«

»Oh, du kannst lesen? Das ist gut. Verstehst du auch Latein?«

»Natürlich«, sagte Colmánn stolz. »Und nicht nur das. Meine Mutter ließ mich auch Mathematik lernen, Rhetorik und Astronomie.«

»Dann will ich dich einmal auf die Probe stellen«, sagte die Einsiedlerin, überlegte kurz und zitierte dann: »Non timebis a timore nocturno ...«

»... a sagita volante per diem.«, vollendete Colmán den Vers aus Psalm einundneunzig und übersetzte ihn gleich: »Du brauchst dich nicht zu fürchten vor dem nächtlichen Schrecken, noch vor dem Pfeil, der am Tage fliegt.«

In den Augen der Frau leuchtete es kurz auf, als sie merkte, wie rasch der Junge begriffen hatte.

Sie erhob sich, eilte wieder in ihre baufällige Hütte und kam mit einem Topf heraus, in dem noch etwas Teig war. Mit einer Speckschwarte rieb sie über die Oberfläche des Steins, der in der Glut gelegen hatte, warf den Batzen Teig auf die heiße, steinerne Fläche und drückte ihn auf der Oberfläche platt, so dass er rund wurde wie eine kleine Scheibe und gleich anfing, Blasen zu schlagen und auf der Unterseite zu backen. Mit einem Messer wendete die Alte geschickt das Fladenbrot, wartete, bis es gar war und servierte es auf einem abgebrochenen Tonteller. Dann eilte sie wieder in ihre Hütte, kam mit einem Becher und einem Stück Schinken zurück und reichte alles ihrem Gast, der einen kurzen lateinischen Segen sprach und herzhaft zulangte.

»Und du? Willst du nichts essen?«, fragte er kauend.

»O nein«, wehrte Ita ab. »Ich faste am Anfang der Woche und in der Mitte der Woche. Erst morgen werde ich wieder etwas essen.«

Während Colmán aß, erzählte er, angestachelt von den neugierigen Fragen der Alten, von seinem Dorf, seinem Lehrer und von dem, was er gelernt hatte. Es machte ihm Freude, dieser unwissenden Alten, die seiner Meinung nach nur diesen einen Psalm zufällig auswendig konnte, eine Rechenaufgabe zu stellen und gleichzeitig die Lösung zu erläutern. Er weihte sie in die Geheimnisse der Rhetorik ein, verriet ihr, wie man die Zuhörer beim Anfang einer Rede packen musste und wie man geschickt die Weisheiten in Bilder verpackte. Er zitierte ein paar Sätze aus einem lateinischen Werk und redete sich in Fahrt. Dabei merkte er nicht, dass sich das anfangs freundliche Gesicht Itas allmählich veränderte. Zuerst erschien eine steile Falte auf ihrer Stirn. Ihre wohlwollenden Fragen nahmen ab, sie kniff gelegentlich ihre Augen zusammen und beobachtete Colmán scharf.

Colmán, angeregt durch das Bier, das warme Brot und den Schinken, war aber nun nicht mehr zu halten. Es schien, als wollte er vor dieser Alten sein ganzes Wissen ausschütten, das er die letzten Monate in sich aufgenommen hatte.

Als er den Becher ansetzte und ihn leerte, hob Ita den Arm, bevor Colmán wieder Luft holte, und rief: »Halt, halt, junger Mann. Du überschüttest meinen Kopf mit Worten, dass mir davon ganz schwindlig wird. Eine Frage habe ich noch.«

»Bitte.« Colmán hob großzügig seine Hände.

»Habe ich dich recht verstanden, dass du immer noch dort, wo du geboren warst, wohnst, in demselben kleinen Dorf?«

Colmán nickte. »Ja, ich bin dort geboren und lebe immer noch da.«

»So, so. Aha«, sagte sie nur und fuhr dann fort, während ihre leise Stimme allmählich an Lautstärke zunahm: »Fünfzehn Jahre sind nun schon vergangen, seit ich diesen Ort meiner Pilgerschaft gewählt habe. Und ich habe in der ganzen Zeit meine Hand an den Pflug gelegt und nicht zurückgeschaut. Aber glaube mir, wäre ich nicht eine schwache, alte Frau, sondern so kräftig und so jung wie du, ich hätte schon längst das Meer überquert, wäre durch unwegsames Land, durch Wüsten gezogen und hätte Berge bestiegen auf meiner Pilgerschaft. Und du? In dir brennt das Feuer der Jugend! Du füllst dich Jahr um Jahr mit Wissen auf, ohne dass es dir viel nützt. Du bist wie ein Teich, der keinen Abfluss hat und anfängt zu stinken.

Du sitzt immer noch bequem bei deiner Mutter, die dich verwöhnt und verhätschelt und du lässt dir die bewundernden Blicke der Mädchen gefallen. Glaubst du, sie machen sich zufällig an dich heran? O nein! Denk an Samson und Delila, die mit ihren zärtlichen Blicken den Helden einlullte und ihn schwächte, ihn unfähig machte für den Dienst Gottes. Du lebst in einer Welt voller Feinde, Colmán!«

Ita war während der letzten Worte aufgestanden und deutete mit ihrem ausgestreckten Arm auf ihren Gast, der sie mit offenem Mund anstarrte, weil er jäh herausgerissen wurde aus seinen selbstgefälligen Reden.

Itas Stimme gewann nicht nur an Kraft, sondern auch an Schärfe, während sie mit ihrer Rede fortfuhr und den Jungen dabei zornig anblickte.

»Ein Muttersöhnchen bist du. Sitzt immer noch zu Hause und wärmst dein Hinterteil in den weichen Kleidern der guten Leute. Oh, wenn ich könnte, ich würde noch heute den Stab der Pilgerschaft nehmen, meiner Heimat den Rücken kehren und wie Abraham alles hinter mir lassen.

Du denkst, dass du viel weißt, in Wirklichkeit sind das alles Kindereien und leeres Geschwätz. Geh in die Welt hinaus, das rate ich dir, und lerne bei einem Mann, der Weisheit besitzt.

Willst du Zeit deines Lebens ein Weichling sein, der sein Leben damit zubringt, um von anderen bewundert zu werden und den Mädchen den Hals zu verdrehen? Oder willst du ein Mann Gottes werden, der die Welt mit seinen Schritten durchschreitet, um Gott alles zu geben und von ihm alles zu erwarten?

Der wie ein Drache das Feuer der Gottesliebe unter die Menschen wirft? Der im Namen Gottes die Meere durchpflügt und den Stürmen die Stirn bietet? Man sollte dich nicht Colmán nennen, sondern … ja … Columban – Taube.

Aber noch bist du ein Täubchen mit zusammengefalteten Flügeln. Hilflos hüpfst du herum und pickst die Körner deiner Selbstgefälligkeit auf, blickst umher, nickst mit dem Kopf. Aber wenn du so weitermachst und deine Flügel nicht entfaltest und fliegst, wirst du eines Tages rund und fett sein und tot umfallen!«

Die Alte holte Luft und sagte: »So, das war es, was mir zu dir einfiel. Nimm es an oder nicht.«

Sie drehte sich um und verschwand in ihrer Hütte.

Colmán saß da wie vom Donner gerührt. So etwas war ihm in seinem ganzen Leben noch nicht passiert. Seine Mutter, die ihr einziges Kind vergötterte, wäre nicht im Traum auf die Idee gekommen, solche Worte an ihren Sohn zu richten. Im Gegenteil. Sie räumte ihm Hindernisse aus dem Weg und wenn sie von ihm zu anderen redete, leuchteten ihre Augen.

Und auch sein Lehrer, der ihn zwar manchmal streng anfasste, wenn Colmán seine Aufgaben nicht gelernt hatte, war doch im Großen und Ganzen mit dem hellen Verstand des Jungen zufrieden und war stolz auf dessen Erfolg.

Aber dieses Donnerwetter, diese Blitze, die aus heiterem Himmel auf ihn niedergeschleudert worden waren, trafen sein Herz. In ihrem Licht erkannte Colmán blitzartig seinen Zustand, und er sah in aller Schärfe sich selbst und sein gesamtes zukünftiges Leben. Er sah, wie er in seinem Heimatdorf weiterlebte, geachtet und bewundert von allen, wie er einen guten Beruf lernte, vielleicht ein paar Meilen weiterzog, nicht zu weit von seiner Mutter entfernt, um eine Familie zu gründen.

In einem anderen Leben jedoch sah er sich als Mann auf einem Boot die Meere überqueren, Einsamkeit und Gefahren bestehen, fremde Länder und Sprachen entdecken, den Mächtigen der Welt im Namen Gottes entgegentreten und auf einer großen Pilgerfahrt das Heilige Land erreichen.

Er schloss die Augen und entschied sich in diesem Augenblick für das zweite Leben.

Entschlossen stand er auf, ging zur Hütte und rief: »Hab Dank, Ita, für deine Worte. Möge Gott dich segnen!«

Und bevor die Alte etwas erwidern konnte, war er schon bei seinem Brennholzbündel, warf es sich über die Schulter, blickte zum Sonnenstand empor, um die ungefähre Richtung zu erkennen und ging ostwärts durch den Wald zurück. Er fand zwar nicht gleich den Holzweg wieder, erreichte deshalb den Waldsaum an einer anderen Stelle, kam aber dennoch gegen Abend zu Hause an.

Seine Mutter freute sich über das große Bündel Brennholz und dachte, als sich ihr wortkarger Sohn zurückzog, dass er wahrscheinlich lernen wollte.

Aber Colmán lernte nicht. Er packte in aller Stille ein paar Kleider zusammen, mehrere Pergamentrollen, die ihm gehörten und die ihm wertvoll erschienen, nahm Messer und Schreibzeug und ein paar Bronzemünzen, die er aufbewahrt hatte, um sich eines Tages etwas Besonderes dafür zu kaufen und lag auf seiner Strohmatte lange Zeit wach, bis er gegen Morgen ein wenig Schlaf fand.

Schon vor dem Frühstück besuchte er seine Freunde und verabschiedete sich von ihnen, dann kam er zurück, um das Schwerste zu tun, was noch vor ihm lag: Der Abschied von seiner Mutter.

Sie sah ihn kommen und wunderte sich, was er so früh bei den Nachbarn gemacht hatte.

»Was ist los, Colmán?«, sagte sie während sie ihrer Hände abtrocknete. »Du bist seit gestern so seltsam.«

»Ich bin gekommen, Mutter, um mich von dir zu verabschieden. Und ich danke dir, dass du mir eine gute Mutter warst.«

»Wie … was? Wohin willst du denn gehen?«

»Ich habe erkannt, dass die Zeit gekommen ist, auf eine große Pilgerschaft zu gehen. Ich werde euch alle verlassen.«

Seine Mutter wurde blass, öffnete ihren Mund und wusste nicht, was sie sagen sollte.

»Aber, mein Sohn, das geht nicht, du kannst doch nicht einfach so weggehen.«

»Ich habe mich von allen meinen Freunden verabschiedet und gehe.«

Jetzt blickte die Mutter ihrem Sohn in die Augen und sah eine wilde Entschlossenheit, die sie bisher nur gesehen hatte, wenn er etwas wollte, was er nicht bekam. Und sie merkte, dass er es ernst meinte.

Sie fing an zu weinen, rannte auf ihn zu und umarmte ihn. »Du … du darfst nicht weggehen. Du bist doch alles, was ich habe.«

Sanft machte sich Colmán aus dem Arm seiner Mutter los und sagte ruhig: »Mutter, ich werde gehen. Es ist so, als ob Gott selbst zu mir gesprochen und es befohlen hat.«

»Nein!« Sie schrie das Wort. Und auch in ihren Augen blitzte

Entschlossenheit auf. »Ich werde dich nicht gehen lassen. Das ist eine unüberlegte Torheit. Lass ein paar Tage verstreichen. Du wirst dann alles anders sehen. Und wenn du dann immer noch gehen willst, dann geh in Gottes Namen.«

Mit verschränkten Armen stellte sie sich vor die Tür.

»Mutter, ich bitte dich, lass mich gehen.«

Sie blickten sich an und dann trat sie zur Seite, fing an, laut zu jammern und rief. »Ich werde es nicht zulassen. Wenn du gehen willst, dann musst du über deine eigene Mutter hinwegsteigen.« Dabei legte sie sich vor der Tür auf den Boden.

Colmán nahm sein Bündel, warf es sich über die Schulter und stieg mit steinernem Gesicht über seine Mutter hinweg. Dann drehte er sich noch einmal um und sagte: »Du solltest dich freuen, dass dein Sohn den Weg Gottes geht. Leb wohl, Mutter. Wir werden uns hier, auf der Erde, niemals wiedersehen.«

Und ohne sich noch einmal umzuschauen, betrat Colmán den Weg, der aus dem Dorf hinausführte.

Leicht und schwer wurde es ihm ums Herz, als er seine Mutter von weitem schreien hörte. Leicht, weil er alles zurückließ, was ihn gebunden hatte und schwer, weil der Schnitt ihn tiefer schmerzte, als er gedacht hatte.

Nach einigen Tagen Wanderung überschritt er die Grenze von Leinster und kam in ein Dorf, in dem ein gelehrter Mann wohnen sollte. Von ihm hatte er schon gehört und er wollte bei ihm eine Zeit lang bleiben, bis er weitere Pläne fasste. Der Mann hieß Sinilis.

Colmán klopfte gegen Abend bei seinem Haus an. Als er hereingelassen und dem alten Mann sein Anliegen vorgetragen hatte, fragte der ihn: »Du hast mir noch gar nicht deinen Namen gesagt oder ich habe ihn überhört. Wie heißt du?«

Colmán überlegte und sagte: »Ich heiße Columban.«

Ez was ein küneginne gesezzen über sê,
ir gelîche enheine man wesse ninder mê.
diu was unmâzen scoene, vil michel was ir kraft.
sie scôz mit snellen degenen umbe mínné den scaft.

Dô sprach der künec von Rîne: »ich wil níder an den sê
hin ze Prünhilde, swie ez mir ergê.
ich wil durch ir minne wâgen minen lîp:
den wil ich verliesen, sine wérdé mîn wîp.

Es lebte jenseits des Meeres eine Königin,
und man hätte keine nennen können, die ihr gleichgekommen wäre.
Sie war unbeschreiblich schön, und ungewöhnlich groß war ihre Kraft.
Mit kampfschnellen Männern maß sie sich im Speerwerfen,
wenn diese ihre Liebe gewinnen wollten.

Da sprach der König vom Rhein: Ich will zum Meer hinreiten,
zu Brunhild, wie es mir auch dabei ergehen mag.
Um ihrer Liebe willen will ich mein Leben wagen,
und ich bin bereit, es zu verlieren, wenn sie nicht meine Frau wird.

Aus dem Nibelungenlied, 6. Aventiure

Im dreizehnten Regierungsjahr Athanagilds, König der Westgoten, Herrscher über das Gebiet der früheren römischen Provinz Hispania (567 n. Chr.)

Drei

»Das Leben ist zu langweilig«, sagte Bruna, während sie ihr langes, schweres Obergewand auszog. Über das knöchellange Untergewand aus Leinen streifte sie ein locker sitzendes, ziegelrot gefärbtes Seidenkleid, das nur bis zu den Waden reichte und das sie mit einem breiten Gürtel über der Hüfte zusammenraffte. Die Ärmel waren weit genug, um den Armen genügend Bewegungsfreiheit zu gestatten.

Seit Jahren zog die Familie regelmäßig an die Ostküste Hispanias, nach Saguntum, um dem drückenden Sommer im Inneren des Landes zu entgehen und die frischen Winde, die vom Meer herüberwehten, zu genießen.

Aber Saguntum bot für eine sechzehnjährige Prinzessin normalerweise nichts Aufregendes. Außer dem Hafen, an dem Handelsschiffe hielten und in dem Waren umgeschlagen wurden, gab es nur noch eine befahrene Küstenstraße.

Was sollte eine Prinzessin am Hafen?

Es gab ein wenig Unterricht in Sprachen und Geographie, und man hatte sie gelehrt, Tücher mit verschlungenen Ornamenten zu weben. Ab und zu kam ein Sänger in die umgebaute, römische Villa und erzählte Geschichten von Königen, Kriegen, von einäugigen Riesen und Seeschlangen und von Königen, die Königinnen heirateten. Gelegentlich gab es ein Festmahl mit Gästen. Und natürlich war Galsuinta da, mit der sich Bruna unterhalten konnte. Am Anfang war das Leben in Saguntum jedes Mal eine Abwechslung gegenüber Toletum gewesen, aber dann dehnten sich die Tage wie altes Leder, das man in Wasser legte, um es zu strecken.

Seit dem letzten Jahr hatte Bruna jedoch endlich etwas gefunden, das sie immer noch begeisterte. Es war eine Tätigkeit, die ihr Vater allerdings nur mit Stirnrunzeln zur Kenntnis nahm. Noch hatte er ihr das neue Spiel nicht verboten. Er zögerte, weil er schon mehrmals ihren Dickkopf und ihren Zorn zu spüren bekommen hatte.

Aber wenn er selbst richtig wütend wurde, dann hätte ihn auch Brunas Zorn nicht gebremst. Es gab jedoch noch etwas anderes, das ihn vorerst zurückhielt, ihr das neue Spiel wegzunehmen.

Zwar konnte König Athanagild im Kampf mit dem Langschwert ohne weiteres einen Mann töten, aber die Schönheit und der Charme seiner jüngsten Tochter besiegte ihn immer wieder neu und brachte alle seine Vorsätze ins Wanken.

Wenn sie vor ihm stand, eine junge, anmutige Jungfrau, ihn anlächelte und zu ihm sagte: »Aber Vater, du willst mir doch nicht etwa verbieten, dass ich …«, wusste er schon, dass er verloren hatte.

Und so ertrug er seufzend ihre neue Leidenschaft: das Bogenschießen, das so ganz und gar nicht zu einer heiratsfähigen Prinzessin passte und außerdem bei den Goten nicht in hohem Ansehen stand. Wenn sie schon einen Wettkampf veranstalteten, dann wählten sie lieber das Schwert oder den Speer. Und das alles fand natürlich nur unter Männern statt. Frauen durften höchstens zuschauen und die Kämpfer anfeuern.

Deshalb versuchte König Athanagild, Brunas neue Leidenschaft geheim zu halten und wies sie an, nur in einem der langen Flure der jeweiligen Residenz zu üben. Dabei war abgemacht worden, dass in dieser Zeit niemand den »Übungsplatz« betreten durfte, außer der älteren Schwester Galsuinta, die, halb neugierig und halb beklommen, ihrer jüngeren Schwester bei den Schießübungen zusah.

Aber wie kann man etwas geheim halten in einem Gebäude, das von Mägden und Knechten, Sklaven und Kindern nur so wimmelte? Man hätte genauso gut zu einem Ameisenhaufen sagen können: »Ameisen! Steht still!«

Brunas eigene Magd wusste natürlich davon und sie hatte Verwandte und Freunde und die wiederum hatten Verwandte und Freunde …

Einmal war es sogar vorgekommen, dass ein Gast aus Parisium, von einer fränkischen Delegation, sich in den Zimmern geirrt hatte und zufällig die Bogen schießende Prinzessin traf. Sie forderte ihn heraus und gewann den improvisierten Wettkampf. Seitdem drang der Ruhm ihrer Schönheit und ihrer kriegerischen Schießkünste über die Grenzen des Westgotenreichs bis zu den merowingischen Königen. Denn Franken und Goten waren nun keine Todfeinde mehr.

Die vergangenen Jahre hatten es mit sich gebracht, dass die anfängliche Feindschaft zwischen den beiden Völkern sich allmählich zu einer Art vorsichtiger Nachbarschaft entwickelt hatte, so dass fränkische Männer nicht mehr als Gefangene in Hispania auftauchten, sondern als Gäste, die man halbwegs achtete und bisher noch zurückhaltend bewirtete.

Heute nun hatte König Athanagild die Unvorsichtigkeit begangen, den ersten öffentlichen Wettkampf der Bogenschützen, den ihm seine Tochter abgerungen hatte, zu übersehen beziehungsweise zu vergessen.

Er war unterwegs, um sich um einen Aufstand der griechischen Bevölkerung zu kümmern, die im Süden angesiedelt war und eine tief verwurzelte Feindschaft zu den westgotischen Emporkömmlingen pflegte.

Das kam Bruna gerade recht. Ursprünglich hatte sie als Zuschauerin teilnehmen und die Preisverleihung übernehmen wollen. Jetzt aber, als sie merkte, dass ihr Vater wahrscheinlich nicht rechtzeitig zurückkommen würde, fasste sie den kühnen Entschluss, sich als Teilnehmerin aufstellen zu lassen.

Nachdem sie bequemere Kleidung angezogen hatte, holte sie ihre Lieblingswaffe, hielt sie in Armeslänge entfernt und prüfte, ob die Kleider ein ungehindertes Schießen erlaubten.

Der Bogen, der im Augenblick entspannt und ohne Sehne war, bestand aus gut gelagertem Eschenholz und war zweiteilig. Ein starres Mittelstück aus Eichenholz mit einer Laufschiene für Pfeile hielt die beiden biegsamen Bogenstücke zusammen. Tiersehnen waren um den Bogen gewickelt, um ihm noch mehr Spannkraft zu geben. Aufgemalte Ringe aus dunkelblauer Tinte verzierten die Enden. Die Waffe war auf Brunas Größe abgestimmt worden und etwas kleiner als üblich.

Bruna besaß fünf verschiedene Sehnen und wählte für den heutigen Tag die Beste davon aus: Sie bestand aus dem gedrehten Leder eines jungen Stiers, war fest genug, aber auch so elastisch, um dem Pfeil noch einen zusätzlichen Schwung zu geben. Mit ein paar Tropfen Olivenöl rieb Bruna die Sehne ein, um deren Geschmeidigkeit zu erhalten.

Die Pfeile hatte ein Mann aus Buchenholz geschnitzt und ihre Spitzen mit Bronze überzogen, so dass vorne ein leichtes Übergewicht entstand. Feste Federn einer Taube am Schaft sollten dem Pfeil außerdem in der Bahn halten.

Bruna bückte sich und hob den Lederköcher auf, der neben der Wand lehnte, warf ihn sich über den Rücken und eilte mit wehenden Kleidern zu dem Zimmer ihrer Schwester.

Ungestüm hämmerte sie gegen das Holz. Galsuinta öffnete, sah Bruna mit geröteten Wangen und fragte: »Willst du schon wieder üben?«

»Nein, heute nicht …«

»Aber wozu der Bogen und der Köcher?«

Bruna schwieg kurz, blickte zu Boden, hob gleich wieder den Kopf und antwortete mit etwas Trotz in der Stimme: »Ich werde selbst am Bogenschießen teilnehmen.«

»Was willst du?« Galsuintas erschrockene Augen blickten Bruna fassungslos an. »Das wird der König niemals zulassen.«

»Der König ist nicht da und wird heute wahrscheinlich auch nicht mehr kommen. Ursprünglich wollte ich die Preisverleihung übernehmen. Ich möchte dich bitten, dass du … während ich … während ich schieße … die Preisverleihung …«

»Aber wenn Vater davon erfährt, dann wird er dich furchtbar bestrafen. Eine Prinzessin, die wie ein Krieger am Wettschießen teilnimmt …«

Bruna wischte mit einer ärgerlichen Handbewegung den Einwand zur Seite. »Wie will er mich bestrafen? Er kann es sich nicht leisten, seine eigene Tochter allzu hart anzufassen. Sonst verliert die Heiratsware ihren Wert. Er weiß das. Ich weiß es. Und er weiß, dass ich es weiß. Sicher, er wird herumbrüllen und ich werde irgendwie zerknirscht aussehen müssen. Das bin ich ihm schuldig. Aber sonst …?«

Galsuinta schüttelte den Kopf: »Täusche dich nicht. Wenn der König es erfährt, wird er dich hart bestrafen. Er kann dir den Bogen und deine Pfeile zerbrechen, Bruna. Du weißt genau, wenn er erst richtig wütend wird, ist er unberechenbar. Warum findest du nur keinen Gefallen an den Webmustern und den Ausflügen, an den Abenden, wenn fremde Sänger Geschichten vortragen, an den …«

»Ich weiß, ich weiß. Das alles ist auch sehr schön, aber es ist immer dasselbe.«

Galsuinta war während des Gesprächs auf den Flur getreten, dessen Boden aus gebrannten Ziegeln bestand, der die Wärme des Tages aufgesogen und behalten hatte. Das Sonnenlicht eines spätsommerlichen Nachmittags lag über dem Boden und gab den Ziegeln einen zusätzlichen warmen Farbton.

Langsam begleitete sie ihre kriegerische Schwester zu einem der bogenartigen Eingänge im Innenhof. Dann blieb sie stehen, weil ihr ein Gedanke gekommen war.

»Was ist?«, drängte Bruna.

»Ich rate dir dringend von diesem Wettkampf ab, und zwar aus Wettkampfgründen.«

»Aus Wettkampfgründen?«

»Ja. Meinst du denn, die Teilnehmer aus den umliegenden Ortschaften werden sich getrauen, gegen die Prinzessin anzutreten? Sie werden absichtlich daneben schießen, weil sie dir die Ehre des Sieges geben wollen. Es wäre kein echter Wettkampf. Er wäre von vornherein nur ein Spiel, wenn du mitmachst. Willst du das wirklich?«

Dieses Argument schien Bruna einzuleuchten. Sie ging langsam weiter. »Du hast Recht, Suinta. Das habe ich nicht bedacht. Ich muss also irgendetwas erfinden, das …«

Schweigend schlenderten die beiden durch ein Tor und betraten den Innenhof, der von Leuten wimmelte.

Nun blieb Bruna plötzlich stehen, drehte sich zu ihrer Schwester um und schüttelte sie an ihrer Schulter.

»Ich hab's, Suinta.«

»Was hast du? Einen Sonnenstich?«

»Nein! Pass auf. Ich werde Männerhosen anziehen und meine Haare zu einem seitlichen Knoten binden, wie ihn die Sueben im Westen, am Meer tragen und du wirst mich als den jungen … ahm … Tertius aus Salmantica vorstellen, der zufällig zu Gast ist. Die Preise und die Liste der Teilnehmer befinden sich übrigens bei Noach, dem Hausverwalter. Sag ihm einfach, es sei noch jemand dazugekommen.«

Und bevor Galsuinta noch ja oder nein sagen konnte, hatte sich Bruna umgedreht und ging wieder in Richtung ihres Zimmers.

Der Spätnachmittag hatte die größte Hitze verschluckt und leuchtete mit einem tiefen Blau auf das Gebäude hinunter und besonders auf den Innenhof, der mit Menschen angefüllt war. An den Mauern hatten Männer Holztribünen angebracht, die schon fast voll besetzt waren. Ein Summen und Raunen hob und senkte sich wie eine Welle aus Worten über den Platz. Staub hing in der Luft und brachte die Leute in den vorderen Rängen zum Husten. Die Tribünen war so angeordnet, dass eine Seite des Rechtecks offen war, dort, wo die Zielscheiben aus Holz standen.

Der erste Durchgang der Wettkämpfe bestand darin, auf diese Scheiben zu schießen, die mit den Umrissen von Wildschweinen versehen waren. Ein roter Kreis markierte das Herz.

Die zweite Runde war schon etwas schwieriger: Der Schießabstand vergrößerte sich und das Ziel wurde kleiner.

Und der Höhepunkt der Schießkunst kam dann, wenn es um bewegte Ziele ging: Man zog eine Zielscheibe auf Rädern mit Seilen hin und her.

Wasserverkäufer drängten sich durch die Reihen und füllten die Becher der Teilnehmer, die sie ihnen entgegenstreckten. Kinder schrien und rannten zwischen den Zuschauern herum oder kletterten unter die Tribünen.

In der Mitte der Zuschauerränge, auf halber Höhe, befand sich ein breiterer Sitz, der mit Purpurtüchern ausgeschlagen war und Platz für die Mitglieder der Königsfamilie bot. Dieser Rang hatte sogar einen eigenen Zugang, der unter den Sitzen entlanglief und erst kurz davor durch Stufen nach oben führte.

Galsuinta hatte sich eben niedergelassen, hob nach einer Weile den Arm und wartete, bis die Geräusche abnahmen.

Dann nahm sie eine Wachstafel, auf der sie einige Worte notiert hatte, begrüßte alle Gäste und besonders die Schützen, deren Namen sie jetzt laut vorlas. Bei jeder Namensnennnung erhob sich aus den jeweils unterschiedlichen Ecken Fußgetrampel und Jubel.

Nur bei einem Namen jubelte keiner. Das war der letzte: Tertius aus Salmantica. Keiner kannte diesen neuen Mann. Als sein Name verlesen wurde, ging ein Raunen durch die Zuschauermenge.

Es war kein ernsthafter Wettkampf. Da das Bogenschießen nicht so verbreitet war wie der Schwertkampf oder das Speerwerfen, gab es in der Gegend um Saguntum wenig geübte Schützen, die einen guten Bogen besaßen. Erst während der letzten Monate, seitdem Bruna den Wettkampf bekannt gegeben hatte und Preise winkten, hatte es sich allmählich herumgesprochen, dass es lohnenswert sei, diese Kampfart weiter auszubauen. Ein paar Goldmünzen konnte jeder gebrauchen.

Sieben Männer hatten sich zum Wettkampf gemeldet und standen nun mit ihren Bogen und den Köchern erwartungsvoll an der Linie aus hellen Kieselsteinen, die den Abschussstandort markierten.

Ihre Bogen hatten sie alle selbst gemacht. Eine der Waffen war aus einem Ast gefertigt worden und bog sich beim Schießen ungleich. Sie gehörte einem jungen Mann, der noch keinerlei Bartwuchs aufwies.

Ein paar der Zuschauer lachten, als der Junge sein stümperhaftes Schießinstrument hob.

Aber der Schütze ließ sich davon nicht beirren. Breitbeinig stand er da, legte den ersten Pfeil auf, zog die Sehne bis hinter sein rechtes Ohr und ließ los.

In einem schönen Bogen schoss der Pfeil durch die Luft und landete im Bauch des aufgemalten Wildschweins. Die Zuschauer, die wohl befürchtet hatten, dass der Pfeil dieser krummen Waffe daneben treffen würde, gaben überraschte Töne von sich und riefen: »goths gataujans! goths gataujans! – gut gemacht!«

Ein Mann rannte zu der Scheibe, zog den Pfeil heraus und rief: »Bauch. Fünf Punkte.« Jemand, der in der ersten Reihe der Tribüne saß, notierte sich die Zahl.

Jeder der Schützen hatte drei Versuche. Der Beste zählte. Und so traten sie einer nach dem anderen an die markierte Linie und zeigten ihr Können.

Zwei trafen das Herz. Zum Schluss kam der unbekannte Tertius aus Salmantica.

Während bei den anderen Teilnehmern ein leises Gemurmel geherrscht hatte, fiel jetzt ein Schweigen über die Zuschauer. Niemand kannte den Mann. Er schien auch keine Freunde oder Bekannten mitgebracht zu haben, die ihn unterstützten.

Zierlich gebaut war er, nicht kräftig, und trug einfache Kleider: Ein Obergewand, knielang und in der Mitte gegürtet, bedeckte Hosen aus dunkel gefärbtem Leder. An den Füßen trug der Schütze Stiefel, die wegen ihrer guten Verarbeitung nicht so recht zu den übrigen schlichten Kleidern passen wollten.

Seine außergewöhnlich langen Haare, waren zu einem Strang gedreht worden und an der Seite geknotet. Er schien noch jung zu sein, und sein Gesicht hatte einen regelmäßigen harmonischen Schnitt.

Galsuinta, die ihre Schwester in dieser neuen Aufmachung mit großen Augen anstarrte, konnte sich nicht entscheiden, ob sie lächeln oder ängstlich blicken sollte.

Sie zwang sich zu einem Lächeln und gab das Zeichen, so dass Tertius mit seinem ersten Schuss beginnen konnte.

Tertius spannte seinen kostbaren Bogen, zielte und ließ den Pfeil los, der ungewöhnlich schnell durch die Luft zischte und genau im Herz des Wildschweins stecken blieb.

Einen Augenblick war es still, dann brausten Beifallsrufe auf. Einige skandierten: »Hoch, Tertius aus Salmantica!«

Galsuinta gab das Zeichen zum zweiten Schuss, aber Tertius schüttelte den Kopf. Er brauchte keine weiteren Versuche.

Nun wurden die Zielscheiben zehn Schritte weiter nach hinten gestellt, um das Ziel zu verkleinern. Diesmal genügte eine einzige Holzplatte, denn es waren jetzt nur noch drei Schützen im Spiel: diejenigen, die das Herz getroffen hatten.

Galsuinta gab das Zeichen zum Schießen. Diesmal herrschte von Anfang an eine große Stille, als der erste Schütze seinen Bogen spannte. Er war grob, trug seine blonden Haare kinnlang und hatte über sein Obergewand einen Gürtel geschnallt, der mit Silberbeschlägen versehen war.

Lange hielt er den Bogen gespannt, dann ließ er los, die Sehne vibrierte nach und der Pfeil saß zwar nicht in der Mitte des Herzens, aber doch innerhalb des roten Kreises.

Wieder eilte jemand herzu, zog den Pfeil heraus und rief triumphierend: »Herz. Randbereich. 10 Punkte.«

Die Anhänger des blonden Bogenschützens standen auf, schwenkten ihre Arme und trampelten auf den hölzernen Sitzen.

Gerade, als Galsuinta ihren Arm heben wollte, um das Zeichen für den zweiten Schuss zu geben, tauchte vor ihr ein bekanntes Gesicht auf: ein Mann mit grauen Haaren, einem rötlichen Vollbart und wettergegerbter Haut. Es war König Athanagild, der völlig überraschend doch noch gekommen war. Bedächtig stieg er die Stufen zum königlichen Podest hinauf und setzte sich neben Galsuinta.

»Guter Schuss!«, sagte er und fügte hinzu: »Ich dachte, dass Bruna die Wettkämpfe leitet. Es ist doch ihr Lieblingsspiel. Wo ist sie?«

Galsuinta wurde abwechselnd rot und blass und stotterte. »Oh … oh, Bruna. Sie ist … sie ist … es ging ihr nicht gut und sie bat mich, sie zu vertreten.«

»Nun, das kann passieren«, sagte der König. »Du scheinst mir sehr aufgeregt zu sein, Galsuinta. Fahre fort. Ich bin nur ein Gast, der heute zuschaut. Das Ganze ist zwar kindisch, aber es zerstreut mich etwas.«

»Ja«, hauchte Galsuinta, »ich … ich werde fortfahren.«

Die Ankunft des Königs war aufgefallen und Galsuinta sah, wie einige die Hälse reckten und miteinander tuschelten. Da König Athanagild nicht in seinem Festgewand steckte, war es nicht gleich offensichtlich, wer er war.

Galsuinta, die fieberhaft überlegt hatte, wie sie ihre Schwester warnen konnte, hob jetzt ihre Hand, stand auf und rief so laut sie konnte:

»Ich begrüße unseren Ehrengast, der gerade noch rechtzeitig gekommen ist, um dem Wettkampf die angemessene Würde zu geben: Mein Vater, König Athanagild!«

Hochrufe brausten auf. Angestrengt blickte Galsuinta zu den Schützen hinunter und besonders zu dem unbekannten Tertius aus Salmantica. Er hatte sich bei der Ankündigung umgedreht, den König gesehen und sofort wieder das Gesicht abgewandt. Galsuinta wusste jetzt immerhin, dass ihre Schwester die Gefahr erkannt hatte und hob den Arm für den zweiten Schuss des blonden Riesen.

Aber sein zweiter und auch sein dritter Pfeil trafen nicht mehr das Herz. Er schien jedoch mit seinem ersten Schuss zufrieden zu sein.

»Wer sind die Drei?«, fragte der König interessiert.

»Ein gewisser Berwart aus der Nachbarschaft, der Zweite kommt aus einem Dorf, nördlich von hier und der Dritte … nun der dritte Mann heißt Tertius und kommt aus Salmantica.«

»Der mit dem Suebenknoten?«

Galsuinta nickte stumm.

»Aus Salmantica!«, wiederholte der König erstaunt. »Nun, das ist ungewöhnlich weit entfernt. Ich frage mich, woher er wusste, dass es hier einen Wettkampf gibt.«

Galsuinta hob den Arm, damit der zweite Schütze beginnen konnte.

»Vermutlich hat … hat ein Händler die Kunde von dem bevorstehenden Wettkampf weitergetragen.«

König Athanagild blickte seine älteste Tochter an, die sonst immer einen gefassten Eindruck machte und fragte: »Du scheinst aufgeregt zu sein. Das ist nicht nötig. Dieser harmlose Wettkampf ist doch nur ein Spiel.«

»Ja, Vater, du hast Recht. Es ist nur ein Spiel.«

Ein lautes enttäuschtes »Ohhh« kam gerade von den Rängen, weil der zweite Mann daneben geschossen hatte und auch sein zweiter und dritter Schuss die Scheibe nur streiften.

»Nun, ich bin gespannt, wie dieser zarte Mann aus Salmantica schießt«, sagte der König. »Schade, dass Bruna nicht dabei sein kann. Der Wettkampf würde sie bestimmt fesseln.«

»Zweifellos«, nickte Galsuinta und fragte vorsichtig: »Wie kommt es, Vater, dass du diesen Wettkämpfen beiwohnst, da du sie doch sonst nicht so ... geschätzt hast? Willst du dich nach der langen Reise nicht lieber ausruhen, anstatt diesen Kindereien zuzuschauen?«

Athanagild lächelte. »Nun, ich bin noch nicht müde. Außerdem bin ich in guter Stimmung über einen Brief, der mich vor ein paar Tagen erreichte.« Mit einem spöttischen Unterton fügte er hinzu: »Wer weiß, vielleicht werden wir in Zukunft nicht mehr so häufig in den Genuss dieser Wettkämpfe kommen.«

Galsuinta kniff die Augen zusammen und fragte sich, was das zu bedeuten hatte. Jedenfalls war ihr Versuch, den König aus dem Wettkampf höflich zu entfernen, gescheitert. Er würde jetzt ganz sicher bis zum Ende dabei sein wollen. Was war das überhaupt für ein Brief? Und was hatte dieser Brief mit dem Ende der Wettkämpfe zu tun?

Wieder hob Galsuinta den Arm, und der unbekannte Tertius trat an die Linie, legte einen Pfeil auf und stand völlig bewegungslos da, dann zog er die Sehne an sein rechtes Ohr. Er ließ die Sehne los, der Pfeil schwirrte durch die Luft und landete mit einem satten »Klong« ungefähr dort, wo der erste Schütze getroffen hatte: am Rand des Herzens, aber nicht in der Mitte.

Wieder johlte die Menge auf und freute sich auf einen dritten Durchgang, weil Tertius den zweiten und dritten Schuss wieder ablehnte. Nun waren nur noch zwei Schützen übrig.

König Athanagild erhob sich und winkte jemanden zu sich. »Geh zu Prinzessin Bruna«, sagte er, »und hole sie hierher. Selbst wenn es ihr schlecht geht, wird das spannende Spiel sie von ihren Schmerzen ablenken. Außerdem möchte ich mit ihr sprechen.«

Galsuinta erstarrte. Aber nur kurz. Schon legte sie zärtlich die Hand auf den Arm ihres Vaters und sagte: »Ich bitte dich, Vater, lass Bruna noch eine Weile allein. Es ging ihr so schlecht, dass sie das Essen verweigerte und nur schlafen wollte. Glaub mir, wenn sie nur einen Funken Lebensgeist in sich spürte, säße sie jetzt hier.«

Der König runzelte die Stirn. »Willst du mir widersprechen?«

»O nein, das würde ich nicht wagen«, beeilte sich Galsuinta zu sagen und senkte ihre Stimme: »Ich fürchte, sie würde sich weigern zu kommen, wie ich sie kenne und du hättest nur Ärger. Deshalb denke ich, lassen wir sie dort, wo sie jetzt ist.«

Bevor es zum letzten und entscheidenden Durchgang kam, traten Männer, in Tierfelle gekleidet auf, und unterhielten die Leute mit gefährlichen Kunststücken: Sie wirbelten brennende Fackeln durch die Luft, fingen sie geschickt mit der Hand auf und sprangen über ein brennendes Fass. Die Stimmung heizte sich allmählich auf.

Inzwischen hatte man eine Zielscheibe auf Rollen gebracht, um das Schießen zu erschweren.

Bei dem letzten Durchgang war es üblich, dass die Schützen immer abwechselnd schossen, um den Wettkampf noch spannender zu gestalten. Diesmal sollte der unbekannte Tertius zuerst schießen. Er stellte sich hin, suchte sich in aller Ruhe einen Pfeil aus, legte ihn in die Laufschiene und zog den Bogen an. Man sah, wie die Pfeilspitze das rollende Ziel verfolgte. Dann – ein Pfeifen, und der Pfeil saß.

Wieder rannte einer auf die Holzplatte zu und rief: »Hals. Vier Punkte.«

Verhaltener Beifall. Nun kam der Blonde, spannte, schoss und traf die Linie des Herzens.

»Herzrand, zehn Punkte.«

Die Anhänger des Mannes standen von ihren Sitzen auf und johlten. Wenn Tertius nicht das Herz traf, war der Sieg in unmittelbare Nähe des Blonden gerückt.

Galsuinta sah trotz der Entfernung, wie ihre verkleidete Schwester die Lippen zusammenpresste und die Fäuste ballte. Dann stellte sie sich in Positur, spannte und schoss.

Der Pfeil steckte jetzt in der Nähe des Herzens. Wie nahe, war nicht klar.

Aber schon rief der Prüfer: »Herzrand. Zehn Punkte.«

Jetzt johlten die Übrigen, die sich auf die Seite des Tertius geschlagen hatten.

Es wurde so spannend, dass selbst König Athanagild seine Vorbehalte vergaß und sich angestrengt nach vorn beugte, um nichts zu verpassen.

Schon stand der Blonde da, zielte und schoss. Ein enttäuschtes »Ohhh« war zu hören, weil auch aus der Entfernung deutlich wurde, dass das Herz nicht getroffen worden war.

»Flanke. Vier Punkte.«

»Gleichstand!«, rief Athanagild.

Eine tiefe Stille senkte sich über die Tribüne, die jetzt im Schatten lag. Das intensive Blau des Himmels wurde allmählich blass, und das Licht würde nicht mehr lange reichen. Vom Meer her wehte eine kühle Abendbrise herüber, die für die Schützen gefährlich werden konnte, wenn sie den fliegenden Pfeil erfasste. Jetzt musste es sich entscheiden.

Tertius stand schon bereit, hatte den Bogen gespannt, und die Pfeilspitze folgte dem aufgemalten Tier. Hin und zurück. Endlich kam der erlösende Schuss. Nach dem »Klong« eilte der Prüfer zur Zielscheibe und rief: »Herz. Zwölf Punkte!«

Bis auf die Anhänger des Blonden schrien nun alle auf und skandierten: »Tertius! Tertius!«

Aber der Blonde ließ sich nicht aus der Ruhe bringen. Langsam trat er an die Markierung, suchte sich umständlich den letzten Pfeil aus, spannte und schoss unmittelbar danach seinen dritten und letzten Schuss. Und auch sein Pfeil war in der Nähe des Herzens angekommen.

Atemlos wartete die Menge ab, was passieren würde. Der Prüfer beugte sich über die Platte, zog den Pfeil heraus und rief mit sich überschlagener Stimme: »Herzrand. Zehn Punkte.«

Nur einen Augenblick dauerte es, bis die Zuschauer begriffen, wer der Sieger war. Jetzt gab es kein Halten mehr. Die Spannung löste sich und die Ersten kletterten von ihren Sitzen, stürmten über den Platz und hoben die verkleidete Prinzessin hoch, während selbst der König seine reservierte Haltung vergaß, Tertius zuwinkte und zu seiner Tochter sagte: »Ich werde diesen Tertius nachher persönlich beglückwünschen.«

Schon saß der Sieger auf den Schultern der Menge. Und dann passierte das Furchtbare. Entweder war die Hose nicht richtig verschlossen gewesen oder der Gürtel war bei dem Hochstemmen aufgegangen, jedenfalls löste sich die Hose, und das Kleid, das Bruna darunter anhatte, kam zum Vorschein. Einige stutzen, als sie es sahen, betrachteten verwundert den so genannten Tertius, andere, die nicht so zimperlich waren, zogen johlend die Hosen herunter und schrien: »Qino ist! Qino ist! – Es ist eine Frau! Es ist eine Frau!«

Plötzlich, wie durch einen Zauberspruch, hörte das Geschrei auf und die Leute blieben wie erstarrt stehen, denn die neu entdeckte Frau hatte etwas zu ihnen gesagt. Und jetzt setzte sich ein Wort fort, das zuerst ungläubig, dann aber mit immer größerer Begeisterung gerufen wurde: »Prinzessin Bruna!«

König Athanagild war aufgestanden, hatte mit zusammengezogenen Augenbrauen die Aufregung verfolgt und die Verwandlung eines Meisterschützen in eine Frau gesehen.

Als er allmählich mitbekam, dass seine eigene Tochter am Wettkampf teilgenommen hatte, noch dazu in Männerkleidern, verließ er wütend die Tribüne und sagte zu der blass gewordenen Galsuinta: »Sag deiner Bogen schießenden Schwester, dass ich sie augenblicklich in meinem Zimmer sprechen will.«

Athanagilds Zimmer lag am Ende des Gebäudes im ersten Stock und besaß zwei bogenförmige glaslose Fenster, die einander gegenüberlagen, damit die Luft hindurchwehen konnte. Der Steinboden war nach römischer Art schwarzweiß gewürfelt, und die Ziegelwände waren zwar frisch mit Kalk verputzt, aber an einigen Stellen kam die Feuchtigkeit durch und hatte gelbe Flecken hinterlassen.

Ein breiter Tisch, auf dem Pergamente und Papyri lagen, ragte ins Zimmer herein und in einer Ecke standen eine paar Klapphocker aus Holz, die mit festem Leinen bespannt waren. Der König saß am Tisch und schob unschlüssig die Schriftstücke hin und her.

Bruna betrat den Raum mit starrem Gesicht. Sie machte sich auf einen Wutausbruch gefasst und wollte sich wappnen. Noch schien sie unschlüssig, wie sie den Angriff parieren sollte: mit zerknirschtem Auftreten, mit Tränen oder mit Zorn. Sie beherrschte alle drei Spielarten.

Als ihr Vater aufschaute und Bruna wahrnahm, stand er auf und brüllte: »Eine unglaubliche Demütigung, die du mir geboten hast! Meine eigene Tochter, die wie ein Kriegsknecht in aller Öffentlichkeit mit dem Bogen schießt und die ganze Familie damit lächerlich macht!«

»Ich habe niemanden gehört oder gesehen, der über mich gelacht hätte«, sagte Bruna mit dünner Stimme. »Im Gegenteil. Sie waren stolz, dass ihre Prinzessin der Sieger war.«

Athanagild hatte die Hände hinter seinem Rücken zusammengelegt und ging erregt auf und ab. »O ja, natürlich haben sie in deiner Gegenwart nicht gelacht. Das hätten sie nicht gewagt. Aber heute Abend werden sie sich vor Lachen auf dem Boden wälzen und sich auf die Schenkel hauen. Und die Mädchen werden ein neues Spiel erfinden. Sie werden Hosen über ihre Kleider streifen, mit dem Bogen schießen und fragen: »Ratet, wer das ist! Oh, ich könnte dich … ich könnte dich schütteln und aus dem Fenster halten wie eine junge Katze. Es ist eine Strafe Gottes, Töchter zu haben!«

Bruna blieb stehen und sagte nichts. Sie wusste, dass es eine Zeit lang dauern würde, bis sich ihr Vater beruhigte.

Nachdem Athanagild mehrere Flüche ausgestoßen hatte, blieb er stehen, blickte Bruna finster an und sagte mit ruhigerem Tonfall: »Das war das letzte Mal, dass du deine Schießkünste hier ausgeübt hast.«

Bruna versuchte ein zaghaftes Lächeln und begann: »Vater, willst du wirklich …?«

Athanagild hob die Hand. »Ich habe noch nicht ausgeredet. Dass ich dich nicht in ein dunkles Loch geworfen habe, hast du allein einem Brief zu verdanken, der meine Probleme mit dir in gewisser Weise löst und sogar die ungewisse Zukunft Hispanias festigt.

»Ein Brief?«

»Es ist ein Brief von Sigibertus, einem der drei Könige aus Franken, dem Enkel des mächtigen Chlodovechs, der über ein großes Gebiet an der Mosella und am Rhein herrscht. Der versiegelte Brief wurde mir vor fünf Tagen durch einen Boten gebracht. Seitdem habe ich darüber nachgedacht und heute, nach deinem erniedrigenden Auftritt, habe ich endlich eine Entscheidung gefällt.«

Die Hand Athanagilds griff nach einem Stück Pergament, das zusammengerollt mit gebrochenem Siegel auf dem Tisch lag. Er nahm es auf, entrollte es, trat ans Fenster, um die Helligkeit des abnehmenden Tages auszunützen und hielt den lateinischen Text in Armeslänge vor seine Augen.

»Folgendes schreibt König Sigibertus. *An den mächtigen König Athanagild, Herrscher über das große Gebiet Hispanias, Gebieter des Volkes der Goten, Erbe römischer Gesinnung und Kampfkraft. Teilhaftig der Erlösung unseres Herrn Jesu Christi* …«

Athanagild lachte. »Klug geschrieben. Er erwähnt nicht, dass er selbst katholisch, aber unsere Familie dem arianischen Bekenntnis verpflichtet ist …«

Bruna stand noch immer abwartend vor ihrem Vater und wusste noch nicht, was dieser seltsame Brief mit ihr und ihren Schießkünsten zu tun haben sollte.

Athanagild räusperte sich, las weiter und da erst wurde es für Bruna nur allzu deutlich, was auf sie zukommen würde.

»Da ich gedenke, mich zu verehelichen, suche ich eine Frau aus

Gottes Händen, von königlicher Familie, die bereit ist, an meiner Seite die Geschicke unseres Volkes zu teilen und mir wahrhaft königliche Nachkommen zu schenken. Nun habe ich durch zuverlässige Boten gehört, dass du selbst eine Tochter hast von edler Gesinnung und unvergleichlicher Schönheit, eine Tochter, mutig und beherzt, gleichzeitig auch gebildet, der man eine so hohe Berufung zutrauen kann. Sie heißt Bruna und schon jetzt ist mein Herz in Liebe zu ihr entbrannt, obwohl ich sie noch nie gesehen habe. Auch möchte ich erwähnen, dass ich, der Sohn König Chlothachars, der der Sohn Chlodovechs ist, über eines der größten Gebiete herrsche, die mir von meinem Vater übereignet wurden. Ansehen und die Kampfkraft meiner Krieger sind bekannt.

Daher ersuche ich dich um deine Zustimmung, noch dieses Jahr deine Tochter zur Frau nehmen zu können.

Möge dein Königtum in Frieden und Glück durch Gottes Heil wachsen und blühen. In christlicher Verbundenheit, König Sigibertus. Remus, 8 Tage vor dem Monat Augustus.«

Athanagild ließ das Blatt sinken. Bruna sah ihren Vater an und entdeckte die Entschlossenheit in seinem Blick, sie so schnell wie möglich zu verheiraten. Seltsam, dass sie nicht von selbst darauf gekommen war, was in diesem Brief stand. Denn was konnte es anders sein, als dass ein König um ihre Hand anhielt, ein Schicksal, dem sie seit ihrer Kindheit entgegenging.

»Ich werde dich noch im Monat September zu ihm schicken«, sagte Athanagild. »Dieser Antrag ist außerdem eine günstige Gelegenheit, dauerhaften Frieden zwischen den Franken und uns herzustellen. Man zieht nicht bedenkenlos in den Krieg gegen den eigenen Schwiegervater. Du kannst also durch diese Heirat deinem eigenen Volk dienen. Und ich werde deinen Namen verlängern, so dass er königlicher klingt. Was hältst du von Brunagild – die schönbraunglänzende Gabe?«

Bruna sagte immer noch nichts. Ihre Gefühle schwankten hin und her zwischen der Erleichterung, einer Bestrafung entgangen zu sein und dem bedrohlich Neuen, das auf sie zukommen würde.

Da fiel ihr plötzlich Galsuinta ein, die von diesen neuen Ereignissen sicher nicht allzu begeistert sein würde. Dass die jüngere Schwester vor der älteren verheiratet wurde, war nicht gerade schmeichelhaft für sie und eigentlich nicht üblich.

Bruna holte tief Luft und sagte mit heiserer Stimme, während ihre Augen blitzten: »Hast du vergessen, Vater, dass die Franken zwar christlich sind, aber nicht der Lehre des Arius anhängen wie unser ganzes Land? Willst du mich wirklich einem katholischen König zur Frau geben, der mich zwingen wird, meinem Glauben abzuschwören und stattdessen an drei Götter: den Vater, den Sohn und den Heiligen Geist zu glauben?«

Athanagild lachte: »Ich möchte einmal den König sehen, der dich zu irgendetwas zwingen kann. Ich würde mich tief vor ihm verbeugen und sagen: *Hochachtung, du hast ein wildes Tier gezähmt.*

Sie werden dich natürlich belehren und versuchen, dir die Lehre des Arius auszureden und dir von dem dreieinigen Gott erzählen. Es liegt bei dir. Ich bin dann nicht mehr für dich zuständig. Du gehörst dann einem anderen Mann. Außerdem scheint es ja heutzutage so zu sein, dass die Arianer immer weniger werden, selbst die Sueben, unsere westlichen Nachbarn an der Küste, sind schon katholisch geworden!«

»Vater!« Bruna versuchte, zornig auszusehen. »Ich bin enttäuscht, dass du unseren Glauben nicht besser verteidigst, in dessen Namen unsere Vorfahren den Märtyrertod gestorben sind!«

Athanagild blickte in das Gesicht seiner Tochter und versuchte herauszufinden, was gespielt und was echt war. Er machte eine wegwerfende Handbewegung. »Ach! Du willst dich nur herausreden und benutzt den Glauben als Waffe. Ich kenne dich inzwischen.«

Bruna biss sich auf die Lippen und kam mit neuen Einwänden: »Aber ich … ich kenne diesen Mann, diesen Sigulf oder wie er heißt, überhaupt nicht. Ist er klein und dünn oder groß und stark? Ist er grob zu mir oder freundlich? Hat er eine Knollennase, die dauernd trieft oder eine dünne Nase, die zu wenig Luft hindurchlässt, so dass er nachts schnarcht? Hat er schon andere Frauen oder Konkubinen? Bin ich also nur eine nette Zugabe?

Ich weiß, dass die Sitten der Franken es erlauben, dass sie mehrere Frauen ehelichen …«

»Nein, du hast Glück«, erwiderte Athanagild. »Er heißt übrigens nicht Sigulf, sondern Sigibertus. Er ist der Einzige aus seiner Sippe, der noch keine Frauen hat, mit denen er das Bett teilt. Offiziell jedenfalls. Kein Mensch weiß, was er heimlich macht. Aber er scheint mehr Sitte und Anstand zu haben als seine Brüder, die mehrere Frauen gleichzeitig besitzen.«

»Wenn ich ihn wenigstens vorher sehen könnte!«

»Das wird nicht möglich sein, du wirst dich an seinen Anblick gewöhnen müssen wie die meisten Frauen.«

»Aber … aber«, Bruna schritt auf und ab und stampfte mit den Füßen auf. »Du gibst mich weg wie einen Gegenstand, den man an den Meistbietenden versteigert!«

»Wie einen teuren Gegenstand, Bruna, du wirst mich einige Ländereien an Mitgift kosten.«

Gerade wollte Bruna ein neues Argument in die Debatte werfen, da fiel ihr Galsuinta wieder ein und eine Begebenheit, die Jahre zurücklag und sich zwischen den Platanen ereignet hatte. Plötzlich wurde sie ruhig und sagte langsam: »Du hast vorhin gesagt, dieser Frankenkönig hätte … hätte Brüder, die auch Könige sind?«

»Er hat zwei Brüder, die mit ihm über das ehemalige Reich Chlodovechs herrschen. Jeder hat einen Teilbereich. Eine blödsinnige Sitte. Der eine heißt Gunthram. Ihm gehört unter anderem Burgund. Und der andere, der das mittlere Reich beherrscht, heißt Chilperich.«

Bruna überlegte eine Zeit lang und sah aus dem Fenster, dann blickte sie ihren Vater an, neigte den Kopf und sagte: »Dann ist es gut. Ich werde Sigibertus heiraten.«

Diu lieht verbarc er schiere ûnder die bettewât
eines spils begonde (des was dô niht rât)
Sîfrit der vil starke unt ouch Prünhild diu schoene meit.
daz was dem künige Gunther beidiu liep unde leit.

Die Lichter verbarg er schnell hinter den Bettvorhängen.
Ein Spiel begannen nun (sie ließen davon nicht ab)
der sehr starke Siegfried und die schöne junge Frau Brünhild.
Das bereitete dem König Gunther ebenso viel Freude wie Kummer.

Aus dem Nibelungenlied, 10. Aventiure

Im siebten Regierungsjahr König Sigiberts I., Sohn König Chlothachars I., Ehemann der Königin Brunichilde, Herrscher über Austrasien, dem östlichen Teilgebiet der Franken (568 n.Chr.)

VIER

Die Tür öffnete sich leise und Brunichilde, wie die Franken die westgotische Brunagild jetzt nannten, wachte auf. Im Dämmerlicht, das zwei Öllampen verbreiteten, stand, zwischen Türrahmen und Wand, eine Gestalt wie ein dunkles Standbild, das unter dem Flackern der Lampen seinen Schatten über die gekalkte Wand zittern ließ.

Brunichilde erschrak zuerst, lächelte dann aber erleichtert, wälzte sich auf die andere Seite ihres breiten Bettes und stieß den Ellenbogen in die Seite ihrer Magd.

»Was ist?«, murmelte Illegard schlaftrunken.

»Ich bekomme Besuch von meinem Ehemann.«

Seufzend erhob sich Illegard, verschränkte die Arme vor der Brust, weil sie fröstelte, und wankte auf eine Tür zu, die nur angelehnt war. In dem engen Raum, den sie betrat, stand ein schmales Bett, auf dem eine Strohmatte und eine Wolldecke lagen. Rasch schlüpfte Illegard unter die klamme Decke und zog die Beine an. Sie hörte, wie die Tür, die sie halb offen gelassen hatte, mit Nachdruck geschlossen und wie der Doppelriegel, der sich von Illegards Seite nur mit Quietschen öffnen ließ, von der anderen Seite vorgeschoben wurde. Gähnend versuchte sie weiterzuschlafen, was ihr aber nicht ganz gelang.

Inzwischen hatte König Sigibert seine *paenula*, den Mantel, ausgezogen, der nur locker über dem knielangen Hemd hing, öffnete jetzt den Gürtel, legte ihn auf einen Holzhocker und blies die eine der beiden Öllampen aus. Schnell streifte er im Dämmerlicht das Hemd über den Kopf und schlüpfte unter die breite Decke, die die vertriebene Magd auf ihrer Seite angewärmt hatte.

Brunichilde gähnte, tastete im Halbdunkel nach den langen Haaren ihres Mannes und fuhr durch seine blonden Locken, die in der Dämmerung grau aussahen. Sie wusste, seit sie in Franken wohnte, dass nur die merowingischen Könige ihre Haare so lang tragen durften. Ein Zeichen von Freiheit. Sie folgte mit ihrem Zeigefinger der ungewöhnlich geraden Linie seines Haaransatzes und berührte seine breite Nase, die ihm bei Tageslicht ein wildes, ungezähmtes Aussehen gab, ein Familienerbstück der Merowinger. Sein Mund, versteckt unter einem borstigen fränkischen Hängeschnurrbart, lächelte, während sie ihm über die Lippen fuhr. Als sie seinen Hals unter der Lockenfülle streichelte, zuckte ihre Hand zusammen, und die Überreste eines Flohs landeten auf dem gewebten Teppich. Dann sank der Arm entspannt zur Seite.

»Ih bin iámer slaffan – ich bin in letzter Zeit so schläfrig«, flüsterte sie auf Fränkisch, das sie in dem verflossenen drei viertel Jahr schnell gelernt hatte. Es wäre ihr doch etwas unpassend erschienen, sich im Bett auf Latein zu unterhalten, eine Fremdsprache für beide.

»Das habe ich bemerkt«, raunte Sigibert mit einem Lächeln in der Stimme seiner Frau ins Ohr und fing an, mit seinen Händen ihre Brust zu streicheln. »Ich werde deine Schläfrigkeit vertreiben.«

»Es scheint, dass du nicht genug von mir bekommen kannst«, sagte sie, ließ sich aber die Zärtlichkeiten durchaus gefallen, die jetzt nicht nur ihren Brüsten galten, sondern auch dem übrigen Körper.

Tatsächlich stimmte die Voraussage Sigiberts, denn Brunichildes Trägheit verflog allmählich, sie drehte sich zu ihrem Mann herum und küsste ihn.

Illegard, die im Nebenzimmer aufgestanden war, weil sie sowieso nicht schlafen konnte, schlich sich zur Tür und presste ihr Ohr gegen das Holz. Aber alles, was sie hörte, waren halblaute Sätze, von langen Pausen durchzogen, und das Ächzen des Bettrahmens.

Seltsam, dachte sie, bei den meisten Paaren, die ich belauscht habe, war mehr zu hören. Es scheint, als ob die Liebe zwischen den beiden leise und sanft ist, obwohl die Königin sonst eher laut und gebieterisch auftritt.

Enttäuscht, dass sie nicht mehr mitbekommen hatte, kletterte sie wieder unter ihre Bettdecke und träumte von einem Mann, der sie so zärtlich behandelte wie der König seine Frau.

»Es ist schön«, sagte Brunichilde in das Halbdunkel des Schlafzimmers hinein, nachdem sich Sigibert von ihr gelöst hatte, »dass ich morgen meine Schwester sehen kann.«

»Hm«, brummte der König zustimmend.

»Weißt du eigentlich, dass damit ein Kindheitstraum in Erfüllung geht?«

»Was für ein Kindheitstraum?«

»Als wir noch klein waren, haben wir uns vorgenommen, nur Könige zu heiraten, die Brüder sind.«

»Seltsame Wünsche.«

»Gar nicht seltsam. Denn so können wir in der Nähe bleiben und uns besuchen.«

»Ah.« Sigibert gähnte. »Du hast meiner Werbung also nur deshalb zugestimmt, weil ich einen Bruder hatte?«

Brunichilde lachte. »Ich hatte sowieso keine andere Wahl. Mein Vater war froh, dass er mich los war. Aber es war ein wichtiger Grund für mich, dass du einen Bruder hattest. Ich kannte dich ja nicht. Aber als ich dich dann sah und wir uns kennen lernten, habe ich meine Schwester eine Zeit lang vergessen.«

»Die Kraft der Liebe.«

»Es ist so schön, dass Galsuinta deinen Bruder Chilperich geheiratet hat und sie uns morgen besucht.«

»Hm.«

»Was brummst du so? Das klingt nicht gerade nach freudiger Zustimmung.«

»Ach, ich weiß nicht«, seufzte Sigibert, »ob diese Heirat wirklich so ein guter Einfall war. Du kennst meinen Bruder nicht.«

»Nun, immerhin hat er seine Magd, die er zur Frau genommen hatte, entlassen und auch die anderen Frauen. Wie hieß diese Magd doch gleich?«

»Fredegunde. Eine ehemalige Magd, aber sehr begehrenswert.«

»Begehrenswerter als ich?«

»Nicht für mich. Es gehört sich nicht, dass ein König eine Magd zur Frau nimmt.«

»Das finde ich auch. Und es ist gut, dass er sie weggeschickt hat und jetzt eine echte Königin hat. Außerdem ist dein Bruder sehr klug. Er macht sich viele Gedanken über die Kirche und den Glauben. Er interessiert sich auch für die Buchstaben der fränkischen Sprache. Das hat er mir während seiner Hochzeitsfeier erzählt. Er hat genau gefragt, welche griechischen Buchstaben Wulfila für bestimmte Laute des Gotischen genommen hat …«

»So? Hat er das? Ich will dir sagen, was ihn wirklich interessiert: Er will mehr Land, mehr Macht und viele Frauen. Ich weiß nicht, wie lange er Galsuinta treu bleibt.«

»Ach, Sigibert, die Macht wollt ihr doch alle: du, dein Bruder Gunthram von Burgund und Chilperich.«

»Hm.« Sigibert gähnte zum zweiten Mal, fing dann aber an, leise in sich hineinzulachen.

»Was lachst du?«

»Ich habe Gunthram bei unserer Hochzeit genau beobachtet. Er hat dich mit seinen Augen verschlungen und hätte dich am liebsten zu seiner dritten Frau gemacht. Also, pass auf, wenn ich einmal sterbe, wird er dich haben wollen.«

Brunichilde schnaubte verächtlich durch ihre Nase. »Dann werde ich ein Bogenschießen veranstalten. Nur wer gewinnt, bekommt mich zur Frau. Aber es wird keiner gewinnen.«

»Du und dein Bogen!«

Brunichilde richtete sich auf. »Eines möchte ich gerne von dir wissen?«

»Was denn?«

»Wie kommt es, dass deine Brüder so viele Frauen haben oder hatten und du dich mit einer begnügst?«

»Du meinst wohl vergnügst?«

»Schlage keine Seitenpfade bei unserem Gespräch ein!«

»Es klingt eher wie ein Verhör als ein Gespräch.«

»Das ist mir gleich. Wie kommt es also?«

»Vielleicht liegt es daran, dass ich nicht gerne drei oder vier

Dinge gleichzeitig verfolge. Wenn ich zum Beispiel kämpfe, konzentriere ich mich auf einen Gegner.«

»Ist denn die Liebe für dich ein Kampf?«

»Lass mich ausreden. Auf jeden Fall macht es mir kein Vergnügen, Streitereien zwischen zwei oder drei Frauen zu entfesseln. Und, fast hätte ich es vergessen«, sagte er mit spöttischem Unterton, »welche Frau könnte ich mit dir vergleichen? Es wäre immer eine Enttäuschung, wenn ich nach dir ein zweites Bett aufsuchte. Es wäre ein Abstieg in die Niederungen der Hässlichkeit … obwohl … du bringst mich auf eine Idee. Vielleicht sollte ich doch einmal ausprobieren, wie es ist, wenn …«

Aber er kam nicht dazu, den Satz zu vollenden, denn Brunichilde verschloss seinen Mund mit Küssen.

Dann legte sie sich auf den Rücken und sagte: »Galsuinta und ich werden morgen herumfahren. Ich werde ihr Treveris zeigen. Und wir werden den ganzen Tag reden. Wir werden gotisch sprechen. Keiner wird uns verstehen. Sie wird mir erzählen, was ihr neuer Ehemann macht. Wie er ist und was er sagt. Ob sie Pläne haben. Ich überlege nur, welchen Wagen wir nehmen: den großen, vierrädrigen, mit den dunkelblauen Vorhängen, aber dann brauchen wir zwei starke Ochsen. Die Wege sind schlecht. Oder nehmen wir den leichten Wagen mit den zwei Rädern? Dann genügt vielleicht sogar ein Pferd. Aber der Große sieht beeindruckender aus … Was meinst du, mein König?« Sigibert sagte nichts. Erst als Brunichilde ihre Frage wiederholte, meinte er langsam: »Warum willst du mit ihr durch die Gegend fahren? Sie ist tagelang unterwegs, um von Sessionas nach Treveris zu kommen, obwohl es doch viel einfacher wäre, uns in Remus zu besuchen. Ich glaube, dass sie viel lieber ein Stück zu Fuß gehen würde. Warum kommt sie überhaupt hierher? Wir selbst werden uns in Treveris nicht lange aufhalten. Ich brauche für meine Gespräche mit Bischof Magnerich und seinen Diakonen nicht mehr als ein paar Tage.«

»Sie wollte unbedingt die Stadt kennen lernen, in der Kaiser Konstantin residiert hat. Und gleichzeitig möchte sie viel von den Städten und Dörfern sehen, die zu unserem Reich gehören. Außerdem hat sie gehört, dass es hier eine wundertätige Reliquie geben soll …«

»Du meinst das Tuch des heiligen Henoch …«

»Ja. Und vergiss nicht, wenn wir wieder zu Hause in Remus sind, werden Suinta und ich uns noch viel häufiger sehen. Es sind ja nur vierzig Meilen nach Sessionas. Was hältst du überhaupt von meiner Schwester? Gefällt sie dir? Findest du sie anmutig?«

Sigibert schien bei dieser Frage in tiefes Nachdenken zu versinken, das sich bald in eine Art Röcheln verwandelte.

Mit ihrer Hand tastete die Königin zu Sigibert hinüber und fühlte, wie sich sein behaarter Brustkorb langsam und regelmäßig hob und senkte.

»Er ist eingeschlafen«, murmelte Brunichilde. »So schnell, von einem Augenblick zum nächsten. Für die Männer scheint die Liebe vielleicht doch so eine Art Kampf zu sein, der sie schläfrig macht.«

Aber nach einer Weile drehte sie sich auch auf die Seite und schlief ein.

Als sie am nächsten Morgen erwachte, merkte sie, dass Sigibert schon aufgestanden war. Auch Illegard arbeitete sicherlich, denn die Tür zu ihrem Zimmer stand offen und das Bett war leer.

Brunichilde erhob sich, wunderte sich, dass sie so tief geschlafen und keine Geräusche gehört hatte. Selbst das Quietschen des Riegels, der Illegards Zimmer verschlossen hatte, war ihr entgangen. Sie griff nach einem Leinentuch, das am Fußende des Bettes lag, hüllte sich damit ein, weil sie fröstelte, und trat ans Fenster.

Eine der härtesten Umstellungen nach ihrem Umzug von Hispania nach Franken war für Brunichilde das kalte, nördliche Klima gewesen.

Die Hochzeit hatte im Oktober stattgefunden, wo die Bäume allmählich kahl wurden und ein kalter Herbstwind durch die Straßen fegte. Die ersten Wochen fror sie nur und ging nicht ohne heiße Ziegelsteine ins Bett. Sie verstand die Sprache nicht, kannte niemanden, selbst ihr Ehemann war ihr noch nicht vertraut. Und sie fühlte sich einsam. Natürlich konnte sie sich mit Latein zur Not verständigen, aber es ging ihr nicht darum, nur

Fragen zu stellen und kurze Antworten zu bekommen. Sie wollte sich in ein vertrauliches Gespräch fallen lassen wie man in ein warmes römisches Wasserbecken eintauchte und dann spürte, dass die Grenzen des Körpers angenehm verschwimmen. Und so kam es, dass sie bei einem Besuch ihres Schwagers Chilperich von ihrer Schwester erzählte und von ihr schwärmte: von ihren Locken, ihrer elfenbeinfarbenen Haut und den kleinen Sonnenflecken, die aussahen, als ob Sterne ihr Licht auf Suintas Gesicht geworfen hatten.

Als Chilperich erfuhr, dass Brunichilde Ländereien an der Nordgrenze Hispanias in die Ehe eingebracht hatte und für die Schwester sicher auch eine ähnliche Mitgift vorhanden war, begann er, sich für Galsuinta zu interessieren und versprach, seine anderen Frauen zu entlassen, um eine echte Prinzessin zu heiraten.

Inzwischen hatte sich Brunichilde zwar an das raue, fränkische Klima gewöhnt, das hier in Treveris, im Osten des Reiches, immerhin etwas milder war als in Remus, und es gab auch immer mehr Menschen, mit denen sie reden konnte, aber die Aussicht, mit Galsuinta zwei ganze Tage zu verbringen, berauschte sie förmlich.

Sie trat zu dem großen, bogenförmigen Fenster ohne Glas, entriegelte den Holzladen und stieß ihn nach draußen.

Ein blauer Himmel spannte sich über die alte römische Stadt *Augusta Treverorum,* die praktisch verkürzt *Treveris* hieß. Keine einzige Wolke war zu sehen. Der Monat Iunius schien heute gut gelaunt zu sein und versprach Wärme und Licht.

Während des Ianuarius, der so unglaublich dunkel und kalt war, hatte sich Brunichilde kaum vorstellen können, dass dieses neblige, frostige Land, das unter einer Schneedecke lag, jemals vor Hitze glühen könnte. Aber an diesem sonnigen Morgen schien alles möglich zu sein.

Da ihr Schlafzimmer in den alten Kaiserthermen, die jetzt zu den königlichen Gemächern umgebaut worden waren, im zweiten Stockwerk lag, blickte Brunichilde über Häuser mit Stroh- und Ziegeldächern. Unterbrochen wurden die Dächerreihen durch das helle Grün der Buchen und durch rechtwinklige schmale Gassen, die von der Römerzeit noch übrig geblieben waren, allerdings nicht mehr so eben und glatt, sondern voller Löcher.

Das Palatium, in dem vor über zweihundert Jahren Kaiser Konstantin regiert hatte und das Galsuinta unbedingt besuchen wollte, ragte wie ein riesiger Klotz hervor, inmitten von Hütten, Ruinen und notdürftig ausgebesserten Häusern, und war doch selbst eine halbe Ruine, deren Dach mit Ziegeln, Stroh und Holzschindeln gedeckt war, damit der Regen den geräumigen Saal nicht noch weiter zerstören konnte. Denn bei großen Versammlungen ließ es sich König Sigibert nicht nehmen, wie sein Vater Chlothachar auf dem alten Platz des Kaisers zu sitzen und Recht zu sprechen. Eine letzte Erinnerung an den Glanz und die Größe des Römischen Reiches.

Brunichilde, die immer noch am Fenster stand und die warmen Sonnenstrahlen genoss, die auf ihre Unterarme fielen, hörte die Geräusche, die von dem Straßenpflaster zu ihr heraufdrangen und sagte halblaut zu sich selbst: »Es stimmt. Suinta und ich brauchen nicht in einem Wagen über die unebenen Straßen zu holpern. Es ist alles in Reichweite: das Palatium und die große Basilika. Ich werde einen der Diakone bitten, uns zu begleiten. Und jetzt muss ich mich wohl anziehen.«

Erst am Tag vorher hatte sie sich gewaschen und so begnügte sie sich, aus einer Bronzeschüssel, die ihr Illegard reichte, das Gesicht mit feuchten Händen abzureiben.

Die Magd griff in eine Schale voller frisch gepflückter Lavendelblüten, benetzte ihre Hände mit Wasser und rubbelte damit über Brunichildes Rücken, ihren Hals und ihre Brüste. Dann nahm sie ein Stück Schweinefett und verstrich es auf ihrem Gesicht.

Ein grob gesägter Bronzekamm musste herhalten, um die schwarzen, dicken Haare Brunichildes zu entwirren.

Nach römischer Art wurden sie geflochten und hochgesteckt, wobei ein paar Haarsträhnen frei an der Seite herunterhingen, damit es nicht ganz so streng aussah.

Über ein Leinenhemd streifte Illegard das neue seidene Gewand, das mit Holundersaft blau gefärbt war. Mit einem Schwung warf sich Brunichilde den Mantelstoff aus gewebter Schafwolle über die Schulter und reichte Illegard zwei Bronzefibeln in der Form von Vogelköpfen, damit sie den Mantel befestigen konnte.

»Hier, in Franken, nehmen wir nur eine Schulterfibel«, wagte Illegard zu sagen.

»Ich möchte den Mantel aber auf die gotische Art mit zwei Fibeln tragen. Ich fühle mich sicherer damit«, erwiderte Brunichilde. Und ihr Ton duldete keinen Widerspruch.

Sandalen anzuziehen wäre wohl zu leichtsinnig gewesen bei den unebenen Wegen, also entschied sich die Königin für die Stiefel aus Ochsenleder, die bis über die Knöchel reichten.

»Und meinen neuen Ring, Illegard!«, rief Brunichilde, »der Goldene mit dem grünen Smaragd!«

Als Brunichilde nach draußen trat, um mit Illegard die Messe in der großen Doppelbasilika zu hören und den Worten Bischof Magnerichs zu lauschen, rümpfte sie die Nase. In den Straßen stank es nach Ochsenkot und verfaultem Gemüse.

Auch daran hatte sie sich gewöhnen müssen, als sie Hispania verließ. Im heißen trockenen Klima Toletums konnten sich die Abfallgerüche nicht so lange halten wie hier, wo sie Zeit hatten, in den feuchten Ecken langsam und still vor sich hinzustinken.

Den ganzen Tag über war Brunichilde nervös und dachte an den Besuch ihrer Schwester. Mittags zwang sie sich, wie es ihre Gewohnheit war, sich zurückzuziehen und sich auszuruhen. Aber schlafen konnte sie nicht.

Nachmittags ließ sie sich von dem Comes, dem Verwalter des Königs, die Waffen der Soldaten zeigen. Besonders gut gefiel ihr ein Bogen, der aus mehreren Schichten glatt polierter Eschenholzleisten gefertigt war. Zur allgemeinen Verwunderung der Männer traf sie auf Anhieb einen markierten Punkt auf einem Holzbalken. Und die Soldaten klopften mit ihren Langschwertern anerkennend gegen ihren ledernen Brustschutz.

Endlich, als die Königin wieder bei den Kaiserthermen angekommen war und der Schatten die doppelte Länge über den Mosaikfußboden warf, hörte sie den Lärm eines Wagens. Ochsengebrüll drang zu ihr herauf, das Gekreische von Kindern, die überall auftauchten, wenn sich etwas Neues ereignete, und heiseres Hundegebell.

Aufgeregt eilte sie ans Fenster. »Das muss sie sein!«, rief sie.

Und sie war es auch. Vor einem stabilen, überdachten Holzwagen, der an den Ecken mit Silberblech beschlagen war und von zwei Ochsen gezogen wurde, stand eine Frau und half Galsuinta gerade aus dem Wagen. Diese reckte sich und bog ihren Rücken nach hinten. Um sie herum standen Männer mit Pferden, die den Wagen begleitet hatten.

Wie ein blauer Wirbelwind lief Brunichilde auf ihre Schwester zu, vergaß ihre ganze Würde als neue Königin und fiel ihr um den Hals, so dass ihr Besuch Mühe hatte, sich aufrecht zu halten.

»Fagino, Suinta, ei qamt – ich bin so froh, Suinta, dass du gekommen bist!«, rief sie auf Gotisch, nahm ihre Hand und zog sie mit sich fort.

»Hast du ein Bett, auf dem ich mich ausstrecken kann?«, fragte Galsuinta.

»Natürlich. Du legst dich auf unser Gästebett, ich lasse uns Erfrischungen bringen, setze mich neben dich, halte deine Hand und frage dich aus.«

»Und ich frage dich aus, kleine Bruna«, sagte Galsuinta lächelnd mit matter Stimme.

Brunichilde blieb stehen und drehte sich zu Galsuintas Magd um, die ihrer Herrin vorhin aus dem Wagen geholfen hatte. Ein paar kurze Befehle genügten, um die notwendigen Dinge zu veranlassen. Dann stiegen die beiden Schwestern die Stufen zum ersten Stock hinauf und gingen in das Gästezimmer, in dem ein Bett stand, eine Truhe, ein kleiner runder Tisch und mehrere Klappstühle.

»Bevor du dich ausstreckst, lass dich zunächst einmal betrachten«, befahl Brunichilde und ließ ihre Schwester im Zimmer stehen, als sei sie eine der alten römischen Statuen.

Galsuinta löste ihren Reisemantel, warf ihn auf das Bett und drehte sich lächelnd einmal um sich selbst.

Brunichilde kniff die Augen zusammen und betrachtete sie.

Ihre Schwester hatte sich von dem unscheinbaren Mädchen zu einer Frau entwickelt, die ihre eigene Schönheit besaß. Ihre helle Haut, die nach der langen Fahrt noch blasser war als sonst (die Sommersprossen waren kaum noch zu sehen), bildete einen reizvollen Kontrast zu den rötlichen Locken, die frei auf die Schulter fielen und gut zu dem langen, goldbraunen Leinenkleid mit den hellgrünen Stickereien am Halsausschnitt passten.

Galsuintas sorgfältig gezupfte Augenbrauen schwangen sich in einem anmutigen Bogen über die grünen Augen und ließen sie größer erscheinen. Ihre Figur war immer noch zierlich und überragte die ihrer Schwester um drei Finger. Aber trotzdem wirkte Galsuinta kaum größer als Brunichilde, die mit ihrer Vitalität, dem dunkleren Teint, den schwarzen Haaren und mit ihren ausladenden Bewegungen neben ihrer größeren Schwester immer dominierte.

»Du hast etwas zugenommen während der letzten Monate«, sagte Brunichilde nach einer Weile. »Und es sieht gut bei dir aus.«

»Das ist die Kälte«, erklärte Galsuinta. »Bei Kälte esse ich immer mehr. Und du bist noch schöner geworden.«

»Lass mal fühlen, ob du auch wirklich Speck angesetzt hast.«

Brunichilde ging bei diesen Worten auf Galsuinta zu und zwickte sie in die Taille. Als die Schwester einen kurzen Schrei ausstieß, mussten beide lachen und umarmten sich ein zweites Mal.

Brunichilde vergrub ihr Gesicht in Galsuintas roten Locken, löste sich dann von ihr und sagte mit Tränen in den Augen: »Es tut gut, dich zu umarmen und deine Nähe zu spüren, Suinta. So, und jetzt streck dich auf dem Bett aus und erhole dich!«

Galsuinta gehorchte nur zu gern, konnte es sich aber nicht verkneifen zu murmeln: »Deine Sätze gehen zum Schluss immer in Befehle über wie früher.«

»Ja, das ist nun einmal so.«

Die Tür zum Gästezimmer öffnete sich, Martinga, Galsuintas Magd, und Illegard kamen herein und stellten einen Krug mit gewürztem Wein und einen mit Wasser auf den runden Tisch, dazu zwei Becher aus grünem Glas und eine Schale mit Nüssen vom letzten Herbst und ein paar getrockneten Feigen aus Italia. Die Mägde gingen hinaus, kamen zurück, schleppten Galsuintas Truhe mit ihren Kleidern und anderen notwendigen Dingen herein und stellten sie in eine Ecke.

»Wünschst du noch etwas, meine Königin?«, fragte Martinga.

»Nein. Wir haben alles«, antwortete Brunichilde rasch. »Lasst uns allein. Wenn wir etwas brauchen, melden wir uns.«

Die Mägde verneigten sich und verließen den Raum.

»Es klingt doch gut, dieses *Meine Königin,* oder nicht?«

Galsuinta nickte lächelnd. »Ja, nun sind wir also beide Königinnen geworden und haben zwei Brüder geheiratet, wie wir es geplant hatten.«

Brunichilde ergriff Galsuintas Hand, schmal und feingliedrig gebaut, ganz anders als ihre eigene, die breiter und kräftiger war, bereit, jederzeit zuzupacken oder den Bogen zu spannen, der zu Hause, in Remus, an der Wand hing.

Galsuinta seufzte. »Es tut gut, sich auszustrecken nach der langen Fahrt.«

»Wie lange warst du unterwegs?«, fragte ihre Schwester und spielte dabei mit Galsuintas Fingern.

»Fünf Tage. Und die Straßen waren alles andere als eben. Noch schlimmer als in Toletum. Die römischen Straßen scheinen immer schlechter zu werden, je weiter man sich von Rom entfernt.«

»Das kann nicht sein.« Brunichilde schüttelte den Kopf. »Hier hat schließlich Kaiser Konstantin gewohnt. Die Straßen waren sehr gut, aber viele Leute haben sich wohl Steine geholt, um Mauern und Türme zu bauen, als Rom sich zurückzog. Manche Kirche wird von den Steinen der Römerstraßen erbaut worden sein. Wann willst du übrigens das Palatium sehen?«

»Heute noch«, antwortete Galsuinta bestimmt. »Jetzt, im Iunius, ist es noch lange hell. Aber noch mehr möchte ich das Tuch des heiligen Henoch sehen und es berühren.« Sie hielt Brunichildes Hand fest und fragte: »Was ist das eigentlich für ein Ring, den du trägst?«

»Oh, das ist ein Geschenk des Bischofs.«

»Der Bischof verschenkt Ringe? Hat er ihn dir persönlich gegeben?«

»Nein, durch einen Boten.«

»Seltsam.«

»Gar nicht seltsam. Ein Zeichen der Dankbarkeit. Mein Mann hatte damals, als er König wurde, den alten Bischof Nicetius aus der Verbannung geholt. Und der neue Bischof Magnerich ist uns dankbar. Das ist alles.«

Brunichilde stand auf. »Ich hatte mit unseren Besichtigungen eigentlich an morgen gedacht, aber warum nicht gleich jetzt? Gestern habe ich mit Aitulf, einem der Diakone, gesprochen und ihn gebeten, uns zu begleiten. Er ist hier in der Nähe. Ich werde sofort Illegard nach ihm schicken, um ihn zu fragen, ob er schon heute Zeit hat. Bis er kommt, hast du dich ein wenig ausgeruht. Willst du dein Reisekleid ausziehen und etwas anderes ...?«

»Nein, nein. Ich werde, wenn wir zurückkommen, ein warmes Bad nehmen.«

Brunichilde verschwand, um Illegard zu Aitulf zu schicken.

Währenddessen richtete sich Galsuinta auf und goss sich einen Schluck Wasser ein, den sie mit Wein vermischte und sagte, als Brunichilde zurückkam und sich wieder auf das Bett setzte: »Also auch die Diakone gehorchen dir!«

»Nun, ich bin schließlich die Königin. Sie gehorchen mir gerne, du weißt schon, aus Dankbarkeit.«

»Warum wurde eigentlich der alte Bischof verbannt?«

»Nicetius hatte den König kurzerhand exkommuniziert, weil er einen Bastard Chlodovechs ermorden ließ und wahrscheinlich auch den heiligen Henoch, der sehr respektlos mit Chlothachar umgegangen sein soll.«

»Damit hat er den Heiligen zum Märtyrer gemacht.«

»So ist es. Wir sollten dem Mörder dankbar sein. Aber Schluss mit Mord und Märtyrern! Wie hast du dich in Sessionas eingelebt, Suinta?«

Ihre Schwester antwortete nicht gleich, sondern nippte an ihrem Glas. Dann sagte sie vorsichtig: »Es war sehr schwer am Anfang … das Klima, die Feuchtigkeit. Und … nun ja, Chilperich gab sich viel Mühe mit mir, aber er … er ist sehr grob, wenn … wenn wir abends im Bett liegen. Es war schrecklich …«

Brunichilde hatte ihre Schwester genau beobachtet und sagte nun: »Es war … ? Bedeutet das also, dass es jetzt etwas besser ist?«

»Ja, es ist … etwas erträglicher. Die Stelle … ist nicht mehr so wund wie am Anfang. Aber die Liebe hatte ich mir anders vorgestellt. Ich glaube, dass er weder mich noch überhaupt einen Menschen richtig lieben kann. Manchmal sehe ich, wie er im Ärger die Augenbrauen zusammenzieht, wenn ich zusammenzucke unter seinen Bewegungen … Ich … ich halte mich dann am Bettrand fest, der schon einige Kratzer hat von … von meinen Fingernägeln.«

Galsuintas schmale Hand zitterte, als sie sich einen Schluck nachgoss. Sie biss sich auf die Lippen und fragte mit einer zu munteren Stimme: »Aber lassen wir das. Das wird sich geben. Ich bin sicher nicht die erste Frau, die ihre Schwierigkeiten damit hat. Wie geht es dir denn? Du bist ja schon etwas länger in diesem kalten Land.«

»Oh! Inzwischen geht es mir richtig gut. Allerdings muss ich sagen, dass ich mit Sigibert Glück gehabt habe. Er ist sehr sanft zu mir. Manchmal wünschte ich mir, er wäre etwas stürmischer und wilder. Aber er scheint mich wirklich zu lieben. Das hat mich am meisten überrascht. Du weißt ja, normalerweise heiratet man nicht, um zu lieben, sondern um Kinder zu zeugen. Die meisten Männer sparen die Liebe für ihre Geliebten auf. Aber bei Sigibert scheint es anders zu sein. Und … ich denke, dass ich vielleicht sogar schwanger bin. Ich bin oft müde und meine Haut ist wärmer als sonst. Und auch mein Blutfluss ist längst überfällig.«

Eine leichte Röte überzog Brunichildes Gesicht, während sie davon erzählte.

»Das ist ja wunderbar!«, rief Galsuinta aus. »Meine Schwester ist schwanger!«

Brunichilde hob ihre Handflächen abwehrend nach oben. »Es ist nur eine Vermutung. Vielleicht bilde ich es mir auch nur ein.«

Jemand klopfte.

»Ja? Wer ist da?«, fragte Brunichilde.

Die Tür öffnete sich und Illegards Kopf war zu sehen. »Es ist der Diakon, der mit euch zum Palatium gehen will.«

»Ich weiß. Bring ihn in den Vorraum. Wir kommen gleich.« Die Tür schloss sich wieder.

Beide Frauen erhoben sich und zupften ihre Kleider zurecht.

»Wie bist du mit deiner Magd zufrieden?«, fragte Brunichilde, als ihre Schwester sich die Stiefel anzog.

»Martinga? Ich bin sehr zufrieden. Ein Lichtblick. Sie spricht Gotisch und ist die Einzige, mit der ich ab und zu vertrauliche Dinge bereden kann, ohne befürchten zu müssen, dass sie sie ausplaudert. Sie hat ein Herz aus Gold, aber in ihren Verrichtungen ist sie etwas langsam.«

Aitulf, einer der Diakone der großen Kirche in Treveris, erhob sich, als die Königinnen den Vorraum betraten. Er fühlte sich in dieser Rolle nicht besonders wohl. Fast kam es ihm vor, als sei er dazu abgestellt worden, zwei vornehme Frauen zu unterhalten. Viel lieber hätte er eine Pergamentrolle beschrieben oder die Priester unterrichtet. Und er war ein Mann, der Frauen gegenüber eher schweigsam war. Sonst konnte er jedoch mit seiner Bassstimme ganze Redeschlachten bestreiten.

Er war nur wenig größer als Galsuinta, trug einen schwarzen Bart und dichtes, dunkles Haar.

Aitulf verneigte sich und sagte auf Latein: »Christus benedicat vos – möge Christus euch segnen.«

Er hatte das Lateinische gewählt, obwohl er wusste, dass die Königinnen aus Hispania stammten und Gotisch sprachen, so wie er selbst. Denn er stammte aus Septimanien, das an Hispanias Nordgrenze lag und das Gotische beibehalten hatte.

Er war der Meinung, es sei besser, mit seinen Sprachkenntnissen am Anfang zurückhaltend zu sein. Manchmal erfuhr man dann Dinge, die nicht für das Ohr eines Diakons bestimmt waren, aber gerade deshalb wichtig und nützlich sein konnten.

Brunichilde und Galsuinta wählten einen unauffälligen Reisemantel mit Kapuze. Sie wollten nicht ständig von entgegenkommenden Leuten angestarrt werden. Zum Glück waren die Gesichter der neuen Königinnen in Treveris noch nicht so bekannt.

Als sie nach einem Fußmarsch, der sie am verfallenen Circus entlangführte, am Palatium ankamen, blieben die Frauen staunend stehen. Solch ein riesiges Gebäude hatten sie noch nie aus der Nähe gesehen. Brunichilde allenfalls von weitem. Neunzig Schritte war der Bau lang, vierzig Schritte breit und fast siebzig Ellen hoch.

»Unglaublich«, flüsterte Galsuinta ehrfürchtig, als sie daran dachte, dass hier der »sedes imperii« – der Sitz des Römischen Reiches gewesen war. Und als Aitulf die Tür öffnete und sie den Raum betraten, verschlug es den Frauen die Sprache. Ganz weit weg, in der Ferne, dort, wo die Apsis begann, hatte der Thron des Kaisers gestanden. Und dort saß bei besonderen Anlässen auch König Sigibert, wenn er den Osten seines Reiches aufsuchte, um Würdenträger zu empfangen oder um Recht zu sprechen.

Allerdings war die alte Pracht verschwunden. Der schwarzweiß gemusterte Marmorboden hatte so viele Risse und Löcher, dass man beim Gehen aufpassen musste, um nicht zu stolpern. Die grünen Malereien und Verzierungen an den Wänden waren abgeblättert. Die prächtige Kassettendecke zerstört, und es gab keine Statuen in den Nischen der Apsis.

An den Wänden standen dreibeinige Bronzeschalen, die bei Bedarf mit glühenden Kohlen gefüllt wurden, um den Raum im Winter und Herbst zu heizen, da die raffinierten unsichtbaren Fußboden- und Wandheizungen der Römer schon längst zerstört waren.

Die beiden Schwestern eilten auf die Apsis zu und stiegen die Stufen zur Plattform hinauf, auf der ein verzierter Thron aus Bronze und Stein stand.

Wie alle Westgoten, so bewunderten auch die beiden Königinnen das römische Erbe und waren in ihrem Herzen Anhänger des Kaiserkultes geblieben. Und so wunderte sich Galsuinta nicht, als Brunichilde sich auf den Thron setzte und auf Gotisch wie zu sich selbst sagte: »Es müsste wieder ein einziger Herrscher das ganze Frankenland regieren. Es ist nicht gut, wenn drei Brüder sich das Erbe teilen.«

Dann stand sie auf, und beide gingen innerlich bewegt zum Eingang zurück. Solange es noch hell war, wollten sie zur Doppelbasilika, in der die kostbare Reliquie aufbewahrt wurde.

»Und wie lange lebst du schon in Treveris, Diakon Aitulf?«, fragte Brunichilde, als sie das Palatium verlassen hatten und sich der Doppelbasilika im Norden der Stadt näherten.

»Über dreizehn Jahre, meine Königin.«

Brunichilde überlegte, dann sagte sie: »Oh, dann müsstest du von der Aufsehen erregenden Geschichte gehört haben, die sich damals hier zugetragen haben soll.«

»Welche Geschichte?«

»Von der Auferweckung eines toten Kaufmanns.«

Aitulf lachte. »Allerdings habe ich davon gehört. Ich selbst und Diakon Kilian waren mit dem Fall betraut worden und kannten den Kaufmann Arbeo persönlich, der später sein Leben Gott weihte, in einer Einsiedelei mitten im Wald. Mit Gottes Hilfe und mit unserem scharfen Verstand haben wir schließlich Licht in das Dunkel gebracht.«

Brunichilde war bei den Worten »scharfen Verstand« hellhörig geworden und blickte Aitulf von der Seite an. Sie sagte aber nichts dazu, sondern meinte nur: »Ja, ein merkwürdiges Ereignis. Und, wie ich gehört habe, hing das Tuch des heiligen Henoch auch mit dieser Geschichte zusammen.«

Aitulf nickte: »Ich selbst war anwesend, als wir den Heiligen waschen wollten und dabei entdeckten, dass er ein Büßerhemd trug, das seinen Rücken zum Bluten brachte. Das Tuch, mit dem wir seine Wunden behandelten, blieb uns durch Gottes Vorsehung erhalten und hat seitdem seine Heiligkeit ausgestrahlt und Wunder vollbracht.«

»Welche Wunder?«, wollte Galsuinta wissen.

Ein Lahmer, dem der Bischof das Tuch auf seine Gelenke gelegt hatte, konnte hinterher wieder laufen, wenn auch nicht so schnell wie ein Hirsch. Und die Geschwulst am Hals einer Frau ging nach der Behandlung mit dem Tuch langsam zurück. Dafür redete sie hinterher doppelt so viel wie vorher.«

Sie schwiegen eine Weile, bis Brunichilde fragte: »Hast du eine Frau, Aitulf?«

»Ich hätte beinahe eine gehabt. Sie hieß Ansegud. Da ich Subdiakon bin und nicht zu den höheren Weihegraden gehöre, hätte ich sie heiraten können.«

»Und was hat dich davon abgehalten?«

»Sie starb kurz vor unserer Eheschließung.«

Die Königin ließ eine mitfühlende Bemerkung fallen.

»Aber ich habe eine Pflegetochter«, fuhr Aitulf fort, die mich gelegentlich besucht. Sie heißt Agnes, ist gerade zwölf Jahre alt geworden und gehörte meinen Freunden Kilian und Susanna, die beide bei einer Seuche ums Leben gekommen sind ... Übrigens, wir sind da.«

Sie waren bei der Südbasilika angekommen, die zwar nicht die Ausmaße des Palatiums hatte, aber dennoch so majestätisch auf dem Platz stand, als hätte sie schon immer hierher gehört.

Aitulf ging jedoch nicht auf den Haupteingang zu, sondern schritt an der Längsseite entlang, bis er zu dem Gebäude kam, in dem der Bischof wohnte und sich die Lehrräume der Priester befanden, die dort einen zusätzlichen Unterricht genossen.

Der Diakon klopfte dreimal kräftig an die Holztür, bis ein Riegel zurückgeschoben wurde und ein Sklave, der Aitulf erkannte, zurücktrat und ihn und seine Begleiterinnen mit einem Kopfnicken einließ.

Der Raum, in dem man das heilige Tuch aufbewahrte, befand sich im ersten Stock, im Zimmer neben dem des Bischofs, wo auch die Geräte für die Eucharistie untergebracht waren.

Da es draußen allmählich dämmerte und der Raum jetzt im Halbdunkel dalag, holte Aitulf aus der Küche einen Kienspan, den er an der Glut des Ofens entflachte, und steckte ihn in den dafür vorgesehenen Wandhalter. Sofort wurde das Zimmer mit einem warmen Lichtschein überzogen. Der Tisch und die Truhen, die mit Nussöl eingerieben waren, schimmerten matt im Flackern des Lichts, das von einem unsichtbaren Luftzug hin- und herbewegt wurde.

Wahrscheinlich war die Pergamentbespannung der Fenster undicht geworden.

Aitulf ging zu einer der großen Truhen, öffnete sie mit einem Schlüssel und hob einen Kasten heraus, der mit Silber überkleidet war und dessen Deckel beim Öffnen kurz aufblitzte.

»Ich lasse euch jetzt einige Augenblicke allein«, sagte Aitulf mit ungewohnt leiser Stimme, als fürchtete er, die Reliquie könnte seine profanen Bemerkungen hören.

»Ich bitte euch aber, das Tuch nicht herauszunehmen, sondern im Kasten zu lassen, damit es keinen Schaden leidet.«

Er verneigte sich und verließ den Raum.

Es war still. Brunichilde und Galsuinta standen regungslos vor dem Kästchen und blickten auf ein zusammengefaltetes Stück Stoff, grau und unansehnlich, das übersät war mit braunen Flecken, dem Blut des Heiligen. Von draußen drang nur das Gepolter eines Wagens herauf, das nach und nach leiser wurde.

Ein Vogel sang.

Beide Frauen bekreuzigten sich ehrfürchtig.

»Ich habe mich so danach gesehnt«, flüsterte Galsuinta, »das Tuch zu sehen und es berühren zu können.« Sie streckte ihre Hand aus und fuhr auf Gotisch fort: »Thatei jabei wastjom is atteka ganisa – wenn ich auch nur seine Kleider berühre, werde ich gerettet.«

Zögernd strichen ihre Fingerspitzen über den rauen Stoff.

Brunichilde sah ihre Schwester überrascht an und fragte leise: »Wovon willst du denn gerettet werden, Suinta?«

Galsuinta schluckte, schloss die Augen und öffnete sie wieder. Dann schien sie sich einen Ruck zu geben und stammelte, während sie auf das Tuch blickte: »Ich … habe dir noch nicht alles erzählt. Ich wollte es dir eigentlich auch nicht erzählen, um dich nicht zu … zu …«

Brunichilde legte ihren Arm um ihre Schwester. »Sag es mir. Ganz gleich, was es ist.«

»Siehst du, jetzt … jetzt kommen schon wieder deine Befehle.«

»Galsuinta! Erzähle es mir!«, forderte Brunichilde ihre Schwester mit der sanftesten Stimme, die sie hervorbringen konnte, auf.

»Es ist so … dass er … dass er … wieder mit seiner Magd schläft. Er … beachtet mich überhaupt nicht mehr. Es ist …«

»Du behauptest, dass Chilperich wieder zu dieser Fredegunde geht?«

Galsuinta nickte stumm, während Tränen über ihre Wangen liefen. »Ich wollte es zuerst nicht glauben und habe Martinga gebeten, ihm unauffällig zu folgen. Und auch sie hat es gesagt. Er behandelt mich, als sei ich eine Fremde, ein hoher Besuch, oder als hätte ich eine ansteckende Krankheit. Außerdem schläft er kaum mit mir. Und wenn er es tut, dann nur mit Widerwillen, weil er ein Kind zeugen will. Er ist zwar höflich, aber … sich vorzustellen, dass der König zu dieser … Es ist schrecklich und demütigend.«

Sie hob ihren Kopf und wischte sich die Tränen ab. Dann aber verlor ihr Blick seine Traurigkeit und die reine Verzweiflung stand in ihren Augen, als sie lauter sagte: »Ich will wieder nach Hause, nach Hispania, Bruna! Meinetwegen soll er die ganzen Ländereien behalten. Aber ich kann da nicht mehr leben. Ich finde ihn ekelhaft. Mir wird schlecht, wenn ich ihn nur rieche.«

Sie drehte sich zu ihrer Schwester um und klammerte sich an sie, als würde sie ertrinken. Dann konnte sie ihre Tränen nicht mehr kontrollieren und weinte die letzten Wochen, die furchtbarsten ihres Lebens, aus sich heraus.

Aitulf, der die letzten lauten Sätze Galsuintas verstanden hatte, und sich seine eigenen Gedanken dazu machte, trat nach einer Weile vorsichtig in den Raum und wunderte sich kaum, dass er die beiden Frauen in Tränen aufgelöst vorfand. Das war nichts Neues. Denn das Tuch hatte schon manche zum Weinen gebracht.

Atomriug indiu
niurt nime
soilsi gréne
étrochtai escai,
áni thenet,
déni lóchet,
luaithi gaíthe
fudomnai mara
tairismigi thalman
cobsaidi ailech.
Atomriug iniu
niurt Dé dom luamairecht.

Heute umgürte ich mich
mit der Kraft des Himmels,
mit dem Licht der Sonne,
mit dem Schein des Mondes,
mit der Leuchtkraft des Feuers,
mit dem Zucken der Blitze,
mit dem Sausen des Windes,
mit der Tiefe des Meeres,
mit der Festigkeit der Erde,
mit der Härte der Felsen.
Heute umgürte ich mich
mit der Kraft Gottes, die mich führt.

Aus dem Gebet St. Patricks, 5. Jahrhundert, altirisch

Irland, hundertsechsunddreißig Jahre nach der Ankunft St. Patricks (568 n.Chr.)

Fünf

»Schnee!«, schrie ein etwa zehnjähriges Mädchen, das in das rechteckig gebaute Steinhaus hereingestürmt kam. Ihr gerötetes Gesicht wurde von einer Öllampe beleuchtet, die an einer Kette vom Deckenbalken hing und durch den Luftzug langsam hin- und herschwankte.

Drei Personen saßen um einen breiten Holztisch: zwei Männer und eine Frau. Leise unterhielten sie sich. Ein dritter Mann ging im hinteren Raum auf und ab, in der Hand ein Stück Pergament, und las halblaut murmelnd, während sein Zeigefinder den Buchstaben folgte. Im Kamin, an der Breitseite des Hauses, brannte ein großes Feuer und verzehrte knallend das harzige Birkenholz.

Der jüngere Mann, der am Tisch saß und dessen kurze Gestalt in einem grob gewebten Mantel steckte, sprang auf und rief: »Schnee! Ich habe noch nie Schnee gesehen! Komm, Dacuma!«

Er nahm das Mädchen an die Hand und rannte mit ihr nach draußen.

Tatsächlich hatte es in Bangor, dort wo der junge Mann sonst lebte, an der Nordostküste Irlands, kaum geschneit. Die Winter waren, besonders am Meer, immer mild geblieben. Aber hier, im gebirgigen Südwesten, in der Nähe der Wälder von Cúan, war Schnee nichts Ungewöhnliches. Dicke, ausgefranste Schneeflocken torkelten aus den dunklen Wolkenmassen, die über dem struppigen Astgewirr einiger Birken hingen, als würden sie davon aufgespießt.

Lethan, so hieß der Junge, der eben den Stimmbruch überwunden hatte, breitete seine Arme aus, mit den Handflächen nach oben und hielt gleichzeitig sein Gesicht den feuchten Flocken entgegen.

»Wunderbar«, murmelte er.

»Du musst den Mund öffnen und die Zunge herausstrecken«, befahl Dacuma.

Lethan gehorchte und rief auf Irisch aus: »Oh, uan! aué ard ainglech ocus tais i trogan! – O Schnee! Herabgestiegen leicht, engelhaft und zart auf die Erde.«

»Übersetze einmal diesen bemerkenswerten Satz auf Griechisch!«, hörte der verzückte Lethan eine Männerstimme neben sich, die seinem Lehrer Columban gehörte, der unhörbar aus der Tür getreten war und das Pergament, aus dem er gelesen hatte, unter seine Kutte steckte.

»Und hör auf, deine Zunge zum Himmel zu erheben. Du könntest Gott beleidigen!«

Lethan senkte schuldbewusst den Kopf und sagte. »Ich … weiß nicht, was Schnee auf Griechisch heißt.«

»To Chion«, erwiderte Columban und wartete.

»Gut, ich probiere es. Oh, Chion, katabainousan, tachy, poos … poos hoi angeloi kai … kai apalon epi hä gä.«

»Nicht ganz. Nach *epi* folgt der Akkusativ, wenn man eine Richtung ausdrücken will.«

»*Epi tän gän* – auf die Erde«, verbesserte Lethan seinen Satz.

»Du könntest ein *psallete ton kyrion* einfügen, um Gott die Ehre zu geben, damit nicht der Schnee gelobt wird, der nur ein Geschöpf Gottes ist.«

Lethan breitete wieder die Arme aus, tanzte im Schnee herum und rief: »Psallete ton kyrion tou chiou – Lobt den Herrn des Schnees!«

»So, und jetzt das Ganze auf Latein!«

Während Lethan über die lateinische Übersetzung nachgrübelte, wischte Columban sein rotbraunes Haar aus der Stirn und schien die weißen Flocken, die auf sein Gesicht fielen, ebenfalls zu genießen. Leise murmelte er dabei auf Irisch:

»Leichter Schnee liegt schwer auf Baum und Zweig
und zwingt mit weißer Kraft
den Halm hinab
wie Gottes Flüsterwort,
das schwer im Herzen liegt.«

Wie Columban so dastand, sah er wild und abweisend aus. Da er als irischer Mönch keine römische Tonsur trug, sondern nur gelegentlich die Stirn rasierte, hingen ihm die Haare, die selten gewaschen wurden, wie zwei mächtige Wollkaskaden an den Seiten herunter, als stürzte sich ein rotbrauner Wasserfall über ein Schädelgebirge. Über Columbans Augenlidern und über den Nasenrücken lief ein verwaschener schwarzer Strich und gab seinem Gesicht ein kriegerisches Aussehen. Manchmal malten sich die Mönche so an, weil die berühmten ägyptischen Wüstenväter das getan hatten. Ihre asketischen Übungen waren durch die Schriften des Athanasius in der ganzen Welt bekannt geworden. Doch trotz dieses kriegerischen Aussehens wirkte er, während er den Schnee zu einem Gleichnis formte, gleichzeitig abwesend, als hätte sein Geist den Körper zurückgelassen und hielte sich in anderen Ländern auf.

Man traute ihm zu, im Notfall einem Gegner den Schädel zu spalten, aber im nächsten Augenblick den Feind schon wieder vergessen zu haben.

»Wenn wir uns anstrengen, werden wir in zwei Tagen wieder in unserem Kloster sein«, sagte Columban. »Und jetzt werde ich ein Feuer draußen vor der Steinhütte machen.«

»Ja, das ist gut«, nickte Lethan begeistert. »Mir wird schon kalt.«

»Ich mache das Feuer nicht wegen der Kälte«, erwiderte der Ältere. »Es wäre sogar gut, um Gottes willen zu frieren und den Körper in seine Schranken zu weisen, damit der Geist umso stärker leuchtet. Ich mache ein Feuer wegen der Wölfe, die ich vorhin gehört habe.«

»Wölfe?«

»Ja. Hörst du sie auch?«

Beide wurden still, und jetzt war ganz deutlich ein lang gezogener Klagelaut zu hören, dem ein zweiter und dritter antwortete.

Lethan schauderte und flüsterte Dacuma zu: »Wölfe! Hörst du sie?« Dacuma lauschte mit weit aufgerissenen Augen und rannte so schnell sie konnte wieder in die Steinhütte zu ihren Eltern.

Als Lethan und Columban etwas langsamer hinterherkamen,

stießen sie fast mit Odran, ihrem Gastgeber, zusammen, der eben im Begriff war, nach draußen zu gehen.

»Stimmt es, was Dacuma gesagt hat? Es sollen Wölfe in der Nähe sein?«

Columban nickte. »Lass uns ein Feuer machen, um sie abzuwehren.«

Dacuma hatte sich unter den Tisch verzogen und blickte ängstlich zwischen den Holzbeinen hindurch.

Lethan lachte. »Komm, Dacuma. Du brauchst keine Angst zu haben, solange Columban hier ist. Ein Mönch aus Bangor, schätze ich, lässt sich durch ein paar Wölfe nicht aus der Ruhe bringen. Habe ich nicht Recht, Vater?«, wandte er sich an Columban, der im Hintergrund der Hütte nach trockenem Holz suchte.

Er richtete sich auf. »Du scheinst ja ein großes Zutrauen zu haben. Aber wer bin ich schon? Ein Mann, der Vater und Mutter verlassen hat, um sich von allen Bindungen frei zu machen. Das ist auch schon alles. Ich lebe das Leben eines Mönches, aber ob ich die Kraft habe, bei hungrigen Wölfe ruhig zu bleiben, das weiß nur Gott.«

Er bückte sich abermals und zog einen trockenen Eichenast aus dem Vorrat.

Dar Ercae, Odrans Frau und Dacumas Mutter, die sich einen Hocker geholt hatte und jetzt ein eisernes Dreibein ins Feuer stellte und einen Topf einhakte, fragte Lethan halblaut: »Stimmt es wirklich, dass er …?«

»Was sagst du?«, fragte Lethan und kam näher.

»Stimmt es wirklich, dass er als Siebzehnjähriger über seine Mutter hinwegstieg, die sich vor der Schwelle des Hauses niedergelegt hatte, weil sie nicht wollte, dass er Mönch wird?«

Lethan nickte. »Ja, das wird erzählt.«

Dar Ercae schüttelte den Kopf, während sie Wasser in den Feuerkessel hineinschüttete, aus dem sofort weißer Dampf aufstieg. »Die Mutter erniedrigt sich so weit, dass sie sich auf die Türschwelle legt, und ihr Sohn steigt über sie hinweg und verschwindet für immer!«

»Nun, vielleicht hatte sie aber auch vor der Türschwelle gefegt«, schlug Lethan vor, »und sich niedergebückt, um einen Käfer aufzuheben.«

Dar Ercae schüttelte sich und sah unsicher zu dem Mann hinüber, der mit Odran das Haus verließ. Beide beladen mit Holz.

»Wir werden dem nächsten Nachbarn wegen der Wölfe Bescheid sagen!«, rief Odran im Hinausgehen.

»Ich würde Tag und Nacht weinen, wenn mein Sohn das machen würde«, sagte Dar Ercae leise und nahm das unterbrochene Gespräch wieder auf. »Verlangt Gott wirklich diese Art von Opfer?«

»Nun, auch ich bin von zu Hause weggegangen«, meinte Lethan achselzuckend.

»Aber du bist kein Mönch, sondern ein Schüler, der lernt. Das ist etwas anderes. Eines Tages wirst du wieder nach Hause gehen.«

»Aber was ist, wenn mich Gott auch beruft, Mönch zu werden?«

»O heiliger Patrick! Was ist nur mit den jungen Männern in Irland los? Anstatt ein Handwerk zu lernen, sich Frauen zu nehmen und Kinder zu zeugen, ziehen sie sich in die Einsamkeit der steinernen Zellen zurück, lernen Griechisch und Latein, manche sogar noch die Sprache der Hebräer, lesen Tag und Nacht in alten Pergamentrollen, als seien sie ihre heimlichen Geliebten und beten zu Gott. Wenn das so weitergeht, wird die Bevölkerung aussterben.«

Sie richtete sich auf und blickte Lethan abschätzend an, dann fuhr sie fort: »Habt ihr denn heutzutage keine Lust mehr zwischen den Beinen und träumt ihr nicht von schönen Frauen, die sich euch hingeben?«

»Nun ... ehm«, Lethan war vor Überraschung über diesen verbalen Angriff einen Schritt zurückgetreten. »Si ... sicher tun wir das. Auch die Mönche haben Augen im Kopf und das Verlangen nach Weibern brennt in ihrem Bauch.«

»Und warum gießen sie dann Wasser ins Feuer? Hat nicht Gott selbst es so gemacht, dass diese Wünsche entstehen?«

»Das schon ...« Lethan wusste nicht so recht, was er sagen

sollte. Er kam sich neben dieser Frau so jung und unerfahren vor.

»Es ist … es ist eher so, dass die Mönche vor Freude glühen, wenn Gott zu ihnen spricht und sie in Verzückung erhebt. Das scheint eine Kraft zu sein, die noch stärker ist, als die … als die Kraft der Versuchung, die uns nachts anfällt, wenn wir nicht genügend gearbeitet haben. Außerdem, was für die einen Männer üblich ist, muss für andere nicht gelten.« Er wandte sich zur Tür, um diese unangenehme Unterhaltung zu beenden. »Sprich nicht mit Columban über diese Dinge. Er ist sehr streng.«

Dar Ercae lachte. »Keine Angst. Ich scheine für ihn sowieso nur Luft zu sein.«

»Oh, das darfst du dir nicht zu Herzen nehmen. Es … richtet sich nicht gegen dich. Es ist eher eine Vorsichtsmaßnahme für ihn.«

»Auch gut. Dann weiß ich wenigstens wie wichtig ich bin, dass so ein starker Mann mich mehr fürchten muss als ein Rudel Wölfe.«

»Ahm … ich werde den Männern beim Feuermachen helfen«, sagte Lethan schnell, der froh war, diese Unterhaltung zu beenden.

»Ja, geh nur deinen Weg«, murmelte Dar Ercae und griff nach einem Bündel getrockneten Lauchs, den sie in Stücke zerschnitt und in die Brühe über dem Feuer warf, dass es aufspritzte. Lethan, der eben die Tür zumachte und weitergehen wollte, blieb aber doch noch stehen, weil er von drinnen die laute Stimme von Dar Ercae hörte.

»Und für dich hoffe ich«, sagte sie eben zu ihrer Tochter, »dass du dir einen Mann suchst, bevor es ihn zu den Mönchen zieht.«

»Wie soll ich das anstellen?«, fragte Dacuma ehrlich interessiert.

Ihre Mutter lachte. »Oh, das werde ich dir noch rechtzeitig beibringen. Ich habe es schließlich auch geschafft. Du musst es so anstellen, dass die Männer denken, sie selbst hätten die Frau eingefangen.«

»Hast du Vater mit einem Seil gefangen?«, fragte Dacuma erstaunt.

»Nicht mit einem richtigen Seil, aber mit etwas Ähnlichem. Und jetzt hol mir das Salz aus der Ecke und ein Stück Schinken, damit wir und unsere heiligen Gäste etwas essen können, wenn sie zurückkommen.«

Mit einem Lächeln auf den Lippen ging Lethan weiter, um den Männern beim Feuermachen zu helfen.

Es dauerte einige Zeit, bis die drei Männer zurückkehrten und die Tür aufstießen, denn der nächste Nachbar wohnte über fünfhundert Schritte entfernt. Die Menschen auf der Insel kannten keine großen Städte und liebten es, viel Platz um sich herum zu haben.

Als sie über die Schwelle traten, brachten sie kalten Wind, Gepolter und Schnee mit herein. Ihre männliche Ausstrahlung, die sich daraufhin klobig und erdschwer im Zimmer auszubreiten schien, zerriss das fein verschlungene Netz weiblicher Gesprächs- und Gedankenfäden, das zwischen Mutter und Tochter gewoben worden war.

»Mein Bauch fühlt sich an, als ob einer der hungrigen Wölfe darin säße und vor sich hinknurrte«, sagte Odran und ließ sich auf die Bank fallen.

Wortlos ging seine Frau zu dem Kessel und schöpfte mit einer Kelle den Gemüsebrei mit Schinken in eine Tonschüssel, die sie auf den Tisch stellte. Von einem Brett, das an der Wand hing, holte sie fünf Holzlöffel und legte sie ebenfalls auf den Tisch.

Columban sprach einen lateinischen Tischsegen. Dann tauchten alle ihre Löffel abwechselnd in die Schüssel und aßen.

Zunächst war es still. Nur das Schmatzen der Essenden erfüllte den Raum. Dann war es deutlich zu hören: Draußen heulten wieder die Wölfe. Und die Entfernung hatte sich verringert.

»Sie kommen näher«, brummte Odran.

»Das Feuer vor dem Haus wird sie abhalten«, sagte Columban.

»Aber der Geruch aus unseren Töpfen, der durch den Kamin zieht, wird sie anlocken«, hielt Odran dagegen.

»Unsere Gebete werden sie zurücktreiben«, entgegnete Columban.

»Das schenke Gott!« Odran erhob sich und ging mit der leeren Schüssel zum Kessel. Er füllte sie, setzte sich wieder an seinen Platz und sagte: »Ich werde die Schafe für alle Fälle in dieser Nacht mit ins Haus nehmen. Der Stall ist zwar geschlossen, aber wer weiß, was hungrige Wölfe alles anstellen können. Jedenfalls fühle ich mich sicherer, wenn die Tiere hier drin sind.«

Columban sagte nicht viel dazu. Nach dem Essen halfen er und Lethan die zwanzig Schafe in das Haus zu führen, das sich sofort mit dem scharfen Geruch der Tiere füllte.

Nicht lange danach suchte sich jeder seinen Schlafplatz. Für Odrans Familie befand er sich im hinteren Teil des Hauses und für die Gäste in einer ausgebuchteten Stelle an der Längsseite. Beide Plätze waren leicht erhöht auf einem Holzpodest angebracht, das mit Fellen bedeckt war, um die Kälte, die aus dem Lehmboden stieg, abzuwehren. Davor hingen lange Stoffe und Kleider über einem Seil, als Schutz vor neugierigen Blicken. Lethan stieg vorsichtig über die ruhenden Schafe und legte seine feuchten Lederlappen, die um seine Stiefel gewickelt waren, vor das Feuer, damit sie trockneten.

Leise murmelte Columban einen Nachtpsalm, um den Tag mit allem, was gewesen war, in die barmherzigen Hände Gottes zu legen, dann kehrte Ruhe ein.

Bevor Lethan einschlief, hörte er aus der Richtung der anderen Schlafstatt ein Rascheln und das unterdrückte Stöhnen von Dar Ercae, während Odran vor Behagen brummte.

Aber Lethan hatte das seltsame Gefühl, dass Dar Ercae ihre Lust mit Absicht laut werden ließ, um Columban zu ärgern.

Es war mitten in der Nacht. Lethan wachte plötzlich auf und brauchte eine Weile, bis er begriff, wo er war. Dann fiel es ihm wieder ein.

Warum war er wach geworden? Er lauschte und hörte draußen wieder die Wölfe heulen. Die Schafe waren ebenfalls wach geworden, gingen unruhig umher und blökten. Ob das Geheul und die Schafe ihn wach gemacht hatten? Jetzt meinte er ein Hecheln zu hören und irgendetwas Schweres wurde durch den

Schnee gezogen. Er richtete sich auf und zog den Stoff zur Seite, der vor seinem und Columbans Schlafplatz hing. Das Feuer im Kamin war heruntergebrannt. Mild glühte das übrig gebliebene Birkenholz vor sich hin und verbreitete ein schwaches Licht, das auf die Schafe fiel und ihr Fell rötlich färbte. Odran war aufgestanden und beruhigte seine Tiere.

Jetzt erst fiel Lethan auf, dass der Platz neben ihm leer war. Columban hatte offensichtlich das Lager verlassen. Aber wo war er geblieben? Betete er in einer Ecke? Lethan steckte seinen Kopf noch weiter aus seiner Schlafbucht und sah, dass der Mönch nicht im Zimmer zu sein schien. Aus der Richtung des anderen Schlafplatzes hörte er die Schnarchtöne von Dar Ercae.

Ob Columban nach draußen …?

Lethan schüttelte sich, als er an die Wölfe dachte, die ums Haus schlichen. Sollte er aufstehen? Und was hatte Columban mitten in der Nacht im Schneetreiben vor?

Schließlich siegte die Neugier. Lethan, der in seinen Kleidern geschlafen hatte, warf sich noch eine Decke über die Schulter, befestigte sie mit einer Bronzefibel, zog seine dünnen Lederschuhe an, stakste zwischen den Schafen hindurch zum Kamin, wo seine Felllappen lagen, umwickelte seine Füße damit und fragte Odran, wo Columban sei.

»Er ist nach draußen gegangen«, sagte er und fuhr fort. »Verrückter Mönch.«

»Ich werde ihn suchen!«, sagte Lethan, und seine Stimme zitterte ein wenig.

»Tu, was du nicht lassen kannst.« Er zog ein Stück Holz neben der Tür hervor, das einer Keule glich und reichte es dem Klosterschüler.

Aber Lethan zögerte. Was wäre, wenn die Wölfe ihn anfallen würden? Wenn sie nur darauf warten würden, dass einer die Tür öffnete? Er wusste zwar, dass Wölfe eher scheu waren, doch der Hunger ließ sie manchmal alle Vorsicht vergessen.

Was war das überhaupt gewesen, was er vorhin gehört hatte? Dieses Schleifen eines Gegenstandes über den Schnee? Womöglich war es der tote Columban, der ihnen mutig den Weg verstellt hatte?

Dann durfte er den Leichnam nicht den Wölfen überlassen. Es wäre seine christliche Pflicht, dass er …

Mit Herzklopfen öffnete er die Tür und spähte ins Dunkel. Aber so richtig dunkel war es nicht. Der Schnee auf den Wiesen verstärkte das Mond- und Sternenlicht, so dass die Nacht heller wirkte als sonst.

Auf dem Boden, waren Pfotenabdrücke zu sehen mit jeweils vier Krallen. Das waren Wölfe. Einmal hatte Lethan Wölfe von weitem gesehen, im schottischen Hochland, mit ihren dünnen, hohen Beinen, dem langen, hageren Körper und der dunkelgrauen bis gelblichen Färbung. Es war unheimlich gewesen.

Langsam bewegte sich Lethan von der Tür weg und drückte sie fest in den Türrahmen. Sollte er Columbans Namen rufen?

Besser nicht. Er bekreuzigte sich und ging rechts um das Haus herum. Plötzlich blieb er stehen.

Auf einem Stein stand Columban und redete mit halblauter Stimme zu irgendjemandem. Lethan ging ein paar Schritte weiter und erstarrte. In einer Entfernung von etwa zehn Schritten saßen regungslos drei hellgraue Wölfe und schienen den Worten Columbans zu lauschen.

Lethan bekam eine Gänsehaut. Mit allem hatte er gerechnet, mit Gefahr, mit Kampf, mit einem toten Körper, aber nicht mit so etwas.

Da stand tatsächlich sein Lehrer, aufrecht auf einem Stein, und redete zu den Wölfen. Aber was redete er überhaupt? Lethan hörte genau hin, erkannte aber keine ihm bekannte Sprache.

Jetzt hob Columban langsam die Hand, sagte wieder etwas, und das Unglaubliche geschah: Die drei Wölfe knurrten, zogen sich rückwärts gehend zurück, drehten sich dann um und rannten weg.

Auch Columban drehte sich um, erkannte Lethan und kletterte von seinem steinernen Podest.

»Konntest du bei dem Geheul auch nicht schlafen?«, fragte ihn der Mönch, als würde man harmlose Neuigkeiten erzählen.

Lethan ging stumm neben Columban her, schließlich hielt er es nicht länger aus.

»Du … du kannst die Sprache der Tiere sprechen«, stieß er hervor.

»Ich weiß nicht, ob das die Sprache der Tiere ist«, sagte Columban nachdenklich. »Ich habe aus einer Eingebung heraus gesprochen, aber das allein ist es nicht. Ich bin mehr und mehr dabei, herauszufinden, wie es geschieht. Und ich ahne die Zusammenhänge.«

»Kann ich auch die Sprache der Tiere lernen?«

»Ich weiß es nicht, aber wenn ich mehr darüber herausgefunden habe, werde ich es dir erzählen, wenn Gott es will. Und nun lass uns schlafen, wir brauchen für unsere Wanderung Kraft.«

Wortlos gingen die beiden ins Haus zurück, verriegelten von innen die Tür, beruhigten die Schafe, die die Köpfe hoben, und legten sich wieder auf ihre Schlafstätten.

Aber so schnell schlief Lethan nicht ein. Immer wieder sah er vor seinem inneren Auge, wie Columban auf diesem Stein stand, die drei Wölfe in sicherer Entfernung fixierte und wie er leise auf sie einredete. Was hatte er wohl mit der Bemerkung gemeint. »Ich habe aus einer Eingebung heraus gesprochen«? Das hörte sich seltsam an.

»Kyrie eleyison – Herr, erbarme dich?«, murmelte Lethan nach einer Weile auf Griechisch, bekreuzigte sich und schlief nach einer Weile ein.

Als Lethan am nächsten Morgen Dar Ercae von der unheimlichen Wolfsrede erzählte, sagte sie nur: »Mit Wölfen redet er, aber nicht mit Frauen.«

Dô was der etlîcher, der drîer tage lanc
vor dem grôzen leide niht âz noch entranc.
doch mohten sie dem lîbe sô gar geswîchen niht:
si nerten sich nâch sorgen, sô noch genúogén geschiht.

Es gab einige, die drei Tage lang
aus großem Schmerz weder etwas gegessen noch getrunken hatten.
Doch so wollten sie ihre Lebenskraft auch nicht preisgeben,
und deshalb erholten sie sich von ihrem Kummer, wie das noch oft zu geschehen pflegt.

Aus dem Nibelungenlied, 17. Aventiure

Sessionas, im Reich König Chilperichs und Königin Galsuintas, im Winter desselben Jahres

Sechs

Sessionas hatte bisher einen milden Winter erlebt. Es schien, als traute sich der Schnee nicht aus dem Himmel zu fallen, aus Angst schon unterwegs zu schmelzen. Stattdessen gab es Sprühregen wie feiner durchsichtiger Staub, der nicht geradewegs herunterfiel, sondern durch die Luft wirbelte und in der Sonne glitzerte. Wenn dann dieser torkelnde, betrunkene Regenstaub schließlich doch unten ankam, überzog er die Steine und den harten Lehm mit einer dünnen Eisschicht, so dass Pferde und Ochsen Mühe hatten, einen voll beladenen Wagen mit Holz vorwärtszuziehen und man deshalb ihre Hufe mit Lumpen umwickeln musste.

Gerade kam Königin Galsuinta aus dem Haus eines Tuchhändlers, bei dem sie Stoffe bestellt hatte. Sie blieb stehen und wartete auf Martinga, um mit ihr gemeinsam über die rutschige Straße zu gehen.

Es waren nur fünfzig Schritte bis zur Königsresidenz, ihrem neuen Zuhause, aber der Weg dauerte bei diesem Wetter doppelt so lange.

»Das sind Zustände!«, sagte die Königin. »Ich komme mir vor, als sei ich hundert Jahre alt und wäre so gebrechlich, dass ich alleine nicht mehr gehen könnte. Und dann noch diese Kälte!«

»Du meinst die Wärme. Das hier ist ein milder Winter«, widersprach ihre Magd.

»Für mich ist es der erste Winter hier und er ist unvorstellbar kalt.«

Schweigend und konzentriert nach unten blickend erreichten sie die Tür und konnten endlich wieder freier gehen.

»Ich glaube, dass ich nachher einen Becher heiße Ziegenmilch brauche«, meinte die Königin. »Und du solltest auch einen nehmen. Ich muss dir etwas in Ruhe erzählen.«

Martinga nickte.

Als Galsuinta die Stufen hinaufging und ihr Zimmer betrat, blickte sie dankbar auf den großen Kamin, in dem ein Feuer brannte. Die Frau, die für die Heizung in der Königsresidenz zuständig war, wusste, wie empfindlich die neue Königin auf Kälte reagierte.

Galsuinta ließ sich den dicken Pelz abnehmen und fuhr mit der Hand durch ihre roten Locken, die sich in der feuchten Winterluft noch mehr als sonst bogen und ihr helles Gesicht wie ein mildes Feuer umrahmten. Sie wartete, bis Martinga den einzigen großen Stuhl mit Lehne vor den heißen Kamin geschoben hatte, und setzte sich. Dann streckte sie dem Mädchen wortlos ihre Füße entgegen. Diese wusste schon Bescheid und zog ihrer Herrin die durchweichten Stiefel aus, öffnete die Lederriemen, die die Wadenlappen aus Schafsfell festhielten, welche über den Fußknöcheln ebenfalls feucht waren. Sie massierte ein wenig die kalten Zehen und hob dann die feuchten Sachen vom Boden auf und verschwand.

Die Königin schloss vor Behagen die Augen und genoss die Hitze, die langsam ihre Haut erwärmte.

Bald darauf kam Martinga mit einem Tablett zurück, stellte es auf einen kleinen Tisch und stand abwartend neben der Königin.

»Nun setz dich schon hin. Meine Worte dauern etwas länger.«

Martinga gehorchte und holte sich einen der Klapphocker heran, die mit festem Stoff bespannt waren, wobei sie darauf achtete, einen besonders niedrigen zu nehmen, damit sie nicht auf gleicher Höhe mit Galsuinta saß und sie dadurch beleidigt hätte.

»Die Milch!«

Martinga erhob sich sofort wieder, nahm das Tablett auf, gab Galsuinta einen Tonbecher mit heißer Ziegenmilch und Honig und blieb wieder vor ihr stehen.

»Jetzt stehst du schon wieder!«, Galsuinta deutete auf den Hocker. »Setz dich! Ich brauche jetzt nichts mehr.«

Martinga setzte sich, jedoch nicht entspannt, sondern so, als wollte sie jeden Augenblick wieder aufstehen.

»Über mein Verhältnis zu Chilperich muss ich dir nicht viel erzählen, Martinga. Du weißt, was los ist. Ohne die Gespräche mit meiner Schwester in Remus hätte ich es schon lange nicht mehr hier ausgehalten. Und unsere gegenseitigen Besuche, einmal war ich bei Bruna und einmal sie bei mir, haben mir Kraft gegeben.«

Sie machte eine Pause und spielte mit dem rechten Ohrring: ein kleines goldenes Rad mit acht Speichen, in dessen Nabe ein grüner Smaragd glitzerte.

»Aber jetzt«, ihre Augenbrauen, die mit feinen, aufgemalten Punkten über der Nasenwurzel verbunden waren, zogen sich zusammen, »jetzt ist meine Geduld am Ende. Bisher habe ich immer gesagt: Lass ihm Zeit. Die Umstellung auf meine ... auf meinen Leib dauert eben länger, als er gedacht hatte. Er ist ein Mann mit großer Genusssucht und hatte vorher mehrere Frauen gehabt, die ihm halfen, seine Gier auf verschiedene Leiber gleichmäßig zu verteilen. Das habe ich mir immer wieder gesagt. Wahrscheinlich hat er auch versucht, mit dir ...?« Galsuinta sah ihre Magd forschend an.

Diese wurde rot, senkte die Augen, nickte heftig und sagte: »Ja, er hat es auch bei mir versucht. Aber bisher fiel mir immer noch etwas ein, ohne ihn allzu groß zu erzürnen ... ich ...« Sie stockte und schwieg.

»Das habe ich mir gedacht.« Die Königin nippte an ihrem Becher.

»Ich schreibe es der Kraft des heiligen Tuches in Treveris zu und deiner guten Salbe, Martinga, dass seine abendlichen Spiele mit mir manchmal sogar gelungen sind und ich allmählich eine Ahnung bekomme, was möglich ist. Aber es sind nur Ahnungen. Und seine Worte und Zärtlichkeiten sind immer noch ohne Liebe.

Sie zog ihre Füße, die jetzt trocken und warm waren, vor der Hitze zurück und starrte in die Flammen, die die Buchenscheite umzüngelten, unruhig hin und her tanzten und dennoch Ruhe verbreiteten.

Langsam richtete sich die Königin in ihrem Stuhl auf und atmete schwer aus, um die Last, die sich in ihrem Brustkorb festgesetzt hatte, loszuwerden. Dann fuhr sie fort: »Aber so geht es nicht mehr weiter, Martinga. Gott hat mich mit einer guten Nase gesegnet. Oder soll ich sagen: Er hat meine Nase verflucht? Jedenfalls kenne ich inzwischen den Geruch von Fredegunde: leicht säuerlich mit einem Hauch von irgendetwas Derbem, der mit einem schweren, süßen Duft zugedeckt wird. Ich bin so eine Art letzter Gang für ihn, die Trauben nach einem üppigen Essen, die man noch mitnimmt, wenn man im Grunde schon satt ist. Oder eine Pflichtübung, um die Königin bei Laune zu halten oder um Nachkommen zu zeugen.«

Galsuintas Stimme wurde gegen Ende des Satzes bitter. Aber dann besann sie sich: »Weißt du, wenn wir vorher abgemacht hätten, dass ich seine zweite oder dritte Frau sein sollte, im Kreis von anderen hoch gestellten Frauen, die mir ebenbürtig wären, und ich hätte mich darauf eingelassen, dann könnte ich es ja noch verstehen. Es wäre zwar trotzdem … seltsam für mich, aber so sind diese fränkischen Sitten nun einmal. Nur hier ist es ganz anders. Er tut so, als sei ich die Einzige für ihn und geht immer häufiger zu Fredegunde. Ich habe sie sogar einmal morgens im Frühnebel weggehen sehen.

Letzte Woche hatte er sich nicht einmal mehr die Mühe gemacht, sein Hemd zu wechseln, bevor er zu mir kam, so dass ich die Flecken ihrer gemeinsamen Ausschweifungen gesehen und gerochen habe. Ekelhaft.

Diese Demütigungen lasse ich mir nicht länger bieten. Man tuschelt schon hinter meinem Rücken. Ich bin nicht bereit, diesen Mann mit einer Magd zu teilen!«

»Was willst du tun, meine Königin?«, fragte Martinga.

»Nun, Bruna hätte ihm schon längst die Augen ausgekratzt oder seine Männlichkeit abgebissen. Aber ich bin nicht Bruna. Ich werde also morgen zu ihm hingehen und zu ihm sagen: ›Chilperich, ich gehe zurück nach Hispania zu meiner Familie.‹«

Martinga machte große Augen. »Du willst tatsächlich von hier weg? Und ich …?«

»Hab keine Angst. Dich nehme ich natürlich mit. Niemand kann so gut meinen Nacken und meine Füße massieren wie du.«

Martingas erschrockener Gesichtsausdruck hatte sich zwar wieder gelegt, trotzdem klang ihre Stimme noch ängstlich, als sie sagte: »Aber … aber er wird dich nicht gehen lassen. Das wäre eine große Demütigung für ihn. Alle würden sich den Mund zerreißen, über ihn lachen und sagen: *Seht her! Er ist nicht einmal in der Lage, die Königin zufrieden zu stellen. Wie will er dann sein eigenes Land regieren?*«

»Ja, Martinga, das mag alles sein. Sollen sie ruhig über ihn lachen. Aber genug ist genug. Bruna hat mir geholfen, es noch etwas länger hinauszuzögern, sie will mich natürlich in ihrer Nähe behalten und versucht alles, damit ich bleibe. Aber nun geht es nicht mehr.«

Die Königin blickte auf. »Du hast deine Milch noch nicht angerührt, Martinga.«

Martinga gehorchte dem versteckten Befehl, griff nach dem Becher und trank einen Schluck von der lauwarmen Milch, verschluckte sich dabei, hustete und sagte mit bebender Stimme: »Tu es nicht, Königin Galsuinta. Ich habe Angst um dich.«

Galsuinta lachte: »Du meinst, er wird mich umbringen?«

Ihre Magd nickte und lauschte gleichzeitig nach draußen, dort hörte man jetzt laute Männerstimmen.

Die Königin schüttelte den Kopf.

»Das wird er nicht wagen. Nein, nein. Wenn er das tut, dann hat er Bruna gegen sich, und wenn er Bruna gegen sich hat, dann hat er Sigibert gegen sich. Mein Vater Athanagild ist zwar inzwischen tot, aber sein Bruder Leovigild hat meine Mutter geheiratet. Und auch er würde diese Schmach rächen und in Chilperichs Land einfallen. Man kann nicht ohne weiteres eine gotische Königin umbringen.«

Martinga beugte sich vor. »Und wenn er so zornig ist, dass er das alles nicht bedenkt? Du weißt, er ist sehr leidenschaftlich.«

»O ja, er ist leidenschaftlich, was Frauen anbetrifft. Da steckt sein Denken wohl in der Spitze seines edlen Teils, aber sonst weiß er sehr genau, was er tut …«

Plötzlich griff Martinga nach der Hand ihrer Herrin, eine ungewöhnliche Geste für sie, hielt sie fest und wiederholte den Satz von vorhin. »Ich habe Angst um dich.«

Galsuinta, die es nicht gewohnt war, dass ihre Magd sich diese Dinge so zu Herzen nahm, blickte sie lächelnd an. »Das ist …

schön von dir, Martinga, dass du so denkst, aber hab keine Furcht. Ich bin nicht irgendwer, sondern die Königin. Und nun bring mir trockene Wadenbänder und die Schuhe mit dem Fellaufsatz. Und dann noch einige Wachstafeln mit einem Schreibholz. Ich werde mir meine kleine Rede für morgen genau überlegen.«

Martinga erhob sich und ging zur Tür. Dann wandte sie sich um und blieb zögernd stehen.

»Nun? Was ist?«, fragte Galsuinta.

»Mir fällt eben noch eine bessere Lösung ein.«

»So? Erzähle!«

»Sag ihm nicht, dass du nach Hispania zurückkehren willst, sondern verstecke deine Gefühle, und dann werden wir in der Nacht fliehen bis nach Hispania …«

Galsuinta lachte. »Eine Königin kann nicht einfach so fliehen. Wir brauchen einen Wagen, Pferde, Männer, die uns begleiten. Das alles würde auffallen.«

»Du … du könntest sagen, dass du deine Schwester in Remus besuchen willst und stattdessen …«

»Gut, das würde mir einen Vorsprung geben. Aber wir müssten versteckt reisen, die öffentlichen Wege meiden. Und wenn die öffentlichen Straßen schon so schlecht sind, wie sieht es dann mit den Nebenstraßen aus? Er wird mich früher oder später einholen. Nein, ich muss ihn überzeugen, dass er mich gehen lässt. Ich muss ihm klar machen, dass er dann seine geliebte Fredegunde wieder in Ehren aufnehmen kann. Und nun geh!«

Als Martinga gegangen war, fielen auch Galsuinta die Männerstimmen auf, die von draußen kamen. Sie klangen ärgerlich. Die Königin stand auf, ging ans Fenster und schob den Holzrahmen mit dem bespannten Pergament zur Seite. Sofort wurde sie von einer Kältewelle ergriffen und drapierte ihr Obergewand um den Hals herum.

Was sie sah, schien aber nicht gefährlich zu sein, sondern eher belustigend: Drei Männer standen auf dem Straßenpflaster und redeten aufeinander ein.

»Ich werde anordnen, dass große Tücher von der Straße zum

Eingang gelegt werden, damit ich nicht mehr falle.« Das war Chilperichs Stimme.

»Aber Vater, die Tücher werden ebenfalls wegrutschen, und es ist gar nicht so schwer …«

Galsuinta beugte sich weiter vor und erkannte Merovech, Chilperichs zwanzigjährigen Sohn, den er mit Audovera gezeugt hatte.

»Ich dulde keinen Widerspruch! Auch von dir nicht, Merovech! Und tu nicht so, als seist du mir überlegen. Jeder kann einmal hinfallen, auch der Geschickteste.«

Galsuinta blickte genauer zu ihrem Mann hinunter und sah, dass er an der Nase blutete und das Blut seinen blonden Oberlippenbart dunkel gefärbt hatte. Das sah so seltsam aus, dass sie unwillkürlich lachen musste.

Chilperich blickte nach oben, erkannte seine Frau, verzog sein Gesicht, weil sie sich über ihn lustig machte und schrie: »Ich verbiete dir, über den König zu lachen.« Aber während er das sagte und mit dem Arm eine weit ausholende Bewegung machte, verlor er wieder das Gleichgewicht, hielt sich am Mantel seines Sohnes fest, beide fielen auf den Boden und lagen auf dem Rücken wie große Käfer. Da konnte sich Galsuinta nicht mehr halten und lachte so laut, dass Leute stehen blieben und erst recht auf den Vorfall aufmerksam wurden.

Inzwischen war Martinga gekommen. Galsuinta schob den Pergamentrahmen wieder vor das Fenster, ließ sich immer noch lachend auf den Stuhl fallen und hielt ihrer Magd die nackten Beine hin. Diese legte geschickt trockene Leinenbänder um ihre Waden und Knöchel, um sie anschließend mit den Lederriemen zu umwickeln, damit sie nicht verrutschten.

Als die Königin die Geschichte vom Fall ihres Mannes erzählt hatte, musste die Magd auch lachen. Und so glucksten beide vor sich hin.

Wie gut es mir tut, dachte Galsuinta, über Chilperich lachen zu können, über diesen Mann, der mich quält und mich nur für seine Zwecke benutzt.

Gerade streifte Martinga die Fellschuhe über die königlichen

Füße, als die Tür mit einem Ruck aufgerissen wurde und Chilperich im Zimmer stand.

Galsuinta zuckte unwillkürlich zusammen und starrte ihn entgeistert an.

Chilperich war so wütend wie noch nie. Er zitterte förmlich vor Wut. Sein rechteckiges, kantiges Gesicht, das von hellen Haaren umrahmt wurde, die jetzt nass waren und verklebt an der Seite herunterhingen, sah dadurch noch grimmiger aus. Er hatte ein Tuch gegen die blutende Nase gepresst.

Wie ein Racheengel stand er im Zimmer, und Martinga eilte mit bleichem Gesicht an ihm vorbei. Er gab der Tür einen Tritt, so dass sie gegen den Türrahmen knallte.

»Ich kann es nun einmal nicht ausstehen, wenn eine Frau über mich lacht. Das solltest du wissen! Wärst du nicht meine Frau, würde ich dir auf der Stelle den Kopf abschlagen lassen!«

Galsuinta schluckte und sagte mit belegter Stimme, während ihr Herz klopfte: »Ich … hatte es mir ja nicht vorgenommen zu lachen, aber es sah so seltsam aus, du mit dem Blut im Bart …und wie ihr dann beide umgefallen seid. Ich konnte es nicht unterdrücken, es kam …«

»Genug. Ich will dich eine Woche lang nicht sehen. Auch abends nicht.«

Galsuinta schoss das Blut ins Gesicht, und sie sagte mit gepresster Stimme, wobei sie sich über ihren eigenen Mut wunderte: »Nun, auf deine Besuche kann ich gerne verzichten. Du hast ja nun wieder deine stinkende Magd, mit der du deine Spiele treibst.«

Mit zwei Schritten stand Chilperich neben ihr und zerrte sie an ihrem Kleid hoch. Sein blutiges Nasentuch fiel dabei auf den Boden. »Wie redest du von Fredegunde? Ich habe mich wohl verhört?«

Galsuinta, die bis jetzt noch zwischen Angst und Zorn hin- und hergeschwankt war, merkte jetzt, dass der Zorn allmählich überwog und die Angst zudeckte.

»Ja, du hast richtig gehört, deine … stinkende Magd. Inzwischen kenne ich schon ihren Geruch, wenn du von ihr kommst.«

»Sie war immerhin meine Frau, bevor du mit deinem Hochmut kamst und uns auseinander brachtest.«

Galsuinta schien es, als ob ein kalter Wasserstrahl durch ihre Brust schoss. Jetzt wusste sie endgültig Bescheid. Dieser Mann behandelte sie wie einen Besen, den man, je nach Bedarf, hin- und herschob oder in die Ecke stellte.

Sie wurde innerlich ganz ruhig und kühl und sagte mit eisiger Stimme, die sie an sich selbst noch gar nicht kannte: »Oh, hast du da nicht die Reihenfolge etwas durcheinander gebracht? Warst du es nicht, der um meine Hand angehalten hat?«

»Du weißt genau, wie ich es meine.« Immer noch hielt er Galsuinta an ihrem Mantel fest.

Da fiel Galsuinta etwas ein, was sie als Kind ab und zu angewandt hatte, wenn sie nicht mehr weiterwusste. Es war ein einfaches, aber wirkungsvolles Mittel, mit dem bei ihr keiner rechnete, weil man es ihr auf den ersten Blick nicht zutraute. »Lass mich sofort los!«, schrie die sonst zarte Königin mit rotem Gesicht, während die Adern an ihrem Hals anschwollen und legte ihre ganze Kraft in den nächsten Satz: »Und wenn wir schon dabei sind, dann kann ich es dir auch gleich sagen: Ich werde wieder nach Hispania zurückkehren. Keinen Tag länger halte ich es hier aus. Keinen Tag länger!«

Man sah förmlich, wie der Zorn Chilperichs zusammenschmolz, als er verwundert seine schreiende Frau anstarrte, ihr Gewand losließ und wie er nach und nach verstand, was der Satz bedeutete, den sie ihm entgegengeschleudert hatte: Der Verlust der wertvollen Gebiete, die Galsuinta in die Ehe gebracht hatte. Er trat einen Schritt zurück, kniff seine Augen zusammen und sagte leicht verunsichert: »Ah, die rote Katze zeigt ihre Krallen und faucht! Du … willst zurück? Und deine Ländereien …?«

Galsuinta machte eine wegwerfende Handbewegung. »Du kannst sie meinetwegen behalten. Ich brauche sie nicht.«

»Nun, das wird Leovigild anders sehen.« In Chilperichs Stimme kam ein lauernder Ton. Man merkte, wie es in ihm arbeitete. Dann schien er einen Entschluss gefasst zu haben und sagte: »Lass uns heute Abend darüber reden, wenn unsere Gemüter sich beruhigt haben. Ich werde zu dir in dein Zimmer kommen.«

Mit diesen Worten drehte er sich um und verließ den Raum. Das blutbefleckte Nasentuch blieb auf dem Ziegelfußboden liegen.

*

Es war Nacht und Galsuinta konnte nicht schlafen. Draußen bellte ein Hund und irgendein Holzladen klapperte gegen eine Wand. Sie war allein. Das abendliche Versöhnungsgespräch mit Chilperich lag hinter ihr, aber beruhigend war es nicht gewesen.

Martinga war von Chilperich weggeschickt worden, damit er sich ungestört mit seiner Frau hatte unterhalten können. Aber Martinga war danach nicht zurückgekommen, und Galsuinta fand es seltsam, ganz allein in einem Raum zu liegen. Es war unnatürlich. Ein Schlafzimmer war ein Gemeinschaftsraum und es war auch viel sicherer, den Schlaf mit einem anderen Menschen zu teilen. Seltsam, dass Chilperich nach ihrem Gespräch, das doch im Frieden endete, gegangen war. Er müsste noch etwas erledigen, sagte er, würde aber später wiederkommen.

Galsuinta ließ ihren Blick durch das Zimmer gleiten. Eine Öllampe stand auf einem niedrigen Tisch, so dass die ochsenblutfarbenen Ornamente, die über die gekalkte Wand liefen, schwach erkennbar waren.

Im Kopf der Königin drehten sich die Gedanken hin und her. Eigentlich hätte sie fröhlich und gelassen hier liegen können, denn Chilperich war bei ihrem Gespräch wie verwandelt gewesen.

So freundlich hatte sie ihn noch nie erlebt. Er wirkte zerknirscht, als er zugab, dass es nicht angemessen gewesen war, seine Königin so schroff zu behandeln, nur weil sie etwas gelacht hatte. Wahrscheinlich hätte er auch gelacht, wenn sie ausgerutscht wäre.

Gut, das konnte sie noch nachvollziehen, aber was dann kam, klang so … so unfassbar. Wie konnte sich ein Mensch so schnell verändern?

Er hatte mit großem Ernst zugegeben, dass er sich jetzt schämte, wieder mit Fredegunde Umgang zu pflegen. Galsuintas harte Worte hätten ihn zur Besinnung gebracht, sagte er. Eine Magd sei einfach kein normaler Umgang für einen König. Das habe er vergessen. Und sie dürfte ihn auf keinen Fall verlassen. Jetzt erst würde er seine wahre Liebe zu ihr entdecken.

Ob ihr Schreien diese Veränderung bewirkt hatte? Aber das konnte nicht sein. Es war ja nur ein kleines Schauspiel gewesen, das ihn verblüffen sollte.

Und dann: Wie seltsam sich das Wort »Liebe« bei ihm angehört hatte, als ob jemand ein unbekanntes Fremdwort benutzte, dessen Laute er imitierte, ohne zu wissen, was es bedeutete.

Zwischendurch war ihr der Gedanke gekommen, dass es ihm nur um ihre Mitgift ginge, und das hatte sie ihm auch gesagt. Aber da wurde er fast traurig, als er ihr versicherte, dass ihm diese Mitgift nicht viel bedeutete. Früher ja, aber jetzt nicht mehr. Er sei im Gebet versunken gewesen und da sei ihm sein unstetes Wesen so deutlich vor Augen getreten, dass er bittere Reue gefühlt habe. Und er hoffe nur, dass sie mit ihm neu anfangen könne.

Galsuinta war sprachlos gewesen. Solch eine grundlegende Änderung eines wilden, leidenschaftlichen Menschen hatte sie noch nie erlebt. Aber was sie am meisten beeindruckte, das waren seine Tränen gewesen, die sie im Licht der Lampe gesehen hatte. Es schienen Tränen der Reue gewesen zu sein. Kann ein Mann auf Befehl weinen?

Und da war sie ganz schwach geworden, und eine Rührung hatte sie ergriffen, so dass sie Chilperich umarmte und ihm versprach, bei ihm zu bleiben.

Und jetzt lag sie da und konnte nicht einschlafen. Dieses eigenartige Gespräch hatte sie so mitgenommen, beinahe noch mehr, als der Wutausbruch nach ihrem Gelächter. Und es kam ihr vor, als gliche ihr Inneres einer Schmiede, in der ein Feuer brannte und glühende Eisenteile zu Schwertklingen zurechtgehauen wurden.

Immer noch bellte der Hund, und manchmal kroch ein Schatten über die Wand, wenn unten auf der Straße jemand mit einer Fackel vorbeiging.

Sie hätte sich sicherer gefühlt, wenn sie jetzt den Riegel vor die Tür geschoben hätte, aber Chilperich sollte ja noch kommen, und nach diesem langen Gespräch wollte sie ihn nicht unnötig verletzen und ihn aussperren.

Nach einer Weile merkte sie, wie die Schmiede in ihrem Inneren ihre Arbeit einstellte. Das Pochen und Schlagen und dieses Gefühl, als fließe flüssige Bronze durch ihre Adern, ließ nach, und sie fühlte eine wohltuende Schwere, die sich in ihrem Körper ausbreitete.

Bevor sie einschlief, murmelte sie noch den letzten Vers des einundzwanzigsten Psalms, den ihr der alte Lehrer aus Toletum, Magister Felix, beigebracht hatte: »Dominum custodiat introitum tuum et exitum tuum ex hoc nunc et usque in saeculum – Der Herr behütet deinen Eingang und Ausgang von nun an bis in Ewigkeit.«

Sie war nur kurz eingenickt. Plötzlich wachte sie wieder auf. Im Halbschlaf hatte sie ein Geräusch gehört. Es war nicht der Holzladen oder der Hund. Es war … das Knarren einer Tür gewesen, ihrer eigenen Tür. Warum knarrte sie? Richtig: Chilperich, dieser seltsame, wandlungsfähige Mann kam endlich ins Bett. Sie blinzelte mit den Augen und sah im trüben Schein der Lampe die Umrisse einer Männergestalt. Schon wollte sie gähnend zur Seite rücken, da fiel ihr auf, dass diese Gestalt sich anders bewegte als Chilperich. Sie war auch kleiner. Ob das vielleicht doch Martinga war? Nein, das war nicht ihre Magd.

Plötzlich erstarrte sie und lag da wie gelähmt, weil sie mit klarer Gewissheit wusste, dass ein fremder Mann neben ihrem Bett stand. Sie holte Luft, um zu schreien und ihre einzige Waffe einzusetzen, die sie noch hatte, aber da fühlte sie schon das Kissen, das brutal auf ihr Gesicht gedrückt wurde. Luft! Ich brauche Luft, dachte sie und versuchte mit den Händen das Kissen wegzuziehen, aber dieser Mann warf sich auf sie und drückte mit seinen Knien ihre Arme in die Pferdehaarmatratze. Sie strampelte mit den Beinen, aber es half nichts und die Luftnot vergrößerte sich nur. Ihre Brust schien gleich zu platzen. Panik erfasste sie. Das war das Ende. Aber wer konnte so etwas tun? Wo war Bruna?

Warum war sie nicht da? Wo war Chilperich? Warum war er nicht gekommen?

Und dann erkannte sie alles, als ob ein riesiger Blitz alle halb geahnten Zusammenhänge erhellt hätte.

Plötzlich setzte eine Art Rauschen ein, das dem Brausen eines großen Wasserfalles glich. Und sie hatte den Eindruck, als sei sie unter Wasser und würde nun mit gewaltiger Geschwindigkeit nach oben schießen wie ein Pfeil. Dann fasste jemand ihre Hand und flog mit ihr über Felsen und Berge. Ein breiter Fluss schlängelte sich durch eine grüne Savannne, und auf einem schrägen Felsen leuchtete eine Stadt auf, die ihr bekannt vorkam, aber auch wieder fremd, weil sie die Häuser noch nie von oben gesehen hatte. Von vorne flatterten Vögel auf sie zu. Nein, es waren keine Vögel, es waren Pergamentstreifen mit Buchstaben darauf. Und sie hörte eine Stimme neben sich, die in nie gehörten Melodien sang: »… ex hoc nunc et usque in saeculum.«

*

Ein Schrei ließ zwei Gläser, die in Brunichildes Zimmer in Remus standen, leise vibrieren. Sigibert hörte ihn durch die Räume gellen und auch die Männer, die bei ihm waren, um einen Feldzug gegen die Avaren zu planen, hörten ihn und blickten überrascht auf.

»Wer war das?«, fragte er mehr sich selbst als seine Begleiter. Wieder drang dieselbe schrille Stimme durch die Wände, und der Schmerz, der darin enthalten war, ließ ein unangenehmes Gefühl zurück.

Sigibert warf den Kohlestift neben das große Papyrusblatt, auf dem er eben etwas skizziert hatte, und eilte in die Richtung des Schreis.

Er schien vom Osten des Palastes zu kommen. Dort, wo das Zimmer seiner Frau lag. Ob ihr etwas zugestoßen war?

Als Sigibert zum dritten Mal den Schrei hörte, war im klar, dass nur eine Frau so schreien konnte: Brunichilde. Es musste etwas Schreckliches passiert sein.

Atemlos kam er bei ihrer Tür an, riss sie auf und sah drei Frauen in dem Raum. Vor einem Stuhl niedergesunken, sah er Brunichilde von hinten. Illegard und eine andere Frau standen etwas hilflos neben der Königin.

Sigibert stürzte auf die kniende Gestalt zu, deren Schultern zuckten und fragte mit bebender Stimme: »Was ist passiert?«

Brunichilde drehte sich langsam um, als sie Sigiberts Stimme erkannte und sah ihren Mann wortlos an. Er erschrak, als er in Brunichildes Gesicht blickte: Ihre Augen waren rot und verquollen, aus der Nase hing ein Schleimfaden, der am Kinn hängen geblieben war. Aber am schrecklichsten war der Ausdruck ihrer Augen. Es war, als sei alles Leben aus ihnen gewichen. Sie sahen aus wie zwei leere Vogelnester, aus denen eben die Jungen geraubt worden waren.

»Was ist passiert, Brunichilde?«, wiederholte Sigibert, kniete neben seiner Frau und schüttelte sie, weil sie aussah, als sei sie nicht ganz anwesend.

»Suinta gaswald«, brachte sie mit heiserer Stimme heraus.

»Was sagt sie? Was bedeutet das?« Sigibert wandte sich an Illegard.

»Es ist Gotisch und bedeutet, dass ihre Schwester Galsuinta gestorben ist.«

Erschrocken ließ sich Sigibert auf einen Hocker fallen und fragte Illegard: »Was? Wie ist das passiert?«

»Da musst du schon Martinga, Galsuintas Magd fragen. Sie ist eben gekommen und hat die Nachricht gebracht. Sigibert drehte sich zu ihr um und blickte sie fragend an.

Gerade wollte Martinga antworten, da hörten sie wieder einen Schrei aus der Ecke, in der Brunichilde kniete. Aber diesmal war der Schrei nicht laut, sondern glich eher einem Röcheln, als ob man einem Kalb den Hals durchschneidet. Sigibert schauderte.

»Es war so«, begann Martinga. »Vor zwei Tagen lag ich nachts in meinem Bett …«

»Hast du nicht neben Galsuinta geschlafen?«, fragte Sigibert zurück.

»In dieser Nacht nicht. Ich wurde von dem König weggeschickt, weil er sich mit seiner Frau alleine unterhalten wollte. Es hatte am Nachmittag einen Streit gegeben. Außerdem wollte er selbst bei ihr die Nacht verbringen und nicht bei … bei dieser …«

Sigibert winkte mit der Hand. »Ich weiß Bescheid über die Vorlieben meines Bruders. Brunichilde hat mir alles erzählt.«

»Nun, ich lag also in meinem Bett und war schon eingeschlafen, da wurde ich wieder wach durch laute Stimmen im Flur. Ich stand auf, weil ich wissen wollte, was passiert war. Und als ich mir einen Mantel übergeworfen hatte und auf den Flur trat, rief mir jemand zu: »Die Königin ist tot. Der König, der eben ins Bett gehen wollte, fand sie tot vor und hat nach uns geschickt.«

Erschrocken eilte ich zu ihrem Zimmer, das voller Leute war. Der König saß neben ihrem Bett, die Hände vor den Augen und weinte. *Lasst mich durch,* rief ich, *ich bin ihre Magd.* Man ließ mich durch, und da sah ich sie liegen. Ganz friedlich lag sie da, als ob sie immer noch schlafen würde, um jeden Augenblick aufzuwachen. Ich konnte es nicht glauben, dass sie tot war und …«

»Hast du Blut gesehen?«

Martinga schüttelte den Kopf. »Nein, keine Zeichen von Gewalt. Wie gesagt, ich konnte es nicht glauben, streckte meine Hand aus und berührte ihre Wangen. Sie waren so kühl wie sonst nicht und da wusste ich, dass es stimmte, dass sie … dass sie …« Martinga bedeckte ihre Augen und weinte.

Wieder kniete sich Sigibert neben Brunichilde nieder und versuchte sie sanft emporzuziehen. Sie ließ es willenlos geschehen. Dann führte er sie zu dem Bett, hob sie hoch und legte sie darauf.

Sie öffnete die Augen und schien erst jetzt ihren Mann wahrzunehmen. »Suinta gaswald, Suinta gaswald«, flüsterte sie.

»Ja, ich weiß. Es ist furchtbar. Martinga hat mir alles erzählt. Bleib hier liegen und warte auf mich, ich muss meinen Männern Bescheid sagen. Sie wissen nicht, wo ich bin und Aitulf, der Diakon aus Treveris, wird inzwischen angekommen sein. Es gibt einige Schwierigkeiten mit dem Comes und …«

Plötzlich richtete sich Brunichilde auf. »Was sagst du da? Der Diakon Aitulf ist in Remus?«

»Ja, er müsste inzwischen angekommen sein und …«

»Wenn du ihn siehst, schicke ihn sofort zu mir. Er ist der Einzige, der mir helfen kann!«

Sigibert, der sich wunderte, dass Brunichilde so schnell aus ihrer Benommenheit erwacht war und der auch nicht begriff, was Aitulf damit zu tun hatte, sagte: »Aber ich verstehe nicht, was dieser Diakon ...«

Brunichilde nahm Sigiberts Hand, unterbrach ihn und wiederholte mit so viel Dringlichkeit ihre Bitte, dass Sigibert aufstand und sagte: »Gut, wenn es dir in deinem Schmerz hilft, werde ich ihn zu dir schicken.«

Dankbar sank Brunichilde zurück auf ihr Bett.

Kurze Zeit später klopfte es an Brunichildes Tür und Aitulf trat ein. Er war verwundert, dass er als Erstes zur Königin gerufen wurde, aber Sigibert hatte ihn kurz von dem Tod seiner Schwägerin unterrichtet.

Mit Hilfe ihrer Magd hatte Brunichilde ihr Gesicht gewaschen und ihre Kleider zurechtgerückt, stand jetzt vor dem Fenster und blickte nach draußen.

Als Aitulf sie begrüßte und seine Anteilnahme ausdrückte, konnte sie es kaum erwarten, bis er zu Ende geredet hatte.

»Es ist eine Fügung Gottes, dass du gerade jetzt hier bist.«

Aitulf zuckte hilflos die Schultern. »Ich bin eigentlich wegen einer ganz anderen Angelegenheit hier. Die Kirche in Treveris ...«

»Verzeihe mir meine Ungeduld, verehrter Diakon«, unterbrach ihn Brunichilde, »aber du bist der Einzige, auf den ich jetzt noch meine Hoffnung setze. Du warst dabei, als der Fall der wunderbaren Totenerweckung des Kaufmanns Arbeo untersucht wurde. Du weißt also, wie so etwas geht. Ich bitte dich nur um eins: Lass uns heute noch nach Sessionas reiten und um die Auferstehung von Galsuinta beten.«

Aitulf stand da, als hätte ihn jemand mit dem Schwert auf den Kopf gehauen.

Dann besann er sich und fragte zur Sicherheit nach: »Habe ich dich richtig verstanden, Königin Brunichilde? Du meinst, ich hätte das Wissen und die Macht, Tote aufzuerwecken?«

»Ja. Es ist kein Zufall, dass du ausgerechnet jetzt hier in Remus bist. Wärst du in Treveris, würde durch das Hin- und Herreisen zu viel Zeit vergehen.«

Aitulf hob beschwörend die Hände. »Du ... du hast eine ... eine falsche Vorstellung von meiner Position. Ich bestreite nicht, dass Gott durch unsere Hände und Gebete Wunder vollbringen kann. Und wäre der heilige Henoch unter uns, wäre er der richtige Mann, so etwas zu tun. Doch selbst er würde sagen: Man darf von Gott keine Wunder erwarten, so wie man einen Ziegenschlauch mit Wein erwartet, wenn man dem Kaufmann Geld gibt. Wenn durch Gottes Gnade ein Toter lebendig wird, dann ist das eine große Ausnahme und der Wundertäter hat einen inneren Auftrag es zu tun.

Aber ich bin nur ein Diakon, und ich fühle keine Beauftragung von Gott, Tote aufzuerwecken.«

Brunichilde war während Aitulfs Worten erregt hin- und hergegangen. Als er geendet hatte, blieb sie stehen.

»Mit anderen Worten, du weigerst dich, Galsuinta lebendig zu machen?«

Aitulf fühlte, dass er in die Enge getrieben wurde und sandte ein Stoßgebet zum Himmel, um aus dieser unangenehmen Lage herauszukommen.

»Ich weigere mich nicht, Königin. Es ist nur so, dass ich es nicht tun kann.«

Brunichilde fuhr mit der Hand durch die Luft und rief verärgert aus: »Ach, ihr Männer! Ihr habt keinen Mut! Manchmal muss man eben Gott zu einem Wunder zwingen. Man muss gegen ihn kämpfen, so lange, bis er klein beigibt, wie Jakob es getan hat. Ich befehle dir, Aitulf, mit mir zu kommen und Galsuinta aufzuerwecken.«

Allmählich merkte Aitulf, dass er wütend wurde. Wie oft, wenn jemand etwas nicht begriff, was er schon dreimal erklärt hatte. Aber er versuchte, sich zusammenzureißen und sagte mit zusammengepressten Zähnen: »Verzeih meine Mutlosigkeit, aber ich bin kein Wundertäter.«

Brunichilde blickte ihn streng an, als sei Aitulf ein ungezogenes Kind, das nicht gehorchen wollte und wiederholte ihren Befehl: »Und ich sage: Komm mit und du wirst Wunder erleben.«

Jetzt reichte es Aitulf endgültig und er schrie wütend: »Ich bin nicht Gott und außerdem unterstehe ich der Kirche oder dem König Sigibert. Nur wenn er es befiehlt, werde ich gehen.«

Er verneigte sich und ging rückwärts aus dem Zimmer.

Brunichilde nahm eine Tonlampe, die neben ihrem Bett stand und warf sie wütend in die Richtung des verschwundenen Diakons. Sie flog gegen den Türrahmen und zerbrach.

Illegard, die sich während dieses Gesprächs fast unsichtbar gemacht hatte und in einer Ecke geblieben war, versuchte ihre Herrin zu beruhigen, was ihr nur schwer gelang.

Schließlich ließ sich Brunichilde auf einen Hocker nieder und sagte: »Keiner will mir helfen. Nun, dann muss ich wohl selber in Sessionas nach dem Rechten sehen.«

Am nächsten Tag, noch vor Sonnenaufgang, verließ eine kleine Gruppe in einem zweirädrigen Wagen, von Pferden gezogen, Remus in Richtung Westen. Der übliche Bote, der die Trauernachricht überbringen sollte, war noch nicht einmal erschienen. Martinga hatte auf eigene Faust gehandelt, als sie Brunichilde aufsuchte.

In der Nacht war es wärmer geworden, und die dünnen Eisschichten auf den Wegen waren geschmolzen und verwandelten die Straßen in braunen Schlamm. Es war mühsam, vorwärtszukommen, aber außerhalb der Stadt wurde es etwas besser. Im Wagen saßen Brunichilde mit Martinga und Illegard.

Sigibert und noch zwei andere Männer begleiteten den Wagen auf ihren Pferden. Die offizielle Beisetzung Galsuintas, die innerhalb von drei Tagen geschehen musste, war zwar schon vorüber, aber sie würden an den weiteren Trauerfeierlichkeiten teilnehmen.

Der Diakon Aitulf war schon wieder auf dem Weg zurück nach Treveris, nachdem er von König Sigibert einen versiegelten Brief an den königlichen Comes mitbekommen hatte, der die Streitereien zwischen Kirche und Verwaltung regeln sollte. Leicht zerknirscht hatte Aitulf dem König von dem Zwischenfall mit

Brunichilde berichtet, und Sigibert hatte ihm versichert, richtig gehandelt zu haben. »Es ist der übergroße Schmerz meiner Frau, der sie solches sagen lässt. Außerdem hat sie erst vor kurzem eine Fehlgeburt gehabt.«

Gegen Abend hatte die Reisegruppe über dreißig Meilen hinter sich gebracht und näherte sich nun Sessionas. Es war schon dunkel, und die baufällige Stadtmauer der alten Römerstadt schob sich vor den Himmel, der zwischen ein paar dunklen Wolkenfetzen die Sterne freigab.

Als sie das Tor mit den Wächtern passierten, sahen sie Fackeln und hörten schon von weitem schrille Flöten und lautes Gelächter. Zwei betrunkene Männer torkelten an ihnen vorbei.

Brunichilde gab ein Zeichen, den Wagen anzuhalten. Sie beugte sich aus dem glaslosen Fensterrahmen, der mit einem Vorhang versehen war und fragte die Leute, die lärmend an ihr vorbeiziehen wollten: »Was ist hier geschehen? Wird hier nicht die Königin begraben?«

»Ja, das ist richtig«, sagte ein Mann mit einem verschnürten Bündel auf der Schulter. »Aber die Königin ist nun schon seit vier Tagen tot und unser König Chilperich hat bekannt geben lassen, dass man nicht ewig trauern könnte. Alles hat seine Zeit. Darum hat er sich entschlossen, seine ehemalige Frau, die Fredegunde, wieder in allen Ehren bei sich aufzunehmen. Und aus Freude darüber gibt es Wein umsonst.«

Brunichilde sank in den mit Kissen gepolsterten Sitz zurück und flüsterte: »Das Bett von Suinta strömt noch ihren Geruch aus und schon ist es von der Nachfolgerin besetzt. Die übrig gebliebenen Kerzen der Trauerfeier werden für die Hochzeit angezündet … Was haben sie mit dir gemacht, Suinta! Jetzt weiß ich es genau. Du bist ermordert worden. Er hat dich ermordet. Wahrscheinlich durch einen seiner Männer …«

Sie wandte sich an Martinga: »Sag mir, Martinga, hat die Königin ihm gesagt, dass sie nach Hispania zurückkehren will?«

Die Magd nickte. »Ich habe sie angefleht, sie sollte es nicht sagen und lieber heimlich mit mir fliehen. Aber sie meinte: *Er wird es nicht wagen, einer gotischen Königin ein Leid zuzufügen …*«

»Er hat es getan! Er hat es getan! Dieser Hundesohn hat es gewagt, Suinta zu töten!« Sie öffnete die Tür des Wagens, sprang in den Matsch und rief Sigibert zu: »Chilperich hat sie umgebracht und diese Fredegunde hat auch ihre Hand im Spiel!«

»Das kann nicht sein. Bloße Vermutungen!«

Einen Augenblick stand Brunichilde unschlüssig neben dem Wagen, während Sigiberts Pferd unruhig wurde.

»Dann will ich ihn sehen.«

»Nun, deswegen sind wir ja hier«, meinte Sigibert gelassen. »Und ich rate dir, versuche dich zurückzuhalten.«

»Geradeaus, zur Königsresidenz meines Bruders«, sagte der König zu dem Kutscher, der unschlüssig zwischen beiden hin- und hergeblickt hatte.

Brunichilde hatte sich währenddessen in das Innere des Fahrzeugs zurückgezogen und starrte wortlos zu Boden, während sich ihre Lippen stumm bewegten.

Kurze Zeit später hatten sie das Gebäude erreicht, dessen Mauer aus römischer Zeit herrührte und an einigen Stellen ausgebessert worden war.

Jetzt kam Leben in Brunichilde. Die Kutsche stand noch nicht, da war die Königin schon ausgestiegen und wollte allein weitergehen.

Erst als ihr Mann rief: »Warte auf mich!«, blieb sie stehen und bewegte ihre Hände ineinander, als wollte sie ihre Empörung zu einem Klumpen formen, um ihn dann Chilperich an den Kopf zu werfen.

Als Sigibert sie erreicht hatte, passierten sie das Tor, hinter dem laute Stimmen zu hören waren, die dem Wein schon längere Zeit zugesprochen hatten.

Endlich hatten sie den Speiseraum erreicht, nachdem sie mehrere Räume durcheilt und ihr Kommen sich herumgesprochen hatte.

Die Tür wurde für sie von einem Bediensteten geöffnet. Sie traten ein.

Sofort schlug ihnen ein Dunst aus Wein, Bier und etwas Erbrochenem in die Nase, das von Bratenduft gnädig überlagert wurde.

Am Kopfende der Tafel saß Chilperich und hob bei ihrem Eintritt seinen Becher.

»Willkommen an meinem Hof!«, rief er mit verwaschener Aussprache. »Ich … ich habe in meiner … meiner unendlichen Trauer ein Weib gefunden, das mich tröstet.« Er wandte sich verwirrt um. »Wo … wo ist sie? Eben war sie doch noch da!«

Brunichilde stand jetzt vor ihm, beugte sich zu ihm hin und blickte ihn forschend an, dann sagte sie, jedes Wort betonend: »Du – hast – Galsuinta – umgebracht!«

»Hups«, sagte Chilperich verblüfft und wischte sich über den Mund.

»Wie kommst du darauf?« Er deutete mit seinem Zeigefinger auf seine Augen und rief mit überschlagender Stimme: »Diese Augen haben … haben um meine geliebte Galsuinta geweint. Gott ist meine Zeuge. Aber man kann nicht ewig traurig sein. Nein, s' kamman nich.«

Brunichilde hatte, während Chilperich redete, unentwegt seine Augen gesucht.

»Was starrst du mich so an, Schwägerin? Ich weiß, ich weiß, du … m …m … mochtest sie sehr. Ab … Ab … Aber ich auch!«

Brunichilde hatte anscheinend genug gesehen. Sie raffte ihr Kleid hoch, stieg auf die nächste Bank, hob die Faust zur Decke und schrie:

»Gudis allaizo staue
us hauhistjam staudan izwis,
Chilperich jah Fredegunde,
jah izwis waldufni
malman in malma.

Möge der Gott aller Gerechtigkeit
euch von der Höhe herabstoßen,
Chilperich und Fredegunde
und eure Macht
zu Staub zermalmen.«

Was Brunichilde zitierte, verstanden Sigibert und Chilperich nicht, weil es ein alter gotischer Fluch war, der weit zurückreichte in heidnische Zeiten, als Brunichildes Vorfahren noch in den nördlichen Ländern wohnten.

Aber auch, wenn Sigibert die Worte nicht verstand, ahnte er doch, was der Fluch bedeutete und eine Kältewelle rann ihm den Rücken hinunter, weil er wusste, dass ein Krieg gegen seinen Bruder unumgänglich wurde.

Sén, a Christ, mo labrai,
a Choimdiu secht nime;
rom berthar buaid leire,
a Ri gréine gile

Heilige meine Sprache, Christus,
Herr der sieben Himmel,
möge mir die Gabe der Genauigkeit gewährt werden,
König der glänzenden Sonne.

Oengus mac Oengobann, aus dem Kalendergedicht der Heiligen, altirisch, frühes Mittelalter

Irland, hunderteinundvierzig Jahre nach der Ankunft St. Patricks (573 n.Chr.)

Sieben

»Gefühle, diese schwankenden und trügerischen Begleiter unseres Herzens, sind eure Diener und nicht eure Herren«, sagte Columban zu den vier Novizen, die vor ihm saßen und ihn erwartungsvoll anblickten.

Es war Frühjahr in Bangor, dem Kloster an der Nordostküste Irlands, und die Männer saßen in der schmalen, schmucklosen Klosterkirche aus grauem, wettergegerbtem Eichenholz und lauschten den Worten des Mönches. Er stand aufrecht vor ihnen, seine langen, fettigen Haare hatte er nach hinten gekämmt, so dass sie ihm über die Schulter hingen, wie es bei den Mönchen in Irland üblich war. Streng sah er aus mit seinen schwarz gefärbten Augenlidern, dem Kennzeichen der Asketen. Und ein Lächeln, das die Strenge aufgehoben hätte, ließ sich ihm nicht leicht entlocken.

Die Tür der kleinen Kirche war nicht verriegelt, sondern nur angelehnt, schlug gegen den Türrahmen und ließ das Tosen der Brandung, die unten am Strand gegen die Felsen krachte, bis in den Kirchenraum dringen. Seetanggeruch hing in der Luft, da der Wind von Osten kam und ihn über die lang gestreckte Halbinsel wehte. Über den weiten, blassen Himmel fegten Wolken und ließen die Sonnenstrahlen nur ab und zu auf den festgestampften Lehmboden des Gebäudes fallen. Sie verschoben das Licht, so dass es aussah, als wären die Männer mit dem Kirchenschiff unterwegs nach Schottland.

Columban ging, während er weiterredete, zur Tür und verriegelte sie von innen. Sofort wurde es leiser, und der Wind und das Meer schienen sich jetzt im Plauderton zu unterhalten. Der

Mönch drehte sich um, erfasste die vier Neulinge mit einem Blick und erinnerte sich daran, wie er selbst vor Jahren in derselben Kirche gesessen hatte und wie begierig er gewesen war, dieser neuen Gemeinschaft beizutreten.

»Gefühle sind unsere Diener, nicht unsere Herren«, wiederholte er und fuhr fort, indem er die rhetorische Dialogform benutzte: »Du magst einwenden, dass Gott selbst die Gefühle und Stimmungen geschaffen hat und sie somit einen Zweck erfüllen. Und du magst dich fragen: Warum sollte man sie zurückdrängen und sie mit der Peitsche der Disziplin im Hintergrund halten, wenn Gott sie gewollt hat? Also, Brüder: Welchen Zweck erfüllen die Gefühle und Leidenschaften, die in uns leben?«

Columban machte eine Pause, und die Frage hing in der Luft wie eine hungrige Möwe, die auf Beute aus ist.

Als er sie wiederholte, begriffen die Männer, dass es eine echte Frage war und ihr Lehrer eine Antwort erwartete.

Schließlich hob der Jüngste, auf dessen Oberlippe noch ein weicher Flaum wuchs, seine Hand und sagte mit kratziger Stimme: »Auch Tiere haben Gefühle. Wenn zum Beispiel Quartus, mein Hund, den ich leider zurücklassen musste, ich stamme von der Westküste, … also, er heißt Quartus, weil er der vierte Welpe in dem Wurf war. Wenn ich Quartus verprügelt habe, weil er ein Stück Speck weggeschnappt hat, sieht er mich eine Zeit lang an, als sei er beleidigt. Ja und dann erst mein Lieblingsschaf, keiner hätte gedacht … es ist übrigens deshalb mein Lieblingsschaf, weil es im Sommer, wenn es zu viel regnet …«

Columban hob die Hand und unterbrach den eifrigen Redefluss des jungen Mönches. »Halt, Finian, was willst du uns eigentlich damit sagen?«

Finian blickte in Columbans Gesicht, über dessen Nasenwurzel sich eine steile Falte gebildet hatte und stotterte: »Es ist … es ist mir entfallen.«

Columban seufzte und ergänzte: »Wahrscheinlich wollte uns Finian mitteilen, dass Tiere ihren Gefühlen hilflos ausgeliefert sind und Menschen das Vorrecht haben, ihre Gefühle abzutöten.«

Ein Mann mit einem dunkelbraunen Bart hob jetzt die Hand.

Er war zwar neu, aber nicht so jung wie die anderen. Und es schien, als habe er schon einen großen Teil des Lebens gesehen. Er hatte bei den letzten Worten Columbans nervös mit seinen Fingern gespielt, als würde ihn dieser ganze Vortrag mehr beschäftigen, als er zugeben wollte.

»Ich höre«, sagte Columban.

»Gott hat unsere Gefühle und Stimmungen geschaffen, damit wir über eine gute, fröhliche Geschichte lachen können.«

Columbans Gesicht verdüsterte sich. Das ist doch der Mann aus dem Süden, dachte er, Gallus heißt er. Will er sich auf meine Kosten vor den anderen hervortun oder geht es ihm um die Sache?

»So, du findest es wohl wichtig, viel und herzhaft lachen zu können?«, fing Columban an.

Der Bärtige nickte fast etwas trotzig und fügte hinzu: »Heißt nicht das Wort *Evangelium* frohe Botschaft?«

Columban ging nicht darauf ein, sondern konterte mit einer Frage an alle: »Nennt mir einen Vers aus den Heiligen Schriften des Neuen Bundes, wo steht, dass unserer Herr Christus gelacht hat.«

Wieder meldete sich Gallus, und Columban sagte spöttisch, weil er wusste, dass es keine Stelle gab: »So, Gallus, du hast also eine gefunden? Lass hören. Ich bin gespannt.«

»Ich kenne keine solche Stelle, aber es gibt mindestens zwei Stellen, wo unser Herr geweint hat. Und wer weinen kann, kann auch lachen. Wer sich niederbeugt, richtet sich irgendwann wieder auf. Außerdem möchte ich dich fragen, ob Christus Haare gehabt hatte, als er auf der Erde weilte?«

»Was hat das mit unserer Frage zu tun? Natürlich hatte er Haare wie jeder dreißigjährige Mann in Israel.«

»Dann nenne mir eine einzige Stelle, wo Christi Haare erwähnt werden.«

»Nun, ich bin zwar in der Schrift bewandert, aber ich müsste daraufhin noch einmal alles durchlesen. Ich bin sicher ...«

»Es gibt keine Stelle über die Haare Christi«, unterbrach Gallus etwas unhöflich seinen Lehrer. »Nur sein Kopf wird erwähnt. Und trotzdem gehen wir davon aus, dass Christus Haare gehabt hat. Und so gehe ich auch davon aus, dass Christus gelacht hat, weil jeder Mensch lacht und er war, wie es im Bekenntnis von Chalcedon heißt: *Vollkommener Gott und vollkommener Mensch.*«

Columban schwieg, und ein seltener Ausdruck huschte über sein Gesicht: Es sah überrascht aus, und gleichzeitig lag eine leichte Bewunderung gegenüber dem scharfen Geist dieses Mannes in seinen Augen, so wie ein Kämpfer die Kraft seines Gegners bewundert.

Es geht ihm also um die Sache, dachte Columban und fuhr laut fort:

»Gut, Gallus, wir lassen diese Behauptungen einmal stehen. Ich werde ein anderes Mal darauf zurückkommen. Zusammenfassend möchte ich sagen, dass Gott den Menschen wie folgt geschaffen hat: Als höchsten und obersten Gebieter gab er ihm den Geist. Dann die Seele mit ihren Gefühlen und mit ihren Regungen. Und schließlich den Leib, als äußere Hülle. Deshalb sollten die Gefühle und unser Körper dem Geist untergeordnet sein und ihm gehorchen. Der Wille des Geistes kontrolliert das schwache Fleisch. Wenn nicht, werden wir von unseren Gefühlen weggerissen wie ein Boot, dessen Leine sich gelöst hat und auf den Wellen treibt.

Wozu sind die Gefühle da? Um an ihrem Platz, der ihnen zusteht, Gott zu dienen, in der Dichtkunst, der Musik, oder im Erbarmen, sofern es berechtigt ist.«

Columban ließ seinen Schülern keine Zeit mehr, darauf zu reagieren, sondern fuhr fort: »Und nun zu den anderen Dingen: Hier auf dem Klostergelände stehen eure Steinzellen, unsere »Bienenkörbe«, wie die Leute hier sagen. Jedem Mönch steht eine Zelle zu. Ich werde sie euch zeigen und wir werden nach dem Abendessen über die Tagesliturgie reden.

Und vergesst unseren Leitspruch nicht, der für Bangor gilt: »Bete täglich, faste täglich, studiere täglich und arbeite täglich.«

Columban eilte durch den Mittelgang, entriegelte die Tür und trat hinaus. Sofort wurden seine Haare und sein Mantel aus ungefärbter Schafswolle, den er über der weißen Tunika trug, vom

Wind erfasst, als habe der nur darauf gewartet, mit diesem Mönch zu spielen.

Mit einem Blick umfasste Columban das Gelände, das nach seiner ersten Heimat in Leinster für ihn zu einer zweiten Heimat geworden war und das er inzwischen mit einem gewissen Stolz betrachtete. Auf dem grünen, welligen Untergrund beherrschte die kleine Holzkirche mit Strohdach die Mitte der Anlage. Ein Friedhof schmiegte sich daran. Drumherum wie Schafe um einen Hirten standen die steinernen Rundzellen, nicht in Reih und Glied, sondern so wahllos verteilt, wie sie nach und nach gebaut worden waren. Zwei längliche Holzgebäude ragten dazwischen heraus: Das Refektorium, der Speisesaal mit angebauter Küche und die Bibliothek, in der an den Wänden Mappen aus ledergeflochtenen Einbänden mit Manuskripten hingen. In einem Nebenzimmer befand sich das Scriptorium. Dort waren Stehpulte, Tintenhörner, Schreibrohre und Federkiele untergebracht sowie leere Pergamentblätter und Farbtöpfe für die Verzierungen der Texte. Ein wenig abseits stand die Zelle des Abtes Comgall. Umschlossen wurde das Kloster von einem ringförmigen Erdwall. Dahinter sah man die üblichen rechteckigen Steinhäuser von Handwerkern, Händlern, Fischern und Schafzüchtern, die jeder auch ihr eigenes Feld bestellten.

Gerade trat aus dem Refektorium der Bruder, der an diesem Tag für das Kochen zuständig war. In der Hand hielt er eine Glocke und klingelte dreimal.

»Da jetzt zum Essen gerufen wird, werde ich euch eure Zellen danach zeigen«, sagte Columban.

Die Mönche zögerten nicht lange, dem Ruf der Klingel zu folgen. Besonders die Novizen hatten es eilig, in den Speisesaal zu kommen, weil die neue Umgebung, die Meerluft und die Umstellung sie hungrig gemacht hatten.

Aber ein Kloster ist nicht dazu da, damit die Mönche sich satt essen können, sondern um Gott zu dienen und nicht dem Bauch. Es roch zwar verführerisch nach gebratenem Fisch, als die Männer schweigend den Raum betraten, aber die wenigen Heringe wurden gerecht unter alle verteilt und schienen mehr symbolische Bedeutung zu haben. Manch einer der Novizen dachte wehmütig an das Wunder der Fischvermehrung oder an den mütterlichen großen Kochtopf zu Hause.

Zum Hering gab es trockene Brotfladen, die beim Brechen knackten, und am Kopfende des Refektoriums hing ein großer Kupferkessel mit Trinkwasser an einem Haken, in den man seinen Becher eintauchen konnte.

Columban nickte kurz, als er Lethan unter den Essenden entdeckte, der von einem Krankenbesuch zurückgekehrt war.

Ohne ein einziges Wort zu sprechen, saßen die Männer am Tisch und lauschten der üblichen Lesung. Ein Bruder, der schon vorher gegessen hatte, stand dabei vor einem Stehpult und las:

»Hört Worte aus dem Thomasevangelium: *Jesus sagte: Wer sucht, soll so lange weitersuchen, bis er findet. Wenn er aber findet, wird er erschrocken sein. Wenn er erschrocken ist, wird er staunen. Und er wird König sein über die unsichtbare Welt.*

Der Herr sprach weiter: Da gibt es Leute, die euch anleiten möchten. Wenn sie sagen: Gottes Herrschaft ist im Himmel, hört nicht hin, denn da sind die Vögel des Himmels früher als ihr. Wenn sie zu euch sagen: Gottes Herrschaft ist im Meer, hört nicht hin, denn da sind euch die Fische des Meeres voraus. Gottes Herrschaft ist vielmehr überall in dieser Welt, innerhalb und außerhalb von euch. Wenn ihr euch selbst erkennt, wird Gott euch erkennen und euch erwählen. Dann werdet ihr begreifen, dass ihr Kinder des lebendigen Vaters seid. Wenn ihr euch aber nicht selbst erkennt, lebt ihr weiter in Armut und seid geradezu die Armut selbst.

Nimm wahr, was direkt vor deinen Augen liegt. Dann wird Gott dir enthüllen, was für dich noch verborgen ist. Denn Gott wird alles enthüllen, was verborgen ist.

Weiter sagte der Herr: Selig der Mensch, der den Löwen verschlingt. Dann wird der Löwe Mensch. Und wehe dem Menschen, den der Löwe verschlingt. Dann wird der Mensch ein Löwe …«

Ein guter Vergleich, dachte Columban, er passt hervorragend zu meinem Vortrag von vorhin, und ich werde das Wort demnächst bei meinen Erläuterungen aufgreifen …

Nach dem Essen und dem Abendsegen ging Columban mit den Neuen zu ihren Zellen. Sie mussten sich bücken, um ihre düsteren Behausungen zu betreten. Und wenn sie geglaubt hatten, dass ihr neuer Raum brüchig sein könnte, so täuschten sie sich. Die steinernen Rundhütten machten aus der Nähe einen festeren Eindruck als aus der Ferne. Der Schlussstein über dem Eingangsbogen bestand aus einem mächtigen Stück schimmerndem Quarzit, das nicht so schnell brechen würde und mit Leichtigkeit das Gewicht der übrigen Steine trug. Vor dem Eingang hing üblicherweise ein Vorhang aus zusammengenähten haarlosen Schafsfellen, um Wind und Regen abzuhalten. Manche der Mönche hatten den Vorhang jedoch entfernt, um sich bewusst dem Wetter auszusetzen und in der Askese vorwärtszukommen.

Wenn die ägyptischen Säulenheiligen es jahrzehntelang auf einer dachlosen Säule ausgehalten hatten, dann war ein offener Eingang im Winter, durch den Frost und Wind hineingelangten, das Mindeste, was man von einem irischen Asketen erwarten konnte.

Als alle Novizen untergebracht waren, ging Columban noch einmal zu der Zelle des Gallus und rief in das dämmrige Dunkel: »Bruder Gallus?«

Es dauerte eine Weile, bis der Kopf des Angeredeten erschien und er erstaunt fragte: »Ja? Ich bin hier.«

Fast wurde Columban etwas verlegen, als er sagte: »Ich habe über … über unseren Dialog vor dem Abendessen nachgedacht und würde gerne noch ein paar Worte mit dir wechseln.«

Columban sah den fragenden Ausdruck seines Mitbruders und fügte schnell hinzu: »Es ist keine Strafpredigt, sondern nur ein Gespräch.« Man hätte meinen können, dass der Mann aus Leinster ein winziges Lächeln aufgesetzt hatte, um die Harmlosigkeit seines Anliegens zu betonen, aber das konnte auch eine Täuschung sein. Das Tageslicht war schwach geworden. Und warum sollte ein Mann wie Columban einfach nur so lächeln?

Columban wies mit der Hand nach draußen. »Lass uns am Wall entlang einen Rundgang machen.«

Schweigend gingen sie über den ausgetretenen Pfad, der sich an der Umgrenzung hinzog und den schon unzählige Männer vor ihnen gegangen waren.

»Ich bin froh über die Lesung bei Tisch«, fing Columban an. »Besonders über das Wort, das von den Löwen handelte. Ist es nicht tatsächlich so, dass wir das Tier in uns, also die gefährlichen Leidenschaften und Gefühle verschlingen müssen, sonst werden wir von ihnen verschlungen und werden zum Tier?«

Gallus sagte nichts, sondern schien nachzudenken, dann antwortete er: »Ich glaube, der Bischof von Rom würde nicht davon erbaut sein, wenn er wüsste, dass in einem christlichen Kloster Teile der nichtkanonischen, apokryphen biblischen Bücher vorgelesen werden.«

Überrascht blickte Columban auf. Es war in der irischen Kirche durchaus üblich, Dinge zu tun, die nicht von Rom abgesegnet waren. Schon der heilige Patrick war ursprünglich damit beauftragt worden, in Irland nach dem Rechten zu sehen und darauf zu achten, dass keine Häresien ihre Wurzeln allzu tief in die irische Erde schlugen. Aber der hatte lieber die Heiden missioniert, als sich um theologische Fragen zu kümmern.

»Meinst du das wirklich, Gallus?«, fragte Columban zurück.

»Nein, nein!«, lachte er. »Ich wollte nur dein erstauntes Gesicht sehen. Das Thomasevangelium liebe ich geradezu. Es ist so schön rätselhaft und passt genau nach Irland. Ganz zu schweigen von der Apokalypse des Mose, dem Buch Enoch und dem Evangelium des Nikodemus.«

Columban musste mit Gewalt seine Lippen zusammenpressen, weil ihm ein Lächeln entschlüpfen wollte. Gallus gefiel ihm immer besser, aber das durfte er ihm um keinen Preis zeigen. Zu schnelle Vertraulichkeiten zwischen den Mönchen waren nie gut.

»Mir ging es nur darum, Bruder Gallus«, sagte Columban mit betont nüchterner Stimme, »also, ich wollte dir nur deutlich machen, dass ich Gefühle und Leidenschaften nicht grundlos verdamme. Sie haben ihren Platz, aber nur dann, wenn sie angebracht sind. Christi Zorn wurde gebraucht, als der Herr den Tempel reinigte, also ließ er ihn zu. Sein Erbarmen war notwendig, als er Kranke heilte, also ließ er es zu, seine Tränen waren wichtig, als er um Jerusalem trauerte, also ließ er sie zu.«

Gallus nickte. »Ja …, ich verstehe, was du meinst. Keine unvorbereiteten Gefühle, keine unkontrollierten Gefühlsausbrüche.«

»Richtig«, nickte sein Begleiter, »sie sind eines Christen unwürdig.«

»Nun, und ich vermute, dass du selbst mit dem Zorn zu kämpfen hast? Oder täusche ich mich? Sonst würdest du doch nicht so viel darüber nachdenken.«

Columban war schon wieder überrascht über diesen Novizen, der ein großes Maß an Einsicht haben musste, denn er hatte den wunden Punkt berührt. Tatsächlich konnte Columban so wütend werden wie ein Löwe, den man beim Fressen stört. Und es hatte ihn lange und harte Übungen gekostet, dieses Feuer einigermaßen unter Kontrolle zu bekommen. Manchmal hatte er schon dicke Eichenäste in der Abgeschlossenheit seiner Zelle zerhauen, oder sich besonders harte Strafen ausgedacht, wenn ihn sein Zorn übermannt hatte.

Er war als Lehrer zu Gallus gekommen und kam sich plötzlich wie ein Schüler vor. Wo kam dieser Mann her? Und wie kam er zu diesem Grad an Bildung?

Schweigend gingen sie weiter, während die Dämmerung sich über Bangor legte und die Abendwinde die Meereswellen höher peitschten und die Gischt gegen die Felsen warfen. Geruchschwaden von etwas Fauligem zogen an ihnen vorbei, vielleicht von Seetang mit verwesten Fischen, die vom Meer vergessen worden waren.

Nach einiger Zeit legte sich der Wind, als hätte er den Abend eingeweht und damit seine Aufgabe erfüllt. Columban und Gallus konnten jetzt wieder in normaler Lautstärke reden.

»Ich muss dir tatsächlich zu einem gewissen Teil Recht geben, was deine Vermutung betrifft, Gallus«, sagte Columban, »wobei ich betonen möchte, dass ich schon weit fortgeschritten bin in der Unterwerfung meines Zorns.«

»O ja, das glaube ich dir. Du bist ein Mann mit einem Willen aus Stein, aber ich habe eine ganz andere Frage. Und ich selbst weiß keine Antwort darauf. Es sind nur Vermutungen.«

Columban wartete.

»Ist es wirklich immer schlecht, die Gefühle und Leidenschaften abzutöten, wenn sie erscheinen? Könnte es nicht sein, dass Gott mit ihnen ... nun ... etwas bewirken kann, ohne dass wir gleich wissen, in welche Richtung es geht?«

»An welche Leidenschaften denkst du?«

»Unter anderem an tiefe, starke Wünsche, die in uns schlafen und eines Tages erwachen.«

»Sollten wir wirklich menschliche Wünsche so wichtig nehmen?« Columbans Stimme klang skeptisch.

»Aber was ist, wenn Gott selbst sie geweckt hat?«, fragte Gallus weiter.

»Wozu?«

»Damit wir lernen, mit starken Gefühlen umzugehen. Du kennst doch vermutlich das griechische Ideal des ...«

»Sofronismos?«, ergänzte Columban, der merkte, wie sein Interesse bei diesem Gespräch immer mehr zunahm.

»Richtig. Sofronismos oder sofrosynä, das Ideal der Ausgeglichenheit, der inneren Balance, der Besonnenheit und heiteren Disziplin. Könnte es nicht so sein: Wenn Gott starke Wünsche in uns weckt, dass er uns ermutigen will, besonnen damit umzugehen und ihre Kraft zu nützen ...?«

»Das Zulassen unserer fleischlichen Wünsche wird dem Reich Gottes nichts nützen«, wehrte Columban den fremden Gedanken ab. »Was du sagst, klingt gefährlich. Man kann bei diesem Ideal auch abstürzen wie Ikarus, der mit seinen Wachsflügeln zu dicht an die Sonne geriet. Es ist sicherer, wenn man sich die unpassenden Gefühle Stück für Stück aus dem Herzen reißt, auch wenn es blutet!«

»Das dachte ich früher auch«, sagte Gallus und blieb stehen.

Sie waren auf dem höchsten Punkt des Klostergeländes angelangt und blickten über den Erdwall hinweg auf das Meer. Der Wind hatte sich zwar etwas gelegt, aber das Meer, das in der Abenddämmerung ganz schwarz aussah, war dennoch von weißen Schaumkronen wie von hellen Tupfern verziert.

»Wenn du …«, fuhr Gallus fort, »also, wenn du dir die unpassenden Gefühle Stück für Stück aus dem Herzen reißt, dann kann es passieren, dass du auch dein ganzes Herz zerreißt und verblutest. Und was dann?«

Columban dachte nach und meinte schließlich: »Es sind zwei vollkommen verschiedene Arten, mit Leidenschaften und Gefühlen umzugehen …«

»Ja«, nickte Gallus, »und wenn wir an das Wort des Thomasevangeliums denken, dann wurde uns gesagt, dass der Mensch den Löwen verschlingen muss, damit der Löwe Mensch wird. Gut, das kann auf der einen Seite ein gewalttätiger Akt sein. Man kann den Löwen aber auch langsam verschlingen, Stück für Stück über dem Feuer gebraten und nach und nach verdauen, dann wird er zu einem Teil von uns und gibt uns Kraft. Und war es nicht in früheren Zeiten bei den Heiden ein Genuss, das noch warme, rohe Herz eines starken Tieres zu essen?«

Columban schüttelte den Kopf. »Gallus, Gallus, du sprichst Gedanken aus, die so ungeheuer seltsam sind und unheimlich, dass es gut ist, wir haben sie hier unter uns besprochen und nicht vor allen anderen.«

Gallus ging gar nicht darauf ein, sondern zitierte Paulus mit den Worten: *»Ou gar edoken, hämin ho Theos pneuma deilías, alla dynámeos kai agapäs kai sofronísmou – Denn Gott hat uns nicht den Geist der Verzagtheit gegeben, sondern der Kraft, der Liebe und der Sofronismou,* der Besonnenheit und Ausgeglichenheit. Du siehst, selbst Paulus, der Kämpfer, ging damit um.«

»Ja, er war ja selbst ein halber griechischer Stoiker …«

»Und trotzdem steht er in den Heiligen Schriften. Aber, beruhige dich, Columban, diese Gedanken würde ich nicht einfach so vor den anderen äußern, da ich selbst noch darüber nachdenke.«

Immer noch standen sie da und blickten aufs Meer. Der Wind, der sich zwischendurch gelegt hatte, frischte wieder auf und beulte ihre Wollmäntel aus, so dass die beiden hageren Mönche aussahen, als seien sie schwanger. Über ihnen teilten sich die Wolken und der Abendstern leuchtete herab. Am westlichen

Himmel zeichnete der Mond einen blassen, verwaschenen Fleck an die dünne Wolkenschicht.

Langsam gingen sie weiter. »Ich frage mich«, fing Gallus wieder an, »was würde geschehen, wenn wir die starken Wünsche in uns zuließen?«

»Solche Dinge frage ich mich nicht, Gallus. Unnützes Grübeln. Geht es nicht darum, den Willen Gottes zu tun?«

»Sicher, darum geht es. Aber wie willst du Gottes Willen erkennen, wenn du deine eigenen Wünsche nicht einmal kennst? Erinnerst du dich an die Lesung am Abend, wo es hieß, dass wir uns selbst erkennen müssen, um zu reifen? Und dass der Mann, der keine Selbsterkenntnis hat, arm dran ist?«

»Das hatte ich überhört.«

»Aber was wäre«, Gallus ereiferte sich, »wenn Gott nun einen Wunsch in dich hineingelegt hat und sehnsüchtig wartet, dass du ihn siehst und erkennst?«

»Seltsame Vorstellungen!« Columban zog seinen Mantel enger um die Schultern, als wollte er sich so vor diesen beunruhigenden Gedanken schützen.

»Nun, was unser ursprüngliches Thema betrifft, Gallus«, sagte er, als die steinernen Zellen wieder vor ihnen auftauchten, »sind wir uns, denke ich, einig, dass unsere Gefühle unter die weise Kontrolle des Geistes gebracht werden müssen.«

»Ich stimme dir zu, aber wir müssen den Löwen zuerst einmal betrachten und ihn herankommen lassen, bevor wir ihn verschlingen können. Vielleicht hat sich Gott etwas dabei gedacht, wenn er uns Gefühle gibt und uns die Löwen schickte?«

»Ja, das mag sein. Aber nun gehab dich wohl. Der Gott in dir erwärme dich in dieser Nacht.«

Mit diesem Gruß trennten sich die Männer und suchten ihre harten durchgelegenen Strohmatratzen auf.

Die Nacht war zuerst unruhig für Columban. Das seltsame Gespräch mit Gallus rumorte in seinem Kopf, und die Gedanken jagten sich gegenseitig, fingen sich und gaben einander wieder frei. Aber nicht umsonst war Columban ein Mann der Disziplin.

Er hatte es jahrelang geübt, unangemessene Gedanken wie einen Krug voller Abfall zu nehmen und ihn ins Meer des Vergessens zu kippen. Und das tat er auch diesmal. Sollte sich doch Gallus mit seinen seltsamen Ausführungen selbst herumquälen. Hauptsache, er brachte ihm die Novizen nicht durcheinander. Morgen war ein neuer Tag. Ein anderer Bruder würde die Novizen in ihre Arbeiten einführen. Und außerdem: Bisher war er mit seinen unpassenden Gefühlen ganz gut zurechtgekommen. Schließlich hatten die Seele und der Körper dem Geist zu gehorchen und nicht umgekehrt. Und morgen wartete eine gute und schöne Arbeit auf ihn: Er war eingeteilt, Teile der Heiligen Schrift abzuschreiben und zu verzieren. Eine Arbeit, die ihm große Freude machte.

Mit diesen Gedanken drehte er sich auf die Seite und schlief ein.

Regen weckte ihn, und er bedauerte die Brüder, die heute die feuchten Garben vom Feld holen mussten, um sie in der *Sabhal,* der Scheune, zu trocknen. Obwohl es eine gute Übung war, den Körper zu disziplinieren und ihn an Kälte und Feuchtigkeit zu gewöhnen.

Nach den Morgengebeten und dem Frühstück, das aus einem Schluck Wasser bestand, weil jeden Mittwoch gefastet wurde, begab sich Columban gleich in das Skriptorium und ging zu seinem Stehpult, in dessen Fach er seine Federn vorfand, mit denen er am besten arbeiten konnte.

Er benutzte am liebsten die schräg abgeschnittenen Rabenfederkiele, denn sie waren stärker und elastischer als die aus Gänsefedern.

Da Columban zu den fortgeschrittenen Schreibern zählte, wurden ihm besonders wichtige Texte gegeben, und er bekam sogar das Pergament aus *vellum,* einer Kalbshaut, die eine feinere Oberflächenstruktur besaß als die groben Ochsen- oder Schweinshäute.

Er grüßte den Bruder, der eben dabei war aus Galläpfeln und Ruß neue Tinte herzustellen.

»Gott segne dich, Bruder«, sagte Columban. »Ich brauche heute Tinte sowie rote und grüne Farbe für die Initialen.«

»Ist schon an deinem Platz.«

Columban neigte den Kopf, wagte sogar ein winziges Lächeln für diese Aufmerksamkeit, legte seine Werkzeuge neben sich und fing an, mit dem Stilus und einer dünnen Feder feine Linien auf dem Pergament zu ziehen.

Dann skizzierte er den Umfang der Anfangsinitiale und begann mit der Abschrift von Psalm siebenunddreißig.

Im Skriptorium war es ruhig. Die arbeitenden Mönche gaben sich Mühe, nicht allzu viele Geräusche zu machen, weil sie wussten, wie störend es sein kann, wenn jemand regelmäßig die Nase hochzog oder beim Schreiben ohne ersichtlichen Grund schmatzte oder mit der Zunge schnalzte.

Allerdings war ein leises Gemurmel nicht zu unterdrücken. Kein Mensch wäre auf die Idee gekommen, lautlos zu lesen. Das Murmeln störte nicht, denn es plätscherte durch den Raum wie ein Wiesenbach.

Nur der Wind warf gelegentlich Regentropfen gegen die mit Pergament bespannten Fenster, so dass Columban aufpassen musste, dass er nicht vor dem plötzlichen Geräusch zusammmenzuckte und einen Buchstaben verdarb.

Er merkte aber, während er Buchstabe für Buchstabe schrieb, wie ihn eine stille, tiefe Freude erfasste, als er die Minuskeln nachmalte und den Bögen, den Auf- und Abstrichen eine elegante Form verlieh. Für ihn war es ein Gottesdienst, der Schrift die Schönheit zu geben, die ihr zustand.

Unten auf der Seite hatte er sich vorgenommen, einen stilisierten Baum mit verschlungenen Wurzeln zu malen, denn der Vers fünfunddreißig handelte von der Libanonzeder. Und die Anfangsinitiale würde er mit einer rot gesprengelten Umrandung … aber halt! Was war das?

Wie von selbst hatte seine Hand die Buchstaben nachgezeichnet, aber jetzt sprang ein Wort in seine Augen, das seine Aufmerksamkeit erregte: *petitiones cordis tui – die Wünsche deines Herzens.*

»Was hat solch ein Wort hier zu suchen?«, murmelte er verblüfft. »Die Wünsche meines Herzens? Was hat Gott damit vor? Sicher sollen sie ihm zu Füßen gelegt und geopfert werden, oder noch radikaler: ausgerissen werden, damit ER auf reinem, neuen Grund seinen Willen einpflanzen kann.«

Columban blickte auf das lateinische Originalpergament, um den ganzen Vers zu lesen. Und was er da las, konnte er nicht glauben. Er las es zweimal, dreimal, bis er sicher wusste, dass er sich nicht getäuscht hatte.

Mit deutlichen Buchstaben stand hier der unglaubliche Satz: »Et delectare in Domino et dabit tibi petitiones cordis tui – und freue dich im Herrn und er gibt dir deines Herzens Wünsche.«

Columban legte vorsichtig seine Schreibwerkzeuge auf den Tisch und stand auf. Er musste unbedingt in die Bibliothek und den hebräischen Wortlaut betrachten, vielleicht hatte Hieronimus bei der Übersetzung ins Lateinische einen Fehler gemacht.

»Ich muss etwas in der Bibliothek nachprüfen«, erklärte er dem erstaunten Bruder, der in einem Steingefäß Farbe herstellte, indem er Pflanzen und bestimmte Kristalle zerkleinerte und mit Eiweiß vermischte.

Columban kannte sich in der Bibliothek aus und fand ohne großes Suchen den Codex mit den Psalmen, der in einem Ledereinband an der Wand hing.

Mit klopfendem Herzen legte er ihn auf ein Stehpult und blätterte mit zitternden Händen durch die Seiten, bis er den vierten Vers gefunden hatte. Langsam folgte er mit dem Finger von rechts nach links den hebräischen Buchstaben.

Dann blickte er auf und murmelte: *»we jittän lechá mischalot libächa.* Also doch kein Übersetzungsfehler!« Wörtlich übersetzte er: *»Und er wird geben dir die Bitten (oder Wünsche) deines Herzens.«* Zur Sicherheit schlug er in einem hebräischen Wörterbuch nach, fand das Grundwort *scha-al*, aus dem *mischalot* abgeleitet wurde. Und auch da stand klar und deutlich *wünschen*, ja sogar noch ein stärkeres Wort: *begehren.*

Wie betäubt ging er auf seinen Platz zurück, während die Gedanken durch seinen Kopf schossen: »Gott erfüllt das Begehren meines Herzens, die tiefsten Wünsche, die ich habe? Natürlich nur, wenn sie nicht im Widerspruch zu seinen Geboten stehen. Aber dennoch … Warum sollte Gott ein Interesse haben, ausgerechnet meines Herzens Wünsche zu erfüllen? Was hat er davon? Ist es nicht viel schwieriger für ihn, auf unsere Wünsche einzugehen, als einfach seinen eigenen Willen durchzusetzen?

Und da fiel es ihm wie Schuppen von den Augen, eine Wahrheit, die so einfach und schlicht vor ihm stand, dass sie ihm bei seiner ganzen Gelehrsamkeit vorher nicht eingefallen war: Gott erfüllt die Wünsche unseres Herzens, weil er uns liebt. Das war der einzige Grund.

Columbans Hände begannen wie von selbst zu den Werkzeugen zu greifen, und er fuhr fort, Buchstabe für Buchstabe zu schreiben, während sein Innerstes eine Umkehrung der Werte erfuhr und die neue Erkenntnis ihn durchpulste wie ein Feuer, das jemand durch seinen Körper schickte.

Erst als es Abend wurde und er nicht wusste, wie er seine Arbeit geschafft hatte, tauchte der unabweisbare Gedanke vor ihm auf wie ein Krieger, der hinter einem Felsen hervortritt. Und er hörte Gallus' Stimme, die gestern zu ihm gesagt hatte: »… Was würde geschehen, wenn wir die starken Wünsche in uns zuließen?«

Gestern hatte er diesen unerhörten Satz empört abgetan. Das war eine unzumutbare Frage an einen Gott, der die Welt regiert und brauchbare Untertanen für sein Reich haben will.

Aber jetzt? Und warum fing nun plötzlich das Wort aus dem Thomasevangelium an, sich in den Vordergrund zu schieben? »Wenn er aber findet, wird er erschrocken sein. Wenn er erschrocken ist, wird er staunen. Und er wird König sein über die unsichtbare Welt.«

Columban räumte seine Werkzeuge weg, gab den abgeschriebenen und geschmückten Psalm dem Bruder, der das Pergament in die Mappen binden würde, und trat nach draußen.

Die frische Luft tat gut nach diesem Ansturm ungewöhnlicher Gedanken. Zum Glück musste man bei dem kargen Mahl, das aus trockenem Brot und Wasser bestand, nichts sagen, weil man der Lesung zuhören musste. Aber Columban war in seinem Inneren so voll mit neuen Erkenntnissen, dass er sowieso nichts mitbekam, sondern es ihm vorkam, als sei er betrunken.

Er wollte niemanden mehr sehen und ging zu seiner Zelle, schob den Ledervorhang zur Seite und blieb in dem dämmrigen Raum stehen.

Wieder hörte er den Satz in seinem Inneren »... Was würde geschehen, wenn wir die starken Wünsche in uns zuließen?«

Er wurde diesen unmöglichen Satz nicht mehr los. Müde setzte er sich auf den einzigen Holzhocker und versuchte mit aller Gewalt, die Worte aus seinem Kopf zu verbannen ... Vergebens.

Schließlich seufzte er tief auf und sagte zu sich: »Gut, ich werde wohl nicht eher zur Ruhe kommen, bis ich weiß, was mein tiefster Wunsch ist.«

Sobald er das gesagt hatte, war es ihm, als sei ein Damm gebrochen, und das Meer seiner Erinnerungen und verborgenen Wünsche überflutete seine geordnete Mönchswelt.

Plötzlich sah er sich selbst, wie er als junger Mann durch den Wald streifte und Ita, die Einsiedlerin, traf, wie er begeistert von sich erzählte und wie sie ihn mit feurigen Blicken durchbohrte und davon erzählte, dass sie, wenn sie die Kraft hätte, den Pilgerstab nehmen würde, um alles zu verlassen und Gott zu dienen.

Er sah, wie er seine Mutter verließ, wie er bei Sinillis Aufnahme fand, sah, wie er in Bangor ankam und sich in das regelmäßige Leben der Mönche eingliederte. Und da wusste er plötzlich, was sein tiefster Wunsch war.

Er ließ sich ächzend auf die Knie fallen, bedeckte sein Gesicht mit den Händen und flüsterte, während ihm die Tränen völlig unkontrolliert die hageren Wangen hinunterliefen und sich unpassende Gefühle breit machten: »Herr, mein tiefster Wunsch ist die Pilgerreise in das Heilige Land. Ich will alles aufgeben, was ich habe und neu anfangen. Ich will neue Länder durchziehen und dort wo ich bin, Menschen um mich sammeln, vielleicht Klöster gründen. Ich will ein Pilger Christi sein.«

Lange blieb er auf den Knien und spürte keinen Schmerz, ja, er fühlte sich so leicht, als schwebte er über den Boden, denn eine große Last war von ihm abgefallen.

Wie lange er in dieser Haltung zugebracht hatte, war ihm nicht klar.

Er stand schließlich auf, zog seinen Mantel aus, wickelte sich mit seiner Tunika in die dünne Decke, sprach einen Abendsegen und fiel in einen solch tiefen Schlaf, dass er am nächsten Morgen einige Augenblicke brauchte, um zu wissen, wo er war.

Si heten dâ ir friunde zwélf küene man,
daz starke risen wâren waz kundez si vervân?
die sluoc sît mit zorne diu Sîfrides hant,
und recken siben hundert twang er von Nibelunge lant.

Sie hatten unter ihren Freunden zwölf mutige Männer,
die starke Riesen waren. Aber was konnte ihnen das nutzen?
Sie hat nämlich Siegfried später voller Wut eigenhändig erschlagen,
und außerdem bezwang er noch siebenhundert Krieger aus dem Nibelungenland.

Aus dem Nibelungenlied, 3. Aventiure

Treveris, im Monat Maius, ein Jahr später

Acht

»Und ich soll hier also untätig herumsitzen, während du Krieg gegen Chilperich führst?« Brunichilde blickte ihren Mann zornig an.

Sigibert nickte. »Was willst du bei den Kriegern tun? Etwa mit deinem Bogen schießen?«

»Du weißt genau, was ich tun würde«, sagte Brunichilde. »Wenn ich mit dir käme, dann … würde ich deinen Bruder, diesen niederträchtigen Hund, mit meinen eigenen Händen ein Schwert in die Brust stoßen. Und wenn dann hellrote Blasen aus seinem Mund herausquellen, würde ich mein Gesicht ganz nahe an seine glasigen Augen bringen und ihn anschreien: »Das ist für Galsuinta!«

Sigibert lachte und ließ sich von einem Bediensteten über den ledernen Brustringen seinen Mantel befestigen.

»O ja, das traue ich dir zu. Du bist eine Feuer spuckende Gotin mit römischem Blut. Weißt du, was die Franken früher gemacht haben, wenn sie nach Hispania reisen mussten?« Sigibert wartete Brunichildes Antwort nicht ab, sondern gab sie gleich selbst: »Sie schrieben ihr Testament, weil sie meinten, dass die Goten sie in Stücke schneiden und den Hunden zum Fraß vorwerfen würden. Die Goten waren unheimliche Menschen für uns!«

Brunichilde, die von ihren fiktiven Mordplänen abgelenkt war, fragte zurück: »Und trotzdem hast du um die Hand einer Gotin angehalten?«

»Ja«, sagte Sigibert ernsthaft und strich über seinen hängenden Schnurrbart, in dem noch ein Rest Eigelb hing von den zwei Taubeneiern, die er ausgeschlürft hatte. »Eines solltest du nicht vergessen: Ich bin Sigibert, der Siegreiche. Und habe ich nicht aus einer gefährlichen Löwin ein schnurrendes Kätzchen gemacht?«

Die Augen der Löwin verengten sich zu Schlitzen und ein empörter Blick traf Sigiberts Augen, die von hellen Wimpern umrahmt waren.

»Ich bin nur ein schnurrendes Kätzchen, wenn ich in deinen Armen liege, aber sonst sollte sich jeder Mann vor mir in Acht nehmen.«

»Gut zu wissen, dann brauche ich keine Angst zu haben, dass ein anderer Mann dich in der Zwischenzeit …«

»Fühle dich nur nicht so sicher, Sigibert.«

Er ging auf diese Bemerkung nicht weiter ein und sagte abschließend: »Und nun leb wohl, meine männerfressende Gotin!«

Er fasste sie um die Taille ihres leichten Seidenkleides, das mit dem Saft des Löwenzahns magentarot gefärbt war, und küsste sie auf den Mund.

Und dabei merkte er, dass bei diesem Kuss ihre ganze Schroffheit und Härte abfiel und so etwas wie eine verzweifelte Angst frei wurde. Er spürte es an ihrer Hand, die seine Locken packte, als wollte sie ihn von seinem Kriegszug zurückhalten. Eine Ahnung stieg in ihm auf, dass sie nur deshalb mitgehen wollte, um ihn zu beschützen oder in seiner Nähe zu sein. Natürlich wollte sie auch Chilperich töten, aber das war wohl nicht ihr einziges Anliegen.

Er löste sich vorsichtig von ihr und blickte in ihre dunklen Augen. Keiner sagte etwas, bis Brunichilde etwas zu forsch meinte: »Und wehe, du kommst nicht heil zurück! Du bist der einzige Mensch, der mir noch geblieben ist.«

Sigibert stutzte für einen Augenblick und fragte: »Uuaz ist gitan, Brunichilde, bithiu ni habes filu friunta? – Wie kommt es, Brunichilde, dass du so wenig Freunde hast?«

»Das kann ich dir sagen, Sigibert: Weil sich niemand mit einer Königin – ohne dabei Hintergedanken zu haben befreunden will, außer die Frau ist selber eine Königin und hat es nicht nötig, die Freundschaft auszunützen. Deshalb ist auch Galsuintas Verlust für mich so groß!«

Sigibert nickte stumm und rief seinen Diener, der sich bei dem

Abschiedskuss diskret zurückgezogen hatte. Dann verließ er Brunichildes Zimmer, eilte die Stufen hinunter zu den Soldaten, die schon auf ihn warteten.

Während der letzten Wochen hatte Sigibert Krieger gesammelt, um einen erneuten Einfall in Chilperichs Reich zu wagen. Und – wenn möglich – ihn gefangen zu nehmen oder einen seiner Söhne. Über tausend Männer hatte Sigibert zwischen Treveris, Mettis und Remus zu den Waffen gerufen. Nicht alle waren ausgebildete Soldaten, die die Menschenschlächterei gewohnt waren. Der größte Teil der Armee bestand aus halbfreien Kriegern, die ihre gepachteten Äcker und Herden eine Zeit lang unter der Aufsicht der Frauen und Verwandten zurückließen, um dem verlockenden Angebot von Kriegsbeute zu folgen.

Man hatte sie innerhalb einer Woche mit den üblichen Handgriffen vertraut gemacht und ihnen gezeigt, wie man mit dem runden Buckelschild aus Holz und dem praktischen Kurzschwert oder der Lanze kämpfen konnte.

Den Umgang mit der so genannten Franziska, der Wurfaxt, musste man keinem beibringen, denn fast jeder Mann war es gewohnt, diese Waffe zu benutzen, wenn er sich vor Überfällen schützen wollte. Neu für die frisch ausgebildeten Krieger war die abwechselnde Handhabung von Schwert und Schild. Es wurde vor allem dann schwierig, wenn der Holzschild mit Pfeilen oder einer kurzen Lanze gespickt war, im Kampf unter diesem Gewicht tiefer sank und die verwundbare Brust nicht mehr schützen konnte. Denn nur begüterte Krieger konnten sich einen ledernen Brustpanzer oder ein Kettenhemd leisten.

Und jetzt sollte dieses bunt zusammengewürfelte Heer nach Parisium ziehen, wo sich Chilperich gerade aufhielt. Dieser war gerade von einem Raubzug aus dem südlichen Frankenreich zurückgekehrt und hatte noch keine Zeit und keine Kraft gehabt, ein neues Heer zu sammeln.

Während man sich unten auf dem Hof lautstark verabschiedete und alle wehrfähigen Männer die Königsresidenz verließen, trat Brunichilde an das glaslose Fenster, dessen Holzladen nach außen geklappt war und mit einer Holzstange waagrecht gehalten wurde.

Draußen schien die Sonne und erwärmte den Innenhof der alten römischen Therme, die einst für Kaiser Konstantin und seine Söhne gebaut worden war, aber jetzt dem Aufenthalt der fränkischen Königsfamilie diente.

Nachdem der Monat Aprilis ungewöhnlich kühl und windig gewesen war, schien sich nun, fast übergangslos, der Sommer anzukündigen. Seit zwei Tagen brannte die Sonne auf Treveris, als wollte sie alles wettmachen, was sie in den Monaten davor versäumt hatte.

Noch eilten Soldaten unten hin und her, Ochsen brüllten, Wagenräder quietschten, aber Brunichilde nahm das ganze Treiben nur halb wahr, weil ihre Gedanken schon in eine andere Richtung gingen. Sie war keine Frau, die sich unnötig der Schwermut eines Abschieds hingab wie andere reiche Frauen, für die die Melancholie ein süßes Gift enthielt, das sie genossen, um der Eintönigkeit zu entrinnen.

Die Königin liebte es, etwas zu tun, wenn die Gedanken sich wie schwere Mühlsteine im Kreis bewegten.

Es war noch früh, und der Tag würde wie gestern sehr heiß werden, das war deutlich zu erkennen, denn der Morgendunst, der in der Luft hing und von der Sonne eben durchdrungen wurde, verhieß meistens heißes Sonnenwetter in der zweiten Tageshälfte.

Dieses Versprechen von mittäglicher Hitze erinnerte Brunichilde an etwas.

Rasch eilte sie aus dem Zimmer und rief nach ihrer neuen Magd Agnes, die seit ein paar Wochen den Dienst bei ihr versah. Sie war die Pflegetochter des Diakons Aitulf.

Als Agnes kurze Zeit später atemlos in Brunichildes Zimmer trat, traf sie auf eine Königin mit geröteten Wangen und aufgelöstem Haar, die hin und her ging.

»Was wünschst du, meine Königin?«

»Sigibert verlässt Treveris. Was also soll ich hier? Ich möchte noch heute wieder zurück nach Mettis, unserem neuen Wohnsitz. Außerdem fehlen mir meine Töchter und besonders der kleine Childebert. Er wird in diesen Tagen vier Jahre alt. Pack meine Sachen und besorge mir ein Boot oder ein Schiff. Und noch etwas: Ich möchte meinen Lieblingsstuhl mitnehmen. Sie flüsterte Agnes etwas ins Ohr, worauf diese rief: »Aber das ist ungewöhnlich! Ich habe so etwas noch nie gesehen. Normalerweise werden höher gestellte Personen nicht auf dem Deck …«

Brunichilde unterbrach sie barsch: »Dann siehst du es jetzt. Die Männer auf dem Schiff werden dir dabei helfen, wenn du sie ein wenig anlächelst und mit deinen Hüften wackelst.«

»Aber …«, stammelte Agnes. »Ich weiß gar nicht, ob mittags ein Schiff nach Mettis fährt. Und du kannst nicht irgendein beliebiges Schiff nehmen …«

»Warum nicht?«

»Es wäre nicht fein genug.«

»Pah! Nicht fein genug! Mein Mann zieht in den Krieg und kämpft im Schweiß seines Angesichts, schläft in den Zelten bei seinen Männern, damit Chilperich endlich für seinen Mord bestraft wird. Und da sollte ich nicht ein paar Unannehmlichkeiten auf mich nehmen?«

»Aber … ich … ich kenne mich am Hafen nicht so gut aus.« Agnes wurde rot. »Und … ich habe eine Abneigung gegen Schiffe. Meine … meine sächsische Freundin Gna, nach der meine Tochter benannt ist, wurde vor meinen Augen bei einer Bootsfahrt in die Tiefe gezogen. Warum können wir nicht mit dem Wagen und unseren Pferden nach Mettis reisen? Ich könnte dann in aller Ruhe die Sachen packen, sie im Wagen verstauen und …«

»Ja, ja, in aller Ruhe! Bei dir muss alles Ruhe und Ordnung haben! Die Sache mit deiner sächsischen Freundin Gna interessiert mich, du musst mir nachher mehr darüber erzählen. Aber ich will auf der Mosella reisen, aus dem einfachen Grund, weil ich es nun einmal will. Und zwar auf die Art und Weise, wie ich es dir gesagt habe! Du brauchst auch nicht alles zu packen. Es genügt das Notwendigste. Den Rest später. Und frage Ceslin, du weißt schon, den Mann mit der abgeschlagenen Nase. Er kennt sich am Hafen aus und wird für uns schon das richtige Schiff finden. Mit etwas Glück und einer Handvoll Goldmünzen ist sehr viel möglich.«

Ceslin, der zu den Bediensteten gehörte und dessen Nase an einer Seite ohne Nasenflügel auskommen musste, sah aus, als hätte ihm jemand einen Klumpen rotgefärbten Lehm ins Gesicht geklebt. Er hatte tatsächlich ein Schiff für seine Königin gefunden, das groß genug war, um die Schaukelbewegungen etwas auszugleichen und sogar etwas Bequemlichkeit bot. Auf dem Deck war ein Segeltuch waagrecht gespannt, um den Kapitän und andere vor der Mittagshitze zu schützen.

Dorthin ließ Agnes Brunichildes Lieblingsstuhl bringen, der mit Tauen an Deck festgezurrt wurde, so, wie die Königin es haben wollte.

Kurze Zeit später betraten Brunichilde und ihre Magd das Schiff über einen wackligen Steg.

Gerade wollte Agnes auf den Stuhl deuten, den die Männer auf Grund ihrer Anweisungen unter dem Segeltuch festgemacht hatten, da rief Brunichilde entsetzt aus: »Was soll denn das? Warum dieses lästige Segeltuch über meinem Kopf?«

»Aber … aber«, stammelte Agnes, »es ist ein Sonnenschutz. Jetzt um diese Zeit brennt die Sonne unbarmherzig auf unsere …«

»Unbarmherzig herunterbrennen?« Die Königin lachte laut auf. »Mein liebes Kind, ich bin im Inneren Hispanias groß geworden und gegen die Sonne dort ist das hier eine lächerliche Imitation. Die Sonne in Treveris ist mild und angenehm. Entfernt sofort das überflüssige Segel! Ich habe nicht umsonst meinen Stuhl auf dem Deck anbringen lassen, um dann von den Sonnenstrahlen, nach denen ich mich gesehnt habe, beschützt zu werden!«

Leicht irritiert und mit einer Spur unterdrückten Ärgers, entfernten die Seeleute das Segel wieder und brachten es in den Laderaum.

Das Schiff legte währenddessen ab, bewegte sich auf die Mitte der Mosella zu und fuhr flussaufwärts nach Süden.

Das hatte bisher noch niemand erlebt: eine Frau saß mitten auf dem Deck auf einem festgebunden Stuhl ohne Schleier und ohne

Kopfbedeckung bei drückender Hitze und ließ sich die Sonne auf ihre dunklen Haare brennen, als ob sie nicht wüsste, dass nur Sklaven und niedere Knechte oder Mägde bei jedem Wetter draußen sein mussten. Aber diese seltsame gotische Königin schien die bloßen Sonnenstrahlen zu mögen wie einen unsichtbaren Liebhaber.

Wie konnte ein vernünftiger Mensch nur auf den Gedanken kommen, ohne Schutz seine Haut der Sonne hinzuhalten!

Nachdem Brunichilde mit geschlossenen Augen die Wärme genossen hatte, rief sie: »Agnes! Bring mir einen Becher Wasser und stelle dich neben mich. Erzähl mir von dieser … von diesem sächsischen Mädchen. Wie hieß sie doch gleich?«

»Gna.«

»Richtig. Gna. Ein seltsamer Name.«

»Nun, eben sächsisch.«

»Aber wie kommt eine Frau wie du dazu, eine sächsische Freundin zu haben, wo diese Hunde doch unsere Feinde sind?«

Agnes ging in den Laderaum und kam mit Krug und Becher zurück, goss ein und reichte das Getränk Brunichilde.

»Das ist eine lange Geschichte. Als ich fünfzehn war, wollte ich in ein Frauenkloster bei Antonaco eintreten. Da ich aber nicht gerne mit dem Schiff fahre, hat mich mein Pflegevater Aitulf dorthin begleitet. Wir waren mit einem Ochsenkarren unterwegs, der einem jüdischen Kaufmann gehörte …«

»Und diese Entscheidung ins Kloster zu gehen, war wirklich dein Wille? Oder hat dein Vater vielleicht ein wenig nachgeholfen?«

»O nein, das hätte er nicht gemacht!«

»Nun, als dein rechtmäßiger Herr hätte er durchaus die Macht gehabt, dich wegzugeben und deine Erziehung anderen zu überlassen.«

»Sicher, das stimmt. Aber er hatte viel zu großen Respekt vor meinen verstorbenen Eltern, als dass er mich zu irgendetwas gezwungen hätte.«

»Gut, du warst also nach Antonaco unterwegs.«

»Ja, und dann wurde ich von Sachsen geraubt, die unseren Reisewagen schon die ganze Zeit unsichtbar begleitet hatten.«

»Ich sagte es ja: diese Hunde!«

»In gewisser Weise stimmte das auch. Sie brauchten eine Jungfrau für ihr Wodansfest.«

»Aber du konntest dich befreien …?« Brunichilde, die immer mehr an der Geschichte Anteil nahm, drehte, ohne dass sie es merkte, an ihrem Smaragdring, während sie Agnes' Worten lauschte.

»Dort, in dem Sachsenlager, habe ich Gna getroffen. Sie war so gut zu mir und hat mir bei meiner Flucht geholfen, aber … aber unterwegs, als wir mit einem beschädigten Boot den Rhenus überqueren wollten, ertrank sie und ich … ich …« In Agnes' Augen stiegen Tränen auf, als sie wieder daran dachte.

»Gut, den Rest kann ich mir denken. Es ist bitter, eine Freundin zu verlieren«, sagte Brunichilde und ihre laute harte Befehlsstimme bekam einen weicheren Ton. »Und jetzt bist du also bei mir.«

Agnes nickte stumm und dankbar. Im Grunde war sie froh, den Haushalt ihres Vaters und ihrer Stiefmutter Karolina verlassen zu haben, dem sie nicht selber vorstand, da sie unverheiratet war. Sie kam sich manchmal überflüssig vor, obwohl sie sich mit Aitulfs Frau gut verstand. Alda, Aitulfs und Karolinas leibliche Tochter und Agnes' eigenes Kind kannten sich schon seit ihrer Geburt und wuchsen wie Geschwister auf. Und es war beruhigend zu wissen, dass Gna gut versorgt war. Ab und zu würde sie ja ihre Tochter sehen.

»Du kannst gehen, Agnes«, sagte die Königin nach einer Weile. »Ich rufe dich, wenn ich dich brauche.«

Als Agnes gegangen war, schloss Brunichilde ihre Augen. Eine kleine Brise Wehmut kam nun doch über sie. Die Geschichte der ertrunkenen Freundin Gna und Agnes' Tränen über den Verlust, hatten sie mehr berührt, als sie zuerst gedacht hatte. Unwillkürlich musste sie wieder an Galsuinta denken, an ihren eigenen Verlust. Meistens mischten sich dann in die Gedanken Wut und Zorn gegen Chilperich und Fredegunde, dieses gemeine Weib.

Aber jetzt, mit der Sonne auf ihrem Kopf und den leisen Schaukelbewegungen des Schiffes, dem modrigen Schilfgeruch, der vom Ufer herüberwehte und dem Duft nach salzigen Fischen, der aus der Tiefe des Laderaums strömte, kamen die gemeinsamen Erinnerungen zurück. Erinnerungen an den Fluss Tagus, der Toletum von drei Seiten umschloss und an dem sie als Kinder unter Aufsicht oft gespielt hatten.

Beide mussten sie im Sommer Kopftücher tragen, wenn sie am Fluss saßen. Bruna riss ihres immer gleich herunter, zum Leidwesen der zwei Frauen, die die Aufsicht führten. Galsuinta behielt ihre Kopfbedeckung immer auf. Ihre Haut war empfindlicher, und einmal war ihr richtig übel geworden, weil sie zu lange ohne Schutz in der Hitze gewesen war und sich die Haut im Nacken in Fetzen abgelöst hatte.

Brunichilde dachte an ihre einfachen Kinderspiele von damals. Eines hieß: »Such den Zauberstein.« Sie holten sich große Flusssteine, ließen sie in der Sonne trocknen und bespritzten sie dann mit jeweils der gleichen Menge Wasser. Wessen Stein zuerst trocken war, der hatte gewonnen. Dabei entdeckten sie, dass die dunkleren Steine meistens heißer wurden als die hellen und immer gewannen. Sie konnten sich das nicht erklären und vermuteten einen seltsamen Zauber dahinter.

Manchmal spielten sie auch: *»Nasei thuk silban* – rette dich selbst.« Dabei zogen sie ihre Schuhe aus und stellten sich auf einen Streifen Ufersand, der die ganze Zeit in der Sonne gelegen hatte. Wer es am längsten aushielt und sich als Letzte selber rettete, hatte gewonnen.

Brunichilde sah Galsuinta wieder vor sich: ihre rötlichen Locken, die sich unter dem Kopftuch hervorringelten und ihr Lachen, das sich neben dem eigenen wilden Lachen immer zaghaft und scheu angehört hatte, obwohl es auch von Herzen kam. Manchmal neckte Bruna ihre große Schwester damit und redete von ihrer *zarten Seele.*

»Ich habe nun mal eine zarte Seele, während du eine aus Ochsenleder hast«, sagte Galsuinta dann schroff. Und einmal, nach ihrem Spiel *Nasei thuk silban,* als Galsuinta wieder als Erste von dem heißen Sand ins Wasser gerannt war, um sich zu retten, hatte sie wütend hervorgestoßen: »Du hast nicht nur eine Seele aus Ochsenleder, auch deine Füße sind aus Ochsenleder! Ich will dich nicht mehr sehen!«

Einen Augenblick war es still gewesen und Bruna hatte verblüfft ihre Schwester angestarrt, die sich sonst eher zurückgehalten hatte.

Aber dann musste Bruna plötzlich laut lachen, so dass Galsuinta nur noch wütender wurde und kreischte: »Und … und du hast eine Ochsenzunge und Ochsenaugen und einen Ochsenarsch!«

Und dabei hatte die sonst zart beseelte Galsuinta ihrer Schwester schon einen Tritt in denselben gegeben, verlor aber das Gleichgewicht und fiel ins Wasser.

Und wenn Galsuinta später wieder einmal anfing zu schreien, dann lachte Brunichilde nur und sagte: »Ach, hör doch auf, das Gekreische passt nicht zu dir. Damit kannst du bei mir nichts erreichen.«

Oder sie neckte sie und rief: »Wie sehen meine Ochsenaugen aus? Und kannst du mir mal die Ochsenhaut von den Füßen ziehen? Es ist alles so lederig geworden!« Dann mussten beide lachen.

Immer noch saß Brunichilde mit geschlossenen Augen auf ihrem Sonnenstuhl wie eine Königin, die der Sonne huldigt und ein kaum wahrnehmbares Lächeln spielte auf ihren Lippen, als sie sich an diese Szenen erinnerte.

Immer mehr Bilder von früher stiegen in Brunichilde hoch. Es war, als sei Galsuinta auferstanden, so deutlich waren die Erinnerungen. Und die Königin murmelte wehmütig: »Ach, Galsuinta, meine Schwester …«

Doch plötzlich wurde ihr Mund hart, sie richtete sich auf und stieß zwischen den Zähnen hervor: »Oh, ich bete zu Gott, dass Sigibert ihn diesmal erwischt und ihn gefangen nimmt, damit ich ihm eigenhändig die Haut abziehen kann, um daraus einen ledernen Eimer zu machen, in dem man den Kot wegträgt!« Sie blickte sich um, entdeckte Agnes am Heck und rief: »Agnes! Noch einen Becher Wasser!«

Die ganze Zeit über hatte Brunichilde an ihrem Ring gedreht. Nun rutschte er über die Spitze des Zeigefingers und fiel auf die rohen Schiffsplanken.

»Mein Ring!«, rief Brunichilde erschrocken. »Agnes! Mein Ring ist mir eben hinuntergefallen!«

Agnes, die gerade mit dem Wasser gekommen war, hatte ein leises Klingen gehört, drückte der Königin den vollen Becher in die Hand und bückte sich sofort in die Richtung des kleinen Geräusches.

Der Ring war unter den fest gezurrten Stuhl gerutscht und lag zwischen zwei Planken.

Agnes nahm ihn, betrachtete ihn genau, um zu sehen, ob er auch nicht beschädigt war, und wollte ihn der Königin zurückgegeben.

Da bemerkte sie im Sonnenlicht winzige Buchstaben in der Innenseite.

»Oh«, sagte sie erstaunt. »Da ist etwas eingraviert.«

»Zeig her!« Brunichilde nahm den Ring und las flüsternd den Satz: *»thot werdan muozan that sint chiminni fona thi – sterben müssen alle, die du liebst.«*

Einen Augenblick war es still, weil Brunichilde vor Schreck ganz starr war und keine Worte fand. Der Ring, den sie schon jahrelang getragen hatte, war ein Fluchring. Jemand hatte einen Fluch eingraviert.

»Was ist los?«, fragte ihre Magd, die die Wandlung auf Brunichildes Gesicht gesehen hatte. »Das ist ein Fluchring«, sagte Brunichilde tonlos. *»Sterben müssen alle, die du liebst.«* Sie blickte Agnes an und fuhr fort: »Vor sechs Jahren ist mein Vater gestorben und vor fünf Jahren meine Schwester … Und … und Sigibert ist unterwegs!«

Sie schüttelte sich und wollte den Ring in die Mosella werfen, aber dann besann sie sich und umschloss ihn mit der Faust.

»Irgendetwas stimmt da nicht, Agnes. Dieser Ring wurde mir vom Bischof überbracht, aber Bischof Magnerich würde mir niemals einen Fluchring schenken. Wir müssen umdrehen und mehr darüber herausfinden.«

Agnes nickte stumm und fügte gleich hinzu, weil ihr eine Idee gekommen war: »Mein Vater Aitulf ist gut in solchen Angelegenheiten. Er hat schon viele rätselhafte Dinge aufgelöst.«

»Dann werde ich ihn fragen, ob ihm etwas dazu einfällt. Nimm den Ring und bewahre ihn gut auf. Sobald wir in Treveris sind, werden wir ihn mit Weihwasser besprengen, um ihm seine Kraft zu nehmen. Ich möchte ihn jedenfalls nicht mehr an meiner Hand tragen!«

Es gab Ärger mit der Mannschaft, und der Kapitän versuchte, mit zusammengebissenen Zähnen die Königin umzustimmen, aber eher hätte man einem Esel das Sprechen beibringen können. Sie setzte sich schließlich durch, indem sie Geld versprach. Das Schiff drehte sich schwerfällig um und fuhr stromabwärts zurück in Richtung Treveris.

Noch am selben Abend trafen sich Brunichilde, Diakon Aitulf und Bischof Magnerich in der Königsresidenz und sprachen über den Ring.

Nach der Hitze des Tages war es in Brunichildes Zimmer, das von dicken Außenmauern umgeben war, angenehm kühl. Sie saßen um einen runden Holztisch. Der Bischof und die Königin jeweils auf zwei geschnitzten Eichenstühlen mit Rückenlehne, während Aitulf sich mit einem bronzenen Klapphocker begnügen musste.

Von draußen war das laute Zirpen der Grillen zu hören. Ab und zu holperte noch ein verspäteter Karren über das raue Pflaster.

Der Ring lag in einer Kupferschale, die mit Weihwasser gefüllt war. Die Inschrift war mit kleinen christlichen Kreuzen durchgestrichen.

Auf dem Grund der Schale war zudem noch in Kreuzform »Pater noster« geschrieben und von A und O, dem griechischen Symbol für Anfang und Ende umrahmt. Außerdem standen die waagrechten Worte *ATO* als Abkürzung für *atomus* : unteilbar. Schale und Weihwasser, geheiligte Materie, sollten den Fluch brechen, der sich in die Materie des Ringes eingegraben hatte.

P
A
A T O
E
R
P A T E R N O S T E R
O
S
A T O
E
R

Von der Decke hing ein Leuchter mit drei Öllampen aus Ton und warf sein milchiges Licht auf die kleine Gruppe.

»Wie gesagt«, brach Bischof Magnerich das Schweigen und fuhr sich durch seinen Vollbart, »von mir stammt der Ring jedenfalls nicht.«

»Ich könnte mich ärgern«, sagte die Königin, »dass ich vergessen hatte, mich bei dir zu bedanken. Hätte ich es getan, wäre es sehr schnell herausgekommen, dass mit dem Ring etwas nicht stimmt. Wenn ich mir vorstelle, dass … dass meine Kinder bedroht sind, dass Sigibert, der einen Krieg führt, umkommen könnte …«

»Nun, Königin Brunichilde«, beruhigte sie der Bischof, »wir sollten den Fluchring aber auch nicht zu hoch bewerten. Er liegt in Weihwasser, wir haben ihn durchkreuzt, einen Segensspruch ausgesprochen und ihn damit unwirksam gemacht. Vergiss nicht: Die Macht des Kreuzes ist stärker als alle Magie der Hölle!«

Aitulf räusperte sich. »Ich stimme dir zu, Herr Bischof. Aber … ich gebe zu bedenken: Auch wenn dieser Ring vielleicht unwirksam geworden ist, so kann derjenige, der ihn hierher gebracht hat, einen neuen Fluch ausstoßen oder ihn auf ein dünnes Fischbeinamulett schreiben und es in irgendeine Ritze des Königspalastes stecken.«

»Aber nur«, sagte Brunichilde, »wenn er weiß, dass sein Ring unbrauchbar geworden ist.«

Magnerich nickte. »Das ist richtig.«

»Auf jeden Fall«, begann Aitulf, »ist es am sichersten, wenn wir die Person finden, die diesen Ring anfertigen ließ oder ihn gekauft hat …«

»Ich denke, der Diakon hat Recht«, sagte Brunichilde, »und ich bitte dich, Herr Bischof, Aitulf die Befugnisse zu geben, diese Person zu finden.«

Magnerich brummte unwillig und seufzte: »Eigentlich brauchen wir jeden guten Mann. Die Christen werden immer mehr. Unsere Basilika quillt über, der Taufunterricht ist kaum noch zu bewältigen, und die Armenhäuser werden förmlich von Bettlern bestürmt …«

»Ich sage ja nicht«, warf Brunichilde ein, »dass er sich nur um diesen Ring kümmern soll. Natürlich sollte er seine gewohnte Arbeit verrichten, aber gleichzeitig alles tun, was ihm helfen wird, den Mann zu finden, der hinter diesem Fluch steckt!«

Fast ein wenig ängstlich blickte die sonst eher unerschrockene Königin in das Gesicht ihres Bischofs, denn gehorchen musste Magnerich der Königin nicht unbedingt.

»Gut, wenn es so ist und Aitulf nicht zu oft von seinen Pflichten ferngehalten wird, bin ich einverstanden. Außerdem ist es sowieso die Aufgabe der Kirche, herauszufinden, wer heutzutage solche Flüche aussendet. Magie und Zauberei stehen seit dem Beschluss der Synode von Ancyra unter empfindlichen Kirchenstrafen und dürfen nicht geduldet werden: … *Wenn jemand solche Sünden begeht, soll er, wenn er Kleriker ist, aus der Gemeinschaft verstoßen werden. Weltliche Personen aber sollen fünf Jahre Buße tun*«, zitierte Magnerich.

Er wandte sich an Aitulf: »Wo willst du zuerst suchen?«

»Nun, dort, wo die Feinde der Königin sitzen: in Sessionas, der Residenz Chilperichs. Du musst mir einen Brief für König Chilperich mitgeben. Irgendeine Kirchenangelegenheit, die geregelt werden muss.«

»Es kann nur Chilperich selbst sein, der so etwas getan hat«, sagte Brunichilde mit bitterer Stimme.

»Aber bis jetzt gibt es keine Beweise«, bemerkte der Bischof. »Es sind deine Vermutungen, und die Heilige Schrift sagt, dass eine Sache, in unserem Falle: ein Mord, auf zweier Zeugen Mund aufgebaut werden muss. Sicher, es passte in Chilperichs Plan, dass Galsuinta starb, aber deswegen muss er sie nicht umgebracht haben …«

»… veranlasst haben«, fügte Brunichilde hinzu.

»Oder das. Wenn es sich jedoch herausstellen sollte, dass Chilperich selbst diesen Fluch veranlasst und einen Mord auf dem Gewissen hat, muss er exkommuniziert werden.« Der Bischof wandte sich an Aitulf. »Also: keine leichte Aufgabe, den Fluchverursacher zu finden.«

»Aber lohnend.« Aitulf brachte ein Lächeln zustande. »Der Diakon, der den König stürzte!«

*

Vier Wochen später kamen Sigiberts Männer von ihrem Kriegszug zurück nach Mettis.

Sie sahen nicht froh aus und ritten auch nicht lärmend durch die Gassen wie sonst, wenn sie einen Sieg zu vermelden hatten. Aber sie wirkten auch nicht gedemütigt, eher unzufrieden.

Brunichilde war gerade beim Färber, um sich ein weißes Kleid, das Flecken bekommen hatte, umfärben zu lassen. Sie musste etwas zu tun haben, sonst würde sie die Sorge um ihren Mann noch auffressen. Seit sie den Fluchring gesehen hatte, war ihre Angst um Sigibert und ihre Kinder gestiegen. Manchmal hatte sie halbe Nächte wach gelegen und sich Schreckensbilder ausgemalt. Dann wieder war sie in Träume versunken, die mit Blutbildern endeten. Es gab Tage, an denen sie alles vergessen konnte, denn ihre Kinder forderten ihre Aufmerksamkeit. Aber dann hatte Agnes unter Brunichildes Nervosität zu leiden, die ihre Magd oft schimpfte, wenn sie zu nachlässig mit ihren Kindern umging.

»Der Ring ist doch unschädlich gemacht worden, Königin!«, wagte Agnes dann zu sagen.

»Der Ring ja, aber nicht der, von dem der Fluch kommt!«

Jetzt war die Königin also beim Färber und versuchte, sich für den richtigen Farbton zu entscheiden.

In der Werkstatt von Agobart war es stickig, denn draußen, im

Hof, kochten verschiedene Farbflüssigkeiten vor sich hin, und der Dampf kroch auch in den Verkaufsraum. Ein Knecht mit einem Kupferkessel kam an ihnen vorbei.

»Musst du das ausgerechnet hier hindurchtragen, wo ich gerade die Königin bediene«, schimpfte Agobart, während Brunichilde die Nase rümpfte.

»Was ist das?«

»Entschuldige, aber das ist Pferdeurin mit Essig vermischt. Ich brauche das für die Beize, um die Farben haltbarer und leuchtender zu machen.«

Der Färber hatte inzwischen mehrere Stoffe aus einem Regal geholt und breitete sie vor der Königin aus.

»Hier haben wir eine dunkelbraune Farbe aus Sauerampfer …«

»Nein, die ist mir zu dunkel.«

»Oder hier: ein tiefes Blau aus Holunder.«

Brunichilde nahm den Stoff in die Hand und hielt ihn vor ihre Brust.

»Hast du einen Spiegel da?«

»Einen kleinen Handspiegel aus polierter Bronze.« Agobart verschwand hinter einem Vorhang und kam mit dem Spiegel zurück, den er der Königin hinhielt. Sie bewegte sich hin und her, bis ihr Spiegelbild nicht mehr so stark verzerrt war.

»Ich denke, die Farbe ist noch zu massiv. Ich brauche einen feineren, leichteren Farbton.«

»Nun, dann lasse ich den Stoff, der im Magentaton gefärbt ist, gleich weg. Der ähnelt dem königlichen Purpur und würde deiner Stellung entsprechen, aber ich komme lieber gleich zu dem warmen Goldbraun, das ich aus dem Saft der Schlehe und dem Geißklee gewinne.«

Brunichilde nickte. »Das hört sich schon besser an.«

Der Färber ging wieder zu dem Regal, kam mit einer Stoffbahn zurück und hielt der Königin das gefärbte Leinen hin, dessen Brauntöne nicht dem stumpfen Erdbraun ähnelten, sondern eher dem Fell eines Löwen.

Wieder betrachtete sich Brunichilde im Spiegel, obwohl der Spiegel nicht nur die Umrisse verzerrte, sondern auch die Farbe leicht verdunkelte.

»Ich behalte diese Farbe im Gedächtnis«, sagte sie.

Agobart hob einen anderen Stoff in die Höhe. »Das ist vielleicht für deinen Geschmack noch gefälliger: das zarte Grün, das ich aus Birkenblättern herstelle.«

»Oh, das gefällt mir!« Sie warf sich den Stoff über die Schulter und drehte sich vor dem Spiegel. »Ich werde darüber nachdenken, Agobart. Im Augenblick schwanke ich zwischen dem Goldbraun und dem Birkengrün. Ich werde Agnes morgen mit dem Kleid vorbeischicken und ihr sagen, welche Farbe es sein soll.«

Von draußen hörte man Pferdehufe und Stimmen, die anschwollen. Agobart trat auf die Straße, kam wieder in den Laden zurück und sagte: »Die ersten Krieger kehren zurück!«

Brunichilde eilte ebenfalls hinaus und rief gedankenlos auf Latein, wo doch der Färber kein Latein verstand: »Custodiat te Deus – es behüte dich, Gott!«

Schon war sie auf der Straße und sah sich um, aber es genügte ein Blick, um zu erkennen, dass keine siegreichen Helden heimkehrten.

Brunichilde trat einem der Männer in den Weg und rief: »Wo ist der König?«

Aber der Mann achtete nicht auf sie. Er schien in Gedanken und wusste wohl nicht, dass er die Königin vor sich hatte.

»Mein Wagen!« rief sie.

Offenbar hatte der Kutscher nicht damit gerechnet, dass seine Herrin so schnell aus dem Färberhaus kommen würde und war noch nicht wieder zur Stelle. Vielleicht hatte er die Zwischenzeit auch genutzt, um eine Last gegen Bezahlung zu befördern. Man musste eben sehen, wie man zu Geld kam.

»Wargitha – Verdammnis!«, murmelte Brunichilde auf Gotisch. Wütend blickte sie sich um, dann raffte sie kurz entschlossen ihr langes Kleid hoch, steckte den Saum in den Gürtel, so dass ihre Waden sichtbar wurden und sie ungehindert gehen konnte. Sie lief die Straße entlang zu ihrer Residenz, die ungefähr zweitausend Schritte entfernt lag.

Sie musste husten, denn feiner Staub lag in der Luft von den Pferden und Wagen, die an diesem Tag durch die Straßen zogen.

Als Brunichilde verstaubt und verschwitzt zu Hause ankam, machte sie sich auf das Schlimmste gefasst.

Schon als sie durch die bewachte Eingangstür fegte, brüllte sie über den Innenhof: »Uuar kunning ist – Wo ist der König?«

Als sie keine Antwort erhielt, eilte sie die Stufen zum ersten Stock empor und schrie auf dem Flur: »Warum ist denn keiner da? Wo ist der König?«

»Nun, der König ist hier!«, hörte sie eine Stimme hinter sich. Sie wirbelte herum und stand vor ihrem Mann, der wie sie verschwitzt und staubig aussah. In seinen Augen sah sie eine Müdigkeit, die nicht nur von dem langen Ritt herrührte.

Erleichtert umarmte sie Sigibert und stöhnte: »Als ich die Krieger sah, hatte ich Angst, dass du … dass dir etwas …zugestoßen sei und und bin so schnell wie möglich nach Hause gerannt. Weißt du, es gibt seit neuestem große Aufregung wegen eines Fluchringes. Aber das erzähle ich dir später.«

Sigibert beugte sich zu ihrem Gesicht herunter und küsste sie auf die trockenen Lippen. Seine Hände tasteten ihren Körper ab, den er wochenlang entbehrt hatte und sie fuhr mit ihrer Hand zärtlich über seine unrasierten Wangen.

Dann löste er sich von ihr und meinte: »Ich glaube, wir brauchen beide ein Bad!«

Die Königin, die sich wieder gefasst hatte, blickte Sigibert ins Gesicht und sagte: »Was ist passiert? Ich habe Chilperichs Kopf nicht auf einer Strange im Innenhof gesehen, wie ich gehofft hatte.«

Sigibert senkte den Kopf und sagte mit zusammengebissenen Zähnen: »Irgendjemand hat uns verraten und unser Kommen Chilperich gemeldet.«

Brunichilde schwieg, aber dann sagte sie fast trotzig: »Und warum hast du ihn mit deinem frischen Heer nicht trotzdem geschlagen?«

Von Brunichilde schien plötzlich alle Anteilnahme für Sigibert gewichen zu sein. In ihren Augen überwogen Enttäuschung und

Ärger über die vertane Chance, ihren Erzfeind zu rächen und nach ihrer Meinung den Mann, der hinter dem Fluchring stand, unschädlich zu machen.

Sigibert trat einen Schritt zurück. Er fühlte sich angegriffen. Und dabei hatte er sich darauf gefreut, mit seiner Frau den Abend in heiterer Gelassenheit zu verbringen.

»Es ist nicht so einfach, wie du dir das in deinem Weiberverstand vorstellst«, sagte er und seine Stimme war scharf.

»So? Dann erkläre es mir. Ich bin gespannt!«

Der König wandte sich von Brunichilde ab. Es kam ihm vor, als werde er verhört und das passte ihm nicht. Erregt schritt er auf dem Flur auf und ab, während er redete: »Da Chilperich wusste, dass ich ihm mit einem Heer entgegenkam, hatte er schnelle Boten zu Gunthram aus Burgund geschickt und ihn gebeten, ihn zu unterstützen. Wir kamen an den breiten Fluss, der Parisium zum Osten hin abschneidet. Und da stand Gunthram mit seinem Heer und kontrollierte die Brücken …«

»Das ist kein Grund. Du hättest Gunthram hinwegfegen können. Warum so zaghaft?«

»Hör zu, Brunichilde. Noch ein Wort in diesem Ton und ich werde meinen Zorn an dir auslassen! Wir haben Gunthram tatsächlich Angst eingejagt und ihm gesagt, wenn er sich uns entgegenstellt, würden wir ihn vernichten. Er hat klein beigegeben und die Brücken geöffnet. Aber inzwischen war kostbare Zeit verstrichen, in der Chilperich sein Heer sammeln konnte. Wir setzten über den Fluss, erreichten Parisium und mussten erkennen, dass uns ein gleich großes Heer gegenüberstand.«

»Auch das wäre kein Grund …«

Sigibert näherte sich mit drei raschen Schritten seiner Frau und hielt ihr den Mund zu, während er weiterredete: »Wir ließen uns auch davon nicht abschrecken, sondern kamen unbeirrt näher, er floh, wir holten ihn ein und er bat um Verhandlungen und gab uns Gebiete zurück, die er sich in früheren Jahren genommen hatte. Und so haben wir einen Krieg gewonnen, ohne allzu große Verluste zu haben und …«

Brunichilde biss in Sigiberts Hand, so dass er losließ. Dann schrie sie: »Einen Krieg gewonnen? Dass ich nicht lache! Dieser Hurensohn sitzt immer noch auf seinem Thron und kann uns mit neuen Flüchen belegen. Vielleicht ist er um ein paar Gebiete ärmer, aber Galsuintas Tod ist nicht gerächt. Meinst du, man könnte Galsuinta mit ein paar Ländereien aufwiegen? Wie kannst du sagen: ›Wir haben einen Krieg gewonnen?‹ Man kann keinen Krieg gewinnen, ohne gekämpft zu haben! Es ist eine Niederlage auf der ganzen Linie.«

»So? Eine Niederlage?« Sigibert wurde allmählich wütend, und wenn er wütend wurde, fuhr er sich immer mehrmals durch seine langen Haare.

»Es ist keine Kleinigkeit, seinen eigenen Bruder zu ermorden, auch wenn er …«

»Auch wenn er ohne mit der Wimper zu zucken meine Schwester ermorden ließ?«

»Du weißt, was ich meine! Außerdem ist es nicht einmal bewiesen.«

»Ich kann leider deine schwierigen Gedankengänge nicht überblicken, da ich einen einfachen Weiberverstand habe, der nach Rache schreit. Und glaube nur nicht, dass Chilperich nur einen Augenblick zögern würde, dich umzubringen, wenn er die Gelegenheit dazu hätte. So viel zum Mord an Verwandten.«

Sie drehte sich um und schritt die Treppe hinunter. »Und noch etwas: Bilde dir nur nicht ein, dass ich heute Nacht mit dir schlafe. Dazu bin ich nicht fähig.«

»Nun, wenn das so ist«, schrie Sigibert ihr hinterher, »dann muss ich mir wohl irgendein Mädchen holen für die Nacht.«

»Wage es nur und ich kratze dir die Augen aus.«

»Du willst mir drohen? Meinst du, ich hätte etwa Angst vor dir?«

Aber Brunichilde antwortete auf diese letzte Frage nicht mehr und ging die Treppe hinunter, unterwegs wischte sie ärgerlich die Tränen weg, die über ihre Wangen liefen.

verum omnis subita mutatio rerum non sine quodam quasi fluctu contingit animorum.

Es ist klar, dass jeder plötzliche Wechsel nicht ohne ein gewisses Auf und Ab des seelischen Lebens erfolgt.

Boethius, aus dem Werk : philosophiae consolationis – Trost der Philosophie, 2. Buch, 6. Jahrhundert

Neun

Aitulf freute sich insgeheim, als er am folgenden Tag gegen Abend Sessionas erreichte. Nicht weil die Aufgabe, die er anpackte, so angenehm gewesen wäre. Jemanden zu finden, der einen Fluchring in Umlauf gebracht hatte, war wohl kaum als angenehme Arbeit zu bezeichnen. Immerhin könnte er sich den Zorn dieses üblen Mannes zuziehen. Und wo sollte er anfangen? Er konnte schließlich nicht überall herumgehen und fragen, wer Fluchringe herstellt.

Aber dieser wertvolle Ring war auffällig und nur wirklich reiche Leute konnten sich solch ein Kleinod überhaupt leisten. Sofern er nicht gestohlen war. Er würde Kaufleute aufsuchen müssen und sich vor allem in der Königsresidenz unauffällig umsehen.

Aber trotz dieser unangenehmen Schwierigkeiten breitete sich in Aitulfs Bauch- und Herzgegend eine angenehme Spannung aus. Endlich stellte sich ihm wieder einmal eine Aufgabe, die seine ganze Aufmerksamkeit erforderte und ihn packte. Sicher, auch seine sonstigen Tätigkeiten waren manchmal aufregend. Wenn er zum Beispiel einen verkleideten Bettler entlarvte, der im Haus der Diakone um Kleidung und Essen bat, um sie dann hinterher an andere zu verkaufen. Oder wenn er in der vollen Basilika stand, über sich das riesige Dachgebälk, das sich im Dunkel verlor, und neben sich den brausenden Gesang der Menge, die einen Psalm intonierte. Das waren gute Augenblicke.

Oder die Abende, die er mit seiner Frau Karolina genoss, ein Eheglück, auf das er kaum noch zu hoffen gewagt hatte. Zu erleben, dass einem ein Mensch bei einem gemeinsamen Gespräch so nahe kam, dass die Trennlinien zwischen Mann und Frau verwischt wurden, gleichzeitig aber auch das betörend andere zu fühlen, das war mehr, als er erwartete hatte. Auch wenn im Alltag das eine oder andere missgestimmte Wort durch den Raum flog.

Aber das hier, diese fast unmögliche Suche nach dem Mann, der den Ring in Umlauf gebracht hatte, das besaß noch einen anderen Geschmack. Es war seine ganz persönliche Aufgabe. Und es reizte ihn, alles daranzusetzen, sie zu lösen.

Er griff unter seinen Mantel und tastete nach dem Stück Papyrus, auf das er den Wortlaut des Fluchs kopiert hatte. Denn das war sein einziger Anhaltspunkt. Nicht nur die Worte hatte er aufgeschrieben, sondern sich auch bemüht, die genaue Wiedergabe der einzelnen Buchstaben aufzuzeichnen, in der Hoffnung, den Schreiber der Buchstaben irgendwann zu erkennen. Denn jeder Mensch hatte seine eigene Art, die allgemeinen Buchstaben zu schreiben und mochte es auch nur ein bestimmtes Häkchen sein oder eine Linie, die so und nicht anders geschrieben wurde.

Aitulf überschritt jetzt einen Hügel, dessen Gras von Schafen kurz gefressen worden war und der noch den Duft von Schafskot ausströmte. Er sah die Stadt vor sich liegen. Noch leuchtete ein blasses Blau aus dem Himmel, denn die Abende des Monats Iunius waren lang.

Zunächst würde er sich dem Bischof vorstellen und sein Empfehlungsschreiben abgeben, damit er in den Räumen, die der Kirche gehörten, einen Platz zum Schlafen fand und mit Essen versorgt wurde.

Aber wenn er abends an einem der öffentlichen Plätze bei einem Weinhändler einen Schluck trank, wäre es nicht gut, sich gleich als Diakon zu erkennen zu geben. Die Leute redeten dann vielleicht nicht ganz so ungezwungen daher. Er würde sich als Schreiber vorstellen, der seinen Lebensunterhalt durch Abschreiben von Dokumenten verdiente. Das war nicht einmal gelogen, denn das machte er gelegentlich, wenn seine Zeit es zuließ. Ab und zu wurden Teile der Codices unbrauchbar. Die Farbe verblasste, weil sie ursprünglich zu dünn gewesen war, das Pergament bekam einen Riss oder ein beschädigtes Dach hatte den Regen durchgelassen und eine Seite musste ausgebessert werden. Er würde behaupten, er sei einer der zahlreichen Bediensteten des Comes, des königlichen Bevollmächtigen von Treveris. Und da der Bischof gelegentlich seine Diakone bei allen schriftlichen Aufgaben auch an den Comes auslieh, hatte diese Bezeichnung sogar einen gewissen Wahrheitsgehalt.

Wie in Treveris, so floss auch in Sessionas ein Fluss an der Stadtmauer entlang und sorgte für Handel auf den Wasserwegen, gab den Fischern Arbeit und den Frauen Wasser, um Kleider zu waschen und Zeit, sich über alles zu unterhalten.

Aitulf sah viele kleine, durch Mauern oder Zäune abgeteilte Wiesen- und Ackerflächen und einen künstlichen Bach, der sich durch die grünen und braunen Flächen schlängelte.

Gleich hinter der Stadtmauer ragte das Dach der Basilika heraus. Dorthin musste er gehen, um für die kommende Nacht versorgt zu sein.

Er passierte das Tor ohne große Schwierigkeiten. Wahrscheinlich machte er auf den Wächter einen Vertrauen erweckenden Eindruck, obwohl er in seiner gedrungenen Gestalt und den schwarzen Haaren nicht wie ein Franke aussah, sondern eher wie ein Romane.

Er gelangte schließlich in das Quartier der Diakone, und da sich der Bischof gerade in dringenden Amtsgeschäften in Remus aufhielt, prüfte der Archidiakon das Empfehlungsschreiben. Er las auch die Bitte, dem Diakon Aitulf behilflich zu sein bei seiner Suche nach der Abschrift des zweiten Bandes von Boethius aus seinem Werk *philosophiae consolationis* – Trost der Philosophie.

Der Raum, in dem Aitulf schlafen würde, war von fünf Strohmatten ausgefüllt, und ein Mann brachte eben eine weitere Matratze und warf sie neben die Wand, an der sich auf halber Höhe ein brauner Schwamm eingenistet hatte und von der Feuchtigkeit lebte, die in den Mauern hing.

»Wir haben dich in den Raum der Subdiakone gelegt«, sagte der Matratzenholer. »Eine Wolldecke befindet sich in einer der Truhen. Ich hoffe, du kommst mit allem zurecht.«

»Hervorragend«, beschwichtigte Aitulf den Mann und wusste genau, dass er log, denn er dachte mit Wehmut an seinen wohnlich eingerichteten Schlafraum in Treveris zurück, den Karolina mit Teppichen an den Wänden und auf dem Boden so angenehm eingerichtet hatte, dass man darüber fast das Schlafen vergaß.

Nun, das ist der Nachteil, wenn man unterwegs ist, dachte er, und fragte laut: »Wann wird das Essen gereicht?«

»Auf jeden Fall nach der Vesper. Du hast übrigens Glück, heute gibt es zwei Mahlzeiten. Morgen nur eine. Die Glocke wird dich und die anderen in den Essensraum rufen. Er befindet sich gleich nebenan. Und nun entschuldige mich. Eben habe ich erfahren, dass ein Ochse meine Hauswand beschädigt hat. Und das Haus gehört mir nicht einmal. Ich muss mir den Schaden ansehen.«

Aitulf nickte und ging zu einer Truhe, die unter dem Fenster stand. Sie diente gleichzeitig als Tritt, wenn man den Fensterladen schließen wollte.

Er öffnete den Deckel und untersuchte die Wolldecken. Alle stanken leicht nach Urin. Er wählte die aus, die nicht ganz so streng roch und warf sie auf seine Matratze.

Jetzt, so ganz allein in diesem feuchten, muffigen Schlafraum, über den sich höchstens Schwämme freuten, sofern Schwämme sich überhaupt freuen konnten, wurde Aitulfs Begeisterung bezüglich seiner neuen Tätigkeit leicht gedämpft. Er trat ans offene Fenster und blickte hinaus. Immerhin war es nicht Winter, dann wäre dieser Raum ohne Kamin eine Eishölle gewesen, in der man mit den Zähnen klapperte, wie es im Evangelium beschrieben wurde.

Dicht gedrängt standen die Häuser. Dazwischen entdeckte Aitulf einen größeren Platz, auf dem Menschen hin und her gingen. Auch ein zweirädriger Wagen mit Fässern war zu erkennen. Das könnte ein Händler sein, der Wein oder Bier verkaufte. Dorthin würde er nach dem Essen gehen und schon einmal unauffällig herumfragen, ob es hier Leute gab, die Inschriften in Ringen anfertigen konnten.

Morgen würde er dann auch Chilperich sehen und vielleicht sogar Königin Fredegunde, die nach dem undurchsichtigen Tod Galsuintas wieder neu zu Ehren gekommen war. Aitulf rieb sich die Hände. Er würde dieses Weib auf Latein anreden und sie dadurch in Verlegenheit bringen. Denn sie war ja eine einfache Magd gewesen, bevor Chilperich sie heiratete.

Nach den Psalmgebeten der Vesper begab sich Aitulf in den Speiseraum mit den anderen. Sein Magen knurrte und er hätte ohne Probleme ein halbes Wildschwein essen können, aber er musste sich mit Schafskäse, Milch, Fladenbroten und gedünstetem Lauch begnügen.

Im Gegensatz zu Treveris, wo es zu seiner Zeit, als er noch neben der Basilika wohnte, eher leise beim Essen zuging, war es hier richtig laut. Es schien, als hätten die Köchinnen regelrecht Spaß daran, Lärm zu machen. Und auch die Kirchendiener, die noch unverheirateten Priester und Subdiakone wurden davon angesteckt und redeten so laut wie auf der Straße.

Aitulf saß neben einem älteren Mann, der sich mit dem Namen Lucianus vorstellte und alles über Treveris wissen wollte. Ob es dort tatsächlich das Gewandt Christi gäbe, das König David schon getragen habe und das aus unerklärlichen Gründen nie schmutzig wurde.

»Wir haben nur eine besondere Reliquie«, antwortete Aitulf. »Das ist das blutbefleckte Tuch des heiligen Henoch. Ich sage dir, es bewirkt wirklich Wunder. Mit seiner Hilfe habe ich einen Dieb gefangen und die Königin Brunichilde, eine Frau, die auftritt wie ein Mann, fing beim bloßen Betrachten des Tuches an zu weinen, weil die Stimme des Heiligen alle ihre Sünden aufgezählt hat.«

Da fiel ihm etwas ein: »Wenn wir schon dabei sind. Ich habe auch ein Frage an dich!«

»Was für eine Plage?«

Aitulf beugte sich dichter an das Ohr des Alten und fuhr mit lauter Stimme fort: »Eine Frage habe ich an dich.«

»Ah, eine Frage.«

»Ich möchte gerne eine Inschrift für einen wertvollen Ring anfertigen lassen. Gibt es hier in Sessionas Männer, die das können?«

Lucianus nickte lebhaft. »O ja, natürlich gibt es das. Wir haben hier in Sessionas ... las mich überlegen ... drei ... nein vier Männer, die mit ihren feinen Werkzeugen Inschriften auf Gold- und Silbergefäße anbringen oder auch an Ringen.«

Aitulf wurde ganz Ohr und fragte weiter: »Und ... wie heißen sie?«

»Ob sie beißen?«

»Wie sie heißen!«

»Ah, wie sie heißen.« Lucianus richtete sich auf und stieß seinen Nachbarn an: »Wie heißen die Männer, die Inschriften anfertigen können?«

Der Angesprochene, ein Priester mit Knollennase, der sicher sehr darauf bedacht war, den Wein nach der Messe nie umkommen zu lassen, runzelte die Stirn und meinte: »Ich kenne nur einen, aber der wird sicher die anderen kennen.«

»Und wie heißt er?«

»Er heißt ... er heißt ... Er ist ein Schreiber, der Urkunden anfertigt und nebenher auch solche Inschriften herstellt. Er wohnt dicht an der Westmauer, neben dem verfallenen Turm und heißt ... Jetzt hab ich's: Otmar.«

»Otmar«, wiederholte Aitulf leise. »An der Westmauer neben dem verfallenen Turm. Ich bedanke mich.«

Er griff nach seinem Becher und trank einen Schluck Milch. Verblüfft hielt er inne und würgte den Schluck hinunter.

»Was ... was ist das für eine Milch?«, fragte er laut und deutlich seinen Nebenmann.

»Ah, die Milch. Wir trinken hier seit neuestem Kuhmilch. Sie wirkt beruhigend auf den Magen, weil sie sie von Kühen stammt.«

»Hm«, brummte Aitulf. »Ich für meinen Teil bevorzuge Ziegenmilch, sie ist würziger und nicht so fade.«

Der weitere Verlauf des Abends gestaltete sich für Aitulf wenig erfolgreich. Es hatten sich keine neuen, aufschlussreichen Gespräche ergeben, und am selben Abend den Schreiber Otmar aufzusuchen, wäre zu auffällig gewesen. So ging er früh zu Bett und versuchte auf seiner durchgelegenen Matratze mit der stinkenden Decke zu schlafen und nicht an sein anheimelndes Zuhause zu denken.

Am nächsten Morgen ging er auf direktem Weg in die Residenz Chilperichs. Offiziell wollte er auch hier nach dem zweiten Teil des Boethius' fragen, um einen Grund zu haben, das Gebäude zu betreten. Dass Chilperich trotz seines zu Grausamkeiten neigenden Charakters an Manuskripten und an allem Geschriebenen interessiert war, hatte sich in seiner Umgebung herumgesprochen, und so war es nur natürlich, dass ein Diener der Kirche hier nachfragte.

Anschließend wollte er dann diesen Otmar ausfindig machen.

Aitulf nahm die ausgetretenen Steinstufen, die zum Haupttor der königlichen Gebäude führten, und klopfte an die Außentür.

Ein winziger Holzladen öffnete sich. Das Gesicht eines bärtigen Mannes war zu erkennen, der mit stockendem Latein nach Aitulfs Anliegen fragte.

Der Diakon reichte sein Empfehlungsschreiben durch die kleine Öffnung und wartete.

Endlich bewegte sich von drinnen der Riegel und das Tor schwang auf.

Der Bärtige, der nach Aitulfs Eintritt sofort wieder alles sorgfältig verschloss, geleitete den Besucher ohne ein Wort zu sagen über einen langen Flur und zwei Treppen zu einem Zimmer, an dessen Tür er klopfte und dabei rief: »Der Diakon Aitulf aus Treveris!«. Dann nickte er Aitulf stumm und freundlich zu und ging wieder zurück zu seinem Posten.

Aitulf war etwas aufgeregt, dem König gegenüberzutreten, denn es ging ihm ja eigentlich nicht um das fehlende Manuskript, sondern darum, einen Fluch aufzudecken. Womöglich stand er sogar einem Mörder gegenüber. Was sollte er überhaupt zu dem König sagen, wenn sich die Manuskriptfrage geklärt hatte? Er wusste es noch nicht. Wahrscheinlich musste er sich auf sein Gespür verlassen …

Er wunderte sich nur, dass die Stimme, die ihn hereinbat, so dünn klang. Sicher, er hatte Chilperich noch nie sprechen hören. Er öffnete und trat ein.

Das Zimmer war hell und wohnlich eingerichtet. Durch drei Fenster fiel Licht auf den Tisch, auf ein paar Stühle und auf einen kostbaren Wandteppich. Aber was Aitulf am meisten verblüffte, war die Tatsache, dass nicht der König ihn empfing, sondern eine Frau.

Anmutig stand sie auf und kam auf ihn zu. Sie war etwas größer als er und das hellblaue Seidenkleid umfloss ihre schlanke Figur.

Ein blonder Wasserfall aus Haaren mit etwas Glitzerndem darin fiel über ihre Schultern, und ein ebenmäßig geformtes freundliches Gesicht blickte ihn an.

Und da dämmerte es ihm, dass hier niemand anderes als Fredegunde vor ihm stehen musste.

Vor Überraschung vergaß er seinen Gruß zu übermitteln und starrte sie ein wenig unverschämt an. Er hatte an eine finster dreinblickende Frau gedacht, wenn er den Namen Fredegunde hörte, eine Frau mit harten Gesichtszügen und schroffen Bewegungen.

Aber was da vor ihm stand, war eine echte Schönheit.

»Ave, diakonus Aitulfus. Christus benedicat te«, begrüßte sie ihn flüssig auf Latein und ihm fiel ein, dass er sie durch einen lateinischen Satz ursprünglich in Verlegenheit hatte bringen wollen!

Und ihre Stimme! Bei allen Heiligen! Ihrer Stimme hätte er stundenlang lauschen können.

Atqui, inquam, libero me fuisse animo, quin aliquid semper angerer, reminici non queo.
Nonne quia vel aberat, quod abesse non velles, vel aderat, quod adesse noluises?
Ita est, inquam.

Allerdings, sagte ich, kann ich mich nicht entsinnen, dass ich je so freien Geistes gewesen wäre, dass ich mir nicht immer um etwas Sorgen gemacht hätte.
Und dies doch wohl, weil etwas fehlte, was nach deinem Willen nicht fehlen sollte, oder weil etwas da war, dessen Vorhandensein du nicht wünschtest?
So ist es, sagte ich.

Boethius, aus dem Werk : philosophiae consolationis – Trost der Philosophie, 3. Buch, 6. Jahrhundert

ZEHN

»Und was kann ich dich für dich tun? Diakon … Aitulf?«, fragte die Stimme, der Aitulf noch stundenlang hätte zuhören können.

»Ich … bin gekommen, um … um, nun, um nach einem Codex oder einer Schriftrolle zu fragen, von der ich annehme, dass das Stück in der Bibliothek des Königs liegt. Ich komme von der Basilika und habe dort dieses Schriftstück nicht gefunden. Und so nahm ich an, dass …«

Fredegunde lachte ein helles, unbeschwertes Lachen und hob bedauernd ihre Schultern.

»Da kann ich dir leider nicht weiterhelfen. Mein Mann, König Chilperich, ist zurzeit nicht hier. Du müsstest dann schon selbst suchen. Ich werde einen der Sklaven bitten, dich in den Raum mit den Büchern zu begleiten. Es ist keine richtige Bibliothek, meiner Meinung nach, aber eine kleine Sammlung von Texten ist doch vorhanden, die ich erst allmählich entdecke, nachdem ich mich mehr mit Lesen beschäftige.«

Sie schritt an ihm vorbei. Er sah nur kurz ihre linke Hand und konnte daran erkennen, dass sie früher hart gearbeitet hatte, denn Fredegundes Hand war kräftig und breit gebaut und eine rote Narbe war auf dem Handrücken zu sehen. Sie rief einen Namen in den Flur. Ein Mann kam, die Königin gab ein paar knappe Befehle und verabschiedete Aitulf, indem sie ihm freundlich zulächelte und sagte: »Falls deine Suche länger dauern sollte, dann melde dich in der Küche und speise an unserer Tafel.«

Noch immer leicht verwirrt von der königlichen Gegenwart, ging Aitulf hinter dem Sklaven her, der ihn über einen anderen Flur führte. Und wie betont sie die Worte: »Mein Mann, König Chilperich« ausgesprochen hatte, dachte Aitulf, während er auf eine Tür zuging.

Es hörte sich so an, als hätten die Worte eine besondere Bedeutung für sie. Sicher, Fredegunde war nach dem Tod Galsuintas wieder in allen Ehren eingesetzt worden und genoss offensichtlich ihre neue Stellung.

Der Sklave öffnete die Tür, vor der sie standen und wies mit der Hand in die Bibliothek. »Falls du etwas brauchen solltest, rufe mich. Ich heiße Quintus.«

Aitulf schaute sich um. Es stimmte. Der Raum war nicht sonderlich groß. Ein Fenster, das in den Innenhof führte, verbreitete gerade so viel Helligkeit, dass man die Texte erkennen konnte.

Regale waren an der Wand angebracht, auf denen in ungeordneter Art Codices und Schriftrollen nebeneinander lagen. Oder war das Ganze womöglich thematisch geordnet?

Aitulf griff eine Rolle heraus, trat ans Fenster und stellte fest, dass es sich um eine lateinische Psalmenabschrift handelte. Daneben lagen in gotischer Schrift und Sprache ein Codex, der das Markusevangelium enthielt. Das könnte sogar noch von Galsuinta stammen, die vielleicht Teile der Wulfilabibel aus Hispania mitgebracht hatte.

Lateinische Philosophen entdeckte der Diakon und sogar eine Abschrift mit griechischen Buchstaben, die eine Abhandlung des Heraklitos über die Einheit der Gegensätze enthielt. Mühsam entzifferte Aitulf: »Der Weg hinauf und hinab ist ein und derselbe …«

Und hier lagen Papyrusblätter, die noch nicht zusammengebunden waren. Die Schrift sah aus, als wäre der Text erst vor kurzem geschrieben worden.

Wieder trat Aitulf ans Fenster und las eine lateinische Abhandlung mit vielen grammatikalischen Fehlern über die Dreieinigkeit Gottes: »… Denn es ist unwürdig, dass Gott wie ein fleischlicher Mensch behandelt würde, als gäbe es eine himmlische Familie. Nein, die Heilige Dreifaltigkeit sollte schlechthin Gott genannt werden. Der Vater, der Sohn und der Geist seien ein und dasselbe …«

Verwirrt legte Aitulf das Blatt weg und murmelte: »Das hört

sich nicht sehr katholisch an, eher arianisch. Ob es von Chilperich selbst verfasst war?«

Gerade wollte der Diakon nach einer großen Rolle greifen, die verstaubt in einer Ecke lag, da hörte er Stimmen auf dem Flur, die durch die Tür drangen, da sie nur angelehnt war. Es waren zwei Frauenstimmen, die sich gegenseitig in irgendeiner Angelegenheit bestärkten.

»... Und nur weil ich von Anfang an dabei war, soll ich gehen? Was für einen Sinn soll das haben?«

»Sei froh, dass du gehst, Ansegund. Es soll ja niemand davon erfahren und du kennst dein Mundwerk ...«

»Irgendwann kommt es doch heraus. Aber ich schweige. Ich habe keine Lust, dass meine Hand zu einer Hundepfote wird. Es geht mich nichts an, was die Hochgestellten tun, die in Wirklichkeit gar nichts Besonderes sind ...«

Die Stimmen verebbten. Und Aitulf sagte zu sich: »Ansegund. Das klingt so ähnlich wie Ansegud, die erste Frau, die ich liebte und die so früh sterben musste. Wahrscheinlich war das der übliche Tratsch der Mägde, die wegen irgendwelcher Liebschaften ein Schweigegeld bekommen oder entlassen werden. Aber was hat die Hundepfote damit zu tun?«

Aitulf lehnte sich gegen die Wand. Erinnerungen kamen hoch aus der Zeit, als er sich von seinem asketischen Ideal verabschiedet und begonnen hatte, Ansegud zu lieben, ohne dass ihm das so richtig bewusst war. Sein Freund Kilian musste es ihm erst sagen.

»Wie habe ich damals mit Gott gehadert, weil ich dachte, er hätte mein einziges Glück zerstört und dann hat er mir Jahre später Karolina geschickt. Manches Glück braucht eben Zeit.«

Seufzend machte er sich wieder an seine Scheinaufgabe, etwas zu finden, was vermutlich gar nicht vorhanden war. Warum sollten ausgerechnet die Schriften des Boethius hier lagern? Viel wichtiger wäre es, mit den Leuten ins Gespräch zu kommen. In der Küche erfuhr man sicherlich mehr.

Aitulf trat auf den Flur, rief nach Quintus und ließ sich in die Küche bringen.

In der Küche war es sehr warm durch die beiden Feuerstellen, über denen Töpfe hingen. Der Qualm brannte in den Augen. Aber was tat man nicht alles, um die Wahrheit herauszufinden!

Die Frauen in der Küche, denen sich Aitulf vorstellte, wussten offensichtlich Bescheid, dass dieser fremde Diakon hier essen durfte, sofern er es wollte.

Sie nahmen aber an, dass er mit den anderen Gästen der Königsfamilie speisen würde und wollten ihm den entsprechenden Raum zeigen, aber Aitulf wehrte ab und sagte, ihm sei es ganz recht, hier zu sitzen, weil er sowieso bald wieder gehen würde. So zeigten sie ihm in einer Ecke einen Platz, wo er Gemüsebrei und Fladenbrot bekam, dazu noch ein Stück von dem geräucherten Schweinefleisch, das im Rauchabzug hing.

Draußen schien sich der Wind jetzt zu legen, denn der Rauch zog ab, und es wurde etwas erträglicher in der Küche. Als Aitulf seinen ersten Hunger gestillt hatte, sah er auf und sagte laut: »Ja, es ist traurig!«

»Was ist traurig?«, fragte ihn eine Magd, die dabei war, Lauch zu schneiden und sich dabei die Augen wischte.

»Dieser plötzliche Tod von Königin Galsuinta.«

»Nun, das ist doch schon Jahre her. Wie kommst du darauf?«

»Ich kenne ihre Schwester, Königin Brunichilde, und habe mitangesehen, wie sie um sie trauerte und nun, da ich hier zu Gast bin, erinnere ich mich, dass Galsuinta hier gelebt hat. Und ihr … habt es ja sicher auch alles damals … miterlebt?«

Die Gemüseschneiderin schnitt ungerührt weiter und sagte nur: »Damals war ich noch nicht hier. Keine von uns war zu der Zeit im Königspalast. Solche plötzlichen Todesfälle kommen eben vor. Auch Königinnen sind sterblich.«

Aitulf senkte seine Stimme und sagte: »Es gab aber Gerüchte, dass bei dem Tod von Galsuinta nicht alles mit rechten Dingen zugegangen sein soll …«

»Davon weiß ich nichts. Das Messer schwebte einen Augenblick wie abwartend in der Luft, dann lag ein weiteres Bündel Lauch auf dem Brett, und das Schneiden ging weiter.

»Es stimmt«, ließ sich jetzt die andere Magd vernehmen, die

neben dem Feuer stand und in dem Topf rührte. »Die Königin war weder krank noch hatte sie einen Unfall, sagte man. Sie lag einfach eines Morgens friedlich und tot in ihrem Bett.«

»Aber«, sagte Aitulf, »ihre Magd schläft doch neben ihr, wenn sie nicht von ihrem Ehemann aufgesucht wird.«

»In dieser Nacht wohl nicht.«

»Es gibt allerdings auch noch andere Erklärungen für einen plötzlichen Tod«, begann Aitulf wieder.

»So?« Das Gemüsemesser schnitt langsamer und leiser weiter, als wollte es von der Unterhaltung auch etwas mitbekommen.

»Ja«, Aitulf drehte sich betont langsam um und flüsterte so laut, wie er konnte: »Man kann einen Fluch über einem Menschen aussprechen.«

Die Mägde schwiegen, weil es klar war, dass das, was Aitulf sagte, stimmte. Flüche und Segen waren allgegenwärtig. Wunder und übernatürliche Ereignisse gehörten zum Leben wie Essen und Trinken.

»Es gibt sicher hier in Sessionas Leute«, setzte Aitulf hinzu, zu denen man gehen kann, wenn man einen Fluch braucht.«

»Ja«, nickte die Gemüseschneiderin. »Das stimmt. Das kann ich mir auch gut vorstellen. Leute, die mit wenig Arbeit viel Geld verdienen.«

»Wieso mit wenig Arbeit?«, fragte Aitulf unschuldig zurück. »So einen Fluch herzustellen, das ist doch harte Arbeit. Man setzt sich einer Gefahr aus …«

»… dass man zum Beispiel verraten wird und der Bischof dahinterkommt«, setzte die Magd am Feuer den Satz fort. »Das gibt saftige Kirchenstrafen. Manchmal bis zu fünf Jahren Messeverbot.«

»Genau«, sagte Aitulf. »Aber unter uns gesagt, ich für meinen Teil, würde so jemanden niemals verraten!«

»Und warum nicht?«, fragte die Frau am Topf, nahm das Brett mit dem geschnittenen Lauch entgegen und kippte das Gemüse in die dunkle Brühe über dem Feuer. »Es ist doch schädlich, Flüche zu verteilen und Gott selbst will es ja auch nicht.«

»Das ist schon richtig«, musste Aitulf zugeben. »Aber oft stehen solche Leute, die das tun, unter einem schrecklichen Druck und werden dazu gezwungen. Ich überlasse die Strafe lieber Gott selbst. Er weiß den richtigen Zeitpunkt und das erforderliche Strafmaß.« Wieder senkte er seine Stimme: »Übrigens, es soll hier in Sessionas Männer geben, die bei einer guten Bezahlung einen Fluch für einen schreiben. Das habe ich gehört. Ihr kennt nicht zufällig …?«

»Es gibt Männer«, bestätigte die Lauchschneiderin, »die Inschriften eingravieren, aber ob sie auch magische Zeichen einritzen, das weiß ich nicht und will ich auch nicht wissen. Warum fragst du so genau nach? Willst du als ein Mann des Glaubens dir etwa so einen Fluch besorgen?«

Aitulf hob abwehrend die Hände. »Was denkt ihr von mir? Im Gegenteil, ich bin besorgt, dass es immer mehr Leute gibt, die so etwas tun und man sollte herausfinden, wer es ist, um ihnen das Handwerk zu legen.«

»Aber eben meintest du doch«, sagte die Lauchschneiderin, die jetzt dabei war, Wurzeln zu schälen, »dass du den Zeitpunkt der Wahrheit und der Strafe Gott selbst überlässt.«

»Ja, ja, das stimmt«, nickte der Diakon und dachte: Diese Köchin ist mit einem scharfen Verstand gesegnet. Ich wünschte, sie wäre etwas unbedarfter.

»Was stimmt denn nun? Willst du herausbekommen, wer solche Flüche herstellt oder willst du die Aufdeckung dieser Dinge Gott selbst überlassen?«

»Ich … ähm … ich denke, manchmal benutzt Gott auch Menschen, um die Wahrheit aufzudecken. Mir geht es ja vor allem darum, diese Leute, die so etwas tun … ähm … vor größerem Schaden zu bewahren.«

Aitulf stand auf. »Ich muss dringend noch eine Besorgung in der Stadt erledigen. Habt Dank für das gute Essen. Die Königin versprach mir, dass ich vom königlichen Wein trinken dürfe. Da ich aber im Moment keinen Durst habe, möchte ich gerne einen kleinen verschließbaren Schlauch mitnehmen.«

Zwar zierte sich die Magd, die an den Kochtöpfen stand, aber bei jemandem, der die Königin kannte, konnte man schlecht Nein sagen und so verließ Aitulf beglückt mit einem Gruß und einem Lederschlauch, den er sich über die Schulter warf, die Küche, wobei er hinter der Tür kurz stehen blieb und noch einen leisen Wortwechsel der beiden Frauen mit anhörte, der nicht gerade schmeichelhaft für ihn ausfiel: »Ein seltsamer Mensch, dieser kleine Diakon! Was wollte er eigentlich von uns?«

»Ach, das kannst du dir doch denken. Die Männer fangen mit irgendwelchen harmlosen Gesprächen an und hinterher wollen sie zu uns ins Bett. Besonders die klein geratenen Männer sind ganz wild darauf.«

»Oder er wollte von vornherein nur den Wein …?«

»Ja, das ist auch möglich. Entweder sie wollen Wein oder Frauen.«

Grollend ging Aitulf weiter. Aber nun gut, er konnte sich vor diesen Köchinnen nicht rechtfertigen. Sollte er in der Königsresidenz bleiben und vielleicht noch andere Mägde oder Sklaven aushorchen? Aber das würde vielleicht auffallen. Außerdem war die Angst bei den Leuten zu groß, sich zu verraten.

Am besten wäre es, wenn er auf schnellstem Weg diesen Schreiber Otmar aufsuchte. Vielleicht hatte er ja bei dem etwas mehr Glück als bei den beiden Frauen.

Nachdem er den verfallenen Turm gefunden hatte, entdeckte er Otmars Haus gleich daneben und sah den Mann im Schreibraum an einem Stehpult, wo er gerade etwas Schwieriges schrieb, denn seine Zungenspitze schien dem Federkiel zu folgen, als ob sie das Schreiben dadurch unterstützen könnte.

Durch das geöffnete Fenster hörte er jemanden laut singen.

Es roch ein wenig muffig, und ein Gemisch von etwas Säuerlichem mit dem Gestank von alten Eierschalen hing in der Luft. Manchmal gerbten Schreiber ihr Pergament selber. Und der Geruch konnte von der Gerbbrühe herrühren, die draußen in einem Winkel stand.

Aitulf setzte seinen Weinschlauch ab und wartete, bis Otmar, der ihn sicherlich schon wahrgenommen hatte, eine Pause machte. Und tatsächlich legte der Mann nach ein paar Augenblicken das Schreibgerät zur Seite, blickte Aitulf an und fragte: »Kann ich dir helfen?«

Aitulf trat näher und unter seinen Stiefeln knirschte es, weil er auf die Reste von abgeschabten Federkielen trat, die neben dem Pult auf dem Boden lagen. Der Diakon stellte sich vor und kam gleich mit seinem Anliegen heraus: »Ich suche einen Schreiber, der auch die Kunst versteht, Buchstaben und Zahlen in Ringe oder Becher einzugravieren. Man sagte mir, du seist dazu in der Lage ...«

Otmar, der kaum größer als Aitulf war, rot umränderte Augen und blonde, borstenartige Haare hatte, die lange nicht mehr gewaschen worden waren, nickte und sagte mit ein wenig Stolz in der Stimme: »Ja, du hast richtig gehört. Ich kann alle möglichen Sorten von Schriften in Gold, Silber oder Bronze eingravieren.«

Da fiel Aitulf ein, dass er ja einen Schlauch Wein dabeihatte, den er eigentlich nach Treveris mitnehmen wollte, aber wenn er diesem Otmar dadurch die Zunge lockern konnte, umso besser. Obwohl es schade um den schönen Wein war. Aber man musste ja nicht alles austrinken.

»Eigentlich habe ich da noch eine Frage, die ich aber lieber mit dir ganz allein besprechen möchte«, sagte der Diakon, wobei er mit einem Auge zwinkerte und viel sagend hinzufügte: »Du verstehst?«

Aitulf hatte vor Jahren herausgefunden, dass man sich völlig fremde Leute innerhalb ganz kurzer Zeit zu willigen, gesprächsbereiten Freunden machen kann, indem man ihnen viel sagend zuzwinkerte, wobei es völlig offen blieb, worauf sich das »Du verstehst?« bezog. Man konnte damit alles Mögliche meinen. Und das war gerade der Trick. Jeder stellte sich etwas anderes vor und man erfuhr Dinge, die man nicht für möglich gehalten hätte.

»Natürlich«, fuhr Aitulf fort, »könnten wir dabei etwas von dem Wein probieren, den ich gerade zufällig dabeihabe. Es soll eine gute Sorte sein und ich wollte ihn wenigstens kosten. In Gesellschaft geht das besser. Was hältst du davon?

Auch dieses »Was hältst du davon?« war eine Frage, die den anderen zwang, sich zu entscheiden. Und die wenigsten brachten es fertig, bei einem solchen Angebot Nein zu sagen.

Tatsächlich ließ sich Otmar das nicht zweimal sagen, denn er hatte gleich von Anfang an den Schlauch gesehen und begehrliche Blicke darauf geworfen:

»Komm mit, wir gehen in ein Nebenzimmer. Da sind wir ungestört.« Der Nebenraum war mehr eine Art Vorratsraum, in dem Truhen und Kisten standen, auch ein Fass mit geschlossenem Deckel stand in einer Ecke.

Otmar holte von einem Haken zwei Trinkhörner und legte sie auf das Fass.

»Dann wollen wir einmal deinen Wein probieren«, sagte er aufmunternd.

»Richtig, der Wein!« Aitulf ging noch mal in den Schreibraum zurück und stellte den Schlauch mit der Öffnung nach oben auf den Boden.

An einem Ende des Ledersacks steckte ein Holzpfropfen, der mit einem Tuch umwickelt und mit Wachs verschlossen war. Aitulf griff zu seinem Messer, das an seinem Gürtel steckte, kratzte die Versiegelung ab und drehte vorsichtig an dem Pfropfen.

Dann nahm er das erste Trinkhorn, neigte den Schlauch zur Seite und ließ das rote Getränk hineingluckern. Nachdem er das zweite Horn gefüllt und es Otmar gegeben hatte, verschloss er sorgfältig die Öffnung und stellte den Ledersack so hin, dass er nicht umfallen konnte.

Aitulf hob das Horn. »Ad sanitas – auf die Gesundheit!«

Beide probierten und Otmar sagte: Ein noch ungewürzter Wein, der aber schon eine gewisse Süße hat.«

Aitulf nickte. »Ich … ich würde ihn unter uns gesagt gar nicht mit Honig und Zingiber würzen, sondern ihn so lassen. Der Eigengeschmack kommt so besser heraus. Ich vermute, er stammt aus der südlichen Ebene des Rhenus.«

»Du magst Recht haben, obwohl ich mir auch Norditalia vorstellen könnte …«

Aitulf schüttelte den Kopf. »Dazu ist er wieder zu leicht …«

Er beugte sich nach unten zu dem Schlauch und suchte nach einem schriftlichen Hinweis, woher der Wein kam. An einer Ecke stand der Herkunftsort und das Jahr der Ernte: Mosella/Mettis Sig 6.

»Aha, hier haben wir es: ›Ein Wein, der an den Hängen der Mosella wächst, in der Gegend von Mettis im 6. Regierungsjahr Sigiberts, also ein Wein vom letzten Jahr.‹«

Schweigend genossen sie noch einen Schluck. Und Aitulf machte keine Anstalten, mit seinem Anliegen herauszuplatzen. Stattdessen schenkte er dem Schreiber ein zweites Horn ein, und als das allmählich zur Neige ging und er hoffen konnte, dass ein paar Sprachhemmungen abgebaut waren, fing er an.

»Ja, lieber Otmar, ich habe ein kleines Anliegen, von dem ich, wie du gleich hören wirst, ungern laut herumerzählen möchte. Ich kann doch mit deiner Verschwiegenheit rechnen?«

»Natürlich kannst du das!«, sagte Otmar ein wenig zu laut und hieb mit der linken freien Hand zur Bekräftigung auf den Fassdeckel. »Mein … mein Mund wird so verschlossen sein wie ein … wie eine zugenähte Gans, die zum Braten fertig gemacht wird.«

»Gut. Das erleichtert mich.« Aitulf senkte die Stimme und neigte sich zu Otmar hinüber: »Um es kurz zu machen: Ich brauche einen kleinen Fluch für meinen Nachbarn. Einen klitzekleinen Fluch, verstehst du? Am besten in die Innenseite eines Ringes. Aber, ich kann natürlich verstehen, wenn du ablehnst. Und dann kein Wort mehr darüber. Die Bezahlung soll selbstverständlich sehr gut ausfallen. Aber ich bitte dich vermutlich umsonst …«

Otmars Augen hatten sich zu Schlitzen verengt, während er einen weiteren Zug aus dem Trinkhorn tat.

»Also, einen klitzekleinen Fluch sagst du?«, unterbrach er den Diakon.

Aitulf ließ Daumen und Zeigefinger der linken Hand als Ausdruck der Kleinheit sich gerade berühren und nickte. »Eigentlich kein richtiger Fluch, ein Flüchlein sozusagen. Harmlos, eher ein Scherz. Ich könnte mir als Inschrift vorstellen: *Dein Haus soll von Ratten nur so wimmeln*, zum Beispiel, oder: *Deine Frau soll auf ihrer Nase eine Warze bekommen.*«

Aitulf schwieg und Otmar ließ sich das alles durch den Kopf gehen, tat einen letzten Zug und starrte leicht irritiert in das leere Trinkhorn. Aitulf begriff und schenkte nach.

»Ein klitzekleines Flüchlein also«, wiederholte er, nun schon leicht lallend. »Manchmal sind kleine Flüche schwieriger zu schreiben als große, weißu. Denn je kleiner sie sind, desto mehr Worte mussu machen. Ein großer Fluch is einfach. *Du sollst in diesem Jahr sterben.* Dassis kurz und klar und jeder weiß Bescheid, aber ein kl… klitzekleines Flüchlein ist komplizierter, zum Beispiel: *Du sollst ein bisschen krank werden und deine Spucke soll am Gaumen festkleben.* Das brauch mehr Worte, verstehsu? Ein Satz wie: *Kopf ab* is klar und schlicht.

»Ja, ja, nickte Aitulf, ich begreife allmählich die Feinheiten deines Berufes.«

»Weißu, es is so: ein Haus für Zw… Zw… Zwerge, nur als Beispiel, is viel schwi… nich so einfach zu bauen. Die vielen kleinen Treppchen und die kleinen Tischchen und Fensterchen …«

»Und die Bettchen …«

»Genau. Ich sage immer: Verachte nicht das Kleine.«

»Nun gut. Otmar, dann zahle ich statt des dreifachen Aufschlags einen vierfachen Aufschlag, weil es kein klotziger Fluch ist, sondern ein Flüchlein. Aber wenn ich dich richtig verstanden habe, dann machst du so etwas also tatsächlich?«

Otmar nickte schwer mit dem Kopf. »Ja, ich begrenze mich nicht, ich bin sozusagen grenzenlos tätig.«

Aitulf nickte und fuhr fort: »Wunderbar. Ich könnte mir vorstellen, dass sich so ein Geschäft lohnt. Man muss nur aufpassen, dass der Bischof nichts davon erfährt …«

»Dassis richtig. Oder irgendwelche Diakone. Aber die rieche ich schon gegen den Wind. Und dann is mein Mund sugenäht wie eine … eine …«

»Wie eine Gans, die zum Braten fertig gemacht wird.«

Otmar haute auf das Fass. »Genau! Du nimmst mir das Wort aus dem Mund. Ich häddes nich besser sagen können.«

Aitulf nickte nachdenklich: »Tja, das ist gar nicht so einfach, solche Flüche herzustellen. Gar nicht einfach. Du … du hast bestimmt viele Kunden, die heimlich zu dir kommen … du verstehst schon …«

»O ja, die hab ich, die hab ich.« Der Schreiber beugte sich zu Aitulf hinüber, umwehte die Nase des Diakons mit seinem Weinatem und flüsterte: »Sogar ein Bote des Königs war einmal hier, nein zweimal und hatte bei mir einen Ring gekauft. Ich habe natürlich welche auf Vorrat hier. Aber ...« Otmar legte den Zeigefinger auf die Lippen. »Su keinem ein Wort.«

»Klar. Kein Wort. Darf ich die Ringe mal sehen?«

Statt einer Antwort ging Otmar zu einer Truhe, schloss sie auf und holte einen Lederbeutel heraus, den er öffnete und auf dem Fassdeckel ausleerte. Alle mögliche Ringe und kleine Bleiplatten kullerten heraus. Aitulf nahm einen der Ringe in die Hand und las einen Schmerzfluch, der dem Träger unerträgliche Bauchschmerzen zufügen sollte. Ein anderer Ring enthielt einen Fluch, der den Liebhaber der Frau impotent machen sollte. Schließlich hatte Aitulf gefunden, wonach er suchte: die Inschrift, die er sich Wort für Wort eingeprägt hatte: *thot werdan muozan that sint chiminni fona thi – sterben müssen alle, die du liebst.*

Schnell legte er den Ring zurück und tat so, als interessiere er ihn nicht.

»So, so, ein Bote des Königs war auch schon hier und hat Fluchringe bestellt.«

»Psst! N-nichso laud!«

Aitulf hob entschuldigend die Hand. »Tut mir Leid. Aber unter uns gesagt, das hätte ich von Chilperich nicht gedacht. Ausgerechnet er, ein katholischer König!«

Plötzlich lachte Otmar und Aitulf sah, dass ein paar der unteren Zähne fehlten.

»Wer reed denn von Chilperich. Chmeine König Gunthram.«

Die bluomen allenthalben von bluote wurden naz.
dô rang er mit dem tôde, unlange tet er daz,
want des tôdes wâfen ie ze sêre sneit.
dô mohte reden niht mêre der recke küen' unt gemeit.

Die Blumen wurden überall vom Blute nass.
Er rang mit dem Tode. Das dauerte nicht lange,
denn die Waffe des Todes hat immer sehr tief geschnitten.
Und so konnte er nicht weitersprechen, der kühne, stolze Kämpfer.

Aus dem Nibelungenlied, 16. Aventiure

Im vierzehnten Regierungsjahr König Sigiberts I., Sohn König Chlothachars I., Ehemann der Königin Brunichilde, Herrscher über Austrasien, dem östlichen Teilgebiet der Franken (575 n.Chr.)

Elf

»Mutter, spiel mit uns das Zaubersteinspiel!« Childebert, Brunichildes fünfjähriger Sohn und seine beiden Schwestern Chlodosuinta und Ingundis standen vor ihrer Mutter und blickten sie so flehend an, dass sie lachen musste.

Sie hatten es irgendwie geschafft, Agnes zu entkommen und das Zimmer ihrer Mutter zu finden. Das war gar nicht einfach, denn Sigiberts Familie war erst vor ein paar Tagen in Parisium angekommen und die Gänge und Zimmer der königlichen Gebäude waren ihnen noch nicht so vertraut wie zu Hause in Mettis.

Brunichilde hatte übrigens allen Grund zu lachen, denn ihr Erzfeind Chilperich war von Sigibert endgültig in die Enge getrieben worden. Er hatte Parisium verlassen müssen und sich in den Norden, nach Tornacum, gerettet. Sein Heer bestand nur noch aus ein paar hundert Mann, die ihm die Treue hielten. Aber auch diese Treue wurde brüchig wie eine verrostete Kette, die an einigen Stellen dünn geworden war. Das einzige Mittel, die Treue zu halten, waren Beutel, die mit Silber- und Goldmünzen gefüllt waren und die Hoffnung wach hielten, dass weitere Beutel folgen würden.

Sigibert würde in den nächsten Tagen mit einem ausgeruhten Heer nach Tornacum aufbrechen, das Reich seines Bruders in Besitz nehmen und ihm den Gnadenstoß versetzen, falls die Bevölkerung es nicht verhinderte.

»Das Zaubersteinspiel«, bettelten Brunichildes Kinder und ihre gut gelaunte Mutter lachte und sagte: »Gut. Spielen wir das Zaubersteinspiel. Ist es denn heiß genug draußen?«

»Und wie!«, rief Chlodosuinta. »Im Innenhof gibt es eine Stelle, wo die Sonne das Gras schon gelb gemacht hat.«

»Dann geht es. Kommt!«

Gerade, als die vier nach draußen gehen wollten, kam Agnes angerannt. Ihr Gesicht war rot vor Anstrengung.

»Ach, da seid ihr ja!«, rief sie aus. Und zu Brunichilde gewandt: »Entschuldige, Königin, aber sie sind mir entwischt und …«

»Diesmal macht es nichts, Agnes. Sie wollen mit mir das alte Spiel aus meiner Kindheit spielen, von dem ich ihnen mal erzählt habe und das ich immer mit Galsuinta gespielt habe.«

Agnes blickte auf ihre Schützlinge und murmelte mehr zu sich selbst: »So jung sie sind, wissen sie doch schon genau, wie sie das Herz ihrer Mutter gewinnen können.«

Zu fünft traten sie nach draußen in den Innenhof des Castellums, und die Kinder zogen ihre Mutter zu der Ecke, die die meiste Zeit in der Sonne lag.

»Gerade vorhin kamen einige Männer, die dringend den König sprechen wollten«, fing Agnes an.

Brunichilde blieb stehen und fragte: »Was für Männer waren das?«

Agnes zuckte mit den Schultern. »Ich kannte sie nicht, aber sie schienen etwas über Chilperich sagen zu wollen. Jedenfalls fiel sein Name.«

Brunichildes gute Laune verflüchtigte sich und ihre Augenbrauen zogen sich zusammen. Aber sie hatte keine Zeit, weiter darüber nachzudenken, denn Childebert und seine Schwestern zogen die Mutter zu der »Spielecke«.

»Ihr sollt mich nicht so ziehen«, rief sie ungehalten. »Sucht euch lieber zuerst ein paar Steine aus!«

»Aber du musst dir auch einen Stein suchen!«, rief Ingundis, die bei dem härteren Ton in der Stimme ihrer Mutter schon fürchtete, dass sie allein weiterspielen mussten.

Brunichilde bückte sich und suchte nach einem möglichst dunklen Stein, der eine glatte Oberfläche hatte. Aber während ihre

Hände den Stein aus der Erde lösten, war sie mit ihren Gedanken bei den fremden Männern. Was mochten sie so Wichtiges mit Sigibert zu besprechen haben? Hatte der alte Fuchs Chilperich wieder eine neue Idee, um seinen Kopf aus der Schlinge zu ziehen? Bot er Sigibert vielleicht neue Ländereien an, um sich zu retten? War das eine Falle? Und ob Sigibert darauf einging? Sie wusste, dass er nur allzu bereitwillig diplomatische Lösungen vorzog. Er schlug ein wenig aus der Art seiner eigenen grausamen Sippschaft und konnte sich nicht wie seine Brüder an einem Blutbad berauschen oder an dem Untergang und dem Leid anderer. Es musste schon viel passieren, bis Sigibert seinen eigenen Bruder umbrachte.

Sie musste ihren Mann so schnell wie möglich treffen, um das Schlimmste zu verhindern. Gerade jetzt, wo der Sieg unmittelbar bevorstand, durfte Sigibert nicht weich werden. Und war denn nicht auch Gott selbst auf ihrer Seite? Der Mord an Galsuinta konnte doch nicht ungesühnt bleiben!

Zum Glück war wenigstens der Fluch durch die heiligen Handlungen des Bischofs gebrochen worden. Es war förmlich mit Händen zu greifen, wie freundlich das Schicksal seitdem mit ihnen umgegangen war. Das durfte nicht aufs Spiel gesetzt werden.

Leider hatte dieser Aitulf bisher nichts Näheres über den Ring herausfinden können. Er hatte einen gewissen Otmar aufgesucht, einen hageren Menschen mit borstigen, blonden Haaren und ein paar andere Männer, die die Kunst des Eingravierens beherrschten, aber es gab keinen Anhaltspunkt, bis auf die Behauptung, König Gunthram hätte etwas mit den Ringen zu tun. Aber das glaubte sie nicht. Seitdem Aitulf Königin Fredegunde kennen gelernt hatte, beteuerte er immer wieder, das sie nichts mit diesem Ring zu tun haben könnte. Also hatte diese Hexe auch Aitulf umgarnt!

Nun, Brunichilde blieb misstrauisch. Letzten Endes war es aber auch nicht mehr wichtig, den Fluchbringer herauszufinden, denn der Ring hatte ja seine Macht eingebüßt!

Brunichilde dachte daran, wie Sigiberts nachgiebige Haltung vor einem Jahr sie so wütend gemacht hatte, dass sie sich geweigert hatte, mit ihm zu schlafen.

Aber dann hatte sie es nicht lange ausgehalten. Nachts, allein in ihrem Bett, nur mit Agnes, die neben ihr schlief, hatte sie sich vorgestellt, dass er sich aus reiner Rache eine andere Frau geholt hatte. Deshalb war sie mitten in der Nacht aufgestanden und mit vor Wut bebenden Lippen zu seinem Zimmer geeilt, um dieses Weib, das da neben ihm liegen würde, zu erwürgen.

Aber es kam anders. Als sie ziemlich ungehalten in sein Zimmer stürmte, es war nicht einmal von innen verriegelt, sah sie nur Sigibert, der allein in seinem Bett schlief. Und als er hochschreckte und sie sah, meinte er nur: »Ich habe mir doch keine Bettgenossin geholt. Ich bin nun einmal an deinen Geruch gewöhnt.«

Da wurde sie von einer Welle der Zuneigung zu ihm überrollt, so dass sie ihr Nachtkleid abstreifte und zu ihm ins Bett kam. Und für die Zukunft nahm sie sich vor, ihn nicht mehr mit Liebesentzug zu beherrschen, sondern ihn mit anderen Mitteln in die richtigen Bahnen zu lenken, mit Mitteln, die er vielleicht gar nicht bemerken würde.

Brunichildes Erinnerungen wurden unterbrochen, weil der kleine Childebert rief: »Wir brauchen Wasser! Wir haben das Wasser vergessen!«

Agnes lief nach drinnen, um einen Krug und vier Becher zu holen. Denn jeder Stein musste mit der gleichen Menge Wasser zum gleichen Zeitpunkt begossen werden, damit man sehen konnte, welcher Stein am schnellsten trocknen würde.

Vier Steine lagen vor ihnen auf dem Gras und ließen sich von der Sonne erwärmen und Agnes, die nicht mitspielte, verteilte das Wasser in die vier Becher und gab der Königin zwei davon. Auf Brunichildes Kommando gossen die beiden Frauen nun gleichzeitig Wasser über die vier Steine.

Gebannt starrten die Kinder auf die feuchten Oberflächen und verglichen die Größe der Wasserflecken miteinander.

Der glatte, dunkle Stein Brunichildes war mit Abstand als Erster trocken.

»Kinder«, sagte die Königin, die innerlich nervös geworden

und in Gedanken schon bei Sigibert war, »ich muss eben noch zu eurem Vater gehen, um mit ihm einiges zu besprechen. Wenn ihr bei Agnes bleibt, verrate ich euch heute Abend das Geheimnis der Zaubersteine.«

Und schon hatte sie sich umgedreht und war unter dem Torbogen verschwunden.

Wo könnte er sein?, überlegte sie, als sie über die kühlen Marmorplatten eilte und den Saum ihres grünen Kleides anhob, um schneller gehen zu können.

»Wenn es eine wichtige Besprechung ist, müsste er in dem Zimmer mit den Urkunden sein, das liegt abseits und die Türen sind dick genug«, murmelte sie vor sich hin und huschte eine Treppe nach oben.

Als sie vor dem Zimmer stand, hörte sie tatsächlich leise, gedämpfte Stimmen und sie meinte, die von Sigibert herauszuhören.

Vorsichtig presste sie ihr Ohr dagegen, aber es war unmöglich, einzelne Worte zu verstehen. Die Stimmen klangen jedoch deutlich aufgeregt. Manchmal redeten zwei oder drei gleichzeitig.

Sollte sie klopfen und hineingehen? Irgendein Vorwand ließe sich schon finden. Auf der anderen Seite wusste sie aber genau, dass Sigibert nicht davon erbaut sein würde, von einer Frau bei Männergesprächen gestört zu werden.

Jetzt kamen die Geräusche näher. Brunichilde wich zurück, rannte um die Ecke, sah eine Nische und verkroch sich dort.

Die Tür ging auf. Und eine fremde Männerstimme sagte: »Also bleiben wir dabei. Wir erwarten dich an dem Hof bei Victuriaco.«

»So ist es«, bestätigte Sigibert. »Dominus benedicat vos – der Herr möge euch segnen.«

Brunichilde hörte, wie sich die Schritte der Besucher entfernten und wie der König sich offensichtlich wieder in das Zimmer zurückzog, denn die Tür wurde verschlossen, und danach war es still.

Rasch rückte die Königin ihre Kleider zurecht, legte ihre langen Haare, die in viele kleine Zöpfe geflochten waren, ordentlich nach vorn und klopfte an die Tür. Einen Augenblick war es still, dann rief Sigibert: »Intrate!«

Brunichilde öffnete und blickte auf ihren überraschten Ehemann, der vor einem Holzregal stand, in dem Codices und Schriftrollen lagen.

»Brunichilde!«

»Ja, ich bin es. Warum bist du überrascht?«

»Nun, ich … hatte dich nicht erwartet.«

»Dachtest du, dass die Besucher von vorhin wiederkämen?«

»Ach«, Sigiberts Mund mit dem fränkischen Hängeschnurrbart verzog sich zu einem Grinsen. »Du bist neugierig und willst wissen, was es damit auf sich hat!«

Brunichilde hatte sich inzwischen einen Hocker geholt und ließ sich darauf nieder.

»Ja, neugierig auch, aber noch mehr treibt mich die Sorge zu dir. Ich hörte, dass die Männer irgendetwas mit Chilperich zu tun hatten und ich überlegte, ob dieser Mörder vielleicht ein neues Mittel gefunden hätte, um dich zu besänftigen und vielleicht seinen Kopf aus der Schlinge zu ziehen?«

»Diesmal irrst du dich.« Sigiberts Stimme wurde ernst. »Das Gegenteil ist der Fall.«

»Das Gegenteil? Kommen denn die Männer nicht von Chilperich?«

Sigibert antwortete nicht, sondern ging stattdessen zur Tür, öffnete sie ruckartig, und als er sah, dass niemand draußen war, machte er sie wieder zu, drehte sich zu seiner Frau um und antwortete: »Das ist sein Ende. Diese Männer sind eine Delegation seines Heeres. Sie bitten mich nach Victuriacum zu reisen, das ungefähr vierzig Meilen südlich von Tornacum liegt. Dort wollen sie mich zu ihrem neuen König ausrufen.«

Brunichildes Augen verengten sich misstrauisch zu Schlitzen.

»Kommt dir das nicht seltsam vor? Warum tun sie das? Kann das nicht eine Falle sein?«

»Du hast Recht. Das dachte ich am Anfang auch, aber je länger ich mich mit ihnen unterhielt, desto deutlicher wurde mir eine Sache: Chilperich wird von seinen Leuten regelrecht gehasst. Er behandelt alle in seiner Umgebung so niederträchtig, dass sie ihn loswerden wollen. Seine Steuern pressen das Volk aus. Seine Rechtsprechung ist willkürlich und seine Richter sind bestechlich.«

»Nun, du selbst gehst mit deinen Steuern auch nicht gerade bescheiden um.«

»Das mag sein, aber ich versuche zumindest, Menschen wie Menschen zu behandeln und mein Heer steht auf jeden Fall hinter mir.«

Brunichilde blickte nachdenklich auf ein Regal, in dessen Ecke eine Spinne ihr Netz gewebt hatte. Eine Fliege verfing sich gerade darin und versuchte verzweifelt, den klebrigen Fäden zu entkommen.

»Aber ich hoffe«, sagte sie, »dass du mit großem Geleitschutz gehen wirst?«

»O ja. Das ist keine Frage. Ich werde genügend Männer mitnehmen und mich auf alles vorbereiten. Denn letzten Endes kann ich keinem trauen. Ein Teil des Heeres wird auf direktem Weg nach Tornacum marschieren, um Chilperich dort festzuhalten. Mit dem anderen Teil werde ich in Victuriaco eintreffen, um von Chilperichs Männern zu ihrem König eingesetzt zu werden.

»Und du wirst Chilperich töten?«

»Ich werde ihn gefangen nehmen …«

»Aber …«

Sigibert hob die Hand. »Lass mich ausreden. Der Tod, meine Königin, muss nicht unbedingt eine Strafe sein für jemanden wie Chilperich.«

»Wieso nicht?«

»Stell dir vor: Chilperich sitzt eingeschlossen in Tornacum, hört davon, dass seine Leute mich zu ihrem König ausrufen und kann sich ausrechnen, dass es ihm ans Leben geht. Plötzlich geht er in sich, bereut sein ganzes wirres Leben aus Hass und Mord, er beichtet alles öffentlich vor seinem Bischof, er empfängt die Sakramente. Ich töte ihn und er genießt im Kreis der Engel und Heiligen ein herrliches Leben in der Ewigkeit Gottes. Nein, ihn einfach töten, das wäre keine Rache. Er muss mit eigenen Augen sehen, wie sein Reich zerfällt. Er muss vor Wut kochen und den Tag seiner Geburt verfluchen und sich allmählich zugrunde richten, um dann, ohne den Beistand der Kirche, zu sterben und in der Hölle vor Schmerzen und Reue zu vergehen. Verstehst du das?«

Brunichilde war aufgestanden und blickte Sigibert an. Dann lächelte sie. »Was für einen klugen Mann ich doch habe. Wann ziehst du los?«

»Ich darf keine Zeit verlieren. Morgen früh.«

»Nun, ich halte mein Bett für dich warm.«

Die Junisonne schien wieder kräftiger nach einem Regentag, der das kleine bewegliche Heer Sigiberts behindert hatte. Es hingen nur noch ein paar Wassertropfen in den Blätterkronen der Apfelbäume neben den kleinen grünen Früchten, die schon Ähnlichkeit mit den späteren sauren Äpfeln hatten.

Die Luft war durch den Regen gereinigt worden und hatte den Staub, der von den Ochsen und Pferden aufgewirbelt wurde, schwerer gemacht, so dass er einem nicht gleich unter die Augenlider wehte oder beim Essen unliebsame Knirschgeräusche verursachte.

Victuriacum, der Ort, wo Sigibert auf Chilperichs Männer treffen würde, war nicht mehr weit. In der klaren Nachmittagsluft konnte man sogar am Horizont einen Turm erkennen.

Sigibert fühlte sich kräftig und wohl, obwohl er schon tagelang unterwegs war, aber dieser Tag war sein persönlicher Triumph. Chilperich saß in Tornacum ohnmächtig in der eigenen Falle, denn Sigiberts Männer waren in schnellem Tempo vorausgeeilt und mussten inzwischen dort sein. Sein oberster Heerführer Gundowald würde dort alles regeln. Auf ihn konnte er sich verlassen.

Aber noch wichtiger und befriedigender war die Tatsache, dass Chilperichs eigene Männer Sigibert freiwillig zu ihrem König ausrufen wollten.

»Chilperichs Hochmut und seine brutale und herzlose Art kommen eben auf Dauer nicht an«, murmelte der König. »Man kann die Leute, mit denen man zusammenarbeitet, nicht nur mit Strenge und Strafen erziehen.«

Er richtete sich beim Reiten auf, weil sein Rücken wieder schmerzte. Das war der einzige Nachteil beim Reiten. Oder aber er hatte das falsche Pferd. Dieses Volk aus dem Osten, die Awaren, lebten förmlich auf dem Rücken ihrer Pferde. Als er vor ein paar Jahren gegen sie gekämpft hatte, war er erstaunt gewesen, wie schnell und sicher sie sich auf dem Rücken ihrer Tiere bewegt hatten, als ob sie dort festgewachsen wären. Es war nicht einfach gewesen, als Fußheer gegen diese wilde Horde zu kämpfen. Aber er hatte es durch zahlenmäßige Überlegenheit geschafft, durch den Einsatz der Bogenschützen und durch einen Trick, mit einem Teil der Krieger überraschend von hinten anzugreifen und die Pferde durch das Schlagen gegen die Schilder scheu zu machen.

Wie anders war das diesmal. Hier brauchte er nicht einmal zu kämpfen. Die Feinde kamen freiwillig.

»Deo gratias«, seufzte Sigibert. »Er hat mich bisher sichtbar gesegnet, mit vielen Siegen, mit Überlegenheit gegenüber meinen Brüdern, mit einer stolzen, schönen und fruchtbaren Frau und mit drei Kindern. Sogar mit einem Sohn! Und auch der Fluch ist aufgehoben.«

Aber was war das? Weiter vorne geriet der Zug der Männer ins Stocken, denn aus dem kleinen Ort Victuriaco, der sich um einen Hof gebildet hatte, in dem die Könige gelegentlich abstiegen, um Rast zu machen, sah man jetzt, dass Leute ihnen entgegenliefen.

Was hatte das zu bedeuten?

»Lockert eure Schwerter und Wurfäxte!«, schrie Sigibert, während er selbst sein Schwert probeweise aus der mit Silber überkleideten Holzscheide zog. Einmal war es ihm vor Jahren passiert, dass es im entscheidenden Augenblick geklemmt hatte, weil der Rost an der Schwertspitze mit dem Holz verklebt war.

Sigibert kniff die Augen zusammen, um schärfer zu sehen. Jetzt waren die Leute so dicht, dass man schon Einzelheiten erkennen konnte. Jedenfalls waren es keine bewaffneten Krieger. So viel stand fest. Zwei von ihnen schleppten einen etwas größeren Schild, bei dem der Eisenbuckel entfernt worden war. Ob sie wirklich jetzt schon …?

Er hörte die vorderen seiner Männer mit den Leuten aus Victuriacum reden und sah, wie seine eigenen Soldaten nach hinten wiesen.

Sigiberts kleines Heer war mittlerweile zum Stehen gekommen.

Die Männer mit dem Schild näherten sich dem Pferd des Königs und riefen: »Steig auf den Schild, König Sigibert, damit wir dich darauf in die Stadt tragen können.«

»Aber es ist noch weit bis dahin«, sagte Sigibert lächelnd. »Ihr werdet hart daran tragen. Ich bin nicht leicht.«

»Viele werden uns beim Tragen helfen«, rief ein Mann, der groß und kräftig gebaut war.

»Nun, wenn ihr es unbedingt wollt …«

Die Männer hielten den Schild direkt neben die rechte Seite des Pferdes, während Sigibert den langen Hals seines Reittiers tätschelte und ihm gut zuredete, denn es war nervös geworden.

Dann schwang er sich über den Pferderücken und setzte sich vorsichtig, mit untergeschlagenen Beinen auf den Schild. Nachher, wenn sie das Tor passierten, würde er dann aufstehen müssen.

Einer von Sigiberts Männern nahm die Zügel seines Pferdes und führte es mit sich, während der Zug der königlichen Krieger sich wieder in Bewegung setzte. Ganz vorne schaukelte der Schild mit dem König hin und her.

Als sie schließlich das Tor erreichten, blieben die Schildträger stehen und halfen Sigibert, sich aufrecht hinzustellen.

Es war für Sigibert ein erhebendes Gefühl, im wahrsten Sinne des Wortes, aufrecht stehend, hoch über allen Köpfen, in Victuriacum einzuziehen.

Das war sein größter Sieg. Lächelnde Gesichter blickten ihn an, er hörte seinen Namen, sah, wie Frauen ihre Kinder ihm entgegenhielten, damit er sie segnete.

Er griff in den Beutel, der an der linken Seite am Gürtel hing, holte eine Handvoll Goldmünzen heraus und warf sie in die Menge, die vor Begeisterung aufjohlte und sich für kurze Zeit vom König abwandte, um die Münzen einzusammeln.

Endlich waren sie in dem kleinen Castellum angekommen. Im Hof stand ein Thron aus Stein, auf dem Kissen und Polster lagen. Eine bronzene Lehne umgab den Sitz. Dorthin begab sich Sigibert und setzte sich.

Urkunden wurden vorgelesen und ein Archidiakon, der im Auftrag des Bischofs gekommen war, rezitierte den vorgeschriebenen Inthronisationspsalm zweiundsiebzig:

»Deus iudicium regi da et iustitiam tuam filio regis. iusdicabit populum tuum in iustitia et pauperes tuos in iudicio – Gott, gib das Gericht dem König, dem Königssohn übergib deine Rechte. Er regiere dein Volk in Gerechtigkeit und nach gleichem Recht deine Armen.«

Die Sonne stand im Zenit und ein Baldachin wurde über die Tische gespannt, an denen nach der Zeremonie jetzt gegessen und getrunken wurde.

Die Stimmung entspannte sich, als gebratenes Wildschwein mit Lauch, Zwiebeln und Bohnen verteilt wurde, dazu gedünstete Äpfel, Brotfladen und Wein. Ein paar Schritte weiter warteten andere, etwas weniger wichtige Leute, und nahmen an der Tafel Platz, nachdem die ersten satt waren und aufgestanden waren. Und auch die Bettler, die wie Fliegen den Platz umkreist hatten, bekamen ihren Anteil.

Als auch das vorbei war, setzte sich Sigibert wieder auf den Thron, um bei ausgewählten Rechtssachen, die ihm einige Leute aus dem Volk vortrugen, Recht zu sprechen. Es sollte das sichtbare Zeichen sein, dass Sigibert wie König Salomo Weisheit von Gott empfangen hatte, um Frieden unter das Volk zu tragen.

Inzwischen war der Nachmittag gekommen. Und das Blau des Himmels verfärbte sich zu einem Tintenblau und das Grün der Bäume sah nicht nur einfach Grün aus, sondern entfaltete Farbtöne, die von einem kräftigen Olivgrün bis zu einem hellen Grün reichten, das zitterte und vibrierte, wenn ein Windhauch die zarten Birkenblätter streifte.

Es war ein ungetrübtes Bild. Hier saß der König, zu dem das

Volk kam und er sagte, was richtig und was falsch war. Im Hintergrund wurde die Tafel abgetragen, Hunde holten sich die Knochen und ein paar Kinder rannten um die langen Tische herum. Ein Mädchen sang eine immer wiederkehrende Melodie.

Das Essen und der Wein hatten Sigibert etwas müde gemacht, und er musste seinen ganzen Verstand zusammennehmen, um sich auf die Menschen einzustellen, die mit ihren Rechtsstreitigkeiten zu ihm kamen.

Er freute sich schon auf etwas Ruhe nachher und auf ein bequemes Lager für die Nacht. Gleich morgen früh würde er nach Tornacum aufbrechen, um im Triumphzug den gefangenen Chilperich vorzuführen und allen deutlich zu machen, wer der neue König war.

Er blickte auf die Reihe der Bittsteller und schob ein zweites Kissen hinter sich, weil sein Rücken wieder schmerzte. Immerhin war die Schlange der Wartenden kürzer geworden, nur noch sechs oder sieben Fälle standen aus.

Die Sonne war wieder ein Stück nach Westen gewandert und schien schräg von vorne, so dass Sigibert blinzeln musste und seine Hand über die Augen hielt.

Jetzt stiegen zwei Männer, die aussahen wie Brüder, die Holzstufen zum Königsthron hinauf. Seltsamerweise trugen sie die hellen Gewänder der Diakone, die man daran erkennen konnte, dass zwei lange purpurfarbene Längsstreifen den Stoff zierten. Es war ungewöhnlich, dass die Männer die liturgischen Gewänder außerhalb der Kirche trugen. Außerdem schienen die Stoffe schon lange nicht mehr gewaschen worden zu sein und an einer Seite klaffte sogar ein breiter Riss.

Nun, dachte der König, wahrscheinlich wollen die beiden das Besondere dieses Festtages mit ihren Gewändern unterstreichen. Seltsam, dass sie mit ihrer Streitsache zu ihm kamen und sich nicht an den Archidiakon wandten, der sie im Auftrag des Bischofs sicher viel besser in ihrer speziellen Sache beraten konnte.

Sie verneigten sich stumm und griffen zwischen die Falten ihrer Tunika.

Wahrscheinlich holen sie eine Urkunde unter ihrem Mantel

hervor, dachte Sigibert. Bestimmt irgendwelche Besitzstreitigkeiten.

Aber dann überstürzten sich die Ereignisse. Statt dass sie Papyrus oder Pergament herauszogen, hatte jeder von ihnen ein Messer in der Hand. Es sah aus wie ein Scramasax, ein Wundmesser, das eine Elle lang war, eine scharfe Spitze hatte und leicht zu handhaben war.

Sigibert hatte schon viele Schlachten erlebt und gelernt, in einem kurzen Augenblick Gefahren einzuschätzen und zu reagieren. Und das tat er jetzt auch. Blitzschnell stand er auf und wollte die Männer mit einem gezielten Hieb von sich stoßen.

Aber seine beiden Gegner rechneten mit seiner Gegenwehr. Bevor Sigibert zuschlagen konnte, steckten die beiden Messer in seiner Seite.

Der König torkelte zurück.

Jetzt fingen die Ersten, die vor dem Thron standen, zu schreien an, und als die beiden Männer fliehen wollten, wirbelten Äxte durch die Luft und trafen die Mörder am Hals und am Schädel. Im Fliehen stolperten sie und brachen zusammen.

Das alles ging so schnell vor sich, dass Sigibert noch nicht einmal umgefallen war. Er hielt sich krampfhaft an der Lehne des Throns fest, auf dessen Polster Blut spritzte. Aber dann ließ seine Kraft nach und er fiel um, direkt vor den Thron, und sein Blut sickerte aus den beiden offenen Wunden und tropfte die Holzstufen hinunter.

Noch am selben Tag ritt Gundowald, Sigiberts Heerführer, in rasendem Galopp in Richtung Parisium.

Jetzt hing es davon ab, ob er rechtzeitig dort ankommen würde.

Alles war schief gegangen. Nachdem er mit seinen Soldaten erfolgreich Tornacum besetzt hatte und Victuriacum erreichte, um es Sigibert zu melden, tauchten Männer auf, die schon von weitem riefen, dass Sigibert ermordet worden sei. Die Nachricht verbreitete sich wie ein Lauffeuer und einige meinten, dass die Messer zusätzlich noch vergiftet gewesen waren, weil der Tod sich so schnell eingestellt hatte.

Chilperich und Fredegunde würden also wieder freikommen. Sollte Gundowald nach Tornacum zurückreiten? Aber damit würde er kostbare Zeit verlieren. Es gab nämlich eine einzige Sache, die dringender war, als ein aussichtslos scheinender Kampf in Tornacum.

Gundowald wusste, was er zu tun hatte, sattelte sein Pferd und floh.

Es war Nacht, als er die Stadt erreichte. Hinter der baufälligen Stadtmauer lagen Parisiums Hütten und Steinhäuser dunkel vor ihm. Nicht jeder hatte so viel Geld, um sich Öl für die Lampen zu kaufen. Man stand früh auf und ging früh zu Bett, um das Tageslicht auszunutzen.

Gundowald galoppierte auf das Stadttor zu und ritt ohne anzuhalten hindurch. Der Torwächter, der nach dem Namen des Fremden fragen wollte, sprang zur Seite.

»Ich bin Gundowald und muss zur Königin«, rief er dem verduzten Mann hinterher.

Jetzt sah er schon die Umrisse der Königsresidenz gegen den dämmrigen Himmel. Es galt nicht nur, Königin Brunichilde die furchtbare Nachricht zu bringen, sondern noch andere Maßnahmen zu ergreifen. Maßnahmen, die die Zukunft von König Sigiberts Reich entscheiden würden.

Der Heerführer schwang sich von seinem Pferd, kaum, dass es hielt, und rannte auf den Haupteingang zu. Mit beiden Fäusten hämmerte er gegen das schwere Eichenholz.

Was wäre, überlegte er, wenn schon jemand vor mir hier angekommen ist und wenn …

Da hörte er Schritte. Ein schmales Fenster öffnete sich oberhalb der Tür und eine hohe Männerstimme in einem unglaublich langsamen Tonfall fragte: »Wer bist du und was willst du um diese Zeit?«

Gundowald holte tief Luft und sagte: »Ich bin Gundowald, Sigiberts Heerführer. Ich muss dringend die Königin sprechen.«

»Gundowald, Gundowald … Ja … ich erinnere mich an den Namen. Aber, woher weiß ich, ob du der richtige Gundowald bist?«

Sigiberts Heerführer trat näher und seine Stimme hatte einen drängenden Ton: »Höre, mein Freund, ich weiß nicht, wer du bist, aber die Sache ist wichtig. Es geht um Leben oder Tod. Wenn du mir nicht augenblicklich die Tür aufmachst, werde ich dafür sorgen, dass man dich gefesselt in den Fluss wirft.«

Es war einen Augenblick still hinter dem Fenster, denn der Pförtner schien diese neue, ihn betreffende Nachricht langsam zu verdauen. Dann sagte er: »Du kannst mir gar nichts tun. Ich stehe unter dem Schutz des Königs. Und diese Tür da, steht zwischen uns!« In der letzten Bemerkung klang ein wenig Triumph mit.

Jetzt wurde es Gundowald zu viel. Er griff durch das Fenster, erwischte den Hals des Pförtners und schrie: »Augenblicklich öffnest du das Tor, du langsam sprechendes Ungeheuer oder ich drücke dir die Gurgel ab.«

»Mein Tod«, keuchte der Mann, »würde dir nichts nützten, ich stehe unter dem Schutz Sigiberts …«

Gundowald drückte zu und brüllte: »Sigibert ist tot und nun mach endlich auf oder ich haue mit meiner Wurfaxt diese Tür entzwei und anschließend spalte ich dir deinen dümmlichen Schädel. Ich bin nicht wie ein Wahnsinniger von Tornacum hierher geritten, um dann von einem Pförtner aufgehalten zu werden.«

Der Heerführer ließ den Hals des unerschrockenen Pförtners los, der jetzt endlich begriffen hatte, dass die Sache eilig war.

Sobald das Tor nach außen schwang, zwängte sich Gundowald hindurch und fragte atemlos den Pförtner: »Wo ist das Zimmer der Königin?«

Eingeschüchtert, weil die Eichentür nicht mehr zwischen ihnen stand, beschrieb er den Weg. Gundowald eilte den Flur entlang und nahm auf der Treppe immer zwei Stufen auf einmal.

Rasch hämmerte er gegen die Tür, und als er Brunichildes Stimme hörte und der Riegel nach oben gedrückt wurde, atmete er erleichtert auf.

Von hinten schien ihm das Licht eines Leuchters ins Gesicht und tauchte Brunichildes Gestalt in den Schatten.

»Ach, du bist es, Gundowald.« Brunichilde trat zurück und gab den Eingang frei.

»Ich dachte, der König sei gekommen«, fuhr sie fort. »Er hat dich vermutlich vorgeschickt, um seine Ankunft zu melden …?«

Gundowald blieb stehen und senkte den Kopf. »Ich bin von selbst gekommen, meine Königin. Wie geht es deinem Sohn Childebert?«

»Wie es Childebert geht?« Brunichilde warf ihrem nächtlichen Besucher einen erstaunten Blick zu. »Danke, es geht ihm gut. Er schläft ein paar Zimmer weiter von hier.«

»Dann … dann ist es gut.«

»Aber ich verstehe gar nicht, warum du nach Childebert fragst …« Sie stockte, weil es ihr allmählich dämmerte, wie seltsam es war, dass der Heerführer ihres Mannes ohne Befehl Sigiberts sie in ihrem Zimmer aufsuchte.

Rasch trat sie auf Gundowald zu, die blanke Angst in den Augen, und fragte mit gepresster Stimme »Es ist irgendetwas passiert! Gib es zu! Wie geht es dem König?«

Gundowald seufzte tief auf und sagte: »Der König ist tot. Er ist von zwei Diakonen ermordert worden. Chilperich hat sich befreit und ich bin gekommen, um deinen Sohn in Sicherheit zu bringen, denn er wird der Nächste sein, der umgebracht werden soll.«

Es war, als ob ein Zauberer einen Versteinerungsfluch über die Königin verhängt habe, so unbeweglich stand sie da. Ihr Gesicht wurde blass und dann sah es so aus, als ob sie wie ein Fisch, der auf das Land geworfen wurde, nach Luft schnappte.

»Agnes!«, krächzte sie. Dann sank sie ohnmächtig in Gundowalds Arme.

Duthracar, a Maic Dé bí,
a Rí suthain sen,
bothan deirrit dithraba
commad sí mo threb.

Uisce treglas tanaide
do buith ina taib,
linn glan do nigi pectha
trìa rath Spirta Naíb.

Ich wünsche, o Sohn des lebendigen Gottes,
ewiger, altehrwürdiger König,
dass ich eine kleine Hütte in der Wildnis hätte.
Möge es mein Wohnort sein.

Silbriges, tiefes Wasser
in der Nähe, einen klaren Teich,
um meine Sünden abzuwaschen
durch die Gnade des Heiligen Geistes.

Anonymes Gedicht eines Mönchs, altirisch, frühes Mittelalter

Zwölf

Zur selben Zeit, über siebenhundert Meilen entfernt, hatte sich die Nachtruhe über Bangor gesenkt. Die Nordostküste Irlands lag nach einem sonnigen, trockenen Iuniustag wie unter einer weichen Decke, denn der Himmel hatte sich gegen Abend bezogen und hielt die Sonnenwärme in der Nacht fest.

Der Sommer war auf keinen Fall mit den drückenden Sommern in Parisium zu vergleichen. Selbst wenn es in Bangor drohte heiß zu werden, so sorgten doch die irischen Küstenwinde für Frische und Abkühlung.

Trotzdem hatten einige Mönche tagsüber unter der Hitze geseufzt, hatten ihre Mäntel ausgezogen und waren nur in der weißen Tunika umhergegangen.

Kopfschüttelnd hatte es Columban zur Kenntnis genommen. Jetzt lag er wach in seiner steinernen »Bienenkorbzelle« und starrte gegen die dunkle Decke, dachte an die Novizen und hatte nur ein mildes Lächeln für solchen Unsinn übrig.

Als ob es im Leben eines Mönches darum gehe, sich Erleichterung für den Körper zu verschaffen der ja doch nur ein Diener war.

»Im Grunde müsste man sich«, murmelte Columban, »gerade im heißesten Sommer warme Kleider anziehen, um seinem Körper zu zeigen, wer der Herr im Haus ist. Und im Winter müssten die Mönche, nur mit der dünnen Tunika bekleidet, barfuß umhergehen, um der Kälte den Kampf anzusagen und zu beweisen, dass man unabhängig ist von äußeren Einflüssen.«

Er wälzte sich auf die Seite und sagte sich: »Wer weiß, wie lange ich überhaupt noch in Bangor sein werde? Vielleicht bin ich in einem Jahr gar nicht mehr hier und wandere durch Wüsten und

Einöden zum Heiligen Land und werde mich nach den kühlen irischen Sommern zurücksehnen.«

Doch schüttelte er gleich den Kopf bei diesem Gedanken. »Nein, nein, das Sehnen nach Irland werde ich mir abgewöhnen. Das führt zu nichts. Ist es nicht ein wunderbares Opfer, die Heimat aufzugeben, um Gottes Willen zu erfüllen? Und finden wir nicht überall eine Heimat, dort, wo wir gerade sind?

Während Columban allmählich müder wurde und seine Augen zufielen, war es ihm, als ob er mit dem Rücken auf einer Meereswelle lag und sanft hin- und hergeschaukelt wurde.

Nach Mitternacht, kurz vor dem Läuten der Glocke zum ersten Gebet des Tages, träumte er:

Vor ihm öffnete sich ein steinernes Tor und jemand sagte zu ihm: »Jetzt bist du im Land der Riesen. Sieh dich vor! Besonders die Königin wirft gut!«

Columban durchschritt das Portal, das tatsächlich gewaltige Ausmaße hatte. Eine Gestalt lehnte unbeweglich an der Wand. Gerade wollte Columban darauf zugehen, da sah er eine riesige Hand, die die Gestalt griff und schrie: »Er nimmt mir meine Puppe weg.«

Ein Schatten bewegte sich. Ohne nachzudenken, bückte sich der Mönch und sah aus den Augenwinkeln, wie etwas Unförmiges, so groß wie ein Stiefel, an ihm vorbeiflog, gegen die Wand krachte und zersplitterte. Aber wie können Stiefel zersplittern? Jetzt sah Columban, dass Lethan ihn begleitete und zu ihm sagte: »Aber im Land der Riesen und Wölfe gibt es auch noch andere süße Gefahren.«

Columban spürte, wie Lethan, der ihn an der Hand hielt, weiterzog zu einem Fenster, durch das sie erst dann hindurchblicken konnten, als sie sich auf die Zehenspitzen stellten.

Auf einem Bett, das unter einem Baum stand, lag eine Frau mit nacktem Oberkörper und winkte ihnen zu. Lethan ließ Columbans Hand los, kletterte an der Wand hoch und sprang durch das Fenster.

»Lethan! Lethan!«, schrie Columban aus Leibeskräften, aber es kam nur ein heiseres Krächzen heraus. »Lethan, geh nicht dorthin! Das ist eine Frau. Und Frauen sind gefährlich. Noch gefährlicher als Wölfe!« Aber Lethan hörte nicht auf ihn, sondern lief auf die halb nackte Frau zu.

Dann erwachte Columban, denn die Glocke zur Vigilienandacht läutete. Es war eine Stunde nach Mitternacht.

Was mochte der Traum bedeuten?, überlegte der Mönch und merkte mit Staunen, dass seine Stirn feucht war.

Kurze Zeit später stand er in der Holzkirche und intonierte mit seinen Brüdern Psalmen, die er auswendig kannte und deren Worte aus ihm herausströmten, wie die kleinen Nebelwolken, die den Mund verließen, wenn die Mönche im Winter sangen. Aber er nahm den Sinn der Worte nicht auf. Gedanken schoben sich dazwischen, die er nicht los wurde:

Was für eine Königin war das?, überlegte er. Hier, in Irland gab es – soweit er wusste – keine Königin. Und Riesen soll es nur hoch im Norden, im nördlichsten Schottland geben, am Ende der Welt …

Das Ende der Welt, das stellte sich Columban immer so vor, dass ein gewaltiger Wasserfall mit ohrenbetäubendem Tosen über den Rand der Erdscheibe in den Abgrund stürzte. Und wehe, man kam diesem Wasserfall zu nahe, dann würde man hinabgerissen werden, dort, wo das Höllenfeuer brannte, das nie ausgelöscht werden konnte, auch nicht durch solche Wassermassen. Das Feuer würde dieses schäumende Wasser verschlucken wie der Fisch den Propheten Jona verschluckt hatte.

»… bendicat nobis Deus et timeant eum omnes fines terrae – Es segne uns Gott und fürchten sollen ihn alle Enden der Erde«, sangen die Mönche einstimmig. Columban sang mit und versuchte, ein Gähnen zu unterdrücken. Mit dem »Gloria patri« schloss der Psalm wie alle Psalmen und Columban hörte danach nur mit halbem Ohr der Lesung aus der Apostelgeschichte zu, die von einem jungen Mann handelte, der bei der Predigt des Paulus eingeschlafen und aus dem Fenster gefallen war.

In der Pause, die danach folgte, sollte sich jeder Mönch in seiner Zelle mit erbaulichen Dingen beschäftigen: dem Lesen eines Abschnittes aus den Lebensbeschreibungen der Kirchenväter oder vielleicht auch mit asketischen Übungen, die jetzt, im Sommer, nicht allzu häufig angewandt wurden.

Das Ende der Pause war dann der Beginn der »Laudes«, der nächsten Gebetszeit.

Columban trat mit den anderen Brüdern aus der Holzkirche und wurde sofort von der noch lauwarmen feuchten Luft empfangen.

Kein Vogel sang, nur die ewige Brandung eines unermüdlichen Meeres klang wie der Atem eines erschöpften Riesen an sein Ohr.

Der Mönch blickte nach vorn und erkannte an dem leicht humpelnden Gang Comgall, seinen Abt, der ein paar Schritte vor ihm herging. Er holte den Abt ein, bevor dieser in seiner Zelle verschwand.

»Sei gegrüßt, Bruder Abt«, sagte Columban und neigte den Kopf. Als Comgall überrascht Columbans Gruß erwiderte, fügte dieser hinzu: »Darf ich dich nach der Terz sprechen?«

Comgall dachte kurz nach, und sagte: »Heute geht es nicht. Wir bekommen Besuch von einem Pilger, der in Syria war und abends berichten wird. Aber ich denke, morgen kannst du mich nach der Terz besuchen.«

Nachdenklich ging Columban in seine karge Behausung zurück. Ein Pilger, der in Syria war, also in der Nähe des Heiligen Landes? Dort, wohin er selbst auch aufbrechen wollte? Das kam ihm gerade recht.

In seiner Zelle versuchte er, sich auf seine persönliche Lesung zu konzentrieren, aber immer wieder verschwamm der Abschnitt vor seinen Augen. Daraufhin stand Columban auf und las im Stehen, um die Müdigkeit zu vertreiben. Er nahm sich die Lebensgeschichte des Kirchenlehrers Tertullian vor.

»... Aber nur zu, ihr prächtigen Männer der Regierung«, las er, »macht euch nur beim Volk beliebt, indem ihr die Christen abschlachtet! Quält, foltert, verurteilt und vertilgt uns – euer Unrecht ist der beste Beweis unserer Unschuld. Und doch: Die ausgeklügelte Grausamkeit nützt euch nichts, ihr macht nur Reklame für unsere Gemeinschaft. Wir nehmen zu, weil ihr uns immer wieder von neuem niedermäht. Semen est sanguis Christianorum – ein Same ist das Blut der Christen. Wir sind euch nur dankbar, dass ihr den Prozess so schnell wie möglich zu Ende … so schnell wie möglich zu Ende … zu Ende bringt …«

Columban zwang seine Gedanken immer wieder auf den Text, sagte aber nach einer Weile laut zu sich selbst: »Morgen, nach der Terz, werde ich es dem Abt sagen, dass ich gehen muss, dass ich Irland verlassen muss. Tertullian und andere riskierten ihr Leben für Christus. Und ich? Ich stehe hier in meiner schönen runden Steinzelle, draußen ist es warm, das Meer lärmt vor sich hin. Ich bekomme viermal in der Woche zu essen, habe meine Kleider, muss nicht einsam mein Leben beschließen. War das der große Ruf, der mich von zu Hause fortgehen ließ, dass ich nun träge und bequem in meiner Zelle lebe und lese? Ich bin gespannt auf den Bericht des Pilgers heute Abend.«

»*Siebenmal haben wir den Tod vor Augen gehabt* … So lesen wir es in dem berühmten Bericht des Rufin von Aquileia, der vor fast zweihundert Jahren beschreibt, wie eine Gruppe von sieben Männern nach Ägypten zog, um die sagenhaften Eremiten in der ägyptischen Wüste zu sehen. Aber, verehrte Zuhörer von Bangor, meine Gefährten und ich haben den Tod zwölfmal vor Augen gehabt, als wir nach Syria kamen, um die Säulenheiligen zu bestaunen! Ja, zwölfmal!«

Der Mann, der in der hölzernen Klosterkirche vor den atemlos lauschenden Mönchen und Dorfleuten stand, fuhr sich durch seine langen Haare, die an der Seite schon grau wurden, und war sich der ungeteilten Aufmerksamkeit seiner Zuhörer wohl bewusst.

Er hieß Gobban, war mittelgroß, und seine Gesichtshaut hatte noch eine bronzene Färbung von der südlichen Sonne. Seine Nase war leicht nach oben gedrückt, so dass die Nasenlöcher überdeutlich zu sehen waren.

»Von Creta aus erreichten wir mit dem Schiff Antiochia über die Insel Cyprus. Ich könnte davon erzählen, dass mich auf der Seefahrt ein Fieber gepackt und geschüttelt hatte, so dass ich glaubte, diese Reise würde meine letzte irdische Reise sein. Ich könnte davon reden, wie wir an der Küste von Räubern überfallen wurden, die uns beinahe töteten, wie uns nachts die Skorpione überfielen oder die syrische Sonne uns gnadenlos zusetzte. Aber lassen wir das. Ich möchte mich nicht zu sehr in den Vordergrund stellen und demütig den Herrn preisen, der uns durch alle Gefahren hindurchgebracht hat. Ich stehe heute vor euch und will berichten von den kühnen Männern, die in glühender Hitze, in eiskalten Nächten, in Regen und Wind auf ihren selbstgewählten Säulengefängnissen saßen und ein Wunder nach dem anderen wirkten, da sie dem Himmel besonders nahe sind und entrückt von irdischen Sorgen.

Ich könnte mit Rufin von Aquileia sagen, der den heiligen Kopres zitierte und schrieb: *Ja sicher, wir machen, dass Blinde wieder sehen und Lahme wieder gehen können durch ein paar Gebete. Aber ist das ein wunderhaftes Zeichen? Es sind unbedeutende Handlungen, ausgeführt von unbedeutenden Männern. Selbst Ärzte können so etwas.*

In Syria, meine Lieben, habe ich gesehen, wie die Säulenheiligen Tote auferweckt haben, ohne sie zu berühren. Von oben herab floss ihre Heilkraft durch die Luft!«

Ein erstauntes »Ohhh« wehte durch die dicht besetzten Reihen. Und man nickte sich begeistert zu. Das war endlich einmal eine kleine Sensation in Bangor, wo sonst wenig los war. Der Abend fing viel versprechend an, und Gobban hatte die wunderbare Fähigkeit, bescheiden zu wirken und gleichzeitig zu beeindrucken. Denn was nützte einem Redner die größte Demut, wenn sie keiner wahrnahm?

Da Bänke nicht ausreichend vorhanden waren, saßen viele der Familien, die sich um das Kloster herum angesiedelt hatten, auf dem Boden, nur mit dem Mantel als Unterlage.

An den Wänden brannten Kienspanfackeln und warfen ihr warmes Licht auf die Sitzenden. Ab und zu flackerte eine Kerze auf, wenn Gobban, der Erzähler, mit seinem Arm ausholte, um die Weite der Reise anzudeuten.

»Zuzeiten kam ich mir vor wie Noah auf seiner Arche. Da es ein Handelsschiff war, saßen neben mir Händler, die – wie es mir schien – das Viehzeug ihres gesamten Dorfes dabei hatten: Hühner, Tauben, Lämmer und ein paar Ziegen.«

Gobban fuhr mit der flachen rechten Hand von unten gegen

seine Nase und man konnte sich gut vorstellen, dass diese Geste, die jahrelang gepflegt worden war, schließlich zu der aufwärtsgerichteten Nasenendung geführt hatte.

»Als wir in Antiochia landeten, war ich zunächst überwältigt von der Größe und Farbenpracht dieser Stadt. Aber noch mehr beeindruckten mich die Männer, Asketen und Einsiedler, die sich auf einer Säule niedergelassen hatten und jahrelang dort oben lebten, beteten und Wunder wirkten.

Wie das Wasser zum Meer hinströmt, so strömten die Menschenmassen zu diesen Säulenheiligen. Man musste sich manchmal fast seinen Weg hindurch stoßen, um eine Säule berühren zu können. Und es gelang mir sogar, auf einer Leiter nach oben zu klettern, um dem heiligen Mann ein persönliches Anliegen ins Ohr zu flüstern, nachdem ich den halben Tag in einer Menschenschlange gewartet hatte.«

Gobban zog aus seinem Mantel einen kleinen Gegenstand, den er hochhielt. »Das ist eine Tontafel, auf dem das Bild des Säulenheiligen zu sehen ist. Für wenig Geld am Fuß der Säule gekauft und persönlich vom Säulenheiligen gesegnet. Er nennt sich Symeon. Ihr könnt nachher die Tafel betrachten.«

Wieder rauschte ein »Ahhh« durch die Zuhörer und einige reckten die Hälse, um diese kostbare Tafel sehen zu können.

Columban stand auf und drückte damit aus, dass er eine Frage hatte: »Verzeiht, wenn ich unterbreche, aber ist nicht der heilige Symeon vor über hundert Jahren gestorben?«

Gobban lächelte mild: »Danke, für deine Frage. Natürlich weilt der große Symeon schon lange in der Herrlichkeit, aber da er der Erste war, der eine Säule bestieg, nennen sich viele nach ihm. Es gibt in Syria mindestens fünfzig Symeone.«

Gobban wandte sich an den Abt. »Hättet ihr die Güte, mir einen Becher Wasser bringen zu lassen? Mein Mund ist wie ausgetrocknet und gleicht der syrischen Wüste vor dem Frühling.«

Comgall, der in der ersten Bank saß, nickte einem jungen Mönch zu, der sich sofort erhob und nach draußen eilte.

Jetzt stand Gallus auf, nützte die Pause und fragte neugierig: »Verzeiht, aber ich kann mir noch nicht richtig vorstellen, wie man auf einer Säule jahrelang leben kann? Wie sieht es zum Beispiel mit Essen und Trinken aus?«

»Oh, das ist sehr einfach. Jeder Säulenheilige schart ein paar Jünger um sich, die am Fuß der Säule für alles sorgen: der eine putzt Gemüse, der andere fängt Fische, der Dritte packt alles in einen Korb und der Heilige zieht ihn hoch.«

Gallus setzte sich aber noch nicht hin, sondern fuhr fort. »Aber wenn dieser Mann jedem Wetter ausgesetzt ist: Hitze, Regen, Sturm, Kälte ... wie hält man das aus? Die Säulenheiligen müssen doch sehr früh gestorben sein!«

Gobban schüttelte seine grauen Haare. »Im Gegenteil, sage ich.«

Er wandte sich an alle: »Dreißig, vierzig Jahre hielten es die Männer da oben aus, bei geringer Nahrung und geringem Wasser. Es ist ein Wunder. Sie wurden sehr selten krank und wenn, erholten sie sich bald wieder.«

Immer noch stand der Frager und Gobban nahm dankbar den Becher mit Wasser entgegen und trank einen Schluck.

»Gut. das habe ich verstanden. Aber ...«, Gallus zögerte. »Wie ... wie ist es denn mit dem umgekehrten Weg?«

»Was meinst du damit?«

»Nun, da jeder Säulenheilige isst, muss er auch irgendwann einen gewissen menschlichen Abfall hervorbringen ...«

Unmutiges Stimmengemurmel erhob sich unter den Zuhörern, aber Gobban hob die Hand.

»Da fällt mir eine Geschichte ein, die besagt, welche erstaunlichen Formen der Askese es in Syria gegeben hat. Ja, es ist richtig, der Abfall muss weg. Und deswegen stank es gelegentlich am Fuß der Säule, weil an einer bestimmten Seite der Heilige sich im Schutz der Dunkelheit erleichterte, wobei mir glaubhaft versichert wurde, dass der Abfall des Säulenheiligen sehr gering war und der Gestank immer weniger wurde, je heiliger er war, vergleichbar dem Abfall eines Säuglings, der die ersten Wochen mit Muttermilch aufgezogen wird. Es ist nicht nur einmal vorgekommen, dass dieser Abfall von Verehrern heimlich gesammelt wurde, um als Reliquie aufbewahrt zu werden.

Aber hört her, was dem heiligen Lazaraus passierte. Da seine

Säule sehr hoch war, hatten seine Jünger ein Rohr neben der Säule befestigt, durch welches der Abfall hinunterfallen konnte. Nun passierte es, dass das Rohr sehr lange nicht gereinigt worden war und von Ameisen verstopft wurde. Nicht nur verstopft, die Ameisen krochen im Laufe der Zeit im Rohr empor bis auf die Plattform. Und da der Heilige sich nicht wehrte, saß er da, im Gebet vertieft über und über bedeckt mit Ameisen. Eine Form der Askese, die uns nur Bewunderung und …«

Gobbans Erklärungen wurden übertönt von einem gequälten Laut, der von den Zuhörern ausging, die sich wohl vorstellten, wie man sich mit einem lebendigen Ameisenmantel fühlen musste.

Endlich setzte sich der wissbegierige Gallus wieder und Columban stand auf: »Was mich noch beschäftigt, das ist die Zeit. Wie lange warst du unterwegs, um bis nach Antiochia zu kommen?«

»Ich reiste mit Händlern auf dem Landweg bis nach Rom, das dauerte ungefähr sechs bis acht Wochen, dann nahm ich ein Schiff und fuhr mit einer Pilgergruppe zusammen bis nach Messana auf Sicilia. Von dort ging es über Creta, Rhodus nach Cyprus, bis wir in Antiochia landeten. Das waren dann nochmals acht Wochen. Manchmal wurden wir aufgehalten durch Stürme oder Flauten. Also ungefähr den dritten Teil eines Jahres.«

»Ich danke dir.«

Columban setzte sich und Gobban sagte: »Jetzt muss ich euch noch etwas anderes erzählen. Als ich von Syria zurückkehrte und durch Franken zog, kam ich auch in das Gebiet der Kirche von Treveris. Dort hörte ich eine erstaunliche Geschichte von Bischof Magnerich. Im westlichen Teil seines Kirchengebietes, nahe des Ardennengebirges, gab es vor ungefähr zehn Jahren einen Säulenheiligen mit Namen Wulfilaich. Dieser hat jedoch seine Säule verlassen und ist nun Diakon geworden.«

Ein leises, erstauntes Gemurmel erhob sich, und Gobban trank einen Schluck Wasser.

»Ich ließ es mir nicht nehmen und versuchte herauszufinden, ob ich diesen ehemaligen Säulenheiligen sehen und mit ihm sprechen könnte, denn so weit ich weiß, war er der Einzige in den nördlichen Ländern.«

Gobban machte eine Pause und genoss offensichtlich die Erwartung, die auf den Gesichtern seiner Zuhörer lag.

»Und – ich habe ihn tatsächlich gefunden. Nicht im heiligen Dreck der Säulenheiligen, die sich jahrelang nicht wuschen, sondern vernünftig gekleidet, mit geschnittenen Haaren und Nägeln, im Gewand der Diakone.

Ich sagte freudig zu ihm: *Nun, erzähl mir Wulfilaich, wie es kam, dass du eine Säule erklettert hast und vor allen Dingen, warum du wieder heruntergekommen bist?*« Gobban seufzte, als er sich die Szene wieder vorstellte.

»Es war nicht einfach, Wulfilaich zum Sprechen zu bewegen. Er habe alles einem Bischof, dem Gregorius von Turones erzählt und das habe ihn so aufgeregt, dass er wochenlang nicht schlafen konnte, weil er traurig wurde, wenn er an seine verlassene Säule dachte.«

Gobban machte eine schwermütige Pause und ließ seine Zuhörer für kurze Zeit im Unklaren, ob sie noch mehr von Wulfilaich zu hören bekommen würden oder nicht. Schließlich fuhr er fort.

»Ich flehte ihn schließlich an, dass seine Geschichte ein erbauliches Beispiel geben könnte für viele Christen und so der Ehre Gottes diente.

Nun, um es kurz zu machen, er erzählte mir alles.«

Man hörte förmlich, wie die Mönche und Dorfleute erleichtert ausatmeten.

»*Ursprünglich bin ich ein Wandermönch gewesen,* sagte Wulfilaich, *kam aus dem Norden Italias, wo man Gotisch sprach und kannte die Geschichten von dem großen Symeon, der aus dem Kloster des Pachomius entfloh und als Erster auf eine Säule stieg.*

Ich kam auf meiner Wanderung durch ein Gebirge in Gallien, dem heutigen Franken und hörte von einem Zauberberg, auf dem der verlassene Tempel der Göttin Diana stand.

Den wollte ich sehen und wollte mich ergötzen an dem Untergang der Göttin. Doch als ich den Tempel sah, wurde ich wie von einer Er-

leuchtung getroffen, denn dort stand eine riesige Säule ohne Dach. Da wusste ich, dass mich Gott berufen wollte, auf dieser Säule auszuharren und ihm in der Einsamkeit zu dienen. Es war mitten im Winter, mühsam kletterte ich hinauf und blieb stehen. So eiskalt wehte der Nordwind um meine bloßen Füße, dass mir die Zehen erfroren und die Nägel abfielen. Eiszapfen, so lang wie Altarkerzen, hingen von meinem Bart herab.

Aber mit der Zeit vergaß ich Wind und Kälte, denn beim Beten umgab mich eine Wärme, die aus dem Himmel zu kommen schien. Ich weiß nicht, wie es geschah, aber nach und nach kamen Menschen zu meiner Säule. Menschen, die vormals Diana verehrt hatten und nun staunten, was der neue Gott der Christen zustande brachte, indem er einen Menschen zu einer lebenden Statue verwandelte.

Sie versorgten mich mit bescheidenem Essen und brachten ihre Kranken zu meiner Säule, die der Herr, gnädig wie er ist, heilte. Es war nicht mein Verdienst. Ich predigte von meiner Säule herab und kehrte die Herzen dieser einfachen Leute zu dem wahren Gott.«

Während Gobban sprach, aufrecht stehend vor dem Altar, kam es seinen Zuhörern so vor, als stünde Wulfilaich leibhaftig vor ihnen.

»Endlich, sprach Wulfilaich, *hatte ich meine Berufung gefunden. Aber eines Tages stand Bischof Magnerich unter meiner Säule und redete mit lauten und strengen Worten zu mir. Er sagte, ich sei nicht Symeon. Und diese Art, Gott zu verehren, passe vielleicht zu den Griechen und Syrern, aber nicht in die hiesige Kirche. Außerdem sei das Klima in Syria ein ganz anderes. Er befahl mir, herunterzusteigen, weil er mein Oberhirte sei, um mit ihm über meinen zukünftigen Weg zu sprechen.*

Ich stieg herunter, da ich einem Bischof gegenüber nicht ungehorsam sein wollte. Wir kamen nach Treveris und ich unterhielt mich außerdem mit einem Diakon namens Aitulf, der auch Gotisch sprach und mich eindringlich ermahnte, meine Säule aufzugeben.

Nun, ich dankte ihnen für alles und sagte, dass ich Zeit brauchte, um im Gebet alles mit Gott zu besprechen. Doch, wie groß war mein Entsetzen, als ich freudig zu meiner Säule zurückkehren wollte und nur noch Trümmer vorfand. Sie war nicht nur umgestürzt, sondern auf Befehl Magnerichs auch in Stücke zerhauen worden. Tagelang weinte ich und dachte an das Wort Magnerichs, hier sei es für Christen üblich als Bruder unter Brüdern zu leben und nicht als Entrückter auf einer Säule.

Und so kam ich nach und nach dazu, mich an das Amt eines Diakons zu gewöhnen, aber oft dachte ich mit Wehmut an meine Säule im Wald zurück und wie Gott mich durch Wind und Kälte am Leben erhalten und durch meinen schwachen Körper Wunder gewirkt hatte.«

Gobban schwieg und ließ seine Worte nachwirken und in den Köpfen der Mönche setzten sich Gedanken fest, die dem Abt sicher nicht gefallen hätten.

Am nächsten Morgen nach der Terz klopfte Columban an die Tür des Abtes, dessen steinerne Rundzelle etwas abseits stand und größer war als die übrigen.

Ein fast unwilliges »Ja« erfolgte. Columban trat ein.

»Friede sei mit dir«, sagte Comgall und setzte gleich hinzu. »Und komm mir nicht mit irgendwelchen Ideen, das Kloster zu verlassen, um Gott in der Einsamkeit noch besser zu dienen. Ich habe in den letzten Stunden vier solcher Gespräche geführt und es reicht mir jetzt! Der gestrige Abend war eine einzige Einladung, Säulenheiliger zu werden, besonders die rührselige Geschichte des Wulfilaichs hat es den Brüdern angetan!«

»Nun«, sagte Columban, »ich habe nicht vor, ein Säulenheiliger zu werden …«

»Dank sei Gott!«

»… aber seit zwei Jahren laufe ich mit dem Wunsch herum, mich auf eine Pilgerfahrt in das Heilige Land zu begeben und bitte dich um zwölf Gefährten, die mit mir gehen!«

Comgall schwieg und blickte zu Boden. Das hatte er nicht erwartet.

»Also auch du«, seufzte er. Er hob seinen Kopf und sah Columban an:

»Wir sollten nicht immer auf unsere Wünsche achten, Bruder Columban.«

»Ja, das stimmt wohl, aber Gott selbst achtet darauf, wie es in Psalm 37 heißt: *Er erfüllt meines Herzens Wünsche* und ich …«

Comgall hob die Hand. »Ja, ja, ich weiß, die *petitiones cordis* – die Wünsche des Herzens. Aber ich bin der Ansicht, dass die Zeit für dich noch nicht gekommen ist, Columban. Noch wirst du hier gebraucht. Ich kann dich nicht ziehen lassen. Zumindest jetzt noch nicht. Und nun, lass mich allein.«

Die Worte des Abtes trafen Columban ins Herz und ein Gefühl, wie wenn kaltes Wasser über die Haut rinnt, durchfuhr ihn. Er begriff, dass er Comgall in einem ungünstigen Moment angetroffen hatte, neigte seinen Kopf und verließ traurig die Zelle.

Dô si sô jæmerlîche die vrouwen hôrten klagen,
dô wânden sumelîche, sie solden kleider tragen.
jane móhten si der sinne vor leide niht gehaben.
in wart vil michel swære in ir hérzén begraben.

Als sie die Frauen so herzzerreißend klagen hörten,
dachten einige, sie sollten erst einmal ihre Kleider ordnen.
Denn sie hatten vor Leid die Besinnung verloren,
und große Sorge belastete ihre Herzen.

Aus dem Nibelungenlied, 17. Aventiure

DREIZEHN

Im ersten Jahr des Todes von König Sigibert I., vormals Herrscher über Austrasien, dem östlichen Teilgebiet der Franken (575 n.Chr.)

»Ich will die Leichen der Mörder sehen, damit ich ihnen ins Gesicht spucken kann!« Brunichilde stieß den Satz mit rauer Stimme zwischen den Zähnen hervor, knurrend wie ein Hund, als sie mit Agnes in den hölzernen vierrädrigen Kastenwagen stieg, der von zwei Pferden gezogen wurde und so ruckartig anfuhr, dass die Königin gegen die Kissen taumelte.

Agnes nickte nur in dem dämmrigen Fahrzeug, dessen Fenster mit ungefärbtem Leinenstoff verhangen waren, und sagte nichts dazu. Sie war froh, dass Brunichilde überhaupt wieder sprach. Dieser kurze Zornausbruch eben war immerhin ein Zeichen von Lebendigkeit gewesen.

Die letzten zwei Tage hatte die Königin in einem Zustand der Lähmung verbracht, hatte mit ausdruckslosen Augen gegen die Wände gestiert und mit monotoner Stimme auf Fragen geantwortet. Und jeder spürte, dass sich nur ihr Mund bewegte, dass aber ihre Seele weit weg war, dort wo sie ihren toten Mann vermutete.

»Binde die Vorhänge hoch, ich brauche jetzt mehr Helligkeit. Dieses dämmrige Licht geht mir auf die Nerven!«

Auch dieser Satz ließ Agnes hoffnungsfroh aufhorchen, denn, ob es hell oder dunkel war, das hatte Brunichilde die letzten Tage nicht gekümmert. Dabei hatte am Spätnachmittag die Sonne so schön durch die Blätterkronen der Buchen geschimmert und grüne Muster an die helle Wand geworfen, dass es aussah, als hätte ein Maler alle seine Grüntöne ausprobiert.

Agnes lehnte sich zur Seite, rollte den Stoff vor dem Fenster zusammen und band ihn mit einem Lederriemen unter der Decke fest. Sofort wurde es heller und der Geruch von Staub, Sommer und Pferdeschweiß kroch in das muffige Gefährt.

Sie hatten die Stadtmauer von Parisium hinter sich gelassen und fuhren schaukelnd in Richtung Norden, nach Victuriacum, an den Ort, an dem Sigiberts Leben so schnell beendet worden war, gerade zu einem Zeitpunkt, als er seinen größten Triumph feierte und auf dem Thron seines Bruders saß.

Draußen öffnete sich die Landschaft und gab den Blick frei auf bewaldete Hänge und eine grüne Linie in der Ebene, die auf einen Fluss schließen ließ, den sie überqueren mussten.

Die Vormittagssonne, die anfangs noch durch den Morgennebel gebremst war, schien jetzt kräftiger, heizte das Holzdach des Wagens auf und ließ die Temperatur im Inneren ansteigen.

»Das andere Fenster, Agnes! Mach das andere Fenster frei, damit es einen Durchzug gibt!« Brunichilde wischte sich den Schweiß von der Stirn.

Als auch das getan war und Agnes sich zurückfallen ließ, wagte sie ein erstes Gespräch. »Und wie geht es dir … nach … nach allem?«

Brunichilde sagte nichts und Agnes dachte schon, dass sie die Frage überhört hatte oder nicht hören wollte, aber dann raschelte es, die Königin zog unter ihrem Gewand die Schultern hoch, als müsse sie sich gegen einen Feind wappnen und sagte mit heiserer Stimme etwas, das Agnes nicht gleich verstand: »Die Wirkung war also doch nicht ganz außer Kraft gesetzt.«

»Was … meinst du damit?«

Brunichilde fuhr Agnes an, als ob sie ein Kind sei, dem man die einfachsten Dinge erklären musste: »Ich meine den Fluchring natürlich. Wir konnten seinen Fluch wahrscheinlich nicht ganz aufheben. Er hat seinen Zweck doch noch erreicht! Aber immerhin sind diese Teufel, die Sigibert ermordert haben, tot. Oh, ich … ich werde auf ihnen herumtreten und ihre Leichen zu Staub zermalen lassen und sie in alle vier Windrichtungen zertreuen. Ja, das werde ich tun!«

»Sie werden schon stinken, wenn wir ankommen«, gab Agnes zu bedenken.

»Das ist mir gleich. Ich habe immer ein Fläschchen Lavendelöl bei mir. Ein paar Tropfen auf ein Tuch, das ich an die Nase halte, und ich kann den Gestank damit überdecken.«

»Es … es sollen Diakone gewesen sein«, sagte Agnes schüchtern. »Aber das ist widersinnig. Warum sollte die Kirche …?«

»Es ist tatsächlich widersinnig. Warum sollten Diakone Sigibert umbringen wollen?«

»Vielleicht … wenn sie einen Beutel Gold dafür bekommen?«

»Vielleicht. Aber sie konnten sich denken, dass ein Königsmord nicht ungestraft bleiben würde.

Es muss noch mehr dahinterstecken. Wir werden es sehen, wenn wir dort sind. Ich werde mit dem zuständigen Bischof oder seinem Archidiakon sprechen. Und ich werde vor allem Sigibert davon unterrich …«

Brunichilde hielt erschrocken inne, als sie merkte, was sie gerade sagen wollte.

Es schien, als wollte sie ihre Gefühle gewaltsam hinunterwürgen, aber dann vergaß sie ihre Würde, ließ ihren Kopf gegen Agnes' Schulter sinken und schluchzte laut auf.

Agnes versuchte, so gut es ging, sich nicht zu bewegen. Nur ein paar Mal strich sie sanft über Brunichildes hochgebundene und festgesteckte Haare, als sei die Königin ein Kind, das seine Puppe verloren hat und nun getröstet werden wollte.

Nach einiger Zeit gab es einen Ruck und sie hörten ein lautes Poltern, als der Holzwagen über die losen Bohlen einer Brücke fuhr, die den Fluss Axona überspannte.

Brunichilde tauchte langsam aus ihrer halb liegenden Position wieder auf, setzte sich gerade hin ordnete eine Haarsträhne, die sich gelöst hatte, zupfte an ihrem verrutschten Oberteil herum und blickte nach draußen in die sommerliche Landschaft.

Ein Gerstenfeld lag neben dem Weg, und die noch unreifen Halme mit ihren seidig glänzenden Haaren wiegten sich in einer sanften Brise. Unten, am Boden, zwischen den Halmen, huschte gerade eine Maus vorbei.

»Er war so siegessicher, so gut gelaunt an dem Morgen, als er Parisium verließ«, begann Brunichilde, beugte sich aus dem Fenster, reinigte mit lautem Schnauben ihre Nase, so dass ein feuchter Flecken auf dem Staub zurückblieb und fuhr fort: »Alles lief nach Plan. Er war beliebt, selbst bei den Untertanen seines Bruders, die genug hatten von der harten Hand Chilperichs.« Sie wischte mit dem linken Handrücken über ihre immer noch feuchte Nase. »Aber irgendwie hat es Chilperich wohl geschafft, ihn ermorden zu lassen, wie damals bei Galsuinta.«

»Oder es war jemand ganz anderes …«, gab Agnes zu bedenken. »Erinnere dich, dass Galsuintas Magd gesagt hat, wie erschüttert Chilperich am Bett seiner toten Frau saß.«

»Ja, ja, wahrhaftig, er muss sehr erschüttert gewesen sein, denn schon nach ein paar Tagen stieg er zu Fredegunde ins Bett!«

»Nun …«, versuchte Agnes zu erklären, »du weißt, wie die Männer sind, besonders jene, die dauernd hinter den Frauen herjagen. Sie sind hilflos, wenn sie keine Frau neben sich haben. Vielleicht wollte er sich mit Fredegunde über den Verlust trösten und …«

»Agnes!« Empört drehte sich Brunichilde zu ihrer Magd um. »Auf welcher Seite stehst du eigentlich? Warum verteidigst du Chilperich, diesen Hurensohn?«

Agnes erschrak, weil sie merkte, dass sie der Königin widersprochen hatte, aber sie wagte doch den schüchternen Einwand: »Ich verteidige ihn nicht. Aber von meinem Vater, dem Diakon Aitulf, habe ich gelernt, dass man vorsichtig sein muss mit allzu schnell gefällten Urteilen. Immerhin hat Sigibert noch einen anderen Bruder, der gerne sein eigenes Reich vergrößern möchte und der sich auch schon früher mit Chilperich gegen deinen Mann zusammengetan hat. Und du weißt, was mein Vater herausgefunden hat. Dieser Schreiber Otmar hat behauptet, dass König Gunthram zwei Ringe bei ihm gekauft hat.«

»Das beweist nichts. Es ist ein Zufall. Außerdem geht es ja nur um einen einzigen Ring.« Die Königin blickte vor sich hin und murmelte dann: »Gunthram, Gunthram, der mir bei meiner Hochzeit schöne Augen gemacht hat und mich am liebsten in eine Ecke gezerrt hätte. Pass auf, es wird nicht viel Zeit verstreichen und er wird um meine Hand anhalten. Dabei hat er mit seinen anderen drei Frauen, Veneranda, Marcatrude und … ach die Dritte fällt mir nicht ein, jedenfalls hat er mit denen doch alle Hände voll zu tun. Aber er will durch eine Heirat mit mir unser Teilreich haben. Das Wort Liebe übersetzt er mit Habsucht.«

Agnes hakte nach, blieb aber vorsichtig. »Bitte, verstehe mich richtig, ich will dir nicht widersprechen, aber … aber, genauso gut hätte doch Gunthram unseren König ermorden können oder einer seiner Söhne oder die Söhne Chilperichs. Und ist dir aufgefallen, dass nicht nur Gunthram ein Auge auf dich geworfen hat, sondern auch der älteste Sohn Chilperichs?«

»Der Älteste? Wie heißt er?«

»Merovech. Er ist der Sohn Audoveras, Chilperichs erster Frau, mit der er seit Neustem auch wieder Umgang pflegt, wie ich gehört habe, nachdem er sie verstoßen hatte, als er Galsuinta heiratete.«

»Was du alles weißt!« Brunichilde blickte sinnend nach draußen und sagte dann: »Oh, jetzt weiß ich, wie ich Chilperich ärgern könnte.«

»Wie denn?«

»Indem ich Merovech, seinen Sohn, heirate. Einmal wird es Chilperich kränken, weil es ihn an sein Alter erinnert und dann: sein Sohn heiratet die Frau seines Feindes, den er ermorden ließ … »

»Das … ist nicht sicher!«

»Widersprich mir nicht! Welche herrliche Demütigung wäre das für ihn!«

Brunichilde malte sich in Gedanken schon saftige Rachepläne aus. Nach einiger Zeit sagte Agnes: »Vielleicht hat mein Vater etwas über den Ring herausgefunden, dann wissen wir mehr.«

Der Wagen holperte während dieser Gespräche weiter nach Norden, und Brunichildes Lebensgeister kehrten immer mehr zurück. Sie hatte ein neues Ziel: Durch eine Heirat könnte sie Chilperich zur Weißglut bringen.

Abends übernachteten sie in einem Dorf, das für die königlichen Gäste ein bescheidenes Quartier anbot, reisten sehr früh am Morgen weiter und erreichten Victuriacum am nächsten Tag, als die Hitze des Tages anfing, sich in eine milde Wärme zu verwandeln.

Einer der Reiter, der den Wagen begleitet hatte, war vorausgeritten, um die Ankunft zu melden.

Als die Königin mit ihren Begleitern ausgestiegen und versorgt war, galt ihr erster Gedanke den Mördern. Das wollte sie hinter sich bringen, bevor sie an der Leiche ihres Mannes trauern konnte. Es kam ihr vor, als gehörte es sich so, als ob sie dem toten Sigibert damit einen Dienst erweisen könnte.

Der Himmel, der sich gerade den grauen Mantel der Dämmerung über das leuchtende Blau warf, ließ die Farbtöne der Bäume und Blumen blasser werden. Brunichilde wollte sich beeilen, bevor es noch dunkler wurde und fragte einen der Männer, die die Pferde versorgten: »Wo sind diese beiden Mörder?«

»Meine Königin, die Mörder sind jetzt über fünf Tage tot. Sie stinken schon. Man hat sie am Rand des Dorfes verscharrt. Während wir den König gewaschen und ihn mit Aloe, Myrrhe und anderen Spezereien behandelt haben, so dass er in würdiger Weise …«

»O nein! Enthaltet mir diese Scheusale nicht vor. Ich möchte meine Wut an ihnen stillen! Grabt sie aus, damit ich sie anspucken kann!«

»Meine Königin, ich weiß nicht, ob …«

»Grabt sie aus, sag ich!«, schrie Brunichilde.

Sie riechen entsetzlich!«

»Dann nehme ich ein Tuch, das mit Lavendelöl getränkt ist. Ich habe so etwas dabei.«

Es half nichts. Was sollten sie gegen den Befehl der Königin tun?

So ging eine Gruppe mit Schaufeln bewaffnet an den Dorfrand. Der Archidiakon, der es sich zur Aufgabe gemacht hatte, Brunichilde zu begleiten, kam ebenfalls mit.

»Es waren also zwei Diakone, die den Mord begangen hatten?«, fragte Brunichilde.

»Nein! Auf keinen Fall«, wehrte der Archidiakon ab.

»Aber so wurde es mir berichtet.«

»Sie trugen die liturgischen Gewänder der Diakone, das ist wahr: eine helle Tunika mit zwei purpurfarbenen Längsstreifen. Aber diese Gewänder waren verdreckt und in schlechtem Zustand. Sie trugen sie als Tarnung. Einmal, um ihre Messer zu verstecken und zum anderen, um möglichst dicht an Sigiberts Thron heranzukommen. Diakone erregen keinen Argwohn. Glaub mir, darunter steckten keine wirklichen Diakone!«

»Woher willst du wissen, dass sie nicht echt waren?«

»Ich kenne die Diakone im Umkreis. Und diese Männer waren mir völlig unbekannt. Zur Sicherheit fragte ich meinen Bischof und beschrieb ihm die Männer. Und auch er kannte sie nicht.«

»Gibt es sonst etwas Auffälliges zu sehen?«

»Nur bei einem.«

Brunichilde wurde ungeduldig, weil sie dem Archidiakon jedes Wort aus der Nase ziehen musste. »Nun? Was denn?«

»Sein Schädel war von einer Wurfaxt gespalten. Er bietet keinen erfreulichen Eindruck.«

Inzwischen waren Fackeln angezündet worden, und zwei Männer schaufelten die Erde zur Seite, die noch nicht ganz festgetrampelt worden war. Als sie auf die Leichen stießen, die in grobes Leinen eingenäht waren, hielten sie sich mit einer Hand die Nase zu.

»Schneidet den Stoff dort auf, wo der Kopf ist!«, befahl Brunichilde und zog unter ihrem Gewand ein Tonfläschchen heraus, das mit einem Holzpfropfen verschlossen war. Hastig schüttete sie ein paar Tropfen auf ein großes Stück Tuch. Als sie spürte, wie der Archidiakon neben ihr würgende Geräusche machte, riss sie das feuchte Tuch in der Mitte durch und reichte ihm die andere Hälfte.

Einer der Männer öffnete die beiden Leinensäcke und bog sich dann schnell zurück, weil er sich übergeben musste.

Brunichilde presste ihr Tuch gegen die Nase, griff sich eine Kienspanfackel und trat näher.

Im flackernden Schein des Feuers sah sie das blasse Gesicht eines Mannes mit dem typischen fränkischen Hängeschnurrbart. Der Haaransatz lag weit zurück, so dass die hohe Stirn dominierte.

Das Gesicht des anderen war kaum erkennbar, es war mit schwarzen Streifen und einer graubraunen Masse bedeckt.

Brunichilde blickte kurz hin und spuckte beiden ins Gesicht, wobei sie murmelte: »Maledicam maledicentibus tibi, Sigibertus! – Verflucht sei, wer dich verflucht, Sigibert!«

Sie hielt einen Augenblick inne, deutete auf den einen und rief: »Was hat der da um den Hals hängen? Ich möchte es sehen.«

Als sie merkte, dass die Männer zögerten, wegen des Gestanks noch näher zu treten, rief sie ärgerlich: »Haltet euch die Nase zu und atmet durch den Mund! Ihr seid schließlich Männer!«

Derjenige, der vorhin mit der Schaufel gearbeitet hatte, hielt seine Nase zu, bückte sich schnell und riss etwas ab, das er Brunichilde gab.

Sie sah, dass es ein Amulett war und gab den Befehl: »So! Grabt sie wieder ein! Und mögen ihre Seelen in der Hölle verrotten!«

Im Fackelschein sah sie sich das Amulett genauer an und entzifferte einen einfachen Schutzsegen vor plötzlichem Tod, der auf Fränkisch mit ungelenken Buchstaben in die Bleiplatte eingeritzt war und den heiligen Stephanus um Hilfe anrief. Sie zeigte es dem Archidiakon, der nickte und murmelte: »Jetzt versteh ich, warum sie sich getraut haben, den König zu ermorden. Denn normalerweise hätten sie damit rechnen müssen, sofort umgebracht zu werden. Aber dieses Amulett sollte sie vermutlich vor einem Racheakt schützen.«

»Wahrscheinlich stammt es von ihrem Auftraggeber selbst«, sagte Brunichilde und fügte hinzu: »Aber es hat ihnen nichts genützt, Gott sei gelobt.« Mit diesen Worten ließ sie das Bleistück in eine Innentasche ihres Mantels gleiten. Dann wandte sie sich an die Umstehenden: »Führt mich jetzt zu Sigibert, damit ich ihn beweine!«

Aber Sigibert war nicht in Victuriacum aufgebahrt worden, sondern in einem Dorf namens Lambrus, acht Meilen entfernt. Denn niemand sollte dort betrauert werden, wo er seine größte Niederlage erfahren hatte.

Als sich Brunichilde mit Agnes wieder in den Holzwagen setzte, kam einer der Männer zu ihr und sagte: »Ein Wort noch, Königin. In Lambrus werdet ihr auf Chilperich treffen, der dort mit seinen Söhnen König Sigibert beweint. Ich wollte es euch nur sagen, damit ihr nicht überrascht seid.«

»Hast du das gehört, Agnes?« Brunichildes Stimme bebte, und sie rieb die Knöchel ihrer zur Faust geballten Hände gegeneinander, als könnte sie damit Chilperich zermalmen.

»Ja, ich habe es gehört«, nickte Aitulfs Tochter. »Und es war ja auch fast zu erwarten, dass er da ist und um seinen toten Bruder trauert.«

»Ha, sobald er die Nachricht erhielt, dass Sigibert tot war, kroch er aus seinem Loch und eilte schleunigst nach Victuriacum. Und er musste sich nicht einmal zwingen zu weinen, denn Freudentränen und Trauertränen schmecken beide nach Salz.«

Inzwischen war es richtig dunkel geworden. Als sie in Lambrus ankamen, sahen sie schon von weitem ein Gebäude, in dem Licht brannte.

Brunichilde stieg aus und schritt auf den Eingang zu, vorbei an Männern, die sich verneigten. Einer trat näher und sprach sie an. »Du bist sicher Brunichilde, Sigiberts Frau.«

Die Königin blieb stehen und sah sich den Fremden an. Er war vornehm gekleidet, denn an seinem Hals blinkte eine Kette und ein goldener Armreif umschloss den nackten Oberarm.

»Und wer bist du? Einer der trauernden Verwandten, vielleicht?«

»Du hast richtig geraten«, lächelte der Mann und blickte der Königin ein wenig zu lange in die Augen. »Ich bin Merovech, Chilperichs ältester Sohn. Und wenn du es gestattest, werden wir deinen Mann mit großen Ehren nach Sessionas bringen, wo er neben seinem Vater Chlothachar beigesetzt wird.«

Brunichilde stutzte kurz, fing sich aber sehr schnell, heuchelte Merovech gegenüber ein Lächeln, das verführerisch sein sollte, und strich mit einer Hand kokett eine Haarsträhne zur Seite. Auf seinen letzten Satz ging sie gar nicht ein, sondern sagte nur: »Vielleicht sehen wir uns morgen bei Tageslicht, Merovech. Aber jetzt möchte ich gerne mit meiner Magd und mit Sigibert allein sein.«

»Ich verstehe das, Königin Brunichilde.«

Höflich zog er sich zurück und gab den Eingang frei, wobei er nachdenklich Brunichilde hinterhersah.

Etwas zögernd trat die Königin über die Schwelle und folgte dem Licht bis in das größte Zimmer des Hauses. Es roch nach herber Frische, die mit etwas Bitterem versetzt war, dem typischen Duft von Myrrhensalbe. Außerdem lagen ein paar Körner Myrrhe auf einer Schale, glimmten vor sich hin und verstärkten noch den Geruch. »Sie hätten Weihrauch nehmen sollen, das riecht angenehmer«, sagte Brunichilde leise, während sie langsam näher trat.

Ihr Mann lag auf einer Bahre, zum östlichen Fenster hin, in Richtung Jerusalem.

Er trug ein purpurfarbenes Gewand, das am Halsausschnitt eine Goldstickerei sehen ließ, die im Schein der sieben großen Kerzen und der Wandfackeln leuchtete.

In sein sauber gekämmtes Haar hatte man ihm einen goldenen Reif gedrückt und neben ihm lag eine unbenutzte Lanze, das Zeichen der christlichen Königswürde. Die Lanze sollte an die Lanze des Soldaten erinnern, der die Seite des Gekreuzigten geöffnet hatte.

Als Brunichilde ihn so ruhig daliegen sah, stieg das ganze Elend, das sie in der Zwischenzeit hinuntergeschluckt hatte, während sie ihren Racheplänen nachhing, wie ein nasser Klumpen nach oben, nahm ihr die Luft und presste die Tränen nach draußen. Jetzt war der Zeitpunkt gekommen, wo sie öffentlich und lautstark ihre Trauer zeigen durfte.

Laut weinend warf sie sich auf den toten König und küsste seine kalten Lippen, seinen Hals und seine Stirn, so dass der goldene Haarreif herunterfiel, über die Steinplatten klirrte und schließlich liegen blieb. Aber die Trauernde kümmerte sich nicht darum, sondern rief unter Tränen in ihrer Muttersprache: »Warum bist du von mir gegangen? Warum bist du von mir gegangen?«

Dann zerkratzte sie sich das Gesicht wie das bei großen Trauerfällen üblich war, löste ihr Haar, das sie bislang auf römische Art hochgesteckt hatte und schrie in schrillen Tönen ihre Klage hinaus. Noch lauter und heftiger als die besten Klageweiber.

Agnes bückte sich, hob den Reif wieder auf und blieb abwartend stehen.

Die schrillen Töne der Klage verebbten allmählich und die Königin ließ sich wieder auf den toten Körper fallen und schluchzte leise vor sich hin.

Lange lag Brunichildes Kopf auf der kalten Brust Sigiberts, die sich nicht mehr hob und senkte wie früher, wenn sie sich an seiner Seite ausruhte. Sätze, die Agnes unverständlich vorkamen, murmelte die Königin, als könnte sie damit Sigibert wie durch Zauberei lebendig machen. Schließlich raffte sie sich auf, sprach das lateinische *Gloria Patri* über ihren toten Ehemann und machte das Kreuzzeichen.

Aber noch konnte sie sich nicht von ihm trennen. Sie griff nach seinen starren Händen, die gekreuzt über der Brust lagen und strich sanft darüber, wie eine Liebende die Hände ihres Geliebten zärtlich berührt.

Da stutzte sie und blickte auf den linken Zeigefinger der kalten Hand. Dort steckte ein Ring, den sie sonst noch nie an ihm gesehen hatte.

»Bring mir eine der Wandfackeln!«, befahl sie Agnes.

Und als diese eine Kienspanfackel aus der Halterung genommen und näher gekommen war, zog Brunichilde den Ring von Sigiberts Finger und drehte ihn in der Hand.

»Näher, komm näher!«, drängte sie ihre Magd. Schon fiel ein glühender Funken auf Sigiberts Gewand.

Rasch trat Brunichilde zurück, nahm Agnes die Fackel aus der Hand und hielt den Ring so dicht wie möglich an die Flammen.

»Es ist eine Inschrift auf der Innenseite angebracht«, flüsterte sie und las:

thot werdan muozan that sint chiminni fona thi – sterben müssen alle, die du liebst.«

Schnell machte sie eine Faust um den Ring und sagte wütend: »Es ist die gleiche Inschrift wie auf meinem Fluchring! Jemand muss ihm diesen Ring gegeben haben, jemand, dem er vertraute, so dass er nicht misstrauisch wurde, um nachzusehen.«

»Der zweite Ring«, flüsterte Agnes.

»Was sagst du?«

»Erinnere dich. Mein Vater erzählte uns, dass König Gunthram zwei Fluchringe gekauft hatte. Jetzt wissen wir, wo der Zweite ist!«

Erregt ging Brunichilde in dem Raum auf und ab. »Fluchringe und Schutzamulette überall. Wir sind umgeben von einer Intrige! Morgen werde ich unauffällig bei seinen Leuten nachforschen, woher Sigibert diesen Ring hatte. Vielleicht erinnert sich jemand daran.«

Sie griff unter ihr Gewand, löste dort eine verborgene Fibel, öffnete sie, ließ den Ring über die Bronzenadel gleiten und heftete alles wieder an eine verborgene Falte.

»Aber … Königin …«, begann Agnes, »hast du keine Angst, dass der Fluch sich … sich ausweitet, wenn du den Ring jetzt bei dir trägst?«

»So schnell wirken Flüche nicht«, beruhigte sie ihre Magd. »Sie brauchen ihre Zeit wie eine giftige Pflanze, die mitten zwischen den Blumen aufwächst. Aber morgen werde ich den Archidiakon bitten, den Fluch unschädlich zu machen. Vor allem müssen wir in den nächsten Tagen deinen Vater Aitulf treffen, um herauszufinden, ob er inzwischen noch mehr entdeckt hat!«

Crede fortunis hominum caducis,
Bonis crede fugacibus!
Constat aeterna poitumque lege est,
Ut constet genitum nihil.

Auch der Menschen Glück ist so wankelmütig,
seine Güter sind ungewiss;
Eines nur liegt fest als Gesetz für ewig:
Nichts Erschaffenes kann bestehen.

Boethius, aus dem Werk: philosophiae consolationis – Trost der Philosophie, 2. Buch, 6. Jahrhundert

Vierzehn

Sieben Tage später hielt gegen Mittag ein Handelsschiff im Hafen von Mettis, um Stoffe und eine größere Weinlieferung abzuladen. Es war einer der ersten trüben Tage nach den heißen Juniwochen, und es regnete in Strömen. Jeder, der ein Stück Feld hatte, auf dem Gemüse wuchs, war erleichtert. Denn die trockenen Wochen hatten den Boden spröde und hart werden lassen. Ständig hatte man zur Mosella gehen müssen, um zusätzliches Wasser zu holen.

Unter den Leuten, die auf den beiden Brettern das Schiff verließen und vorsichtig über das feuchte, schlüpfrige Holz gingen, befand sich auch ein kleiner, dunkelhaariger Mann. Er setzte eine runde Lederkappe auf und hüllte sich enger in seinen braunen Mantel.

Er hatte es eilig, weil er auf schnellstem Weg zur Königsresidenz gelangen wollte, ohne unnötig nass zu werden. So drückte er sich an den Häusern entlang, die die Straße zum Hafen säumten.

Gerne wäre er in das Haus des Juden Jochanan gegangen, um seine Gastfreundschaft zu genießen. Vor ein paar Jahren hatte er ihn getroffen, als es darum ging, eine Weissagung zu entschlüsseln.

Aber dazu blieb ihm jetzt keine Zeit. Vielleicht später, auf dem Rückweg nach Treveris.

Aitulf, denn so hieß der kleine Mann, wusste, dass der königliche Wohnsitz etwas höher lag als die Stadt. Und wie in anderen großen Städten, so war auch die Königsresidenz in einem römischen Monumentalbau errichtet worden. Mit langen Schritten ging er voran. Über der Schulter trug er ein paar persönliche

Dinge, die in ein geöltes Tuch eingeschlagen und verschnürt waren.

Manchmal musste er den Abfallhaufen ausweichen, die jetzt, nach dem Regen erst richtig stanken, nachdem sie vorher halb vertrocknet in den Ecken gelegen hatten.

Vom Hafen her schallten die lauten Rufe der Knechte und Sklaven zu ihm herüber. Ein halbes Dutzend Fässer aus dem Schiffsbauch mussten ausgeladen und über die Bretter an Land gerollt werden.

Es waren wenig Leute unterwegs. Die meisten hatten keine Lust, bei diesem nassen Wetter nach draußen zu gehen und verschoben ihre Besorgungen auf später. Gelegentlich nahm Aitulf die Ledermütze ab und schüttelte die Tropfen auf die Straße.

Der Weg, ein Überbleibsel der früher gut befestigten Römerstraße, jetzt aber notdürftig mit Sand und Geröll ausgebessert, stieg an, und man konnte nach der nächsten Biegung schon eine der Mauern des Palatiums sehen, hinter denen notdürftig ausgebesserte Ziegeldächer im Regen glänzten.

Als Aitulf schließlich an das große, hölzerne Außentor klopfte, wurde er von dem Pförtner misstrauisch beäugt, der dieser triefenden Gestalt offensichtlich wenig Vertrauen erweckendes abgewinnen konnte.

Aber nachdem der Diakon mit seinem tiefen Bass und mit viel Nachdruck in der Stimme seinen Namen und sein Anliegen vorgebracht hatte und dem Wächter Aitulfs Name geläufig war, schwang das Tor nach außen auf. Aitulf gelangte durch das Vestibulum in den ersten geräumigen Innenhof, das Atrium, hinter dessen Säulen die Zimmer lagen und zur linken Seite die Bäckerei und die Mühle. Ein kreischendes Geräusch war aus dieser Richtung zu hören und laute Stimmen. Sie stammten von den Sklaven und halbfreien Männern, die dort arbeiteten.

Da das Atrium überdacht war und nur in der Mitte eine quadratische, fensterartige Öffnung besaß, fiel der Regen wie eine Art wässrige, viereckige Säule in das Auffangbecken darunter.

Von einem Sklaven, der Aitulf den nassen Mantel und sein triefendes Bündel abnahm, wurde er in ein großes Zimmer geführt, in dem ein Kaminfeuer brannte. Die übliche Fußbodenheizung der Römer war schon lange zerstört und nicht mehr funktionstüchtig.

Ein paar Schritte neben dem Kamin saß Aitulfs Tochter Agnes auf einem Hocker neben dem Fenster und zog Perlen auf eine Schnur.

Sie sprang auf, als sie ihren Vater sah, eilte ihm entgegen und neigte ihren Kopf.

»Da bist du ja endlich. Und ganz durchnässt. Komm, setz dich neben das Feuer. Ich werde die Königin holen und ein trockenes Tuch für dich mitbringen. Du hast sicher ein paar Neuigkeiten für uns?«

»Ja, ich …«, fing Aitulf an, kam aber nicht weiter, weil seine Tochter ihn unterbrach. »Warte damit, bis die Königin kommt …« Sie wandte sich zur Tür, um ihre Herrin zu holen.

»Hm«, brummte Aitulf. »Brunichildes Art scheint schon auf dich abgefärbt zu haben.«

»Wieso?« Agnes blieb stehen und drehte sich verwundert um.

»Du bist viel … direkter geworden und es macht dir nichts aus, alte, ehrwürdige Diakone zu unterbrechen!«

»Normalerweise ist es nicht meine Art, aber wenn ich mich freue, dann vergesse ich manchmal die guten Sitten.« Sie eilte durch die Tür, verschwand und ließ ihre Arbeit in einer Schale auf dem breiten Fenstersims liegen.

»Ah, das tut gut«, sagte der Diakon zu sich selbst, während er die Beine ausstreckte und seine Hände den Flammen entgegenhielt.

Er brauchte nicht lange zu warten, denn bald hörte er Schritte, und Agnes kam mit der Königin zurück.

Neben der beeindruckenden Erscheinung Brunichildes wirkte Agnes in ihrem schlichten, ungefärbten Leinenhemd, das bis auf die Knöchel fiel, noch unscheinbarer, als sie ohnehin schon war.

Obwohl Brunichilde seit dem Tod ihres Mannes keine Festkleidung trug, achtete sie dennoch darauf, dass sie würdig angezogen war. An diesem Tag trug sie eine Tunika aus violetter Seide, die keine Stickereien oder sonstige Verzierungen zeigte. Auch verzichtete sie auf ihre goldenen Körbchenohrringe. Die zwei

Scheibenfibeln, die die Tunika an der linken Schulter zusammenhielten, betonten ebenfalls die äußere Schlichtheit und bestanden nur aus blank polierter Bronze ohne kunstfertige Einlegearbeit. Unter der Tunika schimmerte ein blaues Unterkleid, das sehr sparsam mit Silberfäden durchwirkt war. Silbrig blinkten auch die Haarnadeln, die Brunichildes schwere dunkle Haare zusammenhielten.

Seit die Königin in Franken lebte und nicht mehr der starken Sonne Hispanias ausgesetzt war, hatte sich ihre Gesichtshaut aufgehellt. Dabei sah man jetzt deutlich die roten Striche der Kratzspuren an ihren Wangen, die die Trauer hinterlassen hatte und die zum Ausdruck ihrer Augen passten, in denen sich ihr Schmerz widerspiegelte. Gleichzeitig wirkten die Kratzspuren so, als hätte die Königin einen Kampf hinter sich. Und es war nicht klar, ob er siegreich beendet worden war oder nicht.

Aitulf stand auf, als Brunichilde den Raum betrat und neigte den Kopf, während er eine Begrüßung murmelte.

Auch Brunichilde begrüßte den Diakon, bat ihn wieder Platz zu nehmen und setzte sich selbst auf einen Stuhl mit Lehne, den ihr Agnes vor das Feuer schob. Über ihrem Arm trug Agnes einen trockenen Mantel, den sie ihrem Vater reichte.

»Bringst du unserem besonderen Gast etwas zu trinken und eine kleine Stärkung, Agnes?«

»Ja, das werde ich gerne tun.« Wieder eilte sie davon.

»Ich habe mit großem Bedauern von dem Tod unseres Königs gehört«, begann Aitulf, »und spreche dir meine tief empfundene Anteilnahme aus.«

»Danke, Aitulf. Es war nach dem Tod Galsuintas der zweite Schicksalsschlag, der mich getroffen hat. Diesmal noch härter. Glücklicherweise war Gundobald, der Heermeister, so geistesgegenwärtig, den fünfjährigen Childebert in Sicherheit zu bringen, sonst wäre er auch einem Anschlag zum Opfer gefallen und ich stünde heimatlos da, ohne Sigiberts Reichsanteil. Aber ich …«, die Königin hob drohend die Faust, »… ich werde Chilperich, diesen Mörder, eines Tages zu fassen kriegen und dann …«

In die unheilvolle Pause warf Aitulf schnell dazwischen:

»... Du gehst also immer noch davon aus, dass Chilperich den Mord veranlasst hat, obwohl ich dir schon gesagt habe, dass Gunthram beide Ringe bei Otmar gekauft hat?«

»So ist es, denn ich kenne Chilperich.«

»Ich habe ihn ja auch kennen gelernt, nachdem ich zuerst seine ... seine frühere Frau traf, die er nach dem Tod Galsuintas ...«

»Fredegunde«, kürzte Brunichilde den Gedankenfluss Aitulfs ab.

»So ist es. Und ich muss sagen, bei beiden habe ich nicht den Eindruck, dass sie ...«

»Mich kümmert nicht dein Eindruck, Diakon. Wer hätte denn sonst Sigibert umbringen sollen, wenn nicht Chilperich und dieses abstoßende Weib?«

»Ich war ehrlich gesagt erstaunt«, sagte Aitulf, »als ich Fredegunde sah und feststellen musste, dass diese ehemalige Magd eine gewisse Bildung erlangt hat. Sie sprach immerhin ein holpriges Latein und sah keineswegs wie eine Magd aus. Im Gegenteil. Und ich verstehe jetzt, dass Chilperich ...«

»Willst du sie etwa verteidigen?« In Brunichildes Stimme mischte sich Wut mit Verachtung.

»Du bist wie viele andere auf diese Hexe hereingefallen. Das habe ich schon früher bemerkt. Selbst Agnes hat versucht, Chilperich in Schutz zu nehmen.«

»So? Hat sie das? Und mit welcher Begründung?«

»Sie sagte, es sei nun einmal nicht bewiesen, dass Chilperich der Mörder sei, und solange das nicht feststeht, kann man ihn nicht verurteilen. Ich aber sage: Wenn man Regenwolken sieht, weiß man, dass es regnen wird und wenn man Chilperich kennt, dann weiß man, wozu er fähig ist. Agnes dagegen meint, es könnte viel eher Gunthram dahinter stecken, weil er doch die Ringe gekauft hat oder Chilperichs Söhne ... Lächerlich.«

»Nun, ich finde das ganz und gar nicht lächerlich, wenn du verzeihst, dass ich anderer Meinung bin, ich habe nämlich inzwischen noch mehr herausgefunden, das dich erstaunen wird ...«

Die Tür öffnete sich und Agnes erschien mit einem bemalten Holztablett, auf dem ein Krug mit zwei Bechern stand und eine Schale mit kaltem Fleisch und handtellergroßen Brotfladen.

Sie stellte das Tablett ab, schob ein Tischchen in die Nähe des Feuers und verteilte die Getränke und das Essen.

»Setz dich zu uns, Agnes«, sagte Brunichilde. »In diesem Augenblick bist du auch die Tochter des Diakons. Wir müssen beraten, was zu tun ist. Aitulf hat eben etwas angedeutet und ich höre …«

Währenddessen wollte Aitulf nach dem Becher greifen, zog aber seine Hand gleich wieder zurück und wartete, bis die Königin zuerst an ihrem Becher genippt hatte, dann erst trank auch er und blickte Agnes lächelnd an.

»Ich habe es schon gerochen«, sagte er, »und schmecke nun, dass du die Erfindung des Weinhändlers Florentius hier eingeführt und den gewürzten Wein erhitzt hast. Ja, das ist bei so einem Regenwetter genau das Richtige.«

Er nahm einen großen Schluck, wischte sich voller Behagen mit dem Handrücken über den Mund und griff nach einem Fleischstück. Nachdem er es bedächtig gekaut hatte, schluckte er es hinunter und sagte:

»Wie du weißt, Königin, war ich ja in Sessionas und habe herausgefunden, dass König Gunthram oder sein Beauftragter zwei Fluchringe gekauft hat, die mit demselben Fluch beschriftet waren wie die Ringe an deiner und an König Sigiberts Hand.«

»Das kann auch Zufall sein«, sagte die Königin schroff. »Außerdem: Warum sollte Gunthram ausgerechnet jemanden nach Sessionas schicken, um solche Ringe zu kaufen? Er könnte sie doch auch in Burgundum bekommen.«

»Vermutlich schon, aber er ist wenigstens nach außen hin katholischer als Chilperich, und es würde seinem guten Ruf schaden, wenn bekannt würde, dass er Fluchringe kauft, nachdem er es offiziell verboten hat.

Aber höre selbst, was ich herausgefunden habe …«

Während er weitersprach, wurde der Regen draußen heftiger und es war ein Glück, dass kein Pergament in den Fensterrahmen gespannt war, sondern das dicke, grünliche Glas in einem Holzgitter. Zwar kam auch dort die Feuchtigkeit durch, aber es knatterte wenigstens nicht so laut wie das straff gespannte Leder, wenn der Wind daran entlangstrich.

Aitulf hüllte sich enger in das trockene Tuch, das ihm seine Tochter gebracht hatte und erzählte: »Ich war nämlich vor kurzem in Cabillonum, am Hof von König Gunthram. Es fand eine Bischofskonferenz statt, und ich war als Schreiber dabei. Von Bischof Magnerich bekam ich die Erlaubnis, mich ein wenig umzusehen …« Aitulf lächelte im Vorgefühl seiner Neuigkeiten und nahm einen Schluck von dem warmen Wein.

»Lächle nicht so dümmlich, sondern erzähle lieber!« Auf Brunichildes Gesicht bildetet sich eine Zornesfalte, und Aitulf erinnerte sich daran, dass sie einmal aus Wut einen Krug nach ihm geworfen hatte.

»Cabillonum ist übrigens viel römischer als die Städte hier. Man spricht noch Latein auf der Straße und die einfachen Leute reden eine seltsame Mischung aus Gallisch und Latein, das sich anhört, als seien sie erkältet und würden durch die Nase reden. Ich verstehe einiges davon, kann es aber nur unvollkommen sprechen. Es hat mir vor Jahren einmal in Colonia geholfen, als ich …«

»Was hast du nun herausgefunden?«, unterbrach Brunichilde Aitulfs Redefluss.

»Das wollte ich doch gerade sagen. Wie du weißt, ist es immer besser, man belauscht unauffällig die richtigen Leute, als dass man sie direkt anspricht. Man muss so tun, als verstünde man nur Latein oder fränkisch und dann werden die anderen um einen herum unbefangener und plaudern alles Mögliche daher …«

»Was hast du …«

Agnes lächelte und merkte, dass ihr Vater mit zunehmendem Alter immer gesprächiger wurde.

Aitulf hob beruhigend die Hände. »Ich bin dabei. Die Einleitung war wichtig. Also, Königin, ich ging durch die neu gebaute Anlage des Königshofes, denn Cabillonum ist erst seit wenigen Jahren zur Hauptstadt ernannt worden, und setzte mich in die Nähe der Bäckerei. Manchmal entsteht dort eine kleine Wartezeit, wenn die runden Öfen mit Brotfladen bedeckt sind und neuer Teig kommt, für den noch kein Platz zum Backen vorhanden ist.

Ich setzte mich also in die Nähe und tat so, als ob ich mir einen neuen Holzlöffel schnitzen wollte. Natürlich wurde ich von den Mägden in diesem seltsamen Gallischlatein angesprochen und hob bedauernd meine Schultern, sagte mehrmals *Episkopus* und schrieb unsichtbare Worte in die Luft. Sie schienen zu begreifen, dass ich der Schreiber des Bischofs bin und ließen mich auf meinem Platz sitzen. Und schon bald hatten sie meine Anwesenheit vergessen und plauderten munter miteinander, während sie die heißen Brotfladen herunternahmen, sie stapelten und runde Teigstücke auf den bauchigen Ofen legten. Manchmal blickten sie zu mir herüber. Dann lächelte ich etwas dümmlich und hob bedauernd die Schultern, worüber sie lachten. Aber ich verstand ganz gut, dass sie sich auf meine Kosten amüsierten und von dem Zwerg, dem *ille nano,* aus Franken redeten. Ich musste mich förmlich zusammenreißen, sonst wäre ich aufgesprungen. Also zwang ich mich zur Ruhe, schnitzte an meinem Löffel herum und hörte zu. Aber es fiel mir nichts auf. Es schien der übliche Klatsch zu sein. Da dachte ich mir, dass ich die Unterhaltung in eine bestimmte Richtung bringen musste. Also legte ich den halbfertigen Löffel zur Seite, räusperte mich laut und sagte langsam auf Latein so etwas wie eine Lobeshymne auf den katholischen König Gunthram. Die Worte für König und katholisch mussten sie kennen, und meine Körperhaltung sollte eine unverhohlene Verehrung für Gunthram darstellen. Dann setzte ich mich wieder auf meine Bank, schnitzte weiter und tat so, als sei ich ganz in meine Arbeit vertieft. In Wirklichkeit hörte ich genau hin, ob mein Einwurf irgendetwas bei den Gesprächen in Gang brachte.

Eine der Mägde bestätigte zunächst mein Lob. Sie sprach davon, dass König Gunthram zwar einen Mann verurteilte, der in seinen Wäldern gewildert hatte, und ihn töten ließ. Aber anders als sein Vater, reute es ihn hinterher, dass er einen Mann wegen solch geringer Vergehen umgebracht hatte, der ihm doch sonst ergeben war.«

»Was für eine großzügige Tat«, rief Brunichilde spöttisch aus. »Ich würde das wankelmütig nennen. Entweder er überlegt sich vorher, was er tut und bestraft den Mann angemessen, oder er ist wütend und tötet ihn. Was soll diese weichliche Reue?«

»Nun gut. Darüber gibt es sicher verschiedene Ansichten. Ich halte einen Menschen, der Reue zeigt nicht für wankelmütig, sondern … offen für Gottes Wirken. Denn was ist Buße anderes als Umkehr von seinen üblen Taten?«

»Hältst du die Bestrafung eines Wilderers für eine üble Tat?«

»Nein, das nicht. Aber die Todesstrafe für solch ein Vergehen halte ich für übertrieben, wo wir doch genaue Vorschriften haben, wie man durch Geld einen Schaden ersetzen kann …«

»Ich halte den Tod eines Wilderers nicht für übertrieben«, ließ sich Brunichilde wieder vernehmen. »Wenn du dieses Verbrechen nicht sofort hart bestrafst, sind deine Wälder bald leer und du blickst trübsinnig auf deinen Teller, auf dem nur Brot und Gemüse liegen, ohne einen Bissen Fleisch. Aber erzähle weiter.«

Aitulf neigte höflich den Kopf und fuhr fort: »Nun, wie gesagt, eine der Mägde bestätigte mein Lob auf den guten König Gunthram …«

»… der sich gleichzeitig mit drei Frauen vergnügt und mich auch in seinem Bett haben will …«, warf Brunichilde dazwischen.

»Aber bald hörte ich auch andere Töne«, setzte Aitulf ungerührt seine Rede fort.

»Aha, das klingt gut«, nickte die Königin, trank einen Schluck aus dem warmen Weinbecher und beugte sich weiter vor, während Agnes ein großes Stück Holz in die Flammen warf, das glühende Funken zur Seite sprühen ließ.

»Da die Frauen dachten, ich verstehe ihre Sprache nicht, senkten sie auch nicht ihre Stimmen. Jedenfalls, so viel konnte ich hören, dass eine davon der anderen das Wort abschnitt und laut und erregt auf sie einredete.

Ich verstand zwar nicht jedes Wort, aber ich bekam dennoch mit, dass König Gunthram, wenn er alleine ist und denkt, dass ihn niemand sieht, aus einer Mauerritze seines Schlafgemachs einen lockeren Stein herauszieht und kleine Metalldinge dahinter versteckt. Verbotene Metalldinge, versteht sich. Er ist ein katholischer König mit einem Hang zur heidnischen Zauberei. Und da er ein Auge auf die Frau seines Bruders geworfen hat, was liegt da näher, als …« Aitulf machte eine Pause.

»Und weiter?«, drängte die Königin.

»Nichts weiter. Das war es, was ich zunächst beobachtet habe.«

»Das ist alles?«

»Ich sah jedenfalls einen deutlichen Zusammenhang zwischen dem Tod Sigiberts, den heidnischen Zauberringen und König Gunthram.«

»Hm.« Brunichilde schüttelte zweifelnd den Kopf. »Das überzeugt mich nicht. Sicher, ich traue Gunthram natürlich einen Brudermord zu, das scheint ja in Franken die Regel zu sein, aber woher weißt du, ob es wirklich magische Gegenstände waren?«

»Durch die Rede der Magd und …«

»Mägde reden viel und bilden sich alles mögliche ein. Hast du selbst dieses Versteck gesehen und es untersucht?«

»Nein und ja.« Aitulf lächelte bei diesen Worten in sich hinein.

»Was soll das heißen, nein und ja?«

»Allmählich komme ich mir vor wie bei einem Verhör!«

»Dann rede deutlicher und nicht nur in Andeutungen.«

Aitulf, der nahe am Feuer gesessen hatte und dessen Brust und Gesicht so warm geworden waren, dass er anfing zu schwitzen, lehnte sich zurück. Draußen hatte der Regen nachgelassen, nur der Wind warf gelegentlich ein paar Regentropfen gegen die dicken Scheiben. Einmal war sogar das Sonnenlicht kurz aufgeblitzt und hatte die Bodenbretter gestreift.

»Um etwas herauszubekommen«, fing Aitulf an, »das jemand anderes geheim hält, musst du so tun, als wüsstest du mehr, oder als wärst du in Besitz einer besonderen Kraft. Ich habe das vor Jahren schon einmal angewandt, als mir etwas gestohlen wurde …«

»Meinst du das Tuch das heiligen Henoch, das dir der Weinhändler Dido geraubt hatte?«, fragte Agnes.

»Genau das. Damals hatte ich so getan, als ob ich …«

»Diakon!« Brunichildes Stimme wurde scharf. »Erzähle mir die Geschichte ein anderes Mal, jetzt will ich wissen, wie du herausgefunden hast, was in dem Versteck lag. Hast du dich vielleicht in das Schlafgemach des Königs geschlichen?«

»O nein«, wehrte Aitulf ab. »Das wäre mir zu gefährlich gewesen. Aber ich habe auf ein Stück Papyrus die Worte geschrieben: *Ich weiß, was du in deinem Versteck hinter dem losen Stein hast: Ringe und Zauberamulette.* Dann habe ich die Mitteilung zusammengerollt, versiegelt und auf die Außenseite den Namen des Königs geschrieben.

Ich wusste, dass ich den König bei der nächsten Sitzung wiedersehen würde. Kurz bevor die Bischöfe mit ihren Schreibern kamen, legte ich die Rolle unbemerkt in die Nähe des königlichen Stuhles auf einen Tisch. Glücklicherweise konnte ich von meinem Platz neben Bischof Magnerich aus das Gesicht Gunthrams sehen. Ich behielt die Rolle und den König scharf im Auge.

Wie ich vermutet hatte, bemerkte jemand die Rolle, las die Adresse und gab den Papyrusbrief Gunthram. Der beachtete ihn zunächst nicht weiter, sondern ließ ihn neben anderen Schriftstücken liegen.

Schließlich, als eine Pause eintrat und Sklaven kamen, um Getränke zu reichen, brach der König das Siegel und entrollte meine Botschaft. Die anderen waren viel zu sehr mit den Getränken beschäftigt, so dass keiner auf den König oder auf mich achtete.

Ich sah wie Gunthram leise die Lippen bewegte und dann starr vor sich hinblickte. Ja, er wurde richtig blass. Ich beugte mich über meine Schreibarbeit, schielte aber gleichzeitig an das Kopfende des langen Tisches und sah, wie Gunthram schnell die Rolle unter dem Mantel verbarg, aufstand und wegging.«

Aitulf machte eine Pause und fügte hinzu: »Was brauchte ich noch mehr Beweise? Wäre meine Botschaft falsch gewesen, hätte der König mit den Schultern gezuckt. Aber ich hatte ins Schwarze getroffen. Die Beobachtung der Magd stimmte.«

Eine Weile schwiegen alle. Aitulf nippte an seinem Wein, der jetzt lauwarm geworden war. Er blickte in die Flammen und hing seinen Gedanken nach.

Agnes hatte schon vor einiger Zeit ihre Handarbeit vom Fensterbrett geholt und war nun dabei, die übrigen Perlen in der Schale nach der Größe zu ordnen und sie in ein längliches Holz mit Vertiefungen zu legen.

Königin Brunichilde wippte mit der Fußspitze auf und ab und sagte schließlich in die Stille hinein:

»Du hast gute Arbeit getan, Diakon, das muss ich dir lassen. Und es ist klar, dass Gunthram irgendetwas zu verbergen hat. Aber bedenke, für Chilperich wäre es viel einfacher gewesen, die beiden Mörder zu bestechen und sie nach Victuriacum zu senden.«

»Du vergisst, Königin, dass Chilperich und Fredegunde zu dieser Zeit schon seit Tagen von den Truppen deines Mannes in Tornacum festgehalten wurden und nichts unternehmen konnten, während Gunthram beweglich war und freie Hand hatte. Und er wollte vor allen Dingen eines: dich!«

Brunichilde stand abrupt auf und ging hin und her. Plötzlich schrie sie: »Das ist mir gleich. Ich will Chilperich tot sehen, eher gebe ich keine Ruhe. Er hat Galsuinta getötet und jetzt Sigibert.«

Agnes war bei dem Schrei zusammengezuckt, und das längliche Holz mit den sortierten Perlen glitt ihr aus der Hand und fiel auf den Boden.

Die Perlen rollten über den Holzboden.

Wütend trat Brunichilde nach den Kostbarkeiten, so dass einige Stücke durch die Luft flogen und im Feuer landeten.

Als Agnes die restlichen Perlen eingesammelt hatte, blieb sie vor dem Feuer stehen, wandte sich an Brunichilde und sagte: »Oder es war jemand ganz anderes, der die Fluchringe benutzt und die Morde veranlasst hat. Jemand, mit dem wir nicht rechnen, und das Morden geht immer weiter.«

ZWEITER TEIL

Lí na fairge for taí,
geldod mora imme-roí;
ra sert buidhe ocus glas;
is talam nad ecomrass

Der Schimmer der See
auf der du bist, der Glanz des
Ozeans, auf dem du fährst,
sieht grün und gelb aus,
wie feste Erde.

Anonym, frühes Mittelalter, altirisch

Fünfzehn Jahre später, auf dem Meer zwischen Hibernia und Armorica, hundertvierundfünfzig Jahre nach der Ankunft St. Patricks (590 n. Chr.)

EINS

Die drei dunklen Punkte auf dem Wasser, die sich im Morgendunst entfernt hatten, näherten sich einander wieder, als die Küste in Sicht kam. Von weitem sahen die Boote aus wie Nussschalen, und es war fast ein Wunder, dass die See sie nicht schon längst verschlungen hatte. Oder waren sie, gerade wegen ihrer Kleinheit und Leichtigkeit, besonders unempfindlich gegenüber hohem Seegang?

In diesen Booten, den so genannten Curraghs, lederbespannte Kiefernholzboote mit Baumharz abgedichtet, saßen keine Fischer, sondern Mönche, die mit ganzem Einsatz über die Wellenberge ruderten, um die Küste zu erreichen. Die geistlichen Ruderer kamen von Irland, hatten in Britannia einen Aufenthalt eingelegt und wollten nun nach Franken.

In dem vorderen Boot saß ein Mann, der angestrengt nach vorn blickte, während er das Ruder eintauchte. Obwohl er der Anführer war, sah er es als seine Pflicht an, beim Rudern zu helfen.

Sein Haar, kahl geschoren bis zur Schädelmitte, aber sonst lang und ungeschnitten wie bei den anderen irischen Mönchen, flatterte wie eine Fahne im Wind. Manchmal, wenn eine Böe von hinten kam, verdeckte der Haarvorhang seine Augen, so dass der Mann unwillig den Kopf schüttelte, um wieder freie Sicht zu haben, denn seine Hände wurden beim Rudern gebraucht. Jahrelang hatte Columban warten müssen, bis er endlich seinen Traum leben konnte: eine Pilgerfahrt in das Heilige Land zu unternehmen. Comgall, sein Abt in Bangor, hatte ihn Jahr für Jahr hingehalten, bis er keine Ausreden mehr fand und seinen besten Mann ziehen ließ, zusammen mit zwölf Gefährten, die sich auf drei Boote verteilten.

Nach einem längeren Aufenthalt in Britannia und einer stürmischen Überfahrt befanden sie sich jetzt an der zerklüfteten Westküste Galliens, die wie ein Arm in die See hinausragte und Armorica hieß. Dort sprach man einen Dialekt, der dem Irischen sogar ähnlich war. Keltische Stämme waren vor Jahrhunderten hier ansässig geworden, während ein anderer Teil die grüne Insel erreicht hatte.

Die drei Boote näherten sich der Südseite dieser riesigen Halbinsel, wo die Wellen nicht mehr so schäumten und die Landung weit weniger gefährlich war.

Als der Sand unter den hölzernen Kielen knirschte, stiegen die Mönche aus und zogen ihre Boote an Land.

Kalt und schwer hingen die mit Meerwasser vollgesogenen Mäntel an ihren ausgemergelten Körpern. Aber das kümmerte sie wenig. Mit geübten Griffen nahmen sie die leichten Boote hoch und trugen sie zum Hafen, um sie dort zu verkaufen.

Die Fischer verhielten sich am Anfang zurückhaltend. Als sie aber merkten, dass die Fremden sich freundlich benahmen und sich sogar in einer Sprache verständigen konnten, die der ihren ähnlich war, wurden sie zutraulicher. Und als sie dann die Boote begutachteten und feststellten, dass sie solide gebaut waren, wurde man sich schnell handelseinig. Denn die Mönche verkauften sie unter Wert.

Schließlich war alles geregelt und die Morgensonne brachte mit ihren wärmenden Strahlen die Meerwasserpfützen in den Felsen zum Glitzern. Die Männer wanderten nach Südosten, denn sie wollten an den Hof des dort herrschenden Königs, um nach einem Stück Land für ihr erstes Kloster zu fragen.

Unterwegs sangen sie laut lateinische Psalmen und die Leute blieben stehen und sahen ihnen mit gemischten Gefühlen nach. Manchmal schrie ein Kind und rannte schnell weg, wenn die Männer auftauchten. Eine Gruppe Mönche, die durch die Gegend pilgerte, war zwar nichts Neues, aber mit ihren langen Haaren, den hohen Stirnen und dem schwarzen Asketenstrich über den Augenlidern, wirkten sie wie Gestalten aus einem unheimlichen Traum.

Gegen Mittag machten sie Rast an einem Bach, der durch eine gelb-grüne Ginsterlandschaft floss. Ein paar Brote, noch weich, feucht und salzig vom Meerwasser, wurden verzehrt und der Durst an dem schnell fließenden Wasser gestillt.

»Wie ich von den Fischern gehört habe«, sagte Columban, »ist die nächst größere Stadt Richtung Osten Namnetes. Gegen Abend sollten wir dort sein.«

»Und wo übernachten wir?«, fragte Lethan, der inzwischen zu einem kräftigen Mann herangewachsen war und Columban um drei Finger überragte.

»Wir suchen eine Basilika oder sonst ein geweihtes Haus und fragen nach einem Dach über dem Kopf. Der Herr, unser Gott, wird uns ein Nachtlager zeigen.«

»Eine seltsame Gegend«, ließ sich Gallus vernehmen, der sich wie Lethan an Columbans Pilgerfahrt beteiligte. »Die Straßen sind in einem fürchterlichen Zustand, so dass man nur mit Ochsenkarren darauf fahren kann, wenn überhaupt. Die Dörfer bestehen aus Ruinen oder einfachen Lehmhäusern, die man in die Ruinen gebaut hat, als ob hier ein jahrzehntelanger Krieg gewütet hätte …«

»Es ist das Römische Reich, das zerfallen ist«, erklärte Columban, »und dieses zieht alles in den Strudel seines Untergangs. Die Leute haben vermutlich keine Kraft und kein Geld, das Alte vollständig abzureißen und Neues zu bauen.«

»Dagegen kommt mir unsere Heimat wie ein geordnetes Paradies vor«, überlegte Gallus laut.

»Wir haben das Paradies verlassen und sollten nicht mehr zurückschauen, denn der Engel mit dem Flammenschwert steht davor und wehe, wer sein Herz an das Heimweh hängt.« Eine Spur von Strenge kam in Columbans Stimme hoch, während er fortfuhr: »Auch in diesem Land gibt es Christen, die den wahren Gott anbeten. Das sollten wir nicht vergessen.«

Gallus wandte sich ab und runzelte die Stirn.

»Lasst uns weiterziehen in Richtung Namnetes!«, rief Columban.

Und die Brüder nahmen ihre Lederbündel mit ihren paar Habseligkeiten und setzten die Wanderung fort.

Je länger sie gingen, desto mehr entfaltete sich die Schönheit der Landschaft vor ihnen. Unter dem sonnigen Himmel des Monats Martius dehnten sich wie ein ruhiges Meer grüne und violette Teppiche aus Ginster, Myrte und Heidekraut vor ihnen aus. Ein herbsüßer Duft erfüllte die Luft. Ab und zu blinkten weiße Kalkfelsen auf, und das blaue Meer unter ihnen warf eine Prise salzhaltigen Tanggeruchs zwischen die duftenden Kräuter.

Es ging sich leicht auf dem federnden Boden von Armorica, und die nasskalte Überfahrt mit den irischen Curraghs war bald vergessen.

Kurz bevor die Dämmerung kam, erreichten sie tatsächlich Namnetes, eine römische Gründung an dem Fluss Liger. Für die Mönche, die größere Städte nicht kannten, sondern nur weit voneinander entfernt liegende Gehöfte oder Klöster, war Namnetes ein Ort zum Staunen.

So viele Häuser auf einmal hatten sie noch nie gesehen. Aber die Wucht der steinernen und hölzernen Massen verlor an Großartigkeit, als die Männer näher kamen und durch das stinkende Gewirr der engen Gassen gingen.

Es sah aus, als ob kein einziges Haus in seiner ursprünglichen Gestalt vorhanden war. Man hatte aus den Ruinen locker sitzende Steine herausgebrochen und sie für den eigenen Hausbau verwandt. Lehm- und Holzkonstruktionen dienten dazu, die zerfallenen römischen Villen wohnbar zu machen und auf den geplatzten Mosaikböden lagen Schafe und Ziegen in ihrem Kot. Die einzigen Häuser, die das Bild eines harmonischen Ganzen bildeten und wie Inseln in einem Meer aus Verwahrlosung dalagen, waren die Basiliken, oder die Weihestätten der Heiligen und die Häuser der Reichen, die es sich leisten konnten, Sklaven zu beschäftigen, neues Baumaterial zu beschaffen und den römischen Mörtel zur stabilen Verbindung der Steine zu verwenden.

Für die Bevölkerung war es eine Wohltat, ihre baufälligen Hütten zu verlassen und eine Messe zu besuchen, sich zu berauschen an der wunderbaren Größe und Höhe des Gotteshauses. Selbst wenn kein Lied gesungen und kein Wort gesprochen wurde, so war doch das bloße Dasein in solch einem Haus schon ein Gottesdienst für sich.

Die Sonne, die tagsüber den Boden gewärmt hatte, verblasste allmählich, und zwischen den Häusern von Namnetes wurde es kühl.

»Dort, bei diesem Gebäude, machen wir Halt und fragen nach einem Nachtquartier«, bestimmte Columban und zeigte auf ein längliches Haus, das wie eine Basilika gebaut war, mit einem Hauptdach und zwei Seitendächern.

Die Menschen in Namnetes schienen es jetzt, kurz vor der Dämmerung, eilig zu haben, denn sie stießen gelegentlich gegen die Schultern der Mönche, die plötzlich stehen blieben und sich erstaunt umsahen. Männer mit voll beladenen Handkarren gingen vorbei, Frauen mit Wasserkrügen auf der rechten Schulter oder mit Kleinkindern auf dem Arm waren auf dem Weg in ihre Häuser. Die Iren hörten lateinische oder keltische Wortfetzen und eine Sprache, die sich wie ein verwaschenes Latein anhörte.

Columban ging währenddessen um das große Gebäude herum und fand es verschlossen. Er klopfte bei dem nächstbesten Haus, das ihm nicht ganz so verfallen vorkam und wartete. Nichts passierte, obwohl er meinte, von drinnen Geräusche zu hören, als ob jemand etwas über den Boden schleifte. Er klopfte noch einmal. Diesmal kräftiger.

Schließlich öffnete sich die Tür ruckartig nach außen, der gebückte Rücken eines Mannes wurde sichtbar, der irgendetwas zog und dabei gegen Columbans Beine stieß. Er murmelte ärgerlich vor sich hin, ließ den Gegenstand fallen, richtete sich auf und drehte sich um. Als er die hagere Gestalt des Iren erblickte mit seinem rasierten Vorderkopf, den langen, braunroten Haaren und den stechenden Augen unter der Asketenbemalung, zuckte er zusammen und trat einen Schritt zurück.

»Was … was willst du?«, fragte er auf Latein.

Columban blickte auf den Boden und sah einen großen Ballen Tuch, den der Mann hierher geschleppt hatte.

»Ich bin Columban«, antwortete er auf Latein. »Ich bin ein irischer Mönch auf Pilgerschaft und suche für mich und meine Gefährten einen Platz zum Schlafen für diese Nacht. Wir dachten, dass in der Basilika Platz sei.«

Der Mann, der Columban die ganze Zeit misstrauisch beäugt hatte, sagte: »Halt! Nicht so schnell. Mein Latein ist nicht so geschliffen wie deines. Aber ich habe verstanden, dass du ein irischer Mönch bist. Deshalb wahrscheinlich diese seltsame Tonsur.«

Columban nickte.

»Und wie viele Gefährten warten auf dich?«

»Duodecim.«

»Zwölf? Zwölf Pilger also. Nun, Columbanus, ich gehöre nicht zu dieser Basilika. Ich bin … nun, ich wohne hier nur oder besser gesagt: Ich wohnte hier. In zwei Tagen reise ich wieder ab, zurück nach Septimanien, wo ich herkomme. Ich trage nur meine Habseligkeiten zusammen.«

»Dann gibt es ja Platz in einem leeren Haus.«

»Nein, nein«, wehrte der Mann ab. »Das geht nicht. Ich habe keine Strohmatratzen für euch und keine Decken.«

Das brauchen wir alles nicht, wir haben unsere Mäntel und können in jeder Lage schlafen.«

»Warum schlaft ihr dann nicht draußen?«

»Wir wollen dir Gelegenheit geben, ein gutes Werk zu tun.«

»Ach, das wird ja immer schöner! Ihr müsstet auf dem blanken Boden schlafen, das … das kann man keinem zumuten. Das wäre kein gutes Werk!«

»Es macht uns nichts aus, wir sind Asketen.« Columban deutete auf den schwarzen Strich über den Augen. Und so wie er das Wort »Asketen« aussprach, klang es stolz und erhaben. »Und außerdem wird Gott selbst für uns sorgen.«

»Wunderbar. Wenn Gott selbst für euch sorgt, dann will ich ihm nicht in die Quere kommen. Salve.«

Mit diesen Worten griff der Mann nach dem Holzgriff der Tür und wollte sie wieder zumachen. Aber Columban stellte seinen Fuß dazwischen und sagte: »Meistens bedient er sich Menschen, um seinen Willen zu tun.«

Der Mann, der allmählich begriff, dass ihm von diesem Mönch wohl oder übel die Rolle des zukünftigen Gastgebers zugesprochen worden war, schloss kurz die Augen, gab sich einen Ruck und sagte: »Gut, ich werde euch ein leeres Zimmer zur Verfügung stellen, damit ihr nachts nicht von irgendwelchen herumstreunenden Tieren angenagt werdet. Aber nur für eine Nacht. Hol also deine Gefährten und kommt herein.«

»Meinen Namen habe ich dir genannt«, sagte Columban, »aber deinen kenne ich noch nicht.«

»Ich heiße Stefanus.«

»Ah, Stefanus, der erste Märtyrer. Möge der Herr dir seine ...«

»Ja, ja, schon gut.«

Columban entfernte sich und kam mit seinen Begleitern zurück. Stefanus war sich jetzt nicht mehr sicher, ob er das Richtige getan hatte, als die Männer mit ihren langen Haaren und den seltsamen Augen nacheinander schweigsam sein Haus betraten, höflich den Kopf neigten und einen Gruß murmelten.

»Da es nun kurz vor Sonnenuntergang ist«, wandte sich Columban an Stefanus, »möchten wir gerne die Vesper halten, unsere Gebetszeit vor dem Nachtsegen, wie wir es gewohnt sind. Könntest du es veranlassen, dass wir dazu die Basilika benutzen können?«

»Die Basilika? Ach, du meinst das große Gebäude! Da muss ich dich enttäuschen. Ja, es stimmt, es war früher mal ein Gotteshaus, aber jetzt wird es dazu benutzt, um Korn aufzubewahren. Der Comes hat dafür einen Schlüssel und ...«

»Du meinst«, unterbrach Columban seinen Gastgeber, »dass diese geweihte Stätte der Aufbewahrung von Korn dient?« Columbans Augen blitzten, als er diese Neuigkeit den anderen Mönchen mitteilte, die daraufhin mit Unverständnis und Unmut reagierten.

»Seid ruhig!«, brüllte Columban dazwischen und fuhr leiser fort: »Seltsame Zustände herrschen hier. Es ist wohl an der Zeit, dass etwas getan wird. Wir werden also die Vesper in unserem Raum halten. Folgt mir.«

»Oh, ... da ist noch etwas, Columbanus«, sagte Stefanus. »Ich hatte es vorher vergessen zu erwähnen. Ich bin mir nicht sicher, ob es euch allen recht ist, bei einem ... einem Arianer zu übernachten.«

»Wieso sollte uns das nicht recht sein?«, fragte der Mönch ruhig zurück.

»Nun, zwischen den Arianern und den Katholiken herrscht Unfriede. Da wir nicht an den dreieinigen Gott glauben, betrachten uns viele als den Abfall der Menschheit.«

»Ich kenne die arianische Lehre, Stefanus. Wir diskutieren sie in unseren Klöstern. Und ich selbst lehne sie ab, weil sie die Erlösung Christi auf eine wacklige Basis stellt, aber deswegen würde ich niemals die Gemeinschaft mit dir verweigern. Gibt es überhaupt irgendeinen Grund, warum ich nicht mit dir sprechen sollte? Außer, wenn du die Gebote Gottes mit Füßen trittst. Aber selbst, wenn du mich hassen solltest, gebietet es die Nächstenliebe, sich mit dir zu unterhalten. Es gibt nichts Schrecklicheres, als den Dialog aus bekannten oder unbekannten Gründen zu verweigern …«

Columban holte Luft, um einen längeren Exkurs über Redeverbote zu halten, aber Stefanus, der das befürchtete, nutzte die Atempause und sagte schnell: »Nun, ich … ich wollte es nur gesagt haben. Wenn das die Meinung der irischen Kirche ist, dann scheint sie mir einen weiten Horizont zu haben.«

»Ja, das hat sie zweifellos, zumindest was die Lehre betrifft. Im täglichen Leben ist sie jedoch hart und liebt die Selbstdisziplin.« Er nickte Stefanus freundlich zu und ging mit seinen Brüdern in das gemeinsame Zimmer, um die Vesper zu halten.

Stefanus sah den Männern nachdenklich hinterher. Auf der einen Seite schienen sie streng zu sein und auf der anderen Seite großzügig. Bisher hatte er es eigentlich nicht schlecht gefunden, dass der große Raum der Basilika als Kornspeicher diente, nun bekam er seine Zweifel. Es kam ihm vor, als ob von den Mönchen eine strengere Art zu leben auf ihn zukam wie ein herber Geruch, der aber nicht unangenehm war. Immerhin wusste er jetzt, dass diese Männer keine Diebe und Räuber waren, die die Mönchskutten und alles andere als Tarnung benutzten, um Menschen zu schädigen. Sie wirkten geradlinig.

Während die Mönche in ihrem Zimmer die Vesper sangen, ging er in den größten Raum, der einen Kamin besaß und zündete ein Feuer an. Da die älteste Magd noch da war, befahl er ihr, ein paar Fladenbrote zu backen und Sauermilch bereitzustellen.

Im Kaminraum befanden sich zwei hölzerne Gestelle an der Wand. Die klappte Stefanus auf und legte die längste Holzplatte darüber, die er besaß und verteilte darauf ein paar Schüsseln. Es gab aber nur noch fünf Holzlöffel.

Als der Gesang endete, lud Stefanus seine Gäste in den Kaminraum ein. Er dachte, sie würden sich über etwas Wärme und über die Brote freuen, aber Columban erklärte ihm: »Du hast Glück, dass heute nicht unser Fastentag ist, wir hätten sonst keinen Bissen angerührt.«

Aber insgeheim genossen sie doch das prasselnde Feuer und die Brote mit Sauermilch. Mit den fünf Holzlöffeln wechselten sie sich ab und die jüngeren Mönche machten so lange ein Spiel daraus, wer als Nächstes den Löffel bekam, bis Columban ärgerlich zu ihnen hinüberblickte.

Stefanus holte zwei Bänke aus einem Nebenraum und lud Columban und ein paar andere ein, sich zu ihm ans Feuer zu setzen und von Irland zu berichten. Das Feuer und die Menschen im Raum, einige saßen auf dem Boden, bewirkten, dass eine Ruhe über alle kam, die nur von den Geräuschen unterbrochen wurde, die von draußen hereindrangen: das Quietschen eines Wagens, laute Stimmen, das Blöken eines Schafs. Ab und zu verrutschten die glühenden Äste im Feuer oder sie knackten, während Stefanus begierig lauschte. Ein paar von den jüngeren Mönchen lagen auf dem Boden und dösten vor sich hin.

Schließlich stellte Columban ebenfalls ein paar Fragen: »Sag mir, Stefanus, wie sind die Herrschaftsverhältnisse in Franken?«

»Das Land wurde unter die Enkel des großen Chlodovech verteilt«, begann er. »Burgundum, der Südwesten, gehört König Gunthram, der Mittelteil gehörte Chilperich, aber der ist vor drei Jahren bei einem Jagdunfall unter seltsamen Umständen ums Leben gekommen. Sein junger Sohn Chlothachar der Zweite regiert jetzt. Der östliche Teil, Austrasien, der bis zum Rhenus reicht, wurde von König Sigibert beherrscht. Aber auch er wurde ermordert. Das ist nun schon lange her. Sein Sohn Childebert, der damals fünf Jahre alt war und jetzt neunzehn wird, regiert und … wie soll ich es sagen? Seine Mutter, Königin Brunichilde aus Hispania, hat am Hofe ebenfalls viel zu sagen. Man behauptet, dass in Wirklichkeit sie die Geschicke bestimmt. Sie will das gesamte Land unter ihre Herrschaft bekommen. Das alte Rom spukt wahrscheinlich noch in ihrem Geist herum. Sie findet es unsinnig, ein Reich so aufzuteilen, wie die Merowinger es tun. Übrigens war sie vor ihrer Heirat mit Sigibert arianisch wie die meisten Christen in Hispania. Aber sie ließ sich belehren und die Bischöfe salbten sie, so dass sie katholisch wurde. Man sagt sogar«, hier senkte Stefanus die Stimme, »dass ihre Familie unter einem Fluch steht. Zuerst starb ihre Schwester, dann der Vater, dann ihr Mann und vor kurzem eine ihrer Töchter. Sie setzt alles daran, denjenigen herauszufinden, der den Fluch ausgesprochen hat und ständig erneuert. Sie hatte Chilperich im Verdacht, aber der ist selber umgekommen und kann es nicht sein. Vielleicht König Gunthram, der andere Bruder, aber sein Ruf als guter, katholischer König lässt diese Vermutung nicht zu. Außerdem hat er selbst seine Söhne verloren und geht freundlich auf Childebert zu, so dass dieser immer mehr Gebiete bekommt.«

Stefanus schwieg und blickte gedankenverloren in die Flammen, nachdem er die Gerüchte weitergegeben hatte, die man sich an langen Abenden erzählte.

Doch dann hob er den Kopf und sagte stolz: »Ich habe Königin Brunichilde sogar selbst einmal gesehen, letztes Jahr, als ich geschäftlich in Mettis zu tun hatte. Mit ihren achtunddreißig Jahren ist sie immer noch eine schöne und stolze Frau. Sie war sogar kurze Zeit mit Merovech, dem Sohn ihres Feindes verheiratet, aber das tat sie nur, um Chilperich wütend zu machen. Jedenfalls, sie ist eine schöne Frau, obwohl ihre Züge manchmal hart und scharf wirken, aber … nun, man hat ihre Schwester und ihren Mann ermordert, ihr Vater ist gestorben und jetzt noch die Tochter. Das kann man nicht einfach vergessen, obwohl es unter den fränkischen Königen fast üblich geworden ist, die Thronnachfolge durch Morde zu regeln.«

Columban schüttelte missbilligend seine langen Haare und

murmelte: »Kirchen werden zu Kornspeichern, Frauen sind an der Macht, die Menschen leben in Ruinen und Königsmorde scheinen die Art und Weise zu sein, wie man seine Nachfolger bestimmt.« Laut sagte er: »Wir singen gleich die Komplet und legen uns dann zur Ruhe.«

In die Stille hinein hörte man jetzt deutlich jemanden schnarchen und Columban wiederholte seinen Befehl mit doppelter Laustärke, worauf das Schnarchen plötzlich aufhörte.

»Es tut mir Leid, dass ich euch keine Strohmatratzen anbieten kann ...«, warf Stefanus ein.

»Eine gute Gelegenheit, unseren Körper unempfindlich zu machen«, hielt Gallus dagegen.

»Nun, dann ... Gott segne euch diese Nacht«, sagte Stefanus, erhob sich, machte eine höfliche Verneigung und ging.

Columban erhob sich ebenfalls, um das Zimmer zu verlassen, aber dann besann er sich, ging zu dem heruntergebrannten Feuer, suchte nach einem verkohlten Ast und ging zu der Tischplatte zurück.

»So können wir vielleicht unseren Gastgeber erfreuen«, sagte er. »Auch wenn er arianisch ist, so gelten für ihn doch die gleichen Gesetze.«

Mit großen Buchstaben schrieb er auf das Holz: »Christus dixit: esurivi enim et dedistis mihi manducare, hospes eram et collexistis me – Christus spricht: Ich war hungrig und ihr habt mir zu essen gegeben, ich war fremd und ihr habt mich aufgenommen.«

Dô sprâchen offentlîche die Sîfrides man:
»ez möhte noch diu reise in diz lant ergân,
sô wir den reht erfunden, der uns den herren sluoc.
si habent von sinen mâgen starker viende genuoc.«

Da sagten Siegfrieds Leute in aller Öffentlichkeit:
»Es könnte allerdings noch mal eine Reise in dieses Land erfolgen,
wenn wir nämlich denjenigen genau herausgefunden haben,
der unseren Herrn erschlagen hat.
Sie (die Burgunden) haben unter Siegfrieds Verwandten viele starke Feinde.«

Aus dem Nibelungenlied, 18. Aventiure

Zwei

»Wenn das die Königin wüsste, dass du hier sitzt und mir beim Spinnen hilfst«, sagte Nanthild, eine junge Frau aus Mettis, mit der sich Agnes befreundet hatte.

»Ach, wenn sie nicht da ist …«, erwiderte Agnes, die auf einem Hocker saß und ein Bündel Flachs auf dem Schoß hatte. »Dauernd nimmt sie jetzt an Sitzungen teil, wo sie mich nicht braucht. Man könnte meinen, nicht Childebert regiert, sondern seine Mutter. Und außerdem: Was kann ich dafür, wenn mir diese Arbeit Freude macht? Sonst bin ich immer um sie herum und muss die Launen Brunichildes ertragen. Und der Flachs ist weich und biegsam und tut, was ich sage. Nur schade, dass er nicht frisch ist.«

»Bis zum Julius, wo wir ihn schneiden«, meinte Nanthild, »dauert es noch ein paar Wochen und dann muss er erst zwei Wochen im Freien liegen, getrocknet und gehechelt werden, bis man ihn zum Spinnen bindet.«

»Ja, ja, ich weiß, ich habe es ja früher in Treveris oft genug gemacht. Glaub nur nicht, dass ich mich nicht auskenne, nur weil ich die meiste Zeit mit der Königin zu tun habe!«

Agnes nahm das große Bündel Flachs, das schon durchgekämmt worden war und band an dem einen Ende eine Schnur herum, die so lang war, dass Agnes sie sich gleichzeitig um die Taille schlingen konnte. So rutschte ihr der Flachs beim Lockern und Binden nicht weg.

Die beiden Frauen saßen in einem geräumigen fränkischen Haus in Mettis, außerhalb des Palatiums, und nutzten das Spätnachmittagslicht aus.

Aber in dem Raum, der zum Wohnen und Schlafen diente und

dessen andere Hälfte den Tieren gehörte, hätte es zum Arbeiten trotzdem noch heller sein können. Das lag einmal an den Fenstern, die zu klein waren, um genügend Helligkeit zu verbreiten und zum anderen daran, dass die Sonne sich gerade hinter den Wolken versteckt hatte.

Die beiden Frauen waren nicht allein. Im Hintergrund lag ein alter Mann auf einer Bank und schnarchte, und in der Nähe des Eingangs krabbelten zwei Kleinkinder auf dem gestampften Lehmboden herum.

Nanthild stand auf und holte unter einer Bank ein paar Buchenscheite heraus, die sie auf die Feuerstelle in der Mitte des Wohn- und Schlafbereichs legte.

Zuerst qualmte es, und die beiden Frauen mussten husten, dann war das Holz von den Flammen erfasst worden und brannte hell auf.

Agnes fing nun an, die langen Flachsfasern auseinander zu zerren. Immer wenn sie einen schmalen Strang abgeteilt hatte, legte sie ihn auf ihr linkes Knie, so dass sie nach einiger Zeit eine lang gezogene Fläche hatte, die an einem Ende festgebunden war und wie ein Dreieck aussah.

»Wenn du nun schon einmal hier bist, Agnes«, fing Nanthild an, »dann kannst du mir sicher Neues von der Königin erzählen.« Auch sie band sich den Flachs um die Taille und unterteilte ihn in schmale Stränge.

»Ich weiß gar nicht, ob es viel Neues gibt«, brummte Agnes und blickte zu Nanthild hinüber. Aber ihr Gesicht drückte das Gegenteil aus, nämlich eine Art Besitzerstolz von neuen Nachrichten. Keiner kannte Brunichilde so gut wie Agnes. Und keiner wusste so viel wie sie über die Königin.

Agnes bückte sich und griff nach einem länglichen Holzstab mit Einkerbungen, dem Spinnrocken. Den legte sie an die eine Seite des Dreiecks und wickelte den entzerrten Flachs darum herum. Dann band sie das Gebilde mit einer Schnur kreuzförmig zusammen, das nun aussah wie ein langes, zopfartiges Haarteil. Es war fertig zum Spinnen, denn nun konnte man mit der Handspindel am Ende des Stabes Fasern herausziehen und sie durch geschickte Drehung zu festem Leinengarn verarbeiten.

Plötzlich warf Nanthild ihren Flachs auf den Boden und sprang auf. Eines der Krabbelkinder war durch das helle Feuer angelockt worden und wollte in die Flammen fassen. Mit geübtem Griff packte sie das Kind, gab ihm einen Klaps auf den Po und setzte es neben die Bank. Dann holte sie ein langes Seil, band das eine Ende an den Fuß ihres Hockers und das andere um das Fußgelenk des Kindes.

»Und der andere?«, fragte Agnes, während sie den fertigen Spinnrocken in die Ecke stellte und ein neues Bündel Flachs nahm.

»Bertil wird nicht so schnell zum Feuer krabbeln. Er hat sich neulich die Hand verbrannt, das schreckt ihn ab.« Sie nahm den Flachs wieder auf, der auf dem Boden lag, und blickte Agnes erwartungsvoll an.

Agnes gehörte nicht zu den Frauen, die früh aufblühten und rasch verwelkten, sie war auf langsames Reifen angelegt. Ihr Aussehen verbesserte sich eher mit den Jahren. Aus dem linkischen, unauffälligen, zwanzigjährigen Mädchen war eine Frau geworden, der man gerne nachschaute, wenn sie an einem vorüberging. Der jahrelange Kontakt mit der Königin hatte dazu geführt, dass sie wählerischer mit ihren Kleidern geworden war und selbstbewusster auftrat. Außer, es kamen ihr Leute entgegen, die von ihrem Rang her über ihr standen. Dann wagte sie es nicht, den Blick zu heben.

Mit ihren fünfunddreißig Jahren hatte sie noch die meisten Zähne behalten. Es fehlten ein Eckzahn und zwei Backenzähne. Aber die Lücke, die der Eckzahn hinterlassen hatte, fiel nur dann auf, wenn Agnes laut und herzhaft lachte. Ihre blonden Haare, die im Lauf der Zeit stumpf geworden waren, bleichte sie gelegentlich mit einem Gemisch aus Asche und Ätzkalk. Und bei Festen nahm sie eine Salbe aus Butter und Löwenzahnsaft, der sich beim Kochen rot färbte, und rieb damit ihre Lippen ein.

Ihr eher rundes Gesicht mit den hohen Wangenknochen, der schmalen Nase und den großen Augen ließ zwar inzwischen mehr Falten erkennen, aber dafür war ihr Blick fester und strahlender geworden.

»Im Augenblick muss Brunichilde mit dem Tod ihrer mittleren Tochter fertig werden«, begann Agnes und legte einen weiteren Strang Flachs auf ihr Knie.

»Und … stimmt es, dass eine Art Fluch über der Familie hängt?«

Agnes nickte. »Ja, das stimmt. Ich habe die Fluchringe selbst gesehen. Und stell dir vor, bei ihrer toten Tochter fand man beim Leichenwaschen einen Silberreif um das linke Fußgelenk, der mit einem Fluch auf der Innenseite beschrieben war.«

»Grauenhaft. Wer macht so etwas?«

»Die Königin hatte die ganze Zeit ihren Schwager, König Chilperich, in Verdacht, aber, da der ja nun vor drei Jahren bei einer Jagd verunglückte, kann er es nicht sein. Mein Vater hat sowieso nie daran geglaubt, dass es Chilperich war und behauptet, dass Chilperich selbst ein Opfer des Fluches ist. Aitulf ging verschiedenen Spuren nach, die ihn an den Hof von König Gunthram führten. Aber obwohl der König irgendetwas verbarg, konnte mein Vater nicht schlüssig nachweisen, dass die Fluchringe von ihm stammten. Außerdem hat Gunthram selbst alle seine Söhne verloren und, nachdem er eine Zeit lang gegen Brunichilde war, hat er nun wieder angefangen, sie auf seine Seite zu ziehen und um sie zu werben. Mein Vater ist inzwischen von der Suche nach dem Mörder fast abgekommen. Was kann man nach all den Jahren jetzt noch feststellen?«

»Und wie ist es mit Fredegunde? Ich glaube, dass Brunichilde keine Frau so hasst wie sie!«

Agnes lachte und holte sich dabei einen neuen Spinnrocken. Der kleine Junge versuchte gerade laut krähend seine Fesseln abzustreifen, aber Nanthild hatte die Schlinge eng genug gemacht, so dass der Kleine sie sich nicht über den Fuß streifen konnte. Jetzt setzte er sich hin, bog sein Bein nach oben und knabberte mit seinen vier Zähnen daran.

Während Agnes wieder die Flachsstränge um den Holzstab legte und zusammenband, fuhr sie fort: »Ja, das ist ein langer

Streit zwischen Brunichilde und Fredegunde. Ich weiß gar nicht, ob ich die Kraft hätte, eine Frau jahrelang so abgrundtief zu hassen wie Brunichilde dies tut.«

»Und? Meinst du nicht, dass Fredegunde ...?«

Agnes knotete die Schnur zusammen und schüttelte den Kopf. »Du kennst Fredegunde nicht. Nach den Erzählungen von Brunichilde habe ich sie mir immer als eine widerwärtige rohe Frau vorgestellt, aber nachdem ich sie einmal selbst getroffen hatte, wusste ich Bescheid.«

»Worüber?«

»Fredegunde sieht einfach besser aus als Brunichilde. Vor allem jetzt. Man merkt es ihr kaum an, dass sie eine Magd war. Nur, wer ihre Hände betrachtet, sieht, dass sie früher einmal hart gearbeitet hat. Ihr Auftreten ist königlich, ihre Augen glänzen und sie ist immer zu einem Scherz aufgelegt. Dass Chilperich sie nach dem Tod von Galsuinta wieder zur Frau nahm, ist überhaupt nicht verwunderlich. Sie ist etwas größer als Brunichilde. Und, wenn die beiden nebeneinander stehen, dann ist, ehrlich gesagt, meine Königin aus dem Rennen. Und das merkt sie.« Agnes seufzte. »Es ist im Grunde das alte Lied: der blanke Neid. Brunichilde kann es einfach nicht ertragen, dass eine Magd königlicher und schöner aussieht als eine Frau aus adligem Geschlecht wie sie. Und dass Fredegunde die Stelle ihrer geliebten Schwester eingenommen hat.«

»Aber ist es denn nicht seltsam, dass Brunichildes rothaarige Schwester ... wie hieß sie gleich?«

»Galsuinta.«

»Richtig, Galsuinta. Ist es nicht seltsam, dass sie so früh starb?«

»Sicher kam Chilperich und auch Fredegunde der Tod Galsuintas gerade recht, aber ... aber wenn alle die Menschen, die durch den Tod eines Angehörigen Vorteile haben, Mörder wären, dann wären wir von vielen Mördern umgeben!«

»Aber ...«, Nanthild schüttelte den Kopf. »Wer steckt dann hinter diesen Fluchringen und hinter all diesen Morden?«

»Ich weiß es nicht.« Agnes hob bedauernd ihre Schultern. »Wahrscheinlich bekommen wir es auch nicht heraus und müssen bis zum Jüngsten Gericht warten.«

»Aber hast du denn keinen Verdacht?«

»Na ja«, sagte Agnes. »Ich denke, es muss jemand sein, der alle genau kennt, der sich ohne Argwohn zu erwecken, Zugang zum Palatium verschaffen kann. Vielleicht jemand, der die ganze Sippe ausrotten will, alle drei Brüder mit ihren Familien, jemand, von dem man es nicht erwartet, der vielleicht allen bekannt ist, der …«

Plötzlich hörten sie einen durchdringenden Schrei. Nanthild blickte wild um sich, sah, dass ihr Sohn seine Fessel durchgekaut und sich beim Feuer verbrannt hatte und eilte auf die Stelle zu, zog den Jungen weg, gab ihm einen noch stärkeren Klaps als vorher, so dass sein Geschrei zunahm, dann holte sie einen Holzeimer mit kaltem Wasser und tunkte seine Hand hinein.

Als er sich beruhigt hatte, kam sie zu Agnes zurück, schob ihr Hemd zur Seite und stillte ihn.

»Und wehe«, sagte sie zu dem trinkenden Jungen, »wenn du wieder in meine Brustwarze beißt!«

»Ach, Agnes«, sagte Nanthild, während sie stillte, »könntest du den Kessel über dem Feuer aufsetzen und Wasser heiß machen für eine Abendbrühe? Wenn die Männer kommen … Aber nein, lass es! Jetzt gebe ich dir schon Befehle!«

Agnes war schon aufgestanden. »Ich mach das schon.«

Sie hängte den Kessel über dem Dreibein ein, füllte Wasser nach und legte ein paar Scheite Holz zu den Flammen.

»Wo hast du das Gemüse und die anderen Zutaten?«

»Dort hinten, an der Wand hängen Lauch und getrocknete Bohnen und ein Stück Speck …«

Als Agnes alles geschnitten und in das heiße Wasser getan hatte, setzte sie sich zu Nanthild, die mit Stillen fertig war und ihren Jungen wieder krabbeln ließ. Diesmal musste sie ihn nicht mehr anbinden, er hatte seine Lektion gelernt.

»Und nun«, fuhr Nanthild fort, »erzähl mir etwas über die Liebhaber der Königin. Ich werde es auch nicht weitererzählen.«

Agnes lachte. »Das glaube ich nicht. Du wärst die Erste, die es am nächsten Morgen als großes Geheimnis deiner Mutter anvertrauen würde.

Aber … es gibt nicht viel dazu zu sagen.«

»Das kann nicht sein.«

»Oh, natürlich gab und gibt es noch viele Bewerber. Allen voran König Gunthram aus Burgundum. Da er nun seine eigenen Söhne verloren hat, blickt er auf Childebert und überlegt, ob er ihn zu seinem Erben einsetzen soll. Damit kann er Brunichilde noch am ehesten beeindrucken. Die Königin hat angedroht, einen Wettkampf mit Bogen und Pfeilen für alle Bewerber zu veranstalten. Wer ihn gewinnt, darf sie heiraten. Aber das sind nur Worte …«

»Und … hat deine Herrin denn nicht Lust auf einen Mann? Oder hat sie heimlich einen Liebhaber?«

Agnes schüttelte den Kopf. »Ich glaube nicht. Seitdem Sigibert tot ist, scheint es so zu sein, als ob ihr Liebesleben mit ihm gestorben ist. Sie ist hart geworden, ihre Stimme ist nicht mehr so geschmeidig wie früher. Sicher, sie konnte auch früher harte Worte finden, aber das Sanfte war auch da. Der Mann, der ihr Herz erweichen kann, ist, glaube ich, noch nicht erschaffen. Sie stürzt sich mit ganzer Kraft in die Regierungsgeschäfte, verbringt viel Zeit bei den Kriegern und Soldaten und liegt ihrem Sohn in den Ohren, gegen seinen Vetter Chlothachar, Chilperichs Sohn, Krieg zu führen.

Wenn wir allein sind, redet sie davon, dass eine Zeit kommen müsste, wo alle fränkischen Gebiete unter einem König vereinigt sind wie zu Zeiten König Chlodovechs.«

»Eine seltsame Frau.« Nanthild stand auf, ging zu dem Kessel und rührte in dem Gemüsebrei, damit nichts ansetzte. Dann holte sie von der Wand, wo die Lebensmittel an Haken hingen, einen Klumpen Teig, der in einem feuchten Tuch eingeschlagen war. Sie warf ihn auf ein Holzbrett und begann ihn zu kneten. Zwischendurch legte sie ein paar flache, runde Steine ins Feuer, damit man später, wenn sie heiß waren, die Fladenbrote darauf backen konnte.

Inzwischen hatte sich draußen die Sonne durch die Wolkendecke gekämpft und schickte ihre Abendstrahlen durch die Fenster. Mücken und Staubteilchen waren deutlich in den breiten

Sonnenbändern zu sehen. Bertil, Nanthilds zweiter Sohn, blickte mit offenem Mund auf den Tanz, den die Mücken mit dem Staub aufführten und grabschte mit seiner Hand danach.

»Und wie ist es mit dir?«, fragte Nanthild. »Möchtest du nicht heiraten oder bist du schon zu alt dafür?«

»Ach, ich weiß nicht«, sagte Agnes leise. »Sicher, ich hatte schon Angebote, aber ich konnte mich nicht dazu durchringen, und mein Vater Aitulf lässt mich in Ruhe, was ich ihm hoch anrechne, denn er hat die Muntgewalt über mich und könnte mich zum Heiraten zwingen.«

Sie schwieg und war in Gedanken versunken. Dann nahm sie noch ein weiteres Bündel Flachs und entflocht es. Schließlich sagte sie: »Ich wollte, als ich fünfzehn war, in ein Frauenkloster eintreten, aber du kennst ja meine Geschichte, dass ich von Sachsen entführt wurde. Und meine Tochter Gna ist nun selbst schon erwachsen und hat einen Mann. Ich weiß also, wie es mit dem Kinderkriegen ist. Es reizt mich nicht sonderlich und füllt mich nicht aus. Und ein bisschen hänge ich noch am Kloster. Wer weiß, vielleicht gehe ich doch noch eines Tages dorthin …«

»Und … der Mann, der dich … ich meine, von dem deine Tochter ist? Hast du ihn jemals wiedergesehen?«

»Niemals. Es verbindet mich auch nichts mit ihm. Er ist ein heidnischer Sachse. Was soll ich mit ihm anfangen? Übrigens«, setzte sie ohne Pause hinzu, um von diesem Thema abzulenken, »es gibt doch noch eine Neuigkeit, die dich interessieren wird!«

Nanthild, die eifrig ihre Brühe umrührte, nachdem sie ein Büschel Beifuß in den Kessel geworfen hatte, um den Fleischgeschmack zu verstärken, blickte neugierig auf.

»Morgen, gegen Mittag, werden ein paar irische Mönche ankommen. Sie werden bei Childebert und Brunichilde vorsprechen, weil sie auch hier ein Kloster bauen wollen. Ich glaube, eines steht schon in den Wäldern bei Luxovium, in Burgundum.«

»Irische Mönche?«

»Ja, sie sollen lustig aussehen, weil sie nicht die römische Tonsur tragen, sondern nur den Schädel bis zur Mitte rasieren und die Haare lang herunterfallen lassen bis auf die Schultern. Und –

sie sollen sehr streng sein. Bei den kleinsten Vergehen im Klosteralltag gibt es harte Strafen. Und das Verrückte daran ist, dass die jungen Männer scharenweise dort eintreten. Das Lieblingswort ihres Anführers heißt: *Abtötung.*«

»Abtötung? Was töten sie denn ab?«

»Oh, sie töten keine Kreaturen. Sie kämpfen gegen sich selbst und gegen ihre eigenen bösen Gedanken und Gefühle und bringen sie unter Kontrolle. Mein Vater Aitulf hat mir das alles erzählt.«

»Nun, dann werden sie hier alle Hände voll zu tun haben«, lachte Nanthild und fuhr fort: »Hatte nicht Childebert mit dreizehn Jahren schon zwei Söhne von zwei verschiedenen Frauen? Ich fürchte, das wird ihnen nicht gefallen.«

»Ja, die fränkischen Könige haben einen starken Trieb. Aber jetzt ist Childebert ja mit einer gotischen Verwandten verheiratet.«

»Ja, ich weiß, aber ihren Namen habe ich schon wieder vergessen.«

»Failiúva.«

»Dass du dir das merken kannst!«

»Mein Vater hat mir etwas Gotisch beigebracht.«

»Und was bedeutet Fai… Fai… liúva?«

»So etwas Ähnliches wie: ›Fröhliche Katze‹.«

Am nächsten Tag erreichten die irischen Mönche Mettis. Entlang der alten, löchrigen Römerstraße waren sie am Abend bis Virodun gekommen, einer alten, halb zerfallenen Römergarnison, und hatten dort den breiten Fluss Mosa überschritten. Die Holzbrücke, die auf Steinträgern ruhte, war zwar schon baufällig, hielt aber gerade noch. Und selbst, wenn es dort keine Brücke gegeben hätte, wäre das für die Mönche kein Hindernis gewesen. Entweder hätten sie so lange gebetet, bis ein Wunder passiert wäre, oder sie hätten sich in die eiskalten Fluten gestürzt, immer bereit, etwas zu finden, das ihren asketischen Drang befriedigte. Es waren nicht alle Mönche mitgekommen. Das neu gegründete Kloster in Luxovium konnte nicht verwaist zurückgelassen werden.

Die Männer waren zu viert: Columban, der Anführer, Gallus, der ebenfalls zum Leiter geeignet gewesen wäre, sich Columban aber unterordnete und nur gelegentlich ein paar geistreiche Seitenhiebe austeilte; Lethan, den Columban schon seit seiner ersten Zeit aus Bangor kannte und der wie ein Sohn für ihn war, und ein praktisch veranlagter Mönch im mittleren Alter, der in Notlagen meist einen Ausweg wusste und die verstecktesten Wurzeln und Kräuter fand. Er hieß Diurán, hatte aber den biblischen Namen Haggai angenommen. Der Name bedeutete: »Der am Festtag Geborene«, weil die Schwangerschaft seiner Mutter abrupt an einem Sonntag zu Ende gegangen war, als sie zu viel gegessen hatte.

Obwohl der Tag schon zur Neige ging, waren sie keineswegs müde, sondern steckten voller Tatendrang. Unterwegs hatten sie darüber diskutiert, wo das nächste Kloster gebaut werden sollte, denn die erste Gründung wurde schon zu klein und platzte aus allen Nähten. Wie immer hielten sie ihre Gebetszeiten konsequent ein, sangen die Vesper vor den Mauern der Stadt und kümmerten sich nicht um die Blicke der Leute.

Es war ein lauter, heißer Tag gewesen und unter ihren hellen Kutten schwitzten sie, während sie den Weg zur Königsresidenz einschlugen.

Dass die Mönche die Könige des Landes aufsuchten, war nicht weiter ungewöhnlich. Auch in Irland pflegten die Klöster einen regen Kontakt zu den Adligen und den Königen, denn die Mönche fühlten sich als Könige des unsichtbaren göttlichen Reiches. So stand es schon in der Offenbarung des Johannes: »… und sie herrschten mit Christus tausend Jahre«.

Der Kirchenvater Augustinus hatte diese dunkle Bibelstelle als die Zeit der Kirche gedeutet, die nach und nach ihre Herrschaft ausbreitete. Und war es nicht so, dass die Zauberer und Dämonen, die falschen Götter und die Götzenpriester immer weiter zurückwichen vor dem Siegeszug des weißen Pferdes, auf dem Christus saß?

Jedenfalls wäre es Columban nicht in den Sinn gekommen, wie ein Bittsteller vor Childebert und Brunichilde zu erscheinen.

Er kam im Auftrag Gottes und rechnete mit einem würdevollen Empfang.

Und er hatte sich nicht verrechnet.

Brunichilde, die sich als christliche Königinmutter fühlte, konnte es nur begrüßen, dass Chaos und Unglaube, die immer noch in den Städten und Dörfern herrschten, von Männern bekämpft wurden, die eine steinharte Disziplin vorlebten und durch ihr konsequentes Leben beeindruckten. Je mehr Klöster desto besser. Das bedeutete Hoffnung auf eine bessere Zukunft und ein Zunehmen von Bildung. Sie persönlich freute sich auf geistreiche Gespräche mit diesen Männern und hatte auch Bischof Gaugerich aus Treveris, Magnerichs Nachfolger, die Neuigkeit weitergegeben. Und auch er erwartete den Besuch der Iren, von denen man schon so viel gehört hatte.

Als der Königin gemeldet wurde, dass die Mönche angekommen waren, eilte sie in die Eingangshalle des Vestibulums, um die Männer willkommen zu heißen.

Die fünfzehn Jahre Witwenschaft hatten ihre Spuren bei Brunichilde hinterlassen. Ihre äußere Haltung hatte sich zwar nicht maßgeblich verändert. Immer noch ging sie aufrecht und stolz durch die Räume, aber der Ausdruck ihres Gesichtes war härter geworden. Oder es war darin etwas verloren gegangen, das die Härte früher gemildert und ertragbar gemacht hatte: eine gewisse Lebendigkeit und Lebensfreude, die aus den Augen blitzte und die Züge weich werden ließ.

Wenn die Königin, was selten genug vorkam, lächelte, dann war das eher mit einer Grimasse zu vergleichen, in der Freude und Liebe nicht zu Hause waren.

Auch wenn die Menschen in Brunichildes Umgebung das so nicht hätten beschreiben können, spürten sie doch, dass seit einigen Jahren von der Königin eine Kälte ausging, die einen befangen und ängstlich machte.

Brunichilde wachte mit Hassgefühlen auf und ging mit Hassgefühlen schlafen. Das verschaffte ihr zwar eine brennende Energie, ließ aber das warme Licht, das früher zwischendurch in ihren Zügen aufgeleuchtet war, immer mehr verblassen.

Seitdem Chilperich gestorben und ihr Feind somit nicht mehr greifbar war, plagte sie eine Unruhe, die ihr oft den Appetit nahm. Gunthram, den Aitulf im Verdacht gehabt hatte, schied aus, weil auch seine Söhne unter dem Fluch gestorben waren und Fredegunde ebenso, denn sie hatte selbst ihren Mann und dadurch ihren Schutz verloren. Keine Frau wäre so dumm gewesen, sich ihres eigenen Schutzes zu berauben, selbst wenn sie ihren Mann ablehnte.

Letzten Endes blieb nur noch Chlothachar übrig, Chilperichs Sohn, der ehrgeizig genug war, das Reich seines Vaters zu vergrößern und vor keinem Mittel zurückgeschreckt hätte. Konnte man denn einen Fluch an den Sohn weitergeben wie ein Erbteil?

Nun war Brunichilde also gespannt auf den Besuch der Mönche, lenkten sie die Königin immerhin davon ab, nur über Regierungsgeschäfte nachzudenken oder über ihr persönliches Leid zu grübeln.

Gerade traten die vier Iren durch das Eingangstor, durchschritten die äußere Säulenhalle, da sahen sie von weitem, wie eine Frau in Begleitung auf sie zukam.

Lethan, der zum ersten Mal ein fränkisch-römisches Palatium betrat, blickte sich interessiert um, sah staunend ein großes Rundbogenfenster mit echtem, grünlich schimmerndem Glas in einen Holzgitterrahmen gefasst, und bewunderte die Ornamente, die in roten und gelben Verzierungen unter der Decke entlangliefen.

Ob er die Stufe übersehen und nur Augen für alles Neue hatte, oder ob es in der Halle schon zu dämmrig war, wusste er hinterher auch nicht mehr zu sagen.

Jedenfalls stolperte er, als er mit den anderen auf die Königin zuging, verfing sich mit der rechten Sandale im Saum seines Mantels und fiel der Länge nach hin, in dem Augenblick, als Brunichilde mit Agnes und noch anderen kam, um die Männer zu begrüßen.

Es entstand ein kleines Durcheinander, Columbans Stimme klang ärgerlich, als er sagte: »Steh auf Lethan!« Lethan wollte es zwar tun, knickte aber gleich wieder ein, denn das rechte Fußgelenk gehorchte seinem Willen nicht mehr.

Gerade wollte Columban zu einer größeren Zurechtweisung ausholen, da sagte die Königin laut: »Ich bitte dich, Abt Columbanus, lass den Mann sich ausruhen!« Und zu Agnes gewandt fuhr sie fort: »Bring ihn in ein Zimmer und sorge dafür, dass man ihm den Fuß mit feuchten Leinenbändern umwickelt.«

»Meine Mönche müssen nicht wie alte Weiber gepflegt werden, nur weil sie gestolpert sind«, sagte Columban mit befehlsgewohnter Stimme. Und fügte hinzu: »Lethan wird etwas humpeln und sich den Schmerz verbeißen. Es ist eine willkommene Übung, die menschliche Schwachheit zu besiegen.«

Einen Augenblick war es still, dann sagte Brunichilde so sanft wie es ihr möglich war: »Ich zweifle nicht an der Willensstärke deiner Mönche, Abt von Luxovium, aber da er eine Verletzung in meinem Palast erlitten hat, fühle ich mich verpflichtet zu helfen. Ich kann es dir natürlich nicht befehlen, darum bitte ich dich demütig, meine Bitte nicht abzuschlagen. Schließlich wurde der Mann, der nach Jericho wollte, von einem barmherzigen Samariter gepflegt. Und unser Herr weist uns an, ähnlich zu handeln.«

Columban sagte nichts und überlegte. Schließlich gab er seine Zustimmung. Wahrscheinlich wollte er die Königin nicht gleich beim ersten Zusammentreffen verärgern. Aber seine Einwilligung klang übertrieben herablassend, damit unter keinen Umständen der Eindruck entstünde, er würde Brunichildes Befehlen gehorchen. Agnes ging auf Lethan zu und führte den Humpelnden den Weg zurück, während Brunichilde laut zu den drei anderen Männern sagte: »Hier entlang. Ich freue mich, dass ihr meine Gäste seid. König Childebert wird ebenfalls gleich kommen, um euch willkommen zu heißen.«

Da Lethan jedes Mal zusammenzuckte, wenn er seinen rechten Fuß auch nur geringfügig belastete und dabei schwankte, sagte Agnes: »Du kannst dich auf meine Schulter stützen.« Auf diese Weise erreichten sie einen Raum, der mit Eimern und einem großen Wasserkessel voll gestellt war. An der Seite stand eine Bank, auf die sich Lethan dankbar setzte.

»Ich werde schnell ein paar Streifen Stoff holen und deinen Fuß umwickeln!«, rief Agens und eilte zum Ausgang.

»Lass nur«, sagte Lethan. »Ich glaube nicht, dass ich das brauche. Ich ruhe mich hier nur aus. Das genügt. Und außerdem solltest du wahrscheinlich einen Sklaven bitten ...«

Agnes winkte ab. »Ach, bis ich jemanden finde und das alles erkläre, habe ich die Arbeit schon selbst gemacht.« Und schon war sie fort.

Lethan saß da und ärgerte sich. Es war ihm peinlich, dass er die wichtige Begegnung zwischen Brunichilde und den Mönchen so durcheinander gebracht hatte. Und es war ihm außerdem unangenehm, von dieser Frau wie ein Kind behandelt zu werden. Er war den Umgang mit Frauen nicht gewohnt und fühlte sich leicht gehemmt und nicht so frei, wie wenn er mit Männern geredet hätte.

Sollte er möglichst wenig sagen und ruhig alles über sich ergehen lassen? Aber wenn er nichts sagte, würde die Gegenwart einer unbekannten Frau, auch wenn sie nur eine Magd war, vielleicht beängstigend werden. Während er noch so darüber nachdachte, hörte er schon Schritte und sah einen Lichtschein, der über die Wände zitterte. Agnes kam mit Stoffen und einer Fackel zurück, denn die Dämmerung hatte eingesetzt, und in dem Raum wurde es allmählich dunkel.

Sie stand jetzt vor Lethan, drückte ihm die Fackel in die Hand und befahl ihm: »Halte sie fest und leuchte mir!«

Dann hob sie einen Holzeimer hoch, schöpfte Wasser aus dem großen Kessel und stellte den vollen Eimer neben Lethans Fuß. Sie tunkte ein Stück Stoff in das Wasser, wrang es aus und legte das feuchte Tuch über den Eimerrand.

»So, dann streck mal deinen Fuß aus!« Lethan gehorchte und fand es seltsam, dass er es gerne tat. Er spürte, wie Agnes mit geschickten Händen den Lederstiefel öffnete.

»Oh, das wird etwas wehtun!«, meinte sie. »Der Knöchel ist schon geschwollen.« Sie zog vorsichtig an dem Schuh, aber der saß fest. Lethan bückte sich und drückte mit der freien Hand von oben dagegen. Er zuckte zurück, als er kurz Agnes' Hand berührte, aber dann rutschte der Stiefel doch ganz langsam über den

Fuß. Lethan zog die Luft ein, denn es schmerzte. Erschöpft lehnte er sich zurück.

»Ah, du hast deine Füße schon lange nicht mehr gewaschen«, hörte er Agnes' Stimme und roch selbst den Geruch, der sich im Raum verbreitete.

»Ein paar Wochen wird es wohl her sein … Und wir waren den ganzen Tag unterwegs.«

»Und deine Fußnägel waren früher sicher auch kürzer. Ihr lasst wohl alles wachsen, Fußnägel und Haare! So, halte die Fackel etwas näher!« Lethan gehorchte und seufzte dankbar auf, als der feuchte, kühle Stoff über die Schwellung gelegt wurde. Ganz kurz beleuchtete die Fackel Agnes' Scheitel und brachte ihre hellen Haare zum Glänzen, die aussahen, als bestünden sie aus Goldfäden.

Er sah, wie Agnes den anderen Stoff darüber wickelte, um den Umschlag zu fixieren. Dann nahm sie den Stiefel, schnitt den Schaft an der Seite ein, damit er über den Verband passte.

Als alles wieder an Ort und Stelle war, sagte sie: »Am besten, du legst deinen Fuß ein Weile hoch!« Sie holte einen leeren Holzeimer, stülpte ihn um und legte Lethans verbundenen Fuß darauf, ohne auf seine Zustimmung zu warten.

Lethan räusperte sich: »Aber … aber ich kann doch hier nicht lange sitzen bleiben.«

»Doch«, nickte Agnes, »ein wenig schon. Ich lasse dich allein und komme bald wieder, dann begleite ich dich zu deinen Brüdern.«

Lethan war hin- und hergerissen. Einerseits fand er die Fürsorge übertrieben, andererseits genoss er sie, denn das Verbinden erinnerte ihn an seine Mutter, die ihn immer umsorgt hatte, wenn er krank gewesen war.

Wie wohltuend und aufregend war die Gegenwart dieser Frau. Fast wünschte er sich, sie würde bald wiederkommen und er könnte sich mit ihr unterhalten.

Aber nein! Lethan schüttelte bei diesen Gedanken den Kopf. Das war ganz und gar nicht gut. Er hatte sein Gelübde abgelegt, sich auf keine Frauen einzulassen.

»Vorsicht, Lethan«, raunte eine Stimme in ihm. »Das ist eine Versuchung. Du befindest dich jenseits der schützenden Klostermauern und außerhalb lauert die Gefahr. Töte diese Gedanken ab!«

Lethan seufzte: »Ja, das stimmt. Gerade noch rechtzeitig gemerkt.« Und er sagte halblaut die drei Befehle, die er von Columban für solche Situationen gelernt hatte: »Weicht von mir, ihr üblen Gedanken im Namen Christi! Verliert eure Kraft und vergeht! Tot und stumm sollt ihr für mich sein!«

Vor ihm wurde es hell, als wäre ihm ein Licht aufgegangen, aber es war nur der Schein der Fackel, der vor dem Eingang auftauchte. Im nächsten Augenblick betrat Agnes wieder den Raum, steckte die Fackel in den dafür vorgesehenen Wandhalter, legte einen Stock auf den Boden und fragte neugierig: »Mit wem hast du eben gesprochen?«

Heiliger Patrick, schoss es Lethan durch den Kopf. Diese Frau hat es wohl verlernt, Zurückhaltung zu üben. Laut sagte er in abweisend mürrischem Ton: »Ich habe mit Gott gesprochen und hoffe, dass das innerhalb dieser Mauern erlaubt ist.«

»Natürlich«, nickte Agnes. Du bist ja ein Mönch und Mönche reden gerne mit Gott.« Sie holte sich einen anderen leeren Eimer, stülpte ihn um und setzte sich unbefangen neben Lethans Fuß, als würde sie das jeden Tag tun.

»Weißt du«, fing sie an, »dass ich selbst einmal in einem Kloster gelebt habe?«

»Wirklich?« Lethan war so überrascht, dass er seinen Vorsatz vergaß, abweisend zu sein.

»Ja, es ist schon lange her, über zwanzig Jahre. Ich war noch ein ganz junges Mädchen und trat in ein neu gegründetes Frauenkloster bei Antonaco ein. Das liegt an dem großen Fluss Rhenus.«

»Und warum bist du nicht mehr dort?«

»Oh, ich hatte meine Gelübde noch nicht abgelegt, ich war Novizin.«

»Das Klosterleben hat dir wohl nicht gefallen?« In Lethans Stimme schwang eine leise Enttäuschung mit.

»O doch, sehr sogar. Ich hätte gerne den Rest meines Lebens

in Antonaco verbracht. Erst kürzlich habe ich mir überlegt, ob ich nicht wieder dort eintreten sollte. Wahrscheinlich werde ich es sogar tun.«

»Man kann in ein Kloster nicht einfach ein- und austreten und dann wieder eintreten. Jedenfalls ist es bei uns nicht der Brauch. Wer als Novize einmal nein gesagt hat, hat seinen Aufenthalt für immer verwirkt.«

»Bei mir ist das anders.« Agnes' Stimme wurde eine Spur streitlustig. »Äußere Umstände, für die ich nichts konnte, zwangen mich, mein Klosterleben vorzeitig abzubrechen.«

Darauf wusste Lethan so schnell nichts zu erwidern. Er fand es unangebracht, weiter nachzufragen, obwohl er gerne gewusst hätte, was für äußere Umstände das wohl waren.

In der darauf folgenden Stille wurde ihm plötzlich das Groteske seiner Situation deutlich: Hier saß er, ein Mönch, im Halbdunkel allein mit einer Frau zusammen und unterhielt sich mit ihr. Das war in seiner Regel nicht vorgesehen. Columban würde toben, wenn er es wüsste. Die Schamröte schoss dem Mönch ins Gesicht, und er sagte heftig: »Ich muss nun zu meinen Brüdern. Sie werden sich schon fragen, wo ich stecke.« Er hob seinen Fuß von dem Eimer und richtete sich auf.

Agnes sprang auf die Beine und wollte ihm helfen. »Nein! Lass mich!«, wehrte Lethan schroff ab. »Es geht schon.« Aber trotzdem griff er dankbar nach einem Halt, als er schwankte und fühlte unter seinen Händen die weiche Rundung von Agnes' Taille. Sofort ließ er den gefährlichen Körperteil los und stützte sich an der Wand ab.

Agnes bückte sich und hob den Stock auf, den sie mitgebracht hatte. »Hierauf kannst du dich stützen. Du gehst immer geradeaus, bis der Gang zu Ende ist, dann nach rechts. Ich leuchte dir.«

Langsam gingen sie über den Ziegelfußboden, und Lethan war froh, dass er mit dem Stock nun unabhängiger von fremder Hilfe war.

Als sie vor der nächsten Tür angelangt waren, sagte Agnes: »Ich verlasse dich hier. Wahrscheinlich legst du keinen großen Wert darauf, mit mir zusammen vor deinen Brüdern zu erscheinen.«

Lethan nickte erleichtert. »Ja, du hast Recht. Wie kommt es eigentlich, dass du so gut Latein sprichst?«

»Mein Vater ist Diakon der Kirche von Treveris und hat mir die Sprache beigebracht.«

Ah, gut. Dann also ... Gott segne dich ... Wie war doch noch dein Name?«

»Agnes.«

Als sich Lethan umdrehte, war sie schon gegangen. Nur der Schein der Fackel schwebte noch eine Zeit lang an der Säulenhalle entlang wie ein leuchtender Nachtvogel.

»Agnes«, wiederholte Lethan halblaut ihren Namen und öffnete die Tür.

Prünhilt diu schoene mit übermüete saz.

Die schöne Brünhild saß mit stolzer Genugtuung auf dem Thron.

Aus dem Nibelungenlied, 18. Aventiure

Drei

Der Raum, den Lethan betrat, war überraschend groß. An drei Wänden brannten Kienspanfackeln. Auf einem leicht erhöhten Podest saßen Brunichilde und ihr Sohn Childebert auf Stühlen, deren hölzerne Rückenlehnen kunstvoll geschnitzt waren.

Die Stühle der Besucher zeigten eine bescheidenere Ausführung. Deren Lehnen waren nur angedeutet. An den Wänden, weit genug von den Fackeln entfernt, hingen gewebte Teppiche. Hinter Brunichilde und ihrem Sohn zeichnete sich die dunkle Rundung eines Fensters ab, das jetzt mit einem Holzladen verschlossen war und die beiden königlichen Köpfe wie ein Bild einrahmte.

Auf kleinen, niedrigen Tischen standen Becher, die mit Wein oder Wasser gefüllt waren und Schüsseln mit gebratenen Fleischstücken und Fladenbroten. Zwei Männer, die neben der Königinmutter und ihrem Sohn Position bezogen hatten, gingen hin und wieder zu den Tischen und schenkten nach.

Als Lethan die Tür geschlossen hatte, eilte sofort einer der Bediensteten heran und zeigte ihm seinen Platz neben Haggai, der ihm ernst zunickte.

»Ah, der gefallene Mönch«, rief Brunichilde. »Wir heißen dich willkommen und hoffen, dass dein Fuß gut versorgt ist.«

Lethan neigte den Kopf und sagte: »Es geht mir besser, Dank sei Gott.«

»Nun, dann können wir ja fortfahren und Gallus zuhören, der eben von den Fortschritten des neuen Klosters in Luxovium erzählt hat.«

Gallus bedankte sich höflich, nicht zu devot, und redete von den Novizen, die sich allmählich an die strenge Zucht des Klosterlebens gewöhnten.

»Was ist eure strengste Strafe, wenn ein Novize sich verfehlt hat?«, unterbrach Childebert mit seiner hellen, heiseren Stimme Gallus' Redefluss.

»Nun, das kommt ganz darauf an, worin das Vergehen bestand, aber bei einem schweren Vergehen, wie zum Beispiel, ungebührliches Betragen gegenüber dem Abt oder boshaftes Geschwätz über einen Mitbruder, das sich dann als Lüge herausstellt, wird drei Tage schlafen neben einer Leiche verordnet. Das hat schon manchen kuriert.«

»Wie kommt es?«, fragte Childebert weiter und seine Miene verfinsterte sich, »dass ihr eure Haare lang tragt? Das dürfen in Franken nur die Könige.«

Columban antwortete: »Es ist Sitte in Irland, dass die Asketen ihre Haare nicht schneiden wie die heiligen Männer in Israel. Wir sind Könige im Reich Gottes.«

Childebert wandte sich an Brunichilde, als wäre er ein kleines schmollendes Kind, das sich bei den Eltern beschwert: »Stimmt das, Mutter? Müsste man sie nicht zwingen, ihre Haare abzuschneiden oder … sollte man ihnen nicht gleich den Kopf abschlagen?« Er lachte über seinen eigenen Witz.

Brunichilde dachte nach und erwiderte: »Sie lehnen sich mit ihrer Haartracht nicht gegen das merowingische Königshaus auf, sondern gehorchen ihren eigenen Traditionen. Ich denke, wir lassen sie zunächst einmal gewähren. Fahre fort, Gallus!«

Während Gallus weiterredete, nahm Lethan ein Stück Fleisch in die Hand und kaute es bedächtig. So oft kam er nicht in den Genuss eines Leckerbissens und der Tag heute war günstig, es war kein Fasten befohlen. Mit einem Stück Fladenbrot wischte er sich die fettigen Hände ab und steckte es danach ebenfalls in den Mund. Nach und nach spürte er eine gewisse Müdigkeit und merkte, wie er Gallus' Ausführungen nicht mehr folgte, sondern stattdessen mit seinen Gedanken abschweifte und bei Agnes hängen blieb. Seltsam, grübelte er, es ist doch kaum etwas passiert zwischen uns und trotzdem kommt es mir vor, als hätten wir Vertraulichkeiten ausgetauscht wie ein Liebespaar. Er dachte daran wie Agnes mit zarter Hand seinen Knöchel umwickelt, wie sie mit ihm geplaudert hatte und wie er mit seiner rechten Hand aus Versehen an ihre Taille gekommen war. Und dabei schien diese Frau wie auf gleicher Ebene mit ihm zu reden, weil sie selbst eine Zeit lang im Kloster gelebt hatte und Gebetszeiten kannte.

Das muss eine Täuschung sein, überlegte er, denn Frauen und Männer können niemals gleich empfinden. Gott hat sie unterschiedlich gemacht und die Frau mit ihrem zarten Wesen und ihrer kleinen Kraft dem Mann untergeordnet.

Er blickte nach vorn und merkte, dass er den letzten Satz so nicht stehen lassen konnte, denn da saß Königin Brunichilde neben ihrem Sohn, und es war nur allzu deutlich, wer hier die Macht hatte. Auch machte die Königin nicht den Eindruck, als sei sie von zartem Wesen und kleiner Kraft. Im Gegenteil. Aufrecht saß sie da in einem langen Gewand aus dunkelblauer Seide mit Goldstickerei am Saum und an den Ärmeln. Auf ihren schwarzen Haaren, die noch von keinem Silberfaden durchzogen waren, glitzerte ein goldener Haarreif.

»Verehrter Abt Columbanus«, sagte die Königin gerade, »du willst also auch hier, in unserem Reichsteil, ein Kloster bauen?«

»So ist es, Königin Brunichilde.«

»Nun, ich freue mich, das zu hören. Es scheint so zu sein, als ob Gott selbst euch geschickt hat, denn wir können neue Klöster gut gebrauchen. Du hast vermutlich schon gesehen, wie gering die Kraft des Glaubens unter meinen Untertanen«, sie blickte zu Childebert hinüber und verbesserte sich: »unter unseren Untertanen ist. Tatsächlich leben in den Wäldern und außerhalb der Städte, wo das Licht des Glaubens nicht so stark leuchtet, noch eine Menge Heiden, Zauberer, Götzenanbeter und Wodansanhänger. Dass jenseits des Rhenus die sächsischen Heiden ihr Unwesen treiben und ihre toten Gefangenen in einen Baum hängen, um sie Wodan zu opfern, das wundert mich nicht. Aber auch hier, mitten unter uns, passieren seltsame Dinge, Zauberei und dergleichen. Und da ist es gut, eine Gemeinschaft von wahrhaft Glaubenden zu haben. Ich bin aber auch noch aus einem anderen Grund froh, dass ihr, du und deine Mönche, hier seid, denn ich möchte gerne deinen Rat einholen.«

Sie machte eine Pause und Columban hob erstaunt seine Augenbrauen und sagte: »Ich höre.«

»Seitdem ich von Hispania hierher gezogen bin«, fuhr sie fort, »werde ich von einem Fluch verfolgt, den man gegen mich verhängt hat. Fluchringe tauchten in meiner Familie auf, meine Schwester starb auf seltsame Weise, mein Mann, König Sigibert, wurde von Unbekannten umgebracht, mein Vater starb und jetzt vor kurzem eine meiner Töchter. Sie hatte einen Fluchgegenstand an ihrem Körper: einen Fußreif.

Ich habe einen sehr fähigen Diakon: Agnes' Vater. Er hat sich auf die Suche gemacht, um den zu finden, von dem dieser Fluch ausgeht und immer wieder erneuert wird. Aber vergebens. Der, den ich in Verdacht hatte, mein Schwager Chilperich, wurde selbst vom Unglück verfolgt und starb vor drei Jahren, und mein anderer Schwager, König Gunthram, hat alle seine Söhne verloren. Mir scheint, es gibt jemanden, der unsere ganze Sippe ausrotten will. Aber seitdem du mit deinen Männern gekommen bist, ist in mir die Hoffnung gewachsen, dass du vielleicht Licht in das Dunkel zu bringen vermagst, um die gottfeindlichen Mächte zu vertreiben. Jedenfalls können wir deinen Segen gut gebrauchen.« Brunichilde schwieg und wartete.

Auch Columban schwieg und schien in tiefes Nachdenken zu verfallen. Stille senkte sich auf die Menschen, nur das leise Zischen und Prasseln der Fackeln war zu hören.

Dann holte Columban tief Luft und sagte langsam und schleppend, als schien er beim Reden nach innen zu lauschen: »Meine aufrichtige Anteilnahme, Königin, wegen der vielen Toten in deiner Familie. Es ehrt mich, dass du einen einfachen Mönch, der aus dem hintersten Winkel der Welt kommt, um Rat fragst.

Zweierlei fällt mir dazu ein. Wenn es nur darum geht, den Schuldigen herauszufinden und Rache an ihm zu üben, dann kannst du nicht auf mich zählen. Ich bin nicht der Handlanger für die Rachegelüste einer Frau und sei sie noch so hoch gestellt.«

Bei diesen Worten erhob sich Brunichilde empört und sagte mit drohendem Unterton: »Columbanus, es steht dir nicht zu, so mit mir zu sprechen! Denke an deine zukünftigen Klöster!«

Columban hob beschwichtigend die Hand und sagte ruhig:

»Ich bin noch nicht fertig. Hör mir erst zu. Wie gesagt, ich bin keinem Herrscher und keiner Herrscherin zu etwas verpflichtet. Nur Gott ist mein wahrer König. *Man soll Gott mehr gehorchen, als den Menschen,* heißt es in der Heiligen Schrift. Und in den Psalmen steht: *Mein ist die Rache, spricht der Herr.*

Andererseits werde ich nicht ungehorsam sein, wenn Gott mir eine Erleuchtung schenkt und wenn es sein Wille ist, mir zu offenbaren, woher dieser Fluch kommt.« Columban schwieg. Das war das, was er zu sagen hatte.

Auch Brunichilde schwieg und presste ihre Lippen aufeinander.

Sie hatte mit einem Mal begriffen, dass es Menschen gab, die nicht ihren Befehlen gehorchten und sogar furchtlos mit ihr redeten. Eine Ahnung durchzuckte sie, dass dieser Mann für sie gefährlich werden könnte.

In diese Stille hinein öffnete sich die Tür und Agnes stand im Türrahmen. Alle wandten den Kopf, außer Columban.

»Verzeih die Störung, meine Königin«, sagte Agnes, »aber es ist soeben ein Bote erschienen, der von König Gunthram kommt und dich unbedingt sprechen will.«

»Sag ihm, er muss sich noch eine kleine Weile gedulden. Ich habe ... eine wichtige Besprechung. Führe ihn in das Gästezimmer, dort werde ich ihn empfangen.«

»Und was wollte der Bote nun?«, fragte Agnes später am Abend, als sie Brunichildes Kleider in die Truhe packte und ihr ein Paar weiche Lederschuhe über die nackten Füße zog. Dann stellte sie sich hinter die unbekleidete Königin, die auf einem Klapphocker aus Bronze saß und streifte ihr ein ärmelloses Gewand über, das nur für die Nacht gewebt worden war.

Einmal hatte sie Nanthild von diesem Brauch erzählt, Nachtkleider zu tragen und die hatte nur den Kopf geschüttelt über diese seltsame Angewohnheit, wo doch niemand das Kleid bewundern konnte, außer der eigene Mann, der aber lieber mit einer Frau ohne Kleider schlafen würde.

Die Königin unterbrach Agnes' Gedankengänge und sagte unwirsch:

»Was Gunthrams Bote wollte, geht dich überhaupt nichts an.«

Agnes schwieg und wartete, während sie Brunichildes Haare durchkämmte. Wenn man die Königin in Ruhe ließ, erzählte sie einem manchmal doch, was sie zuerst nicht weitergeben wollte.

»Immerhin hat er meine schlechte Laune aufgebesssert. Dieser Columbanus ist ein unverschämter Kerl. Er wagt es, mir zu widersprechen!«

Agnes wartete und kämmte.

»Nachdem Gunthram hin- und herüberlegt hat«, murmelte die Königin, »ist er nun entschlossen, Childebert als seinen Erben einzusetzen und mich zu bitten, in sein Frauenhaus als seine neue Frau zu kommen.«

»Und … wirst du sein Angebot annehmen?«, fragte Agnes vorsichtig und rechnete fast damit, dass sie wieder eine Abfuhr bekam.

Brunichilde verzog ihren Mund zu einem Lächeln, das aber keiner Heiterkeit entsprang, sondern aus einem Vorgefühl von Überlegenheit herrührte.

»Ich werde ihm auf jeden Fall keine Absage erteilen. Das wäre unklug. Ich werde ihn ermutigen, aber noch alles offen lassen. Wenn ich in sein Frauenhaus kommen sollte, um eine seiner Gemahlinnen zu werden, dann will ich gewiss sein, dass sein Reich an uns fällt.

Denn dann fehlen uns nur noch Chlothachars Gebiete, wenn Gunthram stirbt, und wir haben ein Reich unter einer einzigen Führung, so, wie ich es mir immer gewünscht habe.« Sie hielt ihren Kopf nach hinten, damit Agnes die vorderen Haare erreichen konnte.

»Hm«, sagte Agnes. »Es wundert mich, dass du es überhaupt in Erwägung ziehst, eine unter vielen Frauen zu sein. Das hättest du bei Sigibert nie zugelassen.«

»Ihn habe ich auch geliebt. Aber die Heirat in ein Frauenhaus hat auch eine praktische Seite«, erklärte Brunichilde. »Wenn ich nur eine von drei oder vier Frauen bin, dann bin ich Gunthrams fleischlicher Gier nicht ganz ausgeliefert. Mit Liebe hat so eine Heirat nichts zu tun. Es ist reine Taktik, wie damals, als ich den Schwächling Merovech heiratete. Damit wollte ich nur seinen

Vater Chilperich ärgern. Auf jeden Fall werde ich die Heirat mit Gunthram möglichst lange hinauszögern und ihn hinhalten. Vielleicht werde ich ein Bogenschießen veranstalten und ihn gewinnen lassen, damit er bei guter Laune bliebt. Nichts gefällt den Männern so sehr, als wenn sie bei Wettkämpfen gewinnen können und denken, sie seien die Sieger. Und es gibt nichts Schlimmeres für sie als Niederlagen. Als ob das Leben nur aus Siegen und Niederlagen bestünde! Männer sind so leicht zu durchschauen und zu lenken. Sag ihnen ein paar nette Komplimente und sie fressen dir aus der Hand. Ich bin … Au! Zieh nicht so sehr an meinen Haaren. Das tut weh!«

»Verzeih, aber sie sind heute so zusammengeklebt. Du musst viel geschwitzt haben.«

»Das mag sein.«

Sie sagte eine Weile nichts und fing danach wieder halblaut zu schimpfen an, wovon jedoch Agnes nur die Hälfte mitbekam: »Was bildet sich dieser irische Mönch eigentlich ein, wer ich bin? Ich bin nicht so eine kleine Fürstentochter, die einen winzigen irischen Landstrich regiert, auf dem ein paar Schafe grasen. Ich bin Brunichilde, die Tochter des großen Athanagild und die Frau Sigiberts! Und überhaupt – wie er seine drei Mönche kontrolliert! Man müsste einen Keil dazwischen treiben … Aber andererseits brauche ich ihn noch …«

»Ach, Agnes«, sagte sie in freundlicherem Ton.

»Ja?«

»Wie gefällt dir eigentlich dieser Mönch, dessen Fuß du verbunden hast?«

Agnes zuckte zusammen, weil sie mit dieser Frage nicht gerechnet hatte und wich aus: »Woher weißt du, dass ich seinen Fuß verbunden habe? Das hätte doch auch ein Sklave in meinem Auftrag machen können?

Brunichildes Lachen klang hart, als sie fortfuhr. »Das stimmt. Es hätte ein Sklave machen können. Aber jetzt weiß ich, dass du es warst. Du hast dich eben verraten.«

»Bei dir muss man immer auf der Hut sein«, murmelte Agnes.

»Nun? Du hast meine Frage nicht beantwortet.«

»Iff abe eine Fbange im Mund«, erwiderte Agnes, die das königliche Haar zusammengefasst hatte und die Frisur nun mit einer Spange im Nacken locker befestigte.

»Ich … fand ihn ganz angenehm. Er war natürlich befangen, als ihm auffiel, dass er mit einer Frau allein war. Den Gestank seiner Füße fand ich allerdings weniger angenehm. Er muss sie wochenlang nicht gewaschen haben.«

»Du fandest ihn also angenehm. Und würdest du ihn gerne zum Mann haben?«

Agnes, die das Frisieren beendet hatte, hielt der Königin wortlos eine Schale mit Buttersalbe hin und sagte mit empörter Stimme: »Er ist Mönch und kein Novize mehr. Er hat ein Gelübde abgelegt. Niemals würde er das wegen einer Frau brechen!«

»Es haben schon ganz andere Mönche ihr Gelübde gebrochen und kein Blitz ist vom Himmel gefallen!«

»Du vergisst, dass diese Mönche aus Irland kommen und hundertmal strenger sind als die Mönche in Franken.«

»Ja, du hast Recht, sie sind streng, besonders Columbanus. Er ist so streng, dass er dich nicht einmal angesehen hat, als du zur Tür hereingekommen bist. Auch durch mich blickt er hindurch oder er redet mit mir, als würde eine unsichtbare Doppelgängerin neben mir stehen.«

»Vielleicht schielt er«, schlug Agnes vor.

»Das glaube ich nicht. Ich glaube viel eher, dass er sich entschlossen hat, Frauen grundsätzlich als Versuchungen zu sehen und sie deshalb nicht anzublicken.« Brunichilde hatte ihre Gesichtspflege beendet und rieb die letzten Reste der Salbe in ihre Hände. Dann drehte sie den Kopf zur Seite, damit Agnes mit ihrem kleinen Finger das eingetrocknete Ohrenschmalz in der Ohrmuschel entfernen konnte. Mit einem Tupfer Salbe rieb sie die rauen Stellen ein.

»Nochmals meine Frage«, fuhr Brunichilde unbeirrt fort. »Wenn er kein Mönch wäre und kein Gelübde abgelegt hätte, würdest du ihn dann zum Mann haben wollen?«

»Ja!«, antwortete Agnes ohne zu zögern und war selbst überrascht, wie schnell die Antwort kam.

»Nun, dann hole ihn dir noch.«

Brunichildes Magd schüttelte energisch den Kopf. »Das werde

ich nicht tun. Damit tu ich ihm keinen Gefallen. Außerdem könnte ich ihn sowieso nicht davon abbringen. Wer bin ich denn, dass ich einen Mönch überreden könnte, sein Gelübde zu brechen?«

»Ob du ihm mit deinem Nein tatsächlich einen Gefallen tust«, sagte die Königin mit kühler Stimme, »weißt du nicht. Vielleicht verzehrt er sich schon nach dir und kämpft mit seinen Gefühlen.«

»Ich weiß nur, dass er das nie tun würde. Er machte auf mich einen ernsthaften und entschlossenen Eindruck. Seine Stimme klang sehr abweisend, als ich ihm meine Hilfe anbot.«

»Natürlich. Das ist er seiner Berufung und vor allem Columbanus schuldig, der für ihn wie ein strenger Vater ist.«

»Es würde ihn unglücklich machen, wenn er um meinetwillen sein Gelübde bräche. Und ich würde mir für den Rest meines Lebens Vorwürfe machen.«

»Du weißt nicht, ob das Glück für ihn, eine Frau zu haben, nicht alles aufwiegt.« Brunichilde erhob sich. Das Spinnen von Intrigen hatte sie gefangen genommen, und sie ging in dem schmalen Ankleidezimmer auf und ab. »Noch ist er kein alter Mann.«

»Und du vergisst«, Agnes Stimme wurde lauter, »dass ich nicht die Macht habe, einen Mönch zum Heiraten zu überreden!«

Brunichilde blieb stehen und sah Agnes durchdringend an.

»Du unterschätzt deine Macht, meine Liebe. Die Jahre haben dich nicht verwelken lassen, sondern deine Schönheit zum Erblühen gebracht. Allerdings«, sie kniff ihre Augen zusammen, »lange wird sich die Blüte auch nicht mehr halten. Entweder du packst jetzt zu oder es ist zu spät.«

Agnes senkte den Kopf und sagte leise. »Du machst mich ganz wirr. Erst heute habe ich mir überlegt, ob ich nicht irgendwann in ein Frauenkloster gehe. Es hat mir in Antonaco gut gefallen. Ich habe gar kein großes Verlangen nach einem Mann und nach weiteren Kindern.«

»Das sagt sich so leicht. In ein paar Jahren, wenn du das Klosterleben satt hast, wirst du dasitzen, ohne einen Menschen.«

»Du machst mir Angst. Und, wie gesagt, ich könnte Lethan sowieso nicht überzeugen.«

»Ah, du hast dir seinen Namen gemerkt. Und ich wette, dass er sich deinen auch gemerkt hat.«

Agnes fiel ein, dass Lethan zum Schluss noch nach ihrem Namen gefragt hatte.

»Ach was.« Agnes winkte ab. »Du tust gerade so, als seien wir ein Liebespaar, dabei habe ich ihm nur schnell seinen Fuß verbunden und wir haben ein paar Worte gewechselt. Es ist überhaupt nichts zwischen uns passiert.«

»Vielleicht mehr als du denkst. Liebe kann sich in einem Augenblick entzünden. Zeit spielt für sie keine Rolle. Und tu nicht so, als ob du keine Macht hättest. Es gibt viele Wege, einen Mann an sich zu binden, ohne dass er das gleich merkt. Ja, du kannst sogar in ihm den Eindruck entstehen lassen, dass er selbst derjenige ist, der die Liebe entzündet hat, obwohl es doch meistens die Frauen sind, die unbemerkt einen Funken in ein Männerherz werfen.«

»Wie du sprichst«, wunderte sich Agnes, »als sei die Liebe zwischen Mann und Frau ein … ein großes Spiel mit versteckten Schauspielern. Was für eine Macht sollte ich schon haben? Wenn ich ihn zu sehr bedränge, wird er sich nur zurückziehen.«

»Das stimmt. Das darfst du auf keinen Fall tun. Du musst das Gegenteil tun.«

»Das Gegenteil?«

»O ja. Du musst so tun, als ob er dich nicht interessiert, ja als ob er dich abstößt. Aber bei all dem musst du deine ganze Weiblichkeit spielen lassen. Das wird ihn fast wahnsinnig machen.«

Agnes erinnerte sich daran, wie sie bei den Sachsen zum ersten Mal ihre Macht als Frau entdeckt hatte, wie sie nur durch ein paar Blicke und eine auffordernde Art zu gehen, verführerisch gewesen war. Aber das war schon so lange her …

»Oder«, fuhr Brunichilde fort und blickte durch das glaslose Fenster in die Nacht, und ihre Stimme bekam einen weniger harten Klang. »Es gibt noch ein anderes, ein noch stärkeres Mittel. Ich habe es selbst einmal zufällig entdeckt. Hör zu: Du musst ihn allein treffen und ihm unter Tränen gestehen, dass du ihn liebst, dich aber unbedingt von ihm trennen musst, weil du sein Gelübde respektierst. Du musst ihm sagen, dass diese Liebe verboten ist, dass es dir das Herz dabei zerreißt und dass du ihm nur noch einen letzten Brief schreiben willst. Er muss etwas von dir in Händen halten. Ich sage dir, diese unheilvolle Spannung wird seine Liebe zu dir so entfachen, dass er von Gefühlen überwältigt sein wird und du selbst auch. Abschiede zu genießen und sie hinauszuzögern ist wie ein Wind, der die Flamme der Liebe zum Lodern bringt, selbst wenn das Feuer zu einer unscheinbaren Glut heruntergebrannt ist.«

Agnes atmete tief durch und sagte: »Ich bin ganz durcheinander von so vielen Gedanken. Sie verknoten sich zu einem großen Wirrwarr.«

»Nein«, lachte Brunichilde etwas zu laut und zu hart, »sie verknoten sich nicht zu einem Wirrwarr, sondern sie werden ein Netz ergeben, in dem er zappeln wird.«

Brunichildes Magd schüttelte den Kopf. »So möchte ich nicht von mir und von ihm denken.«

»Dann denke deine eigenen kleinen Agnesgedanken. Ich bin halbwegs müde und versuche jetzt zu schlafen.«

Agnes hatte verstanden und verließ das königliche Schlafzimmer, um nebenan, in einem Raum, der nur durch einen Vorhang abgetrennt war, ihr eigenes, bescheideneres Lager aufzusuchen. Statt mit Pferdehaar und Schafswolle war ihre Matratze nur mit Stroh gefüllt, das schon fast so hart war wie der Boden selbst. Sie würde sich demnächst einen neuen Leinensack füllen müssen.

Ihr Untergewand ließ sie an, kämmte sich ihre Haare aus, machte einen Knoten hinein und schlüpfte unter ihre Decke. Es dauerte nicht lange, da hörte sie schon die tiefen Schnarchtöne von Brunichilde.

Aber sie selbst konnte nicht einschlafen. Immer wieder dachte sie über das Gespräch nach. Was hatte Brunichilde nur? Warum machte sie sich Gedanken über ihre Zuneigung zu Lethan? Fast sah es so aus, als wollte sie ihr diesen Mann aufschwatzen.

Sicher, einen richtigen Liebhaber hatte sie nie gehabt. Es gab wohl Männer, die sich für sie interessierten, aber nach ihrer Verschleppung war sie von den Geschehnissen noch lange Zeit ganz durcheinander gewesen. Nein, es gab doch einen, da war Avremar gewesen, der ihr auf der Fahrt zum Kloster, als sie fünfzehn war, noch einen Kuss abgerungen hatte. Aber das war nur eine Episode gewesen. Der Verlust ihrer Freundin Gna hatte lange an ihrem Gemüt genagt. Und von den Männern hatte sie nach der Erfahrung im Sachsenlager vorerst genug gehabt.

Dann kam der Dienst bei Brunichilde, der sehr abwechslungsreich war. Und nun – diese Liebesanspielungen ... War das vielleicht ein Spiel, das Witwen gerne spielten? Und warum sollte Lethan etwas Besonderes sein? Sie hatte sich doch schon mit vielen Männern unterhalten.

Nur, weil sie diesem Mönch den Fuß verbunden hatte und mit ihm ein paar freundliche Worte gewechselt hatte, glaubte jeder, dass ... Geradezu lachhaft. Aber – warum hatte sie ihm eigentlich unbedingt selbst den Fuß verbinden wollen? Sie hätte doch nach einem Sklaven schicken können? Darüber hatte sie gar nicht nachgedacht.

Sicher, Lethan war nicht gerade Ekel erregend und wie er zum Beispiel das Lateinische mit dem irischen »R« aussprach, das klang entzückend. Dann die langen schwarzen Haare und der Bart, dazu seine offensichtliche Verlegenheit und das Gefühl, dass er ein freundliches Wesen hatte, auch wenn er so finster blickte. Wahrscheinlich gehörte das zum Auftreten eines ernsten Asketen.

Tatsächlich, er wäre ein guter Mann für sie ... Aber – was sollte das? Niemals würde er sein Gelübde brechen, das er in der Gegenwart Gottes und vor Zeugen abgelegt hatte. Und sein Abt Columbanus würde Himmel und Hölle in Bewegung setzen, um solche Gedanken erst gar nicht aufkommen zu lassen.

Sie gähnte, wickelte sich fester in ihre Decken und sagte sich, dass diese kurze Begegnung mit Lethan eben ein schönes Gefühl war, das nach ein paar Tagen oder Wochen vorbei sein würde.

Mit diesen beruhigenden Gedanken schlief sie ein, nicht ohne vorher ihr Abendgebet gesprochen zu haben, das mit dem Schutzsegen endete: »... und bewahre uns vor schlechten Menschen, zusammenfallenden Häusern und herabstürzenden Ziegeln«.

Ar thinorguin truim
ar cech n-amnas n-aill,
ro séna co grinn
Mac Maire mo brainn.

Gegen drückende Lasten
und gegen andere Grausamkeiten,
möge der Sohn Mariens
meinen Leib segnen.

Aus einem anonymen Gedicht eines Mönchs, altirisch, frühes Mittelalter

VIER

Lethan war der Erste der vier Mönche, der aufwachte. Vielleicht war sein Schlaf auch nicht so tief gewesen.

Er blickte sich im Halbdämmer um. Die drei anderen waren noch in ihre Decken gehüllt, lagen auf dem Fußboden und atmeten tief. Columban hatte gestern Abend darauf bestanden, dass sie auf dem nackten Boden schlafen sollten, um ihre Körper nicht verweichlichen zu lassen. Schroff hatte er das Gästezimmer mit den neu gefüllten Strohmatratzen zurückgewiesen.

Ihr Frühstück würde aus einem Becher Wasser bestehen. Heute war Fastentag. Aber das war in Ordnung. Gestern Abend hatte sich Lethan für mönchische Verhältnisse den Bauch mit zwei kleinen Fleischstücken und einem ganzen Brotfladen vollgeschlagen.

Draußen wurde die Nacht gerade von den grauen Vorboten der Morgendämmerung verschlungen, und durch die Ritzen des Holzladens fiel ein matter Glanz auf den Lehmboden. Hähne krähten, Hunde bellten, und die kreischenden Handmühlen aus Stein, mit denen Sklaven und Mägde das Mehl für die Brotfladen mahlten, waren überall zu hören. Lethan tastete nach seinem verletzten Fuß. Er hatte die Leinenbänder während der Nacht abgemacht, aber die Schwellung war immer noch da.

Er richtete sich auf und sprach seine Morgengebete. Als er sie beendet hatte, sah er in dem zunehmenden Licht, dass sich eine Spinne direkt über Haggais offenem Mund abseilte. Mit einer raschen Handbewegung wollte er sie zur Seite wischen, zerriss dabei aber den Faden, und die Spinne fiel in Haggais Mund.

Ein Röcheln und Husten war die Folge. Haggai richtete sich gähnend auf und spuckte einen dunklen Klumpen aus, der mit schnellen Beinen das Weite suchte.

»Was war das?«, murmelte er.

»Eine Spinne«, sagte Lethan und grinste verhalten.

»Ach, nur eine Spinne. Dort, wo ich herkomme, sagen die Leute, dass eine Spinne im Schlafraum ein Zeichen von Fruchtbarkeit ist, wobei dieser Segen für uns nicht gerade …«

»Wer redet da schon vor dem Morgengebet?« Das war Columbans tiefe Stimme, die noch ganz kratzig klang.

Sofort verstummten die beiden Männer.

»Ich hatte meine Morgengebete schon gesprochen …«, wagte Lethan zu erwidern.

»Dann hättest du uns sofort wecken und nicht irgendwelche unnützen Gespräche über Spinnen beginnen sollen.«

Columban stand auf, rüttelte Gallus an der Schulter und sagte: »Lasst uns beginnen!«

Alle vier stellten sich auf und begannen den vorgeschriebenen Morgenpsalm zu intonieren: »Gott, du bist mein Gott. Frühe wache ich zu dir …«

Bevor das Leben in Mettis richtig begann, waren die Iren schon unterwegs. Sie gingen flussabwärts in Richtung Treveris, um Bischof Gaugerich aufzusuchen, der seit dem Tod Magnerichs dort amtierte. Mit ihm wollten sie über ihr Vorhaben sprechen, neue Klöster zu bauen. Er konnte schlecht etwas dagegen sagen, wenn die Königin ihre Zustimmung gegeben hatte.

Wenn sie mit dem Schiff fuhren, würden sie die siebzig Meilen an einem Tag bewältigen, aber zu Fuß müssten sie mit zwei bis drei Tagen rechnen.

Nachdem sie den Hafen passiert hatten und mit Rücksicht auf den humpelnden Lethan etwas langsamer gegangen waren, sagte dieser schließlich: »Ich werde die Strecke nach Treveris nicht zu Fuß gehen können. Ich merke schon wieder, wie es schmerzt. Vielleicht sollten wir doch das Schiff nehmen …«

»… und uns faul von den Wellen tragen lassen«, ergänzte Columban mit Stirnrunzeln. »Nein, Brüder, entweder wir nehmen unsere Berufung, Asketen Gottes zu sein, ernst, oder wir lassen es bleiben.«

»Aber«, warf Lethan ein, »mein Fuß wird die asketische Botschaft nicht verstehen. Gott müsste dann schon ein Wunder tun, damit ich drei Tage lang gehen kann.«

Columban nickte und blickte die anderen an. »Lethan hat Recht. Wir brauchen ein Wunder. Ich werde meine Hände auf seinen Fuß legen und ich bitte euch, mein Gebet zu unterstützen.«

Und so taten sie es. Lethan setzte sich abseits auf einen Stein im Hafengelände, die drei Mönche standen um ihn herum, hoben ihre Arme zu Himmel, während Columban seine Hände auf Lethans Fuß legte und mit ganzem Herzen für die Heilung betete.

Lethan wusste, dass Columban schon einiges an Wundern vollbracht hatte.

Seine Rede mit den Wölfen vor vielen Jahren war nur der Anfang gewesen. Aber er wusste auch, dass man Wunder nicht erwarten durfte. Gottes Art zu helfen war souverän und man konnte es ihm nicht vorschreiben.

Während er noch dem Gebet Columbans lauschte, das in schlichten Worten Gott um Hilfe bat, spürte er plötzlich ein heißes Gefühl seinen Knöchel durchströmen, als würde ein warmer, unsichtbarer Fluss durch die Verletzung fließen. Erstaunt murmelte er: »Was ist das?«

Als Columban schließlich sein Gebet mit der Anrufung der Heiligen Dreieinigkeit beendet hatte, fragte er: »Wie fühlst du dich?«

»Es war, als ob ein warmer Fluss durch meinen Knöchel zog.«

»Ah«, nickte Columban, »das hört sich gut an. Das habe ich bei Heilungen schon ein paarmal erlebt. Auch meine Hände wurden kurzzeitig erwärmt. Lass sehen.«

Er begutachtete den Knöchel und meinte: »Die Schwellung ist jedenfalls weg. Steh auf, Lethan, und geh umher.«

Lethan gehorchte, ging umher und spürte nicht den geringsten Schmerz, ja es schien ihm sogar, als ob in seinem kranken Fuß mehr Kraft steckte als in seinem gesunden.

»Ich spüre keinen Schmerz.«

»Hüpfe etwas herum«, befahl Columban.

Lethan hüpfte herum und klatschte in die Hände. »Der Fuß ist wiederhergestellt. Ein Wunder! Wie ist das möglich?«

Sie gingen langsam weiter. Columban sagte ziemlich nüchtern: »So ein großes Wunder ist das nicht. Gott braucht doch nur die Heilungszeit in deinem Fuß zusammenzudrücken wie einen Schwamm. Das ist alles. Die Wärme war eine Art Zeitverkürzung. Ein viel größeres Wunder ist es, wenn Heiden zur Erkenntnis des einen wahren Gottes kommen. Lasst uns gehen, wir haben durch die Heilung schon zu viel Zeit verloren.«

Während sie schweigend weitergingen, fiel Lethan wieder das Wunder mit den Wölfen ein und er erinnerte sich an diese seltsame Tiersprache, die Columban damals gebraucht hatte. Er hatte sie »Reden aus Eingebung« genannt. Aber die Sprache war offensichtlich nicht alles. Irgendein Geheimnis kam noch dazu, damit es wirkte. Er nahm sich vor, Columban bei nächster Gelegenheit danach zu fragen, denn damals hatte er nicht darüber reden wollen. Und wie war das mit der Handauflegung und der Heilung? Konnte das jeder Mönch oder gab es nur bestimmte Wunderheiler unter ihnen? Er selbst würde es bei einem kranken Tier einmal ausprobieren. Vielleicht bei einer Maus, die er fing und der er dann ein Bein umknickte … Ja, das wäre einen Versuch wert. Oder sollte er lieber bei einer Mücke anfangen?

Die Morgensonne schien jetzt stärker und erwärmte ihre rechte Seite, da die Männer nach Norden wanderten. Nach einiger Zeit bog die alte, von Gras und Büschen überwucherte römische Heerstraße, nach Nordosten ab, in Richtung Crutisium, und führte über einige Anhöhen durch Buchen- und Eichenwälder. Manchmal leuchtete roter Felsen auf, dort, wo ein Stück Waldboden abgebrochen und verrutscht war, als hätte man die Bodenhaut verletzt und der Wald würde an dieser Stelle bluten.

Es ging ein wenig bergauf, aber auch diese Steigung bewältigte Lethans geheilter Fuß ohne zu schmerzen.

Viel wurde nicht gesprochen. Sie sangen ihre Gebete zu den Tagzeiten und wenn sie Rast an einer Quelle machten, durchstöberte Haggai das Unterholz und sammelte Wurzeln, Kräuter und Bucheckern, denn am nächsten Tag durften sie wieder etwas essen.

Ab und zu knackte und raschelte es, wenn ein Tier vor ihnen flüchtete. Lethan dachte dann an die alten Geschichten von Drachen und Schlangen, die riesige Schätze unter der Erde bewachten. Wehe dem Menschen, der sie dabei störte.

Nach einiger Zeit blieben seine Gedanken bei Agnes hängen. Er musste sich zwingen, die inneren Bilder zur Seite zu schieben und versuchte, sich abzulenken. Er zählte die Bäume oder überlegte, wie viele Ellen wohl in den Stamm einer Buche passten. Und trotzdem schlich sich, ohne dass er es gleich merkte, Agnes' Gestalt wieder in seinen Kopf. Und er sah, wie sie vor ihm auf dem umgedrehten Eimer saß, wie ihre blonden Haare nach vorne fielen wie ein Vorhang und wie sie das kühle, nasse Leinentuch auf seinen geschwollenen Knöchel legte. Er hörte sogar den Klang ihrer Stimme: »Ah, du hast deine Füße schon lange nicht mehr gewaschen. Und deine Fußnägel waren früher sicher auch kürzer. Ihr lasst wohl alles wachsen, Fußnägel und Haare.«

Und er formte aus diesen alltäglichen Worten einen Rhythmus, der zum Gehen passte:

»Ah, du hast deine Füße
schon lang nicht mehr gewaschen.
Und deine Fußnägel waren
früher sicher auch kürzer.
Ihr lasst wohl alles wachsen:
Fußnägel und eure Haare.«

Wie von selbst ergab sich eine einfache, monotone Melodie. Und je länger Lethan diese banalen Worte wiederholte, desto tiefer schien deren Bedeutung zu werden, obwohl er gar nicht hätte sagen können, warum.

Halt! Vielleicht doch. Wenn man den Worten, wie Origines es lehrte, einen allegorischen Sinn gab, dann könnte man tatsächlich meinen … Füße – das wäre ein Sinnbild für alles Tragende, für das Lebensfundament, für den Grund, auf dem alles ruht. *Ah, du hast deine Füße schon lange nicht mehr gewaschen!* Das würde dann bedeuten, dass man sein Lebensfundament, also den Glauben, reinigen sollte von den Schlacken der Sünde! Was für eine tiefe Erkenntnis diese einfache Frau doch hatte! Mit einem Satz sprach sie eine große Wahrheit aus, dass nämlich die regelmäßige Beichte besser gepflegt werden sollte! *Du hast deine Füße schon lange nicht mehr gewaschen!* Das klang geradezu nach einem Ruf zur Umkehr! Und Fußnägel? Wofür standen die Fußnägel? Umhüllten und schützten sie nicht die zarte Haut darunter? Der Schutz … der Schutz durch die Klöster war früher tatsächlich kürzer und unvollkommener gewesen. Aber jetzt erstarkten die Klöster immer mehr. Fußnägel stand also für Kloster!

Und – ja, natürlich: Haare, sie sind die Zierde des Kopfes, haben etwas mit Schönheit zu tun, das Zeichen von Kraft.

Ihr lasst wohl alles wachsen: Fußnägel und Haare. Das bedeutete dann also, das bedeutete … Richtig, dass der Schutz und die Schönheit durch die Klöster zunahmen! Denn lehrte man nicht in den Klöstern, jedenfalls in Irland, die Schönschrift und das kunstvolle Ausmalen der Initialen?

Oh, was für eine Tiefe der Erkenntnis, die in diesen schlichten Worten einer Magd lag!

Mit bebendem Herzen wiederholte Lethan Agnes' prophetische Worte, die sie in genial versteckter und geistlich verborgener Form zu ihm gesagt hatte: *Du hast deinen Glauben schon lange nicht mehr gereinigt. Und der Schutz durch eure Klöster war früher kürzer. Ihr lasst wohl alles wachsen, die Klöster und die Schönheit.*

Das war ein wunderbarer Zuspruch für alle irischen Mönche. Ja, es klang sogar ein wenig nach Bewunderung. Oh, mein Gott, was für eine Frau!

Er musste sie wiedersehen. Womöglich hatte sie noch andere versteckte Botschaften an ihn! Bei diesen Gedanken wurde Lethan innerlich froh und guter Dinge und schritt mit seinem geheilten Fuß kräftig aus, der so selten gewaschen wurde und dessen Fußnägel früher kürzer waren.

»Vorsicht!«, rief Gallus plötzlich mit verhaltener Stimme und blieb stehen. »Ein Bär!«

Lethans Gedankenspiele fanden ein jähes Ende. Erschrocken blickte er um sich und sah einen riesigen Braunbären, der mitten auf der alten Heerstraße saß, seinen Kopf hin- und herdrehte und sie mit seinen kleinen Augen misstrauisch betrachtete. Eine leises Knurren ging von dem Pelzberg aus.

Regungslos blieben die vier Männer stehen und wagten kaum zu atmen. Nach einer endlos langen Zeit, erhob sich das Tier zu seiner vollen Größe und schnüffelte. Dann ließ es sich auf seine Vordertatzen fallen und kam langsam auf sie zu.

Plötzlich bewegte sich Columban, trat dem Bär entgegen und hob seine Hand. Das Knurren wurde lauter und gefährlicher.

»Im Namen Christi gebiete ich dir, wegzugehen, dort, wo du hingehörst!

Sojana naschalla baskanu, koria nekto hola!«

Der Bär stutzte für einen Augenblick, schüttelte sich und zog prüfend die Luft ein, dann knurrte er und verschwand zwischen den Büschen.

»Der Weg ist frei, Brüder. Wir können weitergehen«, sagte Columban und schritt voran. Die anderen folgten schweigend und flüsterten leise miteinander. Nach einiger Zeit drängte sich Lethan nach vorne zu Columban und fragte: »Verzeih, Bruder Abt, aber was für eine Sprache war das, mit der du vorhin geredet hast?«

Columban zuckte mit der Schulter. »Ich weiß es nicht. Ich habe aus Eingebung gesprochen. Die Sprache hat sich von selbst gebildet. Ich glaube, es ist das, was der Apostel Paulus im ersten Brief an die Korinther schreibt, wenn er von der Gabe der Glossolalia redet. Offensichtlich hat der Bär sie verstanden, aber ich denke, es kommt noch mehr dazu. Ich habe den Verdacht, dass …«

Wieder wurden sie unterbrochen, weil ein vom Blitz getroffener Baum über dem Weg lag und mit seinem dichten Blätterwerk den Weg unpassierbar machte. Als sie das Hindernis bewältigt hatten, war es Zeit für das Mittagsgebet und Lethan nahm sich vor, bei nächster Gelegenheit diesem seltsamen Geheimnis der Glossolalia auf die Spur zu kommen. Sicher gab es in Treveris eine Abschrift des ersten Korintherbriefes.

Am Nachmittag des dritten Tages erreichten sie Treveris über die ehemalige römische Kaiservilla Contionacum.

Sie passierten das Südtor, das nicht in eine Stadt führte, sondern eher in ein Ruinenfeld, denn die zerfallenen Häuser südlich des ehemaligen Forums und der Brückenthermen waren nicht mehr aufgebaut worden. Das Leben in Treveris spielte sich in der Nordstadt ab, dort, wo der Comes in den umgebauten großen Thermen saß und wo das riesige Palatium stand, das Brunichilde und ihre Schwester Galsuinta vor so langer Zeit besichtigt hatten, als von einem Fluch und von den seltsamen Morden noch nicht die Rede war.

Im Norden befand sich auch die alte Doppelbasilika, die Bischof Nicetius nach der Zerstörung wieder aufgebaut hatte. Dort wohnten traditionell die Bischöfe, so auch seit drei Jahren Bischof Gaugerich mit seinen Diakonen.

Nur Aitulf, der gerade noch rechtzeitig vor seiner Diakonenweihe geheiratet hatte und so dem Zölibat der höheren Weihen entgangen war, lebte in seinem eigenen Haus mit seiner Frau Karolina und seinen beiden Kindern: Alda und Martinus, die mittlerweile schon keine Kinder mehr waren. Martinus half sogar bei den Lektoren aus. Und das dritte »Kind«, Gna, Agnes' Tochter, war schon verheiratet.

Eine gerade Straße führte über Schutt, Steine und dorniges Gebüsch zum ehemaligen Forum, das als Marktplatz diente. Und von dort sah man schon das Dach des Palatiums.

Während Columban, Gallus, Lethan und Haggai über die Trümmer stiegen, staunten sie gleichzeitig über die Ausmaße dieser ehemaligen Kaiserresidenz.

»Wenn man sich vorstellt«, meinte Haggai, »dass vor vielen Jahren diese Häuser alle intakt waren und Menschen darin gelebt haben! Was für ein Durcheinander, welcher Lärm und Gestank!«

Gallus schüttelte den Kopf. »Du irrst dich, Haggai. Die Römer hatten an alles gedacht. Unterhalb der Straßen gab es Kanäle, die den Schmutz und den Abfall wegspülten, so dass die Straßen frei waren von all den Abfallhaufen, die wir jetzt in den Städten sehen.«

»Aber was bewog diese Leute, in so großen Massen zusammenzuleben? Wenn ich an Irland denke, wo das nächste Haus einen Steinwurf entfernt ist …?«

»Nun, der Handel und viele Geschäfte lassen sich so schneller abwickeln. Und es gibt Leute, die sich erst richtig wohl fühlen, wenn sie in einer großen Masse leben.«

Allmählich füllten sich die Straßen mit Menschen und mit Lärm.

Die Mönche waren in der Nordstadt angelangt und mussten Händlern ausweichen, die mit Karren, vor denen Ochsen oder Esel gespannt waren, laut über das Pflaster holperten. Eine blökende Schafherde kam von der Flussaue und überquerte die Hauptstraße. Eine schrille Frauenstimme schrie den Namen ihres Kindes und Bettler brüllten um die Wette.

»Mir wird ganz wirr im Kopf«, sagte Haggai. »Ich wünschte, wir wären in den Wäldern, und ich könnte Wurzeln suchen.«

»Aber seht doch nur!«, Gallus deutete nach rechts auf das Palatium. »Habt ihr so ein großes Haus schon einmal gesehen?«

Stumm blieben die vier Männer davor stehen und legten ihre Köpfe in den Nacken. Es sah so aus, als ob die Wände bis in den Himmel ragten.

Ab und zu wurden jetzt auch Leute auf sie aufmerksam und tuschelten über die seltsamen Männer, die wie Mönche aussahen, aber lange Haare trugen.

Endlich erreichten sie nach vielem Herumfragen die Bischofsresidenz, die an die Basilika angebaut war und klopften.

Es dauerte etwas, bis ein Mann in einem speckig glänzenden Hemd aufmachte, während er noch den letzten Bissen eines verspäteten Mittagsmahles hinunterschluckte.

Da die Mönche ein flüssiges Latein sprachen und nicht Fränkisch redeten, hob der Mann die Hand und verschwand. Gleich darauf kam er mit einem anderen Mann zurück, klein mit dunklen Haaren, die von Silberfäden durchzogen waren, der sich als »Aitulf, Diakon des Bischofs Gaugerich« vorstellte.

Als er hörte, dass er es hier mit den irischen Mönche zu tun hatte, die schon einen gewissen Ruf als Asketen und Wundertäter genossen, hellte sich seine anfangs misstrauische Miene auf, und er bat sie freundlich herein.

Sie stiegen die Treppe hinauf zu den oberen Gemächern, die aus den Lehrräumen und den Zimmern des Bischofs bestanden.

Der Bischof, der gerade etwas geruht hatte, fühlte sich durch den Besuch geehrt und bat die vier Fremden, zusammen mit Aitulf, in eines der Zimmer, wo er ihnen Wasser, Wein, Brot, gedünstete Bohnen und gerösteten Schweinespeck anbot. Das alles war noch reichlich vom Mittagsmahl übrig geblieben und sollte später an die Armen verteilt werden. Nur zögernd griffen die Iren zu, ließen Wein und Speck stehen und nahmen Wasser, Brot und eine winzige Portion von dem Gemüse.

»Wir haben schon viel von euch gehört«, sagte Gaugerich, der füllig gebaut war und ein eher distanziertes Verhältnis zu asketischen Regeln an den Tag legte. Er war der Meinung, dass ein Bischof nicht zu mager aussehen durfte, da sonst der fatale Eindruck entstünde, Gott würde ihn nicht segnen oder er würde unter einer Auszehrung leiden.

Im Gegensatz zu seinen beiden Vorgängern Nicetius und Magnerich, die eher bescheiden und fast mönchisch gelebt hatten, dankte Gaugerich Gott für die Farbenpracht seiner Schöpfung und brachte das zum Ausdruck, indem er Wandmalereien und Verzierungen innerhalb der Bischofsresidenz anbringen ließ. Er fand es auch angemessen, für seinen eigenen Bedarf mindestens drei Zimmer zu belegen und nicht nur eine winzige Zelle wie die anderen Bischöfe vor ihm.

»Was hast du denn von uns gehört, Herr Bischof?«, fragte Gallus auf Latein.

»Nun, dass zum Beispiel euer Kloster in Luxovium, in den Wäldern westlich des Rhenus, großen Zulauf hat, besonders unter den Männern des Adels. Und das, obwohl ihr überaus strenge Regeln aufstellt.«

»Die Regeln«, ließ sich jetzt Columban vernehmen, »dienen dazu, die fleischlichen Begierden abzutöten.«

»Ah, das hört sich sehr … fromm an«, nickte Gaugerich und fügte hinzu: »Wo wir gerade beim Thema Fleisch sind. Greift doch bitte zu. Es ist noch warm.«

Aber die vier Fremden schüttelten höflich den Kopf und brachen sich lieber ein Stück von dem Fladenbrot ab.

»Nun, wenn ihr nichts dagegen habt, werde ich ein wenig von dem Fleisch kosten. Wir haben hier in Treveris nicht ganz so strenge Regeln, nicht wahr, Aitulf?« Mit diesen Worten griff Gaugerich nach einem besonders fetten Stück und steckte es sich in den Mund, während Aitulf, peinlich berührt, auf die gegenüberliegende Wand starrte.

»Aber Asketen gibt es auch hier bei uns. Oder es gab sie«, fuhr der Bischof mit vollem Mund fort und spuckte ein Stück von der Schwarte auf den Boden. »Am äußeren Rand unseres Bezirkes lebte vor … lasst mich nachdenken … vor fast dreißig Jahren ein echter Säulenheiliger mit Namen Wulfilaich …«

Columban nickte und sagte: »Wir haben von ihm gehört, seine Geschichte gelangte bis zu uns nach Irland!«

»Ah. Das hätte ich nicht gedacht. Aber – natürlich – Asketen lieben Asketen.«

Gaugerich lachte über seinen eigenen originellen Gedanken und sagte halblaut: »Das muss ich mir merken: Asketen lieben Asketen.«

»Und Schlemmer lieben Schlemmer«, entgegnete Columban und unter seinen Augenbrauen funkelte es gefährlich.

Gaugerich stutzte und fragte lauernd: »Was willst du damit sagen?« Doch bevor Columban etwas erwidern konnte, beantwortete er seine Frage selbst: »Sag nichts. Ich weiß es. Von deinem Standpunkt aus, also vom Standpunkt des Asketen aus, ist jeder Mensch, der normal isst und trinkt ein Schlemmer. Hab ich Recht?«

»Ich weiß nicht, was du unter normalem Essen verstehst«, sagte Columban, »aber an einem ganz gewöhnlichen Tag solch ein großes Stück Speck zu verzehren, grenzt für meine Verhältnisse an Völlerei.«

Gaugerich setzte zu einer Widerrede an, besann sich aber anders und brachte eine neue Wendung in das Gespräch. Allerdings war seine Stimmung nicht mehr ganz so aufgeräumt wie vorher: »Wie ich auch gehört habe, feiert die irische Kirche das Osterfest an einem anderen Tag als wir.«

Gallus nickte und erklärte: »Ja, das stimmt. Unsere Berechnungen gehen auf einen viel älteren Kalender zurück, der sich von der byzantinischen Zählung ableitet.«

Während Gallus und Gaugerich darüber stritten, welcher Ostertermin nun der richtige war, fing das straff gespannte Pergament vor einem der Fenster an zu flattern. Offensichtlich setzte ein Wind ein, der um das Gebäude herumtobte. Draußen war es auch etwas dunkler geworden.

Wahrscheinlich ist ein Gewitter im Kommen, überlegte Lethan und stellte sich vor, wie er tagelang durch den Regen ging, den Blitzen auswich und mit letzter Kraft ein Haus im Wald erreichte. Dort war es trocken und warm, ein offenes Feuer brannte und eine Frau erwartete ihn. In seiner Vorstellung sah sie aus wie Agnes. Und schon war er in einen Tagtraum versunken, in dem er das Leben eines Einsiedlers im Wald führte, der aber insofern eine Ausnahme bildete, als dass er eine Frau bei sich hatte, die seine Einsamkeit teilte, aber im Grunde auch eine Einsiedlerin war. Man müsste folgerichtig das Wort Einsiedler aufgeben, überlegte Lethan, und eine neues Wort für diese einmalige Art zu leben erfinden. Was lag näher, als dazu »Zweisiedler« zu sagen? Richtig: eine Zweisiedelei!

So etwas müsste es doch geben. Zwei Menschen, die Asketen sind: Mann und Frau, und sich vorgenommen haben, sich nicht unsittlich zu berühren.

Warum sollte das nicht gehen? Die jungfräuliche Ehe! Gab es nicht Geschichten von Ehepaaren, die ein Gelübde abgelegt hatten, nicht miteinander zu schlafen? Und wäre das nicht die höchste Form der Askese? Ständig die Versuchung vor Augen zu haben und nein dazu zu sagen? Ständig die Möglichkeit zu haben, die Frau zu umarmen und dies trotzdem nicht zu tun?

Lethans Traum wurde immer deutlicher, als er sich seine Zukunft als Zweisiedler ausmalte. Es würde in ihrem Schlafgemach eine große Matratze geben, auf der beide Platz hätten, und in der Mitte würde Agnes mit roter Farbe die Worte malen: *usque eo non longius – bis hierhin und nicht weiter …*

Aber nein! Wie konnte er nur so etwas denken! Wie schnell

kann doch die Versuchung über einen kommen, ohne dass man es merkt!

Usque eo non longius! In welche Falle war er da getappt! Als ob es das je geben könnte: asketisch zu leben und gleichzeitig verheiratet zu sein.

Manches war eben nicht zu vereinbaren. Und er murmelte sein Abtötungsgebet: »Weicht von mir, ihr üblen Gedanken im Namen Christi! Verliert eure Kraft und vergeht! Tot und stumm sollt ihr für mich sein!«

»Was hältst du davon Lethan?« Gallus' Stimme riss den Mönch aus seinen Gedanken und Gebeten.

»Wie? Verzeih, … ich … ich konnte der Unterhaltung nicht ganz folgen.«

»Aber dein Latein ist doch ganz flüssig!« Columbans kritische Augen musterten Lethan und auch Gallus blickte ihn scharf an.

»Es lag nicht an meinen Lateinkenntnissen. Es ist … ich war … nur in Gedanken.«

»Ah, ich hoffe, es waren gute Gedanken?«

»Sie waren … erbaulich.«

»Dann ist es gut. Wie gesagt, der Bischof schlug eben vor, ob wir nicht die Doppelbasilika besichtigen wollen und vielleicht das Palatium. Gerade das Palatium stammt aus der Zeit des Kaisers Konstantin.«

»Das halte ich für einen sehr guten Vorschlag«, sagte Lethan.

Alle erhoben sich und Aitulf, der bisher nicht viel gesagt hatte, erbot sich, die Besucher dorthin zu führen.

»Danach«, meinte Gaugerich, »müssen wir unbedingt über eure Pläne nachdenken, die das neue Kloster betreffen.«

Sie gingen durch die riesige Stadt, in deren Ruinen fränkische Holzhäuser Platz gefunden hatten, bestaunten den Innenraum des Palatiums und besichtigten auch das ehemalige Amphitheater, das den Bewohnern Treveris' jetzt als Steinbruch diente.

Am Nachmittag fiel Lethan ein, dass er ja die Stelle über die seltsame Sprache im Brief an die Korinther nachlesen wollte und fragte Aitulf, ob er die Bibliothek aufsuchen durfte.

Es wurde ihm erlaubt, und Gallus begleitete ihn, da auch er gerne einmal sehen wollte, welche literarischen Schätze in Treveris zu besichtigen waren.

In der Bibliothek war es düster, aber das lag daran, dass man während des Gewitters die Fensterläden zugemacht hatte. Als die beiden Männer sie wieder öffneten, sahen sie, dass genügend Helligkeit vorhanden war, um die Schriftrollen und Codices zu betrachten. Leider gab es keine lateinische Abschrift des Korintherbriefes, sondern nur eine griechische. Lethans Griechischkenntnise waren zwar nicht ganz so flüssig, aber lesen und übersetzen würde möglich sein.

Er holte sich den schweren Band, legte ihn auf eines der Pulte und überflog die Kapitel. Er wusste ungefähr, dass ab Kapitel zehn etwas über die Gaben des Geistes stand. Und da fand er auch schon im vierzehnten Kapitel, was er suchte: »Zelute de ta pneumatika … – sucht eifrig nach den geistlichen Dingen, am meisten aber, dass ihr prophezeien möget, denn der, der spricht in Zungen, spricht nicht zu Menschen, sondern zu Gott, niemand versteht ihn, weil er im Geist Geheimnisse redet …«

Ah, da war es: *Glossa, Glossolalia, in Zungen sprechen.* Das bedeutete also, dass nur die Zunge spricht. Und hier stand es noch deutlicher. »Wenn ich in Zungen rede, dann bleibt mein Verstand unfruchtbar.«

Lethan klappte den Codex zu und eine kleine Staubwolke erhob sich.

»Wer diese Gabe hat«, überlegte er halblaut, »versteht nicht, was er sagt, weil es ein Geheimnis ist. Aber es stand hier nichts über Tiere. Richtig, Columban wollte ihm ja eigentlich noch mehr darüber sagen …«

»Was redest du da, Lethan?«, hörte er Gallus' Stimme.

»Ich habe im Brief an die Korinther nachgelesen, was darin über diese seltsame Sprache stand, die Columban bei dem Bären benützt hat.«

»Ah, die Glossolalie. Paulus sagt an einer anderen Stelle, er würde lieber fünf vernünftige Worte reden als Myriaden von Worten dieser unbekannten Sprache. Aber offensichtlich verstehen die Tiere diese Sprache. Wie das zusammenhängt, begreife ich nicht.«

Da fiel Lethan sein Tagtraum ein und er sagte zu Gallus, während sie die Bibliothek verließen: »Neulich habe ich bei einem Gespräch einen seltsamen Gedanken gehört, der mich beschäftigt.«

»So? Welchen denn?«

Sie machten die Tür zu und zogen an einem Seil, das den Riegel von innen bewegte und die Tür verschloss.

»Ein … einer der Novizen, dessen Namen ich nicht nennen möchte, erklärte mir, es müsste doch möglich sein, dass zwei Asketen, ein Mann und eine Frau, zusammenleben, ohne sich zu berühren. Wäre das nicht die höchste Form der Askese?«

Gallus nickte und erwiderte: »Ja, es ist das griechische Ideal der reinen Liebe, wonach der Körper an sich schlecht ist und die Seele ohne Körper infolgedessen rein. Das halte ich allerdings für eine Irrlehre, denn Gott hat Seele, Geist und Körper geschaffen und was aus seinen Händen entspringt, ist gut. Und wenn die Sünde kommt, dann erfasst sie auch den Geist und die Seele, so dass der ganze Mensch die Gnade Gottes braucht.

»Die Sünde des Geistes«, nickte Lethan.

»Ja, die Sünde des Geistes ist der Hochmut.«

»Du meinst also, dass solche Art des Zusammenlebens nicht gut sei? Man könnte diese Lebensform eine *Zweisiedelei* nennen.«

Gallus lächelte. »Eine Zweisiedelei. Ein originelles Wort. Ich halte nicht viel davon. Sicher, es gibt Menschen, die das sogar leben könnten. Aber wozu sich dauernd einer Versuchung aussetzen? Dann lieber gleich heiraten. Das ist ehrlicher.

Sie blieben stehen und blickten durch das offene Fenster über das Gewirr der Gassen. Das Gewitter hatte auf dem unregelmäßigen Pflaster viele Pfützen hinterlassen, die jetzt in der Abendsonne blinkten. Eine lange, zusammengeknüllte Stoffbahn lag in einer Ecke, vom Wind abgerissen und hierher geweht.

Schließlich meinte Gallus: »Wenn ich mir so eine asketische Zweisiedelei vorstelle, dann habe ich ein deutliches Bild von ihrer Zukunft vor Augen.« Er presste die Lippen zusammen und es war nicht klar, ob er ärgerlich war oder sich nur zwang, nicht laut zu lachen.

»Du siehst die Zukunft so einer Zweisiedelei vor dir?«

»Ja, ganz deutlich. Ich sage dir, frühestens nach neun Monaten wird diese Zweisiedelei den Namen ändern müssen.«

»Den Namen ändern?«

»Ja. Ich denke, man müsste sie dann Dreisiedelei nennen.«

Mit diesen Worten verließ Gallus das Fenster und eilte die Stufen hinunter, weil er es vor Lachen nicht mehr aushalten konnte. Seine asketischen Übungen, zur Verhinderung des Lachens, hatten bei ihm bisher wenig Wirkung gezeigt.

Sed video te iam dudum et pondere quaestionis oneratum et rationis prolixitate fatigatum aliquam carminis expectare dulcedinem.

Aber ich sehe, dass du schon eine ganze Weile durch das Gewicht der Untersuchung beschwert und durch die Weitläufigkeit der Erwägung ermüdet bist und Verlangen hast nach der Lieblichkeit eines Liedes.

Boethius, aus dem Werk : philosophiae consolationis – Trost der Philosophie, 4. Buch, 6. Jahrhundert

Fünf

Als Aitulf die irischen Gäste am Spätnachmittag entlassen hatte, eilte er auf dem schnellsten Weg nach Hause.

Drei Tage war er nicht mehr dort gewesen, weil er gestern eines der Dörfer aufgesucht hatte, um den Bau einer kleinen Kapelle zu überwachen, die dem heiligen Maximin geweiht war. Jetzt hatte Aitulf Sehnsucht danach, mit seiner Frau zu plaudern und nichts Bestimmtes tun zu müssen, obwohl er fast befürchtete, dass Karolina ein paar Arbeiten für ihn aufgehoben hatte.

Zwanzig Jahre lang war er nun schon mit Karolina verheiratet. Inzwischen war er ein alter Mann geworden, obwohl er sich nicht so fühlte. Seine Haare waren noch dicht, aber von Grau und Weiß durchzogen, und die Gesichtshaut hatte sich mit Falten geschmückt. Aber diese späte Heirat hatte er nicht bereut. Sicher gab es Tage, wo er dachte, dass das Leben einfacher wäre ohne Frau und Kinder.

Es wäre ein ganzer Sack voller Sorgen weniger gewesen, aber dann sah er wieder Karolina zu, wie sie im Haus hin und her ging, mit den Kindern oder Mägden redete und ihn über seine Arbeit ausfragte und ihn dadurch zwang, seine Sorgen mit ihr zu teilen. Denn sie war eine gebildete Frau und verstand eine ganze Menge von dem, was ein Diakon tat. In solchen Augenblicken wusste er, dass er ein Zuhause hatte.

Ihr Haus lag innerhalb der Mauern an der Ostseite der Stadt, in der Nähe des großen Palatiums. So schien in ihrem Garten oft die kräftige Nachmittagssonne, und gegen Abend fiel ein mildes Licht auf den Platz vor dem Haus.

Sie hatten es geschafft, die Reste eines römischen Hauses so umzubauen, dass es für ihre Verhältnisse reichte. Aus einem angrenzenden Trümmerfeld hatten sie mit viel Mühe einen Garten gemacht, um Gemüse und Gewürze zu ziehen, Obstbäume zu pflanzen und ein paar Früchte zu ernten.

Von Kilian und Susannna, Agnes' leiblichen Eltern, die nun schon lange tot waren, hatte Aitulf zu deren Lebzeiten ein paar Bäume bekommen, die die Römer *Cerasus* nannten und die erst seit hundert Jahren in den nördlichen Gebieten des ehemaligen Römischen Reiches angepflanzt wurden. Die Rinde der Bäume war dünn wie Pergament und die Früchte sahen rot aus, wie kleine Herzen, schmeckten süß und hatten einen Stein.

Jetzt hingen die Cerasusbäume voller Früchte, und Aitulfs Bedienstete hängten Ketten mit Nussschalen in die Zweige, um die gefräßigen Vögel zu vertreiben.

Als Aitulf durch den Garten ging, der von einem Holzzaun umgeben war, sah er Martinus, seinen fünfzehnjährigen Sohn, wie er mit dem Sohn eines der Sklaven im Baum saß und erntete. Aitulf war hin- und hergerissen. Einerseits freute es ihn, dass Martinus Gefallen an den Cerasusfrüchten fand, andererseits fand er es unpassend, dass der Sohn des Diakons sich mit Sklavenarbeit abgab. Lieber wäre es ihm gewesen, Martinus säße über seinen Lektionen.

Aber heute Abend wollte er das Thema nicht ansprechen. Er war noch erfüllt von dem Besuch der irischen Mönche und ihrer beeindruckenden, strengen Lebensweise. Und er dachte daran, dass auch er am Anfang seines Diakonats sehr streng gewesen war, fast asketisch, was sein Verhältnis zu Frauen betraf und wie seine erste Freundin Ansegud, die so tragisch starb, ihn von seinem harten Leben abgebracht hatte und mit ihm den Weg der Liebe gegangen war.

Aber jetzt, nachdem er diese vier Männer erlebt hatte und fühlte, was für eine Kraft von ihnen ausging, da überfiel ihn die Sehnsucht nach so einem Leben. Und er fragte sich, was wohl aus ihm geworden wäre, wenn er die Mönche vor zwanzig Jahren getroffen hätte.

Ihre innere Kraft war so mächtig, dass sie Wunder vollbringen konnten. Gallus hatte ihm von der Begegnung mit dem Bären erzählt und von der wundersamen Fußheilung.

Als Aitulf die Bäume hinter sich gelassen, an den Fenchel- und Bohnenbeeten vorüberkam, hing er immer noch diesem mönchischen Traum nach. Da kam ihm schon Karolina entgegen, die wohl gehört hatte, dass ihr Mann gekommen war. Sie begrüßte ihn. Er erwiderte ihren Kuss, aber nicht so lange wie sonst, sondern fing gleich an, von den vier Männern aus Irland zu erzählen.

Karolina warf Aitulf einen fragenden Blick zu, hakte sich bei ihm unter und führte ihn ins Haus.

Da erst merkte er, dass Karolina einen Gast hatte: eine ältere Frau, die vor Karolinas Webrahmen saß und geschickt das kleine Stück Holz mit dem gelben Leinengarn durch die Kettfäden schickte.

Aitulf war enttäuscht. Er hätte gerne einen Abend ohne Gäste gehabt. Aber er schluckte seine schlechte Laune hinunter und begrüßte die Weberin, die sich ihm als Ansegund vorstellte.

Bei diesem Namen horchte Aitulf innerlich auf. Zum einen hieß seine erste Liebe so ähnlich und dann erinnerte er sich, dass er diesen Namen vor langer Zeit schon einmal gehört hatte, aber in einem anderen Zusammenhang. Und er hatte sich ihn nur deshalb gemerkt, weil er dabei an Ansegud gedacht hatte.

»Ich weiß, Aitulf, dass dich der Name meiner Freundin erstaunt«, sagte Karolina. Sie wandte sich lächelnd an die Besucherin: »Die erste Liebe meines Mannes hieß nämlich Ansegud, musst du wissen.«

»Aha«, nickte sie, wobei ihre Hände weiterarbeiteten, als hätten sie ein Eigenleben. »Nun, wahrscheinlich kann ich mich mit Ansegud nicht vergleichen.«

Aitulf gähnte herzhaft und sagte: »Es ist nicht nur die Ähnlichkeit mit dem Namen meiner alten Freundin. Ich meine, dass ich vor Jahren deinen Namen schon einmal gehört habe und auch deine Stimme kommt mir jetzt bekannt vor.«

»Das muss ein Irrtum sein«, sagte ihr Gast, »denn wir haben uns noch nie gesehen.«

Aitulf setzte sich auf einen Klappstuhl mit Polster. »Das kann schon sein, der Name Ansegund ist ja auch nicht so selten.«

Eine von Karolinas Mägden, die gesehen hatte, dass Aitulf nach Hause gekommen war, betrat den Raum, begrüßte ihren Herrn und stellte ein voll beladenes Tablett auf einen niedrigen quadratischen Tisch.

»Du musst hungrig sein, Aitulf«, sagte Karolina und reichte Brotstücke, gedünstetes Gemüse und ein Schälchen mit Gerstenbrei ihrem Mann, der es auf einen anderen Tisch stellte und sagte: »Ja, das bin ich.« Trotzdem aß er nicht gleich, sondern erhob sich und griff nach dem Krug, der ebenfalls auf dem Tablett gestanden hatte, holte sich ein Trinkhorn, das an der Wand hing, und füllte es mit Bier. »Heute ist mein Durst besonders groß.« Er trank das Bier in einem Zug und hängte das Horn wieder an seinen Platz. Dann widmete er sich mit Genuss der festen Nahrung.

Während er aß, hörte er der Unterhaltung der Frauen zu, die sich über Webmuster austauschten. Nur einmal unterbrach er die Frauen und fragte mit vollem Mund: »Woher kennt ihr euch?«

»Ach!«, rief Karolina. »Das ist schon sehr lange her, nicht wahr Ansegund?«

Die andere nickte und sagte: »Ja, wir kennen uns seit deinen Kindertagen.«

»Sie war meine zweite Mutter«, fuhr Karolina fort, »und passte auf mich auf, damit ich nicht zu viele Dummheiten anstellte. Dann verließ sie uns, weil ihr Vater gestorben war und sie in der Nähe ihrer Mutter sein wollte. Und so kam sie dann an den Hof nach Sessionas.«

Aitulf verschluckte sich und hustete. Mühsam brachte er die Frage hervor: »Nach Sessionas? Dann kanntest du König Chilperich?«

»O ja. Und ich kannte Galsuinta, seine damalige Frau aus Hispania, die Schwester der schwarzen Brunichilde …«

»Ja, dann müsstest du auch Fredegunde kennen!«, ergänzte der Diakon.

»Das ist richtig«, sagte Ansegund und wandte sich wieder der Weberei zu.

Aitulf stand auf und griff noch einmal zum Trinkhorn, um die Krümel, die ihn in der Kehle kratzten, wegzuspülen. Er rülpste und sagte aufgeräumt: »Ich selbst habe Fredegunde kennen gelernt, als ich am Hof war, um einige Nachforschungen anzustellen. Und ich muss sagen, dass ich beeindruckt war von dieser Magd, die zur Königin wurde. Ich kannte sie ja nur aus den wütenden Kommentaren von Brunichilde, aber als ich sie dann selber sah, da ... da war ich erstaunt, wie schön und wie freundlich sie war. So hatte ich sie mir nicht vorgestellt.«

Ansegund nickte: »Ja, sie ist eine erstaunliche Frau und es ist kein Wunder, dass Chilperich sie nach Galsuintas Tod wieder in Ehren aufgenommen hat. Ich habe jahrelang in ihrer Nähe gearbeitet und keine schönere Frau gesehen.«

Plötzlich fasste sich Aitulf an die Stirn. »Ah, jetzt weiß ich, warum mir der Name Ansegund bekannt vorkam.«

»So?« Die Weberin nahm ein anderes Schiffchen, an das ein schwarz gefärbtes Garn geknotet war.

»Es stimmt, wir sind uns nicht direkt begegnet, aber ich habe dich dennoch sprechen hören.«

»Wie kann das sein?«

Als ich am Hof König Chilperichs war, das muss nach dem Tod Sigiberts gewesen sein, da hörte ich zwei Frauen miteinander sprechen. Ich selbst war in der Bibliothek. Und die eine Frau wurde mit Ansegund angeredet. Hätte meine Freundin nicht so ähnlich geheißen, dann würde ich mich wahrscheinlich nicht daran erinnern. Sie war dabei, wegzugehen oder sie sollte weggeschickt werden. Aber es war nicht klar warum.«

Ansegund ließ ihr Hände sinken und sagte. »Ja, es stimmt. Das muss ich gewesen sein. Denn zu der Zeit wurde ich ... habe ich den Dienst bei Fredegunde verlassen.«

»Aus welchem Grund?«

Ansegund nahm das Holzschiffchen mit dem schwarzen Garn wieder auf und antwortete: »Lass mich überlegen. Richtig. Meine Mutter wollte bei meiner Schwester wohnen und aus Sessionas wegziehen. Das … das ist jetzt schon so lange her! Übrigens, Karolina, du hast da einen sehr starken Faden. Gute Qualität.«

Aitulf, der merkte, dass Ansegund das Thema wechselte, erhob sich und sagte zu den Frauen: »Ich muss eben noch ein Papyrusblatt suchen, das ich morgen Bischof Gaugerich geben muss. Zwei Abschriften davon sind auch noch fällig. Und zu dem Gast gewandt, fügte er noch hinzu: »Falls wir uns heute nicht mehr sehen, wünsche ich dir eine gute Nacht. Möge der Himmel deinen Schlaf segnen.«

Dann ging er die Außentreppe nach oben in das zweite Stockwerk, wo sich sein Schreibzimmer befand. Er suchte das Schriftstück, stellte sich an sein Stehpult neben dem Fenster, zog den Pfropfen ab, der auf dem Tonfläschchen mit der Tinte steckte, und fing gleich an zu schreiben, um das restliche Tageslicht noch auszunutzen.

Da es im Monat Julius noch nicht so früh dunkelte, hatte er Muße, langsam und genau zu kopieren. Im Grunde machten ihm diese handwerklichen Arbeiten Freude. Man konnte sich von anderen Fragen und Sorgen ablenken. Und trotzdem dachte er zwischendurch an diese Frau, diese Ansegund. Warum hatte sie so schnell das Thema gewechselt? Auch war noch etwas, was ihm damals ungewöhnlich vorgekommen war, als er unfreiwillig dieses kurze Gespräch belauscht hatte. Irgendein Wort, das nicht zu passen schien. Aber es fiel ihm nicht mehr ein, so sehr er auch nachgrübelte. Und jetzt hätte er beinahe aus einem »T« ein »F« gemacht.

Als er mit seiner Arbeit fertig war, hörte er unter sich Geräusche und nahm an, dass der Gast seiner Frau sich nun zurückzog. Die Dämmerung war schon gekommen, aber er hatte das Abschreiben gerade noch ohne Lampe geschafft.

Nachdenklich räumte er die Schreibsachen zusammen – verkorkte das Tintenfläschchen und goss in eine kleine Schale Wasser, um die Flecken auf seinen Händen zu reinigen. Leider war nur noch ein winziges Stück Seife da. Er musste Karolina sagen, dass die Mägde wieder einen großen Riegel Seife herstellen sollten.

Die Gänsefeder ließ er trocknen. Beim nächsten Mal würde er das schwarze Ende schräg abschneiden und hätte dann eine neue Spitze.

Er hörte, wie Karolina die Treppe heraufkam. Als er auf den oberen Flur trat, sah er den Schein der Öllampe nach oben schweben.

»So, du bist also fertig mit Schreiben«, meinte Aitulfs Frau. »Vielleicht können wir uns im Bett noch unterhalten.«

»Gut«, nickte Aitulf.

Da Aitulf nicht mehrere Frauen hatte, gab es auch nur ein einziges Schlafzimmer, das sie sich teilten. Und nur, wenn Aitulf unterwegs war, schlief eine der Mägde neben Karolina, damit sie nicht allein die Nacht verbringen musste.

Bald, nachdem sie ihre Abendgebete gesprochen hatten, lagen Aitulf und Karolina nebeneinander in ihren Unterkleidern auf einem breiten Leinensack mit Stroh und Wolle gefüllt, in dem im Laufe der Jahre eine Mulde entstanden war, und Aitulf erzählte von den irischen Mönchen.

»Sie weigern sich übrigens, auf einer Matratze zu schlafen« sagte er, »und legen sich auf den nackten Boden.«

Karolina schüttelte sich. »Wenn sie wenigstens Fett auf den Knochen hätten, aber ich fürchte, dass sie ziemlich mager sind.«

»Ja, ein normales Essen, so etwas, was ich vorhin gegessen habe, würden sie schon als Schlemmerei bezeichnen. Es war mir richtig unangenehm, wie Bischof Gaugerich vor ihren Augen den Rest eines gebratenen Schweinespecks verschlungen hat, obwohl er doch für die Armen bestimmt war.«

»Du kannst ihn eben nicht mit Bischof Magnerich vergleichen.«

»Natürlich nicht, aber es fällt mir schwer, ihn richtig ernst zu nehmen.«

Sie schwiegen eine Weile, während er mit ihren Händen spielte.

»Eigenartig, dass ich deine Freundin vor vielen Jahren gehört habe, ohne sie gesehen zu haben …«

»Ja, das stimmt«, gähnte Karolina. Sie rekelte sich und kuschelte sich an ihren Mann. In der Ferne jaulte ein Hund. »Eigentlich bin ich froh, dass ich keine Asketin bin und mit einem Mann auf einer Matratze schlafen kann …«

»Mit einem Mann? Ich bin nicht irgendein Mann.«

»Nein, du bist der Mann überhaupt. Das Ideal des Mannes, du bist …«

»Nun übertreibe nicht.«

Wieder jaulte der Hund.

»Dass diese Hunde auch keine Ruhe geben. Am liebsten würde ich einen Stein nach ihm werfen.«

»Hm.« Allmählich wurde Karolina müde und ihr Atem wurde langsamer und tiefer.

Plötzlich fuhr Aitulf auf. »Jetzt weiß ich es wieder.«

Karolina war bei der plötzlichen Bewegung zusammengezuckt und murmelte: »Was weißt du wieder?«

»Da war irgendetwas damals, als ich deine Freundin Ansegund gehört habe, etwas, das eigenartig war und jetzt, als ich über den Hund nachdachte, fiel es mir wieder ein.«

»Was denn?«

»Ihre Unterhaltung ging darum, dass sie, also Ansegund, wegging und dass sie schweigen sollte. Und dann fiel das Wort Hundepfote. Ich hatte diesen Worten damals keine Bedeutung beigemessen, weil ich dachte, es gehe um irgendein Liebesgeheimnis, das die Mägde nicht ausplaudern sollten. Aber vielleicht ist es ja etwas anderes gewesen. Ich muss morgen früh, bevor ich zur Basilika gehe, unbedingt noch einmal mit dieser Ansegund sprechen.«

Er wartete auf einen Kommentar von Karolina, aber aus ihrer Richtung strömten nur tiefe Atemzüge zu ihm herüber, die ein wenig nach Salbei rochen. Wahrscheinlich hatte sie sich einen Kräutersud als Nachttrank gemacht. Und so drehte sich Aitulf auf die Seite und versuchte zu schlafen.

Am nächsten Morgen, bei Sonnenaufgang, war Aitulf hellwach wie selten. Durch das Ostfenster fiel ein fahler, rötlicher Schein auf die weiß gekalkten Wände und Aitulf dachte daran, dass das Morgenrot normalerweise Regen brachte.

Unten, im Wohnraum, hörte er das Trappeln von nackten Füßen und das Poltern von Holz. Der Ofen wurde angeheizt wegen der Morgenkühle und für den Kessel, in der der Gerstenbrei zubereitet wurde. Neben sich spürte Aitulf die Beine seiner Frau.

Er legte seine warme Hand auf Karolinas nackte Hüfte, denn ihr Untergewand war nach oben gerutscht. Langsam und vorsichtig wanderte die Hand über Karolinas Bauch, streifte ihre Brüste, überwand den zusammengeschobenen Stoff und blieb auf ihrer Wange liegen. Jetzt kam eine andere, schmalere Hand und legte sich auf sie. Fünf breite und fünf schmale Finger verflochten sich ineinander und lösten sich wieder. Dann schob sich Karolina zu Aitulf hinüber und legte sich mit dem Bauch auf ihren Mann. »Ich wünsche dir einen guten Morgen«, sagte sie und küsste Aitulf auf den Mund.

»Hm«, sagte sie nach einer Weile, »irgendwie macht sich ein harter Gegenstand zwischen meinen Beinen zu schaffen. Das muss ich doch genauer erforschen.« Ihre Hand glitt nach unten und umfasste den Körperteil, der sehr empfindlich und angenehm warm war.

»Trotz deines hohen Alters scheint es immer noch zu gehen«, spottete sie.

»Erstaunlich, was eine ehemalige Nonne morgens im Bett so alles machen kann«, murmelte Aitulf und wartete, bis sie sich auf ihn gesetzt hatte.

Überrascht merkte er, dass der Eingang nicht eng und trocken, sondern schon so feucht war, dass das Eindringen ohne Mühe gelang.

»Das ging aber schnell«, flüsterte er ihr ins Ohr.

»Ja, manchmal erledigen sich die Vorbereitungen für ein Festessen wie von selbst.«

Als sich Aitulf später mit einem feuchten Lappen gereinigt hatte, band er sich ein langes Tuch um, das seine Blöße bedeckte und streifte sein Leinenhemd über den Oberkörper. Es reichte ihm bis über die Knie. Dann legte er den Gürtel um, an dem das Messer in der Lederscheide steckte, ein Knochenkamm und ein hölzerner Löffel, und ging nach unten.

Seine Frau überließ er Fram, einer Magd, die sich Karolinas Haaren annahm. Eigentlich hieß sie Framberta, aber alle nannten sie Fram, weil die Kurzform zu ihrer Art passte, schnell und kurz zu sprechen.

Auf der länglichen Tischplatte standen schon die Schalen für den Gerstenbrei bereit. Es roch leicht nach Qualm und geröstetem Korn. Vor dem Feuer stand Ansegund und hielt ihre Hände vor die Flammen. Sie begrüßten sich, füllten ihre Schalen mit dem zähen Gerstenbrei und gossen sich in ihre Becher heiße Ziegenmilch.

Nach einem Tischgebet und einigen Löffeln des Morgenmahls, räusperte sich Aitulf und sagte: »Nun, ich hoffe, du hast gut geschlafen?«

»Danke. Das habe ich, obwohl mein Schlaf nie lange währt. Ich muss in letzter Zeit so oft husten und das Atmen fällt mir schwer.«

»Was ich dich noch fragen wollte ... Gestern fiel mir ein, dass du damals, als du bei Chilperich warst, etwas Seltsames gesagt hast. Es war klar, dass du gehen würdest, aber es ging auch um Schweigen und um eine Hundepfote ... Aber was es nun mit der Hundepfote auf sich hatte, das ist mir entfallen.«

Aitulf sah, wie um Ansegunds Augen herum ein Zucken lief und wie ihre Hand durch das Haar fuhr, als ob sie es ordnen wollte, obwohl gar nichts zu ordnen war. Sie lachte auf. »Und du bist wirklich sicher, dass ich das mit der Hundepfote gesagt haben soll ...?«

»Ja. Doch. Aber ich konnte es mir nicht erklären und dachte, es ginge um irgendein Liebesgeheimnis. Aber jetzt bin ich mir nicht mehr so sicher. Du musst wissen, dass ich jahrelang versucht habe, mehr über einen Fluch herauszufinden, der offensichtlich die Familie der Königin Brunichilde befallen hat und sich immer mehr ausweitete. Es gab viele ungeklärte Morde. Eigentlich habe ich das alles fast schon abgetan und habe nicht mehr damit gerechnet, irgendetwas herauszufinden. Aber als du gestern erzählt hast, dass du am Hof Chilperichs gelebt hast, dachte ich ...«

Ansegund schüttelte entschieden den Kopf. »Von einer Hundepfote weiß ich nichts. Du musst dich verhört haben.«

In diesem Augenblick kam Karolina die Treppe herunter und zog die Aufmerksamkeit auf sich. Ansegund fing sofort ein Gespräch mit ihr an und Aitulf nahm sich vor, bei einer anderen Gelegenheit noch einmal genauer nachzuhaken.

Nach der Morgenmahlzeit ging er zur Basilika. Es sollte ein Dienstgespräch mit Bischof Gaugerich stattfinden und danach sollte er zwei neue Priester prüfen, die sich für den Unterricht angemeldet hatten.

Als er um die Mittagszeit nach Hause kam und Ansegund nicht gleich entdeckte, fragte er nach ihr.

»Stell dir vor«, sagte Karolina, »sie hatte es plötzlich eilig und hat sich verabschiedet. Eigentlich hatte ich damit gerechnet, dass sie noch einen Tag bleibt, aber ich verstehe, dass sie …«

»Wann ist sie gegangen?«, unterbrach Aitulf seine Frau.

»Das ist noch nicht lange her, ungefähr so lang wie eine Messe.«

»Und in welche Richtung ist sie gegangen?«

»Warum ist das denn so wichtig?«

»Ich muss sie unbedingt noch einmal etwas fragen, was diesen Fluch betrifft.«

Karolina rief in die Küche: »Fram!«

Fram kam aus dem Küchenqualm heraus und strich sich die Haare zur Seite.

»Fram, in welche Richtung ist Ansegunde gegangen?«

»Zum Hafen. Wohin sonst?«

Karolina wollte sich zu Aitulf umdrehen, aber der war schon am hölzernen Gartentor. »Vielleicht treffe ich sie noch!«, rief er und eilte die Gasse entlang, die nach Westen zur alten Römerbrücke führte.

Keuchend kam er am Ufer der Mosella an. Der Strand nördlich der Brücke war verbreitert worden und übersät mit Holzpflöcken und zwei Stegen, die in den Fluss gebaut waren, damit größere Schiffe dort anlegen konnten.

Ein mittelgroßes Handelsschiff schaukelte sanft auf den Wellen, und die Sklaven waren gerade dabei, die Taue loszumachen.

Aitulf rannte über den schmalen Steg und rief schon von weitem: »Halt!« Aber das Schiff hatte schon die Taue eingezogen und vollführte ein Wendemanöver.

»Was ist denn?«, rief einer der Seeleute.

»Ich muss dringend mit einer Frau sprechen, die auf eurem Schiff ist.«

»Zu spät, wir haben doch schon abgelegt.«

»Bringt sie auf Deck, es ist nur eine kurze Frage.«

»Der Name?«

»Ansegund.«

»Gut, aber nur kurz.«

Der Mann brüllte in den Bauch des Schiffes und befahl den Ruderern ein paar Augenblicke gegen die Strömung zu rudern, um das Schiff zu halten.

Dann rief er nach dem Namen der Frau.

Für Aitulf dauerte es endlos lange, bis sie erschien. Endlich sah er sie. Sie blickte abweisend.

»Was willst du denn von mir?«

»Mir fiel ein, dass deine Hand in eine Hundepfote verzaubert werden sollte, falls du nicht schweigst.«

»Ja«, brüllte Ansegund zurück. »Und genau deshalb werde ich weiterschweigen.«

»Aber worum ging es?«

Ansegund schwieg.

»Ging es um den Verursacher des Fluches?«

Ein unwirsches Ja kam zurück.

»Lebt er noch?«

Ansegund nickte. »Aber mehr kann ich dir nicht sagen.«

»Aber … aber, du bist Christin. Wovor hast du Angst? Wir könnten einen Gegensegen sprechen und die Verwünschung aufheben.«

»Sicher ist sicher. Ich schweige.«

»Aber dann … dann werden vielleicht noch weitere Menschen sterben!«

»Kann sein. Wer weiß das? Wir müssen alle einmal sterben.«

»Hör mal!«, brüllte der Seemann von vorhin in Aitulfs Richtung. »Das reicht jetzt, die Ruderer können das Schiff nicht endlos auf der Stelle halten.«

»Nur noch eine letzte Frage: Ist es einer oder sind es mehrere?«

Ansegund seufzte, hob als Antwort einen Finger in die Höhe und rief: »Das ist alles. Vielleicht habe ich schon zu viel gesagt.« Mit diesen Worten verschwand sie vom Deck und stieg nach unten.

Jetzt hoben sich die Ruder und das Schiff glitt die Strömung hinab in Richtung Confluentis.

Aitulf drehte sich um. »Immerhin habe ich etwas herausgefunden«, sagte er zu sich selbst. »Der Fluchverursacher lebt noch und es gibt jemanden, der ihn kennt. Also lebte er damals am Hof Chilperichs. Nein, das muss nicht sein. Er könnte dort auch nur bekannt gewesen sein und wurde von Chilperich unterstützt ...«

Beinahe wäre Aitulf in eines der Schlammlöcher getreten, die von einem alten verfaulten Pfahl stammten, der hier einmal gestanden hatte. Gerade noch rechtzeitig zog er seinen Fuß zurück und schritt nachdenklich durch die baufällige Porta Inclyta, das Westtor der Stadt.

Unt waere im Sifrit niht ze helfe komen,
sô hete Brünhild dem künige sînen lîp benomen.
er gie dar tougenlîche unt ruort' im sîne hant.
Gunther sîne liste vil harte sorclîch ervant.

Und wäre ihm Siegfried nicht zu Hilfe gekommen,
dann hätte Brünhild dem König das Leben genommen.
Siegfried handelte im Verborgenen und führte Gunther die Hand,
der diese List mit großer Sorge empfand.

Aus dem Nibelungenlied, 7. Aventiure

Sechs

König Gunthram war ein alter Mann von achtundfünfzig Jahren und doch steckte in seinen Händen und in seinen Armen noch genügend Kraft, um den Bogen zu spannen, einen Speer zu werfen oder jemanden zu erwürgen.

Seine Haut war mit einem bronzenen Schimmer überzogen und die weißen, vollen Haare bildeten einen reizvollen Kontrast dazu.

Als er Brunichildes Einladung empfangen hatte und in Mettis ankam, zeigten sich schon die ersten Boten des Herbstes: die Nächte wurden kühler, die Buchenblätter bekamen gelbe Umrandungen, und es lag ein Geruch von feuchter, modriger Erde in der Luft, wenn es regnete. Gunthram wusste nicht so recht, was er von Brunichildes seltsamer Idee halten sollte, mit ihm ein Wettschießen zu veranstalten. Sie könne mit keinem Mann zusammenleben, der ihr in dieser Hinsicht unterlegen sei. Sigibert jedenfalls hätte besser und weiter geschossen als sie. Und das sei auch ein Grund gewesen, warum sie damals in die Heirat eingewilligt hätte.

Gunthram bezweifelte das. Er glaubte sich zu erinnern, dass sich Sigibert und Brunichilde vor der Einwilligung zur Heirat gar nicht gesehen und dass Brunichildes Vater Athanagild die Heirat befohlen hatte.

Was auch immer hinter diesem eigenartigen Wettkampf steckte, er musste vorsichtig sein. Sein Bogen war zwar immer noch elastisch und aus gutem Eschenholz gearbeitet. Da er vermutlich länger und dicker war als Brunichildes Bogen, würde er auch eine größere Spannung haben und den Pfeil weiter schießen. Aber er hatte gehört, dass Brunichilde bekannt dafür war, eine gute Hand und ein sicheres Auge beim Bogenschießen zu haben. Vermutlich war das also nur ein weiteres Mittel, ihn hinzuhalten.

Aber er wollte diese Frau unbedingt haben. Schon bei der Hochzeit seines Bruders Sigibert hatte er sie begehrt. Inzwischen war sie zwar etwas in die Jahre gekommen, aber ihr Stolz und ihre impulsive Art reizten ihn immer noch. Ja, das wäre einen Triumph wert. Eine Art Edelstein in seiner Frauensammlung. Außerdem kämen durch eine Heirat auch ihre beiden Gebiete zusammen, dann müsste man nur noch den jungen Chlothachar besiegen und das Reich wäre unter einer Führung vereinigt. Unter seiner Führung.

Seine drei Frauen hatte Gunthram in Cabillonum gelassen, weil er den Eindruck hatte, ansonsten Brunichildes Stolz zu verletzten. Auch hatte er auf der Fahrt nach Mettis hin- und herüberlegt, was er sonst noch sagen oder tun könnte, um den Wettkampf für sich zu entscheiden und Brunichilde zu verblüffen oder zu verunsichern. Sie war vermutlich treffsicherer als er. Und da war ihm ein Gedanke gekommen, den er geradezu genial fand. Ein Gedanke, der Brunichilde verwirren und ihre Konzentration zu Fall bringen würde.

Und außerdem hatte er ja sein Kästchen mit den magischen Kostbarkeiten dabei, die ihm auch helfen würden, Brunichilde zu besiegen.

Alles in allem war er also gerüstet.

Jetzt stand er in einem der Gästezimmer im Palatium in Mettis und blickte durch die herbstlich dunstige Luft nach draußen. Am Horizont zog sich der Waldsaum entlang, der nur bei genauem Hinsehen ein paar gelbgrüne Tupfer hatte und auf den Feldern davor konnte er einzelne Langhäuser ausmachen, die mit Holzzäunen umgeben waren. Auf der rechten Seite erstreckten sich die Ausläufer der Stadt mit der unregelmäßigen Oberfläche der Stadtmauer, die zwar noch vorhanden aber nicht mehr so eben und hoch war wie zu den Glanzzeiten des Römischen Reiches.

Gunthram schob den Fensterrahmen mit dem eingespannten Pergament wieder vor die Öffnung, weil ihn fröstelte. Es war kalt im Norden des Frankenreiches, und er war froh, dass seine Residenz weiter im Süden lag und der Sommer dort länger dauerte.

Von seinem Sklaven hatte er gehört, dass die Königin von einem Treffen noch nicht zurückgekehrt war und er überlegte gerade, ob jetzt vielleicht eine günstige Gelegenheit wäre, ein Amulett heimlich in das Schlafzimmer zu bringen.

Er musste es allein tun. Niemand durfte erfahren, dass er, der christliche König Gunthram, heimlich an die Macht der Zauberei glaubte.

Nur einmal war es vorgekommen, dass er wegen seiner Amulette schlaflose Nächte gehabt hatte, als bei einer Konferenz, die über zehn oder fünfzehn Jahre zurücklag, ein versiegelter Brief auf seinem Platz lag mit den Worten: »Ich weiß, was du in deinem Versteck hinter dem losen Stein hast: Ringe und Zauberamulette.«

Er konnte sich nicht erklären, wer sein Geheimnis herausgefunden hatte. Auf der Stelle hatte er sein Versteck leer geräumt und die Gegenstände woanders untergebracht. Ein Jahr lang war er deswegen unruhig gewesen, aber es war nichts geschehen, was mit seinem Geheimnis zu tun gehabt hätte.

Leise öffnete Gunthram die Tür und blickte in den langen Flur. Es war alles still. Er wusste bereits, wo sich Brunichildes Zimmer befand und es war günstig, dass es auf demselben Flur lag.

Er würde wie zufällig daran vorbeigehen und im Gehen gegen die Tür drücken und hoffen, dass sie nicht von innen verriegelt war. Es konnte natürlich sein, dass Brunichildes Magd sich darin aufhielt, weil ihr Schlafzimmer direkt daneben lag. Aber das war das Risiko wert.

Der König aus Burgundum trug Stiefel aus weichem Hirschleder, die keinen Lärm machten, als er langsam über den Holzboden ging. Jetzt hatte er Brunichildes Tür erreicht. Er drückte unauffällig dagegen, und sein Herz machte einen Freudensprung, als er merkte, dass das Holz nachgab.

Rasch blickte er sich im Zimmer um, das von einem Bettgestell dominiert war. Tische, Stühle und Truhen standen da, Teppiche verzierten die Wände und ein großer Bronzespiegel hing zwischen zwei Fenstern, die mit einem Holzgitter versehen und mit echtem Glas ausgefüllt waren.

Er trat an das Bett, hob die Matratze hoch, schlitzte den Leinensack von unten mit einem Messer auf und schob einen glänzenden Gegenstand zwischen die Füllung aus Pferdehaaren und ungekämmter Schafwolle. Dann richtete er sich auf, um zum Ausgang zu eilen.

In diesem Augenblick öffnete sich die Tür und Agnes stand da und erstarrte, als sie einen Fremden im Zimmer ihrer Königin erblickte.

Gunthram aber hatte sich schon vorher einen Satz zurechtgelegt und sagte schnell: »Oh, ich denke, ich habe mich wohl im Zimmer geirrt. Ich bin König Gunthram. Kannst du mir sagen, wo meines ist?«

Jetzt erkannte Agnes den Mann und atmete erleichtert aus.

»Sei gegrüßt, König Gunthram«, sagte sie erleichtert und neigte ihren Kopf. »Dein Zimmer befindet sich hier ganz in der Nähe, ein paar Türen weiter. Ich werde es dir zeigen.«

Am nächsten Nachmittag sollte das Wettschießen stattfinden. Gunthram hatte gebeten, dass es eine nichtöffentliche Veranstaltung sein sollte. Aber was bedeutete das in einem Palatium mit vielen Knechten, Mägden, Sklaven und ihren Familien? Es gibt Fenster, Türritzen, Mauern und Bäume. Überall konnten Zuschauer sitzen, die man nicht sah.

In einer Entfernung von zwanzig Schritt stand im Innenhof eine rechteckige hölzerne Zielscheibe mit einem aufgemalten Hirsch. Das Herz war mit einem roten Kreis markiert.

Eine milde Sonne schien von einem blassblauen Herbsthimmel und ab und zu wehte eine Windböe durch die Eichen, die zwar außerhalb der Residenz wuchsen, das Dach aber überragten und deren Zweige sich manchmal bewegten, auch wenn kein Wind wehte. Wer jedoch genauer hinsah, konnte ein paar blonde Haarschöpfe oder nackte Füße sehen.

Gunthram wusste, dass er den ersten Schuss machen durfte. Das war für seinen Plan wichtig. Inzwischen ahnte er, dass der Wettkampf doch öffentlicher war, als er ursprünglich angenommen hatte. Fenster mit Pergamentbespannungen waren nicht dicht verschlossen und hinter dem dünnen, lichtdurchlässigen Leder sah er ab und zu einen Schatten vorbeihuschen.

Nun, vielleicht war das doch gar nicht so schlecht. Falls sein Plan klappte, würden die unsichtbaren Zuschauer seinen Ruhm durch Brunichildes Reich tragen.

Childebert, der als einziger Verwandter offiziell dabei war, trat nach vorne und eröffnete das Schießen. Dann nickte er Gunthram zu.

Dieser drehte sich zu seinem Waffenträger um und nahm aus dessen Hand den Bogen und einen Pfeil.

Gunthram prüfte die Bogenspannung, ließ die Sehne schwirren, die einen sirrenden Ton von sich gab, schien zufrieden zu sein und legte den Pfeil auf.

Doch dann nahm er den Bogen noch einmal herunter und rief Gott um Hilfe an.

Der erste Pfeil zischte los und landete knapp neben dem Herzen im Hals des Holzhirsches. Erst der dritte Pfeil traf den roten Kreis, allerdings nur am Rand.

Brunichilde hatte alles aufmerksam verfolgt und ihre Lippen verzogen sich zu einem geringschätzigen Lächeln, als sie sah, dass der Pfeil nicht genau das Zentrum getroffen hatte.

Jetzt war sie an der Reihe. Sie nahm den Bogen von Agnes entgegen. Er war etwas kleiner gebaut als Gunthrams Waffe, passte aber zu ihrer Größe. Sie legte den ersten Pfeil auf und wollte eben spannen, da riss Gunthram seine Arme in die Höhe, trat einen Schritt zurück und rief mit erschrockener Stimme. »Was machst du hier?«

Brunichilde runzelte ärgerlich die Augenbrauen und sagte wütend: »Was redest du da!«

»Ich … ich«, stammelte Gunthram und hielt sich an der Schulter seines Waffenträgers fest. »Ja, siehst du denn nicht? Direkt vor mir steht … steht … Sigibert und lächelt mir zu.«

»Sigibert, mein verstorbener Mann?« Brunichilde blickte wild um sich, konnte aber niemanden sehen.

»Ja, ja, hier steht er. Genauso wie ich ihn in Erinnerung habe.« Gunthram schwieg und schien zu lauschen, dann sagte er mit heiserer Stimme. »Er … er sagt, dass er meinen Arm führen wird, denn er will, dass ich seine Stelle an deiner Seite einnehme.«

»Das ist ein ganz gemeiner Betrug«, zischte Brunichilde empört. »Nur um mich abzulenken, aber ich lasse mich nicht darauf ein.«

Sie hob den Bogen, aber da wandte sich Gunthram zur Seite und sagte so laut, dass es jeder hören konnte: »Jetzt steht er direkt vor der Zielscheibe. Ich kann es nicht mitansehen, wenn der Pfeil durch ihn hindurchfliegt, auch wenn er nur ein unsichtbarer Geist ist!«

Brunichilde biss sich auf die Lippen, legte an und schoss. Der Pfeil bohrte sich in den Hals des aufgemalten Hirsches.

Von den Bäumen wehte ein enttäuschtes »Ah« herüber.

Ohne Pause legte Brunichilde den nächsten Pfeil auf, während Gunthram stöhnte und rief: »Tu ihr nichts, Sigibert, sie weiß es nicht besser. Sie denkt, dass ich lüge.«

Der zweite und dritte Pfeil flogen über den Innenhof und trafen nicht die Mitte, nicht einmal den Rand des roten Kreises.

Außer sich vor Zorn warf Brunichild ihren Bogen auf die Steine und schrie: »Das kann nicht sein!« Dann fasste sie sich und sagte zu Gunthram: »Gut, die erste Runde hast du gewonnen, aber es gibt noch eine zweite, die ich gewinnen werde.«

Gunthram hob seine Hände und rief in die Luft: »Oh, mein geliebter Bruder Sigibert, führe du meinen Arm, damit ich deine liebe Frau in meinem Haus aufnehmen kann, um sie vor allen Gefahren zu beschützten.«

Dann hob er den Bogen, zog die Sehne bis an sein rechtes Ohr und ließ los. Der Pfeil traf zwar nicht genau das Zentrum, steckte aber knapp neben der Linie im Inneren des Kreises.

»Ich verzichte auf weitere Schüsse. Du bist dran.«

Und als Brunichilde sich bereitmachte, wandte Gunthram seinen Kopf zur Seite und rief in die Luft: »Danke, Sigibert!« Dann schwieg er plötzlich, nickte mit dem Kopf und sagte bestätigend: »Aber ja, ich werde sie gut behandeln und ich werde Brunichilde Grüße von dir bestellen.«

Die Königin knirschte mit den Zähnen. Weiß vor Wut spannte sie den Bogen und schoss, aber auch diesmal traf der Pfeil nicht in den roten Kreis. Und auch die nachfolgenden nicht. Der letzte Schuss war sogar so schlecht, dass er im Hinterlauf des Hirsches stecken blieb.

Brunichilde stampfte mit dem rechten Fuß auf, nahm ihren Bogen, legte ihn über ihr Knie und wollte ihn zerbrechen. Aber er war viel zu gut gearbeitet und viel zu elastisch.

Voller Zorn zerbrach sie zwei Pfeile, warf sie Gunthram an den Kopf, raffte ihr langes, grünes Leinenkleid hoch und eilte nach drinnen, während Gunthram ihr lachend hinterher rief: »Sigibert lässt dir seine Grüße bestellen!«

Drinnen im Palatium ging es geräuschvoll zu. Agnes, die hinter ihrer Herrin hergerannt war, hörte schon von weitem irgendein Krachen. In ihrem Zimmer war sie nicht. Sie ahnte, wo sie sein könnte und auch die Geräusche bestätigten es. Hinter der Tür von Gunthrams Zimmer polterte es. Agnes riss die Tür auf und sah Brunichilde, die eben eine Truhe umwarf, Gunthrams Kleider über den Boden verstreute und darauf herumtrampelte.

»Du gemeiner Betrüger!«, schrie sie. »Niemals sollst du mich besitzen! Mein Herz gehört Sigibert!«

Dann blieb sie mitten in der Bewegung stehen und schluchzte: »Und wenn es doch wahr ist?« Sie drehte sich um, warf sich auf das Bett und weinte.

Agnes wartete ab. Solche Wutanfälle kannte sie schon. Und am besten half sie Brunichilde, wenn sie eine Weile gar nichts sagte.

Als das Schluchzen nicht mehr ganz so heftig war, setzte sich Agnes an das Bett und strich sanft über Brunichildes Rücken.

»Aber … du wolltest doch, dass er gewinnt«, begann sie zögernd. »Das hast du mir selbst gesagt!«

Die Königin zog die Nase hoch und spuckte den Nasenschleim auf den Boden. »Aber doch nicht so. Ich wollte ihn erst besiegen und dann, ein Jahr später, mich besiegen lassen, aber nur ganz knapp. Und das hier ist eine furchtbare Niederlage. Es … ist so, als ob Sigibert meine Niederlage gewollt habe und das ist das Schrecklichste daran, als ob … als ob er sich mit Gunthram verbünden würde gegen mich.«

Agnes blieb sitzen und blickte auf das Durcheinander auf dem Boden, während sie Brunichildes Hand hielt.

Ein wenig genoss sie diesen seltenen Augenblick der Nähe. Denn ihre Herrin war im Laufe der Jahre immer härter und unnahbarer geworden. Und der Tipp, den sie ihr vor ein paar Wochen gegeben hatte, was Lethan betraf, war kein freundlicher Rat gewesen. Statt dass sie Lethan vergaß, tauchte er in ihren Gedanken immer häufiger auf. Und sie ertappte sich dabei, wie sie sich vorstellte, ihn für sich zu gewinnen. Gleichzeitig schämte sie sich dann und ermahnte sich selbst, diese Gedanken nicht weiterzudenken. Es konnten ja nur Luftgespinnste sein.

Gestern hatte Brunichilde erwähnt, dass sie die irischen Mönche in einem Monat erwartete. Und wenn nun Lethan auch dabei war? Was dann? Würde er mit ihr reden? Würde er ihr einen Blick zuwerfen?

Agnes zuckte zusammen, als Brunichilde sich plötzlich aufsetzte, mit dem Handrücken über ihre Augen wischte und mit schroffer Stimme zu Agnes sagte: »Was sitzt du hier herum? Ich brauche ein anderes Kleid. Das hier ist vollkommen zerknittert und hat Flecken!«

I-ta ingren is tig trell
ro derscaig do mnaib Erend,
co fult budi thic i-mmach
is si aleind illanach.

In comrad do-ni ri cach,
is alaind, is ingnath
maidid cridi cech duni
dia seirc is dia inmuni

Und in jenem Haus wohnt eine Frau,
die alle Frauen Irlands übertrifft.
Sie hat goldenes, glänzendes Haar,
das frei auf die Schulter fällt.
Sie ist schön und beherrscht viele Künste.

Es ist erhebend und wunderbar,
mit ihr zu sprechen.
Allen bricht sie das Herz
weil man sich in Liebe nach ihr verzehrt.

Loeg's Beschreibung des Hauses von Labraid in der Zauberwelt Mag Mell, altirisch, Verfasser unbekannt, frühes Mittelalter

Im 17. Regierungsjahr König Childeberts, Sohn König Sigiberts von Austrasien, dem östlichen Teilgebiet des Frankenreiches (592 n.Chr.)

Sieben

»Gallus! Gallus! Mach auf!«

Erstaunt stand Gallus auf, er hatte in der Dunkelheit des Zimmers auf dem Boden gesessen, im stillen Gebet versunken und die Rufe zunächst für eine spirituelle Audition gehalten. In einem Zustand zwischen Schlafen und Wachen konnte es gelegentlich passieren, dass sich Türen zu den unsichtbaren Welten öffneten und Stimmen, Klänge und Bilder auftauchten. Aber diese Stimme hatte einen durchaus irdischen Klang und gehörte zweifellos Lethan.

Gallus hinkte leicht, weil sein linkes Bein beim Sitzen eingeschlafen war.

Er öffnete die Tür und sah Lethan vor sich stehen.

»Ich grüße dich, Bruder Gallus«, sagte Lethan und senkte seine Stimme. »Verzeih, dass ich dich störe, aber ich muss dich dringend sprechen.«

»Nun, wenn es so dringend ist, dass du noch am Abend anklopfst, dann tritt ein.«

Lethan stampfte mit den Stiefeln auf, um den Schnee loszuwerden, der seit einigen Tagen die Landschaft in ein helles Licht getaucht hatte und die Luft feuchter und frischer werden ließ.

Gallus und er sollten Columban in Mettis treffen, um ihm wichtige Briefe zu überbringen. Heute übernachteten sie in der Nähe der alten Römerstraße, zwischen Virodun und der Königsresidenz.

Columban hielt sich am Hof von König Childebert und Königin Brunichilde auf, die nach ihm geschickt hatten, um Theudebert und Theuderich, Brunichildes Enkel und Childeberts Söhne segnen zu lassen. Ein weiterer Versuch, den Familienfluch zu unterbrechen, wenn schon nicht der Urheber gefunden werden konnte.

Außerdem ging es auch um die strengen Regeln der irischen Klöster, die bei den fränkischen Bischöfen und Adligen zunehmend auf Ablehnung stießen.

Draußen herrschte ein fahles Licht. Die Sterne wurden von einer dicken Wolkenschicht bedeckt, aber der Vollmond ließ die Wolken milchig aufleuchten.

Gallus griff nach einer Öllampe aus Ton, stocherte in der Glut des offenen Kamins herum, bis er einen halb verbrannten Zweig entdeckte.

Er ließ ihn anbrennen und entzündete damit die Lampe, die auf einem wackligen Tisch stand und ein mildes, gelbes Licht verbreitete.

Dann warf er Lethan eine Decke zu und deutete auf die muffige Matratze, damit er dort Platz nahm.

Bald saßen die beiden Männer nebeneinander in Decken gehüllt und blickten in die ruhige Flamme, die den Docht umzüngelte.

Gallus hatte seine Gastgeber um ein eigenes Zimmer gebeten, das in einem halb verfallenen Haus lag, während Lethan ganz gerne in dem großen Wohn- und Schlafraum übernachtete, zusammen mit den Menschen und den Tieren.

»Nun, Lethan, was hast du auf dem Herzen?«

»Ich habe Angst, nach Mettis zu gehen.«

»Und warum?«

Lethan holte tief Luft und seufzte. Gallus wartete. Schließlich sagte Lethan: »Kannst du dir das nicht denken?«

»Ich kann mir vieles denken, aber um deinetwillen ist es gut, wenn du es selbst aussprichst. Was man vor anderen ausspricht, verliert seine Bedrohlichkeit.«

»Nun gut, wenn du es sagst, dann wird es wohl so sein. Es ist so … also es handelt sich … um es kurz zu machen: Ich habe Angst, in Mettis jemanden zu treffen.«

»Columban?«

»Nein, nicht Columban, obwohl man nie sicher sein kann, ob er nicht irgendetwas findet, das man nicht beachtet hat.«

»Einen gefährlichen Mann vielleicht?«

»Nein, eher das Gegenteil.«

»Also, einen ungefährlichen Mann.«

Lethan sagte nichts. Dann überwand er sich und sagte: »Es handelt sich um eine Frau, um Agnes, die …«, er ließ den Satz unvollendet und senkte den Kopf, als ob er erwartete, dass Gallus ihm denselben mit einem Schwert abschlagen würde.

»Ach ja, ich erinnere mich. Ist das die Frau, die dir den Fuß verbunden hat?«

»Ja. Es ist nämlich so, dass mich diese Frau nicht mehr loslässt.«

»Wieso? Hat sie dich besucht?«

»Nein, ich meine in Gedanken. So oft habe ich versucht, nicht an sie zu denken. Jeden Tag bete ich für sie und bitte Gott , dass er mir hilft, sie zu vergessen.«

»Du betest für sie?«

»Ja.«

»Nun, dann ist es doch kein Wunder, dass du an sie denkst. Du solltest nicht mehr für sie beten.«

»Aber ich denke, dass es ihr gut tut.«

»Vielleicht tut es vor allem dir gut.«

»Meinst du?«

»Ja.«

»Aber ist uns nicht befohlen, für unsere Nächsten zu bitten?«

»Das schon. Aber bei ihr solltest du eine Ausnahme machen. Es gibt andere, die für sie beten, ihr Vater, zum Beispiel.«

»Nun, ich hatte … den Verdacht, dass ich deshalb für sie beten sollte, weil sie in Gefahr ist.«

»Warum in Gefahr?«

»Ich fühle, dass sie wahrscheinlich heimlich Zauberei betreibt.«

»So? Wie kommst du darauf?«

»Anders kann ich es mir nicht erklären, dass ihr Gesicht und ihre Stimme mich so oft heimsuchen. Vielleicht hat sie einen

Spruch, der meine Sinne verwirrt und der ihren Geist zu mir schickt …«

»Ich kann dich beruhigen, Lethan«, sagte Gallus mit fester Stimme und blickte ihn an. »Agnes betreibt keine Zauberei. Es sind deine eigenen Sinne, die sich nicht beruhigen und die ihr Bild bewahrt haben.«

»Woher weißt du das?«

Gallus lachte. »Ich bin nicht seit meiner Kindheit im Kloster. Erst, als ich über fünfundzwanzig Jahre alt war, bin ich dazugekommen. Und davor habe ich einige Frauen gekannt und geliebt und ich weiß, wie dir zumute ist. Als dann die Frau, die ich am meisten geliebt habe, gestorben ist, bin ich in ein Kloster gegangen, habe Lesen und Schreiben gelernt und alles in mich aufgesogen. Danach kam ich nach Bangor und habe mein Leben Gott geweiht.«

»Ah, so ist das. Das wusste ich nicht.«

»Ich habe es auch bisher keinem erzählt, nur Comgall, unser Abt von Bangor, weiß davon. Aber er kann schweigen.«

Lethan seufzte tief auf. »Dann ist es ja gut, dass ich mit dir rede und du mir ein paar Ratschläge geben kannst.«

»So Gott will.«

»Gut. Also Agnes betreibt keine Zauberei. Das beruhigt mich. Ich hätte es ihr auch nicht zugetraut. Und du meinst, ich bin selber Schuld, dass ich ihre Gestalt in meinem Herzen trage?«

»Ja, denn du erneuerst ständig deine Erinnerung, wenn du für sie betest.«

»Hm. Nun ist es aber so, dass ich auch zwischen den Gebetszeiten an sie denken muss. Und es wird sogar schlimmer, wenn ich die Abtötungsgebete Columbans spreche. Bisher hatten sie immer gewirkt, wenn ich meine Gedanken unter Kontrolle halten wollte. Aber jetzt …? Und deshalb, verstehst du, habe ich Angst, nach Mettis zu kommen. Denn wenn ich sie treffe, wird es nur noch schlimmer.«

»Ja, das kann schon sein. Oder es wird weniger schlimm. Beides ist möglich.«

»Warum?«

»Ganz einfach, weil du ein verklärtes Bild in deinem Inneren trägst und wenn du sie leibhaftig siehst, wie sie vielleicht schimpft oder beim Arbeiten ist, könnte dieses starke Gefühl nachlassen.«

»Du sagst *könnte?«*

»Ja, es kann auch sein, dass die Sehnsucht zunimmt, wenn du sie siehst oder mit ihr sprichst. Das weiß man vorher nicht.«

»Hm. Was soll ich tun?«

»Der Gefahr mutig entgegentreten.«

Lethan schwieg, dann fing er wieder an: »Da ist noch etwas, das mich beschäftigt und das ich schon so lange Zeit mit mir herumtrage.«

Gallus wartete.

»Vor einem Monat«, begann Lethan und hüllte sich enger in die Decke, »hatten wir bei unserer Mahlzeit eine Lesung. Die Abrahamsgeschichten waren an der Reihe … »

»Ja, ich erinnere mich«, nickte Gallus.

»Und … und zum ersten Mal ist mir aufgefallen, dass Abraham zwar unser Vorbild ist, was die Pilgerschaft betrifft und auch, was seine Entschlossenheit betrifft, Gott zu gehorchen, aber sonst …?«

»Was meinst du mit *aber sonst?«*

»Nun, es heißt in Vers 5: …*Und Abraham nahm seine Frau Sarai … Dann brachen sie auf, um in das Land Kanaan zu ziehen.«*

Lethan schwieg und fuhr nach einer Weile fort: »Und im Neuen Testament ging Jesus in das Haus des Petrus und heilte dessen Schwiegermutter, die Fieber hatte. Wenn Petrus eine Schwiegermutter hatte, dann musste er ja verheiratet sein. Also, der große Apostel Petrus hatte eine richtige Frau!«

Gallus hob die Schultern unter der Decke. »Zweifellos, du hast Recht. Abraham hatte eine Frau und auch Petrus. Das war mir bekannt.«

»Aber verstehst du, Gallus. Das bedeutet doch, dass eine Ehefrau nicht unbedingt hinderlich ist bei der Berufung durch Gott.«

»Sicher. Das stimmt. Nur haben wir als irische Mönche die Sonderform der Ehelosigkeit gewählt, um unabhängiger zu sein. Denn Paulus schreibt im Korintherbrief: *Der Verheiratete ist be-*

sorgt um die Dinge dieser Welt. Er sucht seiner Frau zu gefallen und so ist er geteilt.«

»Ja, Gallus, das dachte ich bisher auch, aber nun stelle ich fest, dass es auch anders sein kann: der Verheiratete könnte seine Sorgen mit seiner Frau teilen. Es ist nicht grundsätzlich schlecht, verheiratet zu sein und gleichzeitig Gott zu dienen. Jedenfalls, Abraham und Petrus konnten es. Und sie sind immerhin Vorbilder des Glaubens.«

Gallus wandte den Kopf und blickte seinem Mitbruder in die Augen: »Lethan, du hast ein Gelübde getan, keine Frau zu berühren. Du hattest als Novize Zeit genug gehabt, um dich zu prüfen und hättest nach dieser Prüfung sagen können: Nein, ich habe erkannt, Mönch zu sein ist doch nicht das Richtige für mich. Ich möchte heiraten und eine Familie gründen. Aber du hast dich dafür entschieden, Mönch zu werden.«

»Ja, das stimmt. Aber … aber zu der Zeit, als ich mich dafür entschieden habe, wusste ich nicht, was es bedeutet, eine Frau zu haben. Meine Entscheidung war keine echte Entscheidung.«

Gallus räusperte sich und merkte, dass dieses Gespräch an die Wurzeln ging.

»Dafür ist es jetzt zu spät, Lethan. Was du gelobt hast, hast du gelobt. Und unter uns gesagt: Glaube nicht, dass das Leben in der Ehe ein ständiges Glücksgefühl ist. Vielleicht die ersten Monate oder Jahre, aber dann wird auch die Ehe nichts mehr Aufregendes für dich sein. Ich hatte immerhin eine Frau, mit der ich fünf Jahre zusammengelebt habe. Und es gab Tage, die waren für uns beide hart und viele Tage flossen so dahin wie abgestandenes Wasser, das man auf die Straße schüttet. Aber ich muss zugeben, dass es insgesamt ein großes Glück war, diese Frau gekannt zu haben. Glück und Gewöhnung wechselten sich ab. Und jetzt? Jetzt bauen wir Klöster und verändern durch unser Dasein ein ganzes Land! Das scheint mir noch besser zu sein.«

»Du … du warst verheiratet?«

»Nein. Wir hatten damals kein Geld gehabt, um eine Hochzeit durchzuführen. Ein Priester sprach ein Gebet für uns und jeder in unserer Gegend betrachtete uns als Ehepaar. Wie du weißt, sind ja die meisten armen Leute auf diese Art verheiratet.«

Lethan blickte auf den flackernden Schein, den die Öllampe gegen die helle Wand warf.

»Also, Lethan, denke nicht, dass das Zusammensein mit einer Frau ein Leben im Paradies ist. Ich habe Männer gekannt, die mit ihrer Frau schon auf der Erde die Hölle erlebten und deshalb sogar gemordet haben. Du weißt nicht, wie diese Agnes ist, wenn ihr ein Paar seid. Sie kommt dir vielleicht jetzt wie Labraid aus der Zauberwelt Mag Mell vor …« Gallus überlegte und zitierte dann das bekannte Lied: *»Sie hat goldenes, glänzendes Haar, das frei auf die Schulter fällt. Sie ist schön und beherrscht viele Künste …«*

Und Lethan fuhr fort: *»… Es ist erhebend und wunderbar, mit ihr zu sprechen. Allen bricht sie das Herz, weil man sich in Liebe nach ihr verzehrt.«*

»Ja«, nickte Gallus, »so kommt dir Agnes vielleicht vor, aber vielleicht hat sie Seiten, die dir gar nicht gefallen werden. Und die Rose wird auch ihre Dornen zeigen.

Aber du weißt, was du jetzt hast: ein hartes, aber gutes Leben, einen Kampf, der sich lohnt und eine Menge aufregender Dinge, die noch auf uns zukommen. Und stell dir vor, wenn wir auf unserer Pilgerschaft das Heilige Land erreichen!«

Lethan sagte nichts und blieb noch eine Weile sitzen. Dann nahm er langsam die Decke von seinen Schultern, stand auf und sagte: »Ich danke dir, Gallus, dass du meinen Geist erweitert hast. Ich werde darüber nachdenken. Gotte schenke dir eine gute Nachtruhe.«

»Halt, Lethan, bevor du gehst, muss ich dich vor einem Missverständnis warnen.«

Lethan blieb abwartend stehen, während Gallus sitzen blieb.

»Es ist nicht so, dass du dich neu entscheiden kannst. Du hast dich entschieden und wenn du Columban mitteilst, dass du dein Gelübde brichst, werden furchtbare Strafen auf dich warten.«

Lethan schwieg und Gallus fuhr fort:

»Nicht nur die Exkommunikation wartet auf dich. Ich möchte dir aus den Bußbüchern ein paar Sätze zitieren, die für Mönche bestimmt sind, wenn sie ihr Gelübde brechen und das Kloster verlassen: *Die Ausgestoßenen seien verflucht in der Stadt und auf dem Land, verflucht die Frucht ihrer Felder, verflucht sei alles, was ih-*

nen gehört. Der Herr möge sie rasch von der Erde vertilgen. An ihren Leichnamen mögen sich die Vögel des Himmels und die wilden Tiere der Felder gütlich tun. Wir verschließen ihnen den Himmel und verweigern ihnen die Erde zum Begräbnis, wir verschließen ihnen die Kirche Gottes, sie mögen in die tiefste Hölle …«

»Hör auf, hör auf. Es ist genug«, stöhnte Lethan. »Das klingt so, als wäre ich vom Glauben abgefallen, als sei ich zum Ungläubigen geworden, aber das stimmt nicht. Ich bin nur dabei, eine neue Berufung zu entdecken.«

Gallus senkte den Kopf und sagte abschließend: »Das wird Columban nie einsehen, aber vielleicht gibt es ja noch eine ganz andere Möglichkeit …«

Am nächsten Tag erreichten sie Mettis gegen Abend, suchten Columban in seinem Zimmer auf und meldeten sich zu zweit anschließend bei Brunichilde, die eben dabei war, einen Brief zu öffnen. Ungeduldig riss die Königin das Siegel der Pergamentrolle auf und las noch in der Gegenwart der Mönche.

Dann warf sie die Rolle auf den Tisch und rief: »Gunthram ist tot! Gelobt sei Gott. Ich muss ihn nicht heiraten und wir bekommen dennoch sein Reich, denn Childebert ist sein Erbe. Ah, warte nur, Chlothachar! Bald bist du an der Reihe!«

Und zu den Mönchen gewandt, fuhr sie fort: »Ich muss Columban morgen sehen. Er soll endlich meine Enkel segnen. Richtet ihm das aus. Dann stutzte sie und sagte zu Lethan: »Bist du nicht der Mönch, der sich den Fuß verletzt hatte?«

»Ja, der bin ich.«

»Vielleicht ist es sogar besser, wenn ihr zu dritt kommt. Eine dreifache Schnur ist fester als ein einziger Strang und ein dreifacher Segen ist wirksamer als eine einfacher. Und nun eine gute Nacht. Den besonders unbequemen Raum, wo ihr immer übernachtet, den kennt ihr ja schon. Und sicher wollt ihr nichts zu essen, weil ihr fastet?«

»Ja, das stimmt. Erst morgen essen wir wieder.«

»Man sollte nur noch irische Mönche beherbergen. Sie sind so bedürfnislos!«

Mit diesen Worten verließ sie den Raum. Und Gallus und

Lethan kamen sich vor wie Kinder, die von ihrer Mutter ausgeschimpft worden waren, obwohl Brunichilde sie gar nicht beschimpft hatte.

»Eine befehlsgewohnte Frau«, murmelte Gallus. »Sie denkt, dass sie Columban wie einen Sklaven hierhin und dorthin schicken kann. Aber das wird ihm nicht gefallen. Ich bin gespannt, was er sagen wird.«

»Mich wundert nur, warum wir zu dritt kommen sollen. Das mit der dreifachen Schnur war doch nur ein Vorwand.«

»Meinst du?«

»Das war nur so ein Gedanke …«

Sie schritten quer über den trockenen Innenhof, dessen quadratische Dachöffnung im Winter durch eine Holzplatte abgedeckt wurde, und Lethan murmelte mehr für sich: »Schade, dass Agnes nicht da war. Ich hätte sie gerne gesehen.«

Agnes wunderte sich. Die Königin war wie verwandelt, seit sie von Gunthrams Tod gehört hatte. Nun, das hätte sie noch verstehen können, bedeutete dies doch, dass Burgundum nun ihr und Childebert gehörte.

Was sie aber nicht verstand war die Art, wie Brunichilde sich Gedanken über die Kleider ihrer Magd machte.

Sie schien darüber besorgt zu sein, ob Agnes auch wirklich gut aussah. Sie durfte Brunichildes Buttersalbe benutzen und die Königin riet ihr, gleich morgen früh ihre Haare zu waschen und sie zu bleichen. Aber damit nicht genug. Nun sollte Agnes auch noch beim Haarewaschen etwas Eigelb von fünf Taubeneiern verquirlen mit einem Spritzer eigenem Urin.

»Das wird deinen Haaren einen besonders schönen Glanz verleihen, glaub mir. Und verreibe auf deinen Lippen die Salbe mit dem Löwenzahnsaft, damit sie schön rot werden. Du weißt schon. Natürlich nicht zu rot, sonst wirkt es abstoßend.«

»Aber warum soll ich das alles machen? Du bist die Königin nicht ich!«

»Ja, das stimmt. Aber eine Königin wirkt königlicher, wenn ihre eigene Magd gut aussieht. Außerdem solltest du dich über Gunthrams Tod mitfreuen, und das drückt sich auch durch eine festliche Kleidung aus, denn wir werden bald nach Cabillonum ziehen. Da gibt es endlich mehr Wärme und Sonne.«

»Wenn ich dich daran erinnern darf …«, begann Agnes zaghaft. »Sollten wir nicht eher Trauerkleider tragen? Wir werden doch bei der Beisetzung Gunthrams erwartet …«

»Ja, ja, natürlich. Dort werden wir auch andere Kleider anziehen, schmucklos und schlicht und wir werden sehr traurig sein. Aber morgen sollst du einmal wirklich gut aussehen. Ich habe mich bisher viel zu wenig um deine äußere Erscheinung gekümmert. Außerdem ist das ein Befehl!«

Agnes hatte zwar schon einige Überraschungen mit Brunichilde erlebt, aber das war nun wirklich verwirrend und neu. So ganz traute sie der ganzen Geschichte nicht und grübelte darüber nach, was das wohl bedeuten könnte.

Die Segnung der Enkel sollte in einer kleinen Seitenkapelle stattfinden, die an die Außenmauer der Residenz gebaut und dem heiligen Martin geweiht war.

Doch vorher wollte Brunichilde ihre mönchischen Gäste bewirten, um deren Magen günstig zu stimmen und ihre Stimmung vielleicht damit zu heben. Außerdem wollte sie noch eine besondere Begegnung genießen, die sie sorgfältig vorbereitet hatte.

Deshalb hatte sie die Tischplatte so hinstellen lassen, dass ihr eigener Stuhl im Schatten lag, während dort, wo Agnes stehen würde, das Licht schien.

Mit dem freundlichsten Lächeln, das sie zustande brachte, begrüßte sie die drei Männer und versuchte auch, etwas Ehrfurcht in ihre Bewegungen zu legen.

»Diesmal, mein lieber Abt Columbanus«, sagte sie halb scherzend, »kannst du dich nicht herausreden, dass Fastentag ist. Ich weiß, dass ihr drei heute essen dürft.«

»Das ist wohl wahr«, erwiderte Columban, der zwar in die Richtung seiner Gastgeberin blickte, dessen Augen jedoch haarscharf an ihrem Gesicht vorbeischauten. »Aber auch wenn wir essen, achten wir auf eine bescheidene Speisenfolge.«

»Das habe ich auch nicht anders erwartet«, sagte die Königin,

»deshalb habe ich befohlen, keine zart gebratenen Lammkeulen in einer Brotkruste zu bringen, sondern nur einfaches, über dem offenen Feuer gebratenes Ochsenfleisch herzurichten. Und falls auch das zu viel für einen Asketenmagen scheint, gibt es frisch gebratenen Lachs aus der Mosella, dazu die üblichen Bohnen, ein paar gewöhnliche Apfelscheiben, in Bratensaft gedünstet, ein paar Taubeneier, die jedes Kind sammeln und essen könnte, ein paar Nüsse in Honig getaucht und ein dünnes Bier, das nicht berauscht …« Columban wollte schon seine Einwände erheben, aber Brunichilde fügte hinzu: »Und steht nicht schon in der Heiligen Schrift, dass Vater Isaak vor der Segnung Esaus ein ausgiebiges Mahl bestellte, um sich für den Segen zu kräftigen?«

»Nun«, erwiderte Columban, »und jeder weiß, was dabei herausgekommen ist: Er segnete den Falschen!«

»… der aber in Gottes Plan letzten Endes der Richtige war. Aber bitte nehmt Platz.«

Sobald alle saßen und Gallus einen Tischsegen gesprochen hatte, ging die Tür auf und Agnes kam mit dampfenden Schüsseln herein.

Lethan, der sich inzwischen damit abgefunden hatte, dass Agnes aus irgendeinem Grund nicht da war, erstarrte.

Mit anmutigen Bewegungen stellte sie ihre heiße Last ab, hob dann den Krug, der auf dem Tisch stand und begann die Becher aufzufüllen. Als sie neben die Königin trat, leuchtete ihr frisch gewaschenes Haar auf wie flüssiges Gold, und niemand hätte dabei an Ei und Urin gedacht. Als sie zu den drei Männern trat, blickten sich Lethan und Agnes kurz an und senkten beide schnell den Blick.

Brunichilde hatte auf diesen Augenblick gewartet – und alles genau beobachtet. Columban blickte wie üblich immer dorthin, wo Agnes nicht war, Gallus streifte zwar Agnes mit einem Blick, bemerkte aber auch die Verzauberung, die Lethan ergriffen hatte. Und Lethan selbst saß unbeweglich auf seinem Platz, versuchte sich zu beherrschen, aber seine Augen glitten immer wieder zu Agnes hinüber. Brunichilde verzog ihren Mund zu einem spöttischen Grinsen, hob schnell ihren Becher und rief: »Auf das Leben von Theuderich und Theudebert, meinen Enkeln.«

Brunichilde war in bester Laune und ließ es sich schmecken wie schon lange nicht mehr, während Columban sehr langsam und bedächtig aß, das Ochsenfleisch stehen ließ und ein paar Bissen von dem Lachs nahm. Er schien über irgendetwas nachzudenken.

Lethan aß wenig, weil er Agnes' Bewegungen folgte. Einmal, als sich ihre Augen wieder einmal trafen, ließ Agnes sogar ein zaghaftes Lächeln aufblitzen, bevor sie in der Küche verschwand.

Nur Gallus schien dem Essen die gebührende Aufmerksamkeit zu schenken, freute sich über den saftigen Lachs und nahm, nachdem er Columbans abwesenden Blick bemerkt hatte, ein großes Stück von dem gut gewürzten Fleisch und schob zur Abrundung noch Bohnen und Äpfel in den Mund.

»Theuderich und Theudebert«, fing Brunichilde an und legte einen abgenagten Knochen neben ihren Bronzeteller, »entwickeln sich gut, aber immer noch hängt dieser Fluch über unserer Familie. Du hast sicher auch die traurige Nachricht von dem plötzlichen Tod meines Schwagers Gunthram gehört. Ein weiteres, bedauerliches Opfer des Fluches.«

»Ja, ich habe gestern durch einen Brief davon erfahren. Für mich bedeutet das, dass mein Kloster Luxovium nun in deinem Gebiet liegt.«

»So ist es, verehrter Columban. Aber ich werde nach wie vor deine Unternehmungen unterstützen, wobei …«, sie zögerte etwas, »wobei die Bischöfe nicht begeistert davon sind, dass die irische Kirche das Osterfest zu einem anderen Zeitpunkt feiert als die katholische Kirche.«

Columban spülte seine karge Portion mit einem Schluck Bier hinunter und sagte: »Ich habe diesbezüglich an den Papst nach Rom geschrieben und ihm meine Lage und meine Argumente geschildert.«

»Nun, ich sehe, ihr habt euch ausgiebig mit Speisen und anderen Dingen«, dabei blickte sie kurz zu Lethan hinüber, »gestärkt, so dass wir nun endlich zur Segnung kommen.«

Columban räusperte sich und sagte mit fester Stimme, während er auf einen Steinvorsprung neben der Königin blickte.

»Verehrte Königin Brunichilde, ich habe mich entschlossen, deine Enkel nicht zu segnen.«

Die Königin, die ihren Becher eben zum Mund führen wollte, hielt mitten in der Bewegung inne und stellte ihn laut auf die Tischplatte zurück.

»Du hast … du willst meine Enkel nicht segnen?«

Auch Gallus und Lethan blickten ihren Abt einigermaßen ratlos an. Damit hatten auch sie nicht gerechnet.

Brunichildes Stimme wurde scharf wie ein Schermesser, als sie fragte: »Und gibt es für diese merkwürdige Entscheidung einen Grund?«

Columban nickte und fuhr mit ruhiger Stimme fort. »Natürlich gibt es einen Grund. Ich tue nichts aus einer bloßen Laune heraus. Jeder weiß, dass Theuderich und Theudebert aus nicht ehelichen Beziehungen stammen. Childebert hat sie vor seiner Ehe mit Failiúva mit zwei unbekannten Frauen gezeugt. Sie sind Kinder der Unzucht. Und ich segne diese Kinder nicht, weil ich nicht gutheiße, was der König getan hat. Würde ich sie segnen, dann würde ich schwarz zu weiß machen und einen fauligen Apfel zu einer frischen Frucht erklären. *Wehe denen, die Böses gutheißen*, sagt die Schrift.«

Columban erhob sich und fügte hinzu: »Ich danke dir für das Mahl und verabschiede mich hiermit.«

Brunichildes Gesichtsausdruck wechselte von Erstaunen darüber, dass ein Mann es wagte, ihren Wunsch nicht zu erfüllen, innerhalb von Augenblicken zu blanker Wut über diesen Schlag ins Gesicht. Lethan und Agnes blickten erschrocken zu Boden, nur Gallus sah Columban an und bewunderte ihn.

Mit einer heftigen Bewegung stieß die Königin ihren Stuhl nach hinten und erhob sich. Aus ihren Augen sprühte Hass auf diesen Mönch, der so gelassen seine Unabhängigkeit demonstrierte.

»Warte einen Augenblick, Columbanus. So einfach entkommst du mir nicht. Du denkst, du kannst es dir leisten, mir zu widersprechen, mir, der ich deine Königin bin, von Gott eingesetzt, um deine Klöster zu schützen.«

»Ich brauche deinen Schutz nicht. Gott selbst wird uns schützen.« Columban machte sich nicht einmal die Mühe, sich umzudrehen.

Brunichilde ballte ihre Hände zu Fäusten, zitterte und wurde weiß im Gesicht.

»So«, zischte sie, »ein Abt willst du sein, ein Führer, der seinen Mönchen den richtigen Weg zeigt? In Wirklichkeit bist du ein Feigling. So großartig du auftrittst, so erbärmlich bist du, denn du wagst es nicht einmal, einer Frau in die Augen zu schauen, weil du Angst vor Frauen hast, als seien sie der Teufel persönlich!«

Jetzt drehte sich Columban doch wieder um und blickte Brunichilde an.

»Ich habe keine Angst vor Frauen, ich setzte mich nur nicht unnötig der Versuchung Evas aus.«

»Und außerdem bist du ein nachlässiger Abt, denn du bekommst nicht einmal mit, wenn deine Mönche Irrwege beschreiten, obwohl sie es vor deinen Augen tun. Du bist ein Versager, Columban.«

»Was redest du da? Sätze ohne Sinn und Verstand!« Jetzt wurde auch Columbans Stimme lauter und härter.

»Sätze ohne Sinn und Verstand? Soll ich dir etwas verraten? Hier, unter deinen wachsamen Augen, hat die Liebe zwischen Lethan und Agnes ihren Einzug gehalten. Und das geht schon seit Monaten so. Aber du bekommst davon nichts mit. Ein schöner Abt bist du!«

Mit einem kurzen, erschrockenen Laut raffte Agnes ihren Rock, eilte zur Tür und verschwand.

Columban fuhr herum und suchte Lethans Blick. Der aber stand da wie zur Hinrichtung bereit.

Columban presste seine Lippen aufeinander und sagte: »Keine Angst, das werde ich untersuchen.« Dann schwoll seine Stimme auf die doppelte Lautstärke an: »Ich segne deine Enkel nicht, sollen sie doch unter dem Fluch, der über diese verdorbene Familie gekommen ist, untergehen, mit dir zusammen und deinen Intrigen!«

Mit diesen Worten griff Columban nach der Tischplatte, hob

sie an und ließ die Speisereste, die Teller und Krüge auf den Boden fallen, so dass Brunichildes Kleid mit Fett und Bier bespritzt wurde.

Damit hatte selbst Brunichilde nicht gerechnet und war zunächst wie erstarrt. In die Pause hinein sprach Columban: »Und ich sage dir in Gottes Auftrag: Wenn du deinen Hass nicht begräbst und die Rache nicht Gott überlässt, wird dich dieser Hass noch verzehren und dein Leben vergiften.«

Dann wandte er sich zur Tür.

Er hörte einen Schrei, spürte eine Hand auf seinem Rücken und den Befehl: »Bück dich!«

Aber das war nicht nötig. Eine der Tonschüsseln flog an ihm vorbei und krachte gegen die Wand.

Columban riss die Tür auf und rief: »Kommt! Auf dem schnellsten Weg zurück nach Luxovium!«

Hinter sich hörte er, wie Brunichilde tobte: »Ich werde dir das Leben zur Hölle machen und dafür sorgen, dass du mein Land verlässt!«

Während Columban mit seinen Brüdern nach draußen eilte, fiel ihm plötzlich, als hätte jemand eine Fackel in einen dunklen Raum geworfen, sein Traum wieder ein, den er vor vielen Jahren in Bangor geträumt hatte: Eine Riesin, eine Königin, warf mit einer Schüssel nach ihm, und Lethan war trotz Columbans Warnungen durch ein Fenster gestiegen und auf eine Frau zugeeilt, die halb nackt unter einem Baum lag.

Suln uns in disen landen nu verderben diu wîp?

Sollen uns in diesen Landen etwa Frauen zu Grunde richten?

Aus dem Nibelungenlied, 7. Aventiure

Acht

Mit klopfendem Herzen blieb Agnes hinter der Türe stehen und lauschte. Sie war erschrocken und dann wieder wütend. Und beide Zustände wechselten sich ab. Erschrocken war sie, weil die zarten Gefühle, die sie für Lethan empfand, plötzlich an die Öffentlichkeit gezerrt worden waren und sie nicht wusste, wie Lethan damit umgehen würde.

Wütend war sie, weil Brunichilde sie schamlos für ihr Intrigenspiel benutzt hatte. Schon gestern war es ihr seltsam vorgekommen, dass ihre Herrin sich solche Gedanken über ihr Äußeres gemacht hatte. Und zum Schluss hatte Agnes auch noch fast daran geglaubt, es ginge Brunichilde tatsächlich um die Schönheit ihre Magd. Was für eine Dummheit! Die Königin wollte sich weiden an dem verliebten Paar und sie zum Gespött machen. Und nicht nur das, eigentlich ging es ihr noch mehr darum, Columban mit ihrem Wissen zu demütigen.

Wie hatte sie nur so blind sein können, dieses Spiel nicht zu durchschauen? Eine Königin würde sich niemals Sorgen um das Aussehen ihrer Magd machen!

Was würde jetzt mit Lethan geschehen? Sie wusste ja nicht, ob Lethan sie überhaupt liebte … Sicher hatte er sie längst vergessen. Aber nein. Der Blick, den er ihr zugeworfen hatte, sprach eine andere Sprache. Würde man Lethan jetzt bestrafen? Eines jedenfalls war klar: Die drei Mönche würden ihre Sachen packen und auf schnellstem Weg nach Luxovium zurückeilen. Und dann?

Plötzlich fiel Agnes etwas ein. Vielleicht schaffte sie es ja noch, einen letzten Gruß an Lethan zu schreiben.

Rasch ging sie in das Zimmer der Königin, holte sich ein

Papyrusblatt, Tintengefäß und Feder und setzte sich in ihrem Schlafraum auf den wackligen Hocker, um ein paar Zeilen zu schreiben. Wenigstens das.

Als sie fertig war, schwenkte sie das Blatt hin und her, damit die Tinte schneller trocknete, dann rollte sie es zusammen, umwickelte das Ganze mit einem Lederband, holte sich Kerze und Siegelwachs aus Brunichildes Zimmer und versiegelte die Briefrolle.

Atemlos eilte sie nach draußen. Sie musste jemanden finden, der …

Richtig, dieser Junge, einer von Nanthilds Vettern, dem sie vertrauen konnte, kam gerade richtig.

Sie vertrat ihm den Weg und sagte: »Hier, bringe diesen Brief sofort zu den drei Mönchen, die gleich abreisen werden. Und jetzt pass auf! Gib ihm dem längsten Mönch mit den dunkelsten Haaren, aber so, dass die anderen nichts davon merken. Ich werde dich beobachten. Und wenn du das schaffst, dann bekommst du ein großes Stück Fleisch von mir. Hörst du?«

»Was? Ein richtig großes Stück Fleisch?«

»Ja, aber beeil dich. Ich sehe sie kommen.«

Sie drückte dem Jungen die Briefrolle in die Hand und versteckte sich hinter einer Ecke. Dann kam ihr eine Idee. Sie ging in das Gebäude zurück, eilte die Stufen empor zum Obergeschoss und trat an eines der Fenster. Wie sie vermutet hatte, konnte sie von hier aus überblicken, was im Innenhof passierte und wenn sie zu dem gegenüberliegenden Fenster trat, sah sie, was außerhalb der Residenz geschah.

Damit man ihr Gesicht von unten nicht sehen konnte, blieb sie seitlich stehen, so dass nur ihre Nase und ihre Stirn in die Fensteröffnung ragten.

Was sie sah, belustigte sie fast. Der Junge war nicht dumm, er hatte einen Stoff in der Hand und schwenkte ihn hin und her, wobei er hinter den Mönchen herrief: »Ihr habt etwas vergessen!« Die Männer blieben stehen und sahen sich den Mantel an, den der Junge ihnen entgegenstreckte. Dann schüttelten sie den Kopf, zuckten mit den Schultern und gingen weiter, aber währenddessen hatte Nanthilds Vetter Lethan unbemerkt die Rolle zugesteckt, der sie geistesgegenwärtig unter sein Gewand schob.

Agnes schloss die Augen, atmete erleichtert auf, öffnete sie wieder und blickte den drei Gestalten nach, die mit zügigen Schritten zum Hafen gingen, um dort die Mosella zu überqueren, und nach Südosten weiterzuwandern.

An diesem Nachmittag war Agnes Brunichilde gegenüber wortkarg und tat ihre Arbeit ohne rechte Freude. Sie war dabei, Brunichildes Kleider auf Löcher durchzusehen. Und als die Königin dazukam und merkte, dass kein richtiges Gespräch aufkam, sagte sie ärgerlich: »Wo ist das Papyrusblatt? Ich meine, dass ich gestern drei Stück hergelegt hätte.«

Agnes schwieg. Und Brunichilde fuhr fort: »Ach, das war eine Wohltat, wie ich diesen eingebildeten Mönch wenigstens ganz kurz verwirrt habe. Das hat ihn geärgert!«

»Aber … aber«, fing Agnes an, »es war nicht schön, dass du unser …«

»Ach ja? Habe ich euer Liebesgetändel etwa gestört? Habe ich das arme Mönchlein in Verlegenheit gebracht? Und du!« Sie sah streng in Agnes' Richtung. »Vergiss nicht, dass du nur meine Magd bist!«

Damit wandte sie sich ab und verließ den Raum.

Zur gleichen Zeit spürte Lethan, dass das Stück Papyrus, das er unter dem Mantel trug, ihm wie ein glühendes Eisen vorkam, trotz der winterlichen Kälte, die ihn umgab. Die Temperatur war gefallen und der Schnee war auf der Oberfläche verkrustet und schnitt in das Stiefelleder, sobald man die ausgetretenen Pfade verließ. Da sie zügig vorangingen, war ihnen bald nicht mehr kalt. Und da die Sonne jetzt im Nordwesten stand, wärmte sie ihre Rücken und warf die bläulichen Schatten der Bäume über die Schneeflächen.

Am liebsten hätte Lethan sich auf einen Stein gesetzt, das Schriftstück herausgeholt und es gleich gelesen. Aber das ging nicht. Noch waren sie unterwegs und er wusste, das Columbans Zorn brodelte und nur mühsam zurückgehalten werden konnte.

Bisher hatte der Abt nicht viel zu Lethan gesagt, sondern ihm nur einen kurzen Satz an den Kopf geworfen: »Wir werden uns in Luxovium mit dir befassen.«

Das war alles. Aber für Lethan genügte es, um die schlimmsten Befürchtungen in ihm wachzurufen.

Natürlich kam es für ihn nicht in Frage, die Geschichte abzustreiten. Gallus war außerdem sein Zeuge, er würde es nicht dulden, wenn Lethan alles als eine Erfindung Brunichildes darstellte. Aber auch ohne Gallus könnte Lethan nicht lügen. Er hatte sich die Wahrhaftigkeit wie eine zweite Haut angezogen und sie jahrelang getragen. Wenn er sie abstreifen würde, dann wäre er nackt und müsste in einem kalten Raum leben, der enger und enger wurde, denn jede Lüge würde eine neue Lüge gebären, bis es so eng werden würde, dass er nicht mehr atmen konnte.

Auch wenn es Nachteile für ihn brachte, er hatte die Wahrhaftigkeit gewählt und würde Columban alles erzählen … Wirklich alles?

Auch dass er einen versiegelten Brief unter dem Mantel trug, der wahrscheinlich von Agnes stammte? Darüber war sich Lethan unschlüssig. Auf jeden Fall musste er ihn zunächst einmal in aller Ruhe selber lesen. Das war das mindeste. Und dann konnte er immer noch entscheiden, was er damit machte. Ihn verbrennen? Ihn Columban zeigen? Ihn aufbewahren?

Oh, mein Gott, die Liebe zu einer Frau brachte einen nur in Unannehmlichkeiten. Warum hatte er sich darauf eingelassen? Warum hatte er die Gedanken weitergesponnen? Und warum hatten die Abtötungsgebete Columbans nicht geholfen?

Zumindest das war ein guter Gesichtspunkt. Er hatte gekämpft und gebetet. Das sprach für ihn! Und das musste selbst Columban anerkennen!

Allmählich neigte sich der Tag dem Ende entgegen, die Schatten wurden länger, das Weiß auf den Wiesen und Feldern wirkte stumpfer und nicht mehr so strahlend. Schließlich kamen die Mönche in die Gegend von Tullum.

Schon zeichnete sich ein Turm am Horizont ab, der eine Ecke der Stadtmauer markierte. Da sagte Lethan plötzlich: »Verzeiht, aber ich muss meine Notdurft erledigen.« Ohne eine Antwort abzuwarten, schlug er sich in die Büsche. Es war gerade noch so hell, dass man gut sehen konnte. Er ging in die Hocke. Aber anstatt sein Gewand hochzustreifen, griff er mit zitternden Händen nach der Briefrolle und brach das Siegel.

Als er folgende Worte auf Latein las, schlug sein Herz bis zum Hals.

»Lethan. In aller Eile ein paar Zeilen. Ich weiß nicht, was du für mich empfindest, aber ich muss dir gestehen, dass ich dich sehr liebe. Das sollst du wissen. Doch, wir dürfen uns nicht mehr sehen. Lass diesen Brief der letzte Gruß zwischen uns sein. Oh, wie gerne würde ich dich umarmen. Aber es darf nicht sein. Es zerreißt mir fast das Herz. Gott hat für uns ein anderes Leben vorgesehen. Vergiss das nicht. Leb wohl. Dies ist ein Abschied für immer. Denke an deine Füße und wasche sie öfter. Gott sei mit dir, Agnes.«

Lethan ließ das Blatt sinken. Ihn schwindelte, und er hörte die ungeduldige Stimme Columbans: »Wie lange willst du noch dort sitzen, Lethan? Hast du Durchfall?«

Rasch steckte er den Brief wieder unter seinen Mantel, erhob sich und rief: »Ich komme!«

Und während die drei Männer über die festgetrampelte Schneedecke stapften und sich mit knirschenden Schritten Tullum näherten, versuchte Lethan sich den Wortlaut des Briefes ins Gedächtnis zurückzurufen, aber alles, was er noch zusammenbrachte, waren Satzteile: »… muss dir gestehen, dass ich dich sehr liebe … wie gerne würde ich dich umarmen … Gott hat ein anderes Leben für uns vorgesehen … denke an deine Füße und wasche sie öfter …!«

Ah, da war sie wieder, die geheime Botschaft an ihn. Aber jetzt konnte er sie ja entschlüsseln: Denke an die Grundlagen deines Glaubens und reinige sie öfter …

Die Füße, die Grundlagen des Glaubens. Aber was waren die Grundlagen des Glaubens? Das, worauf der Glaube aufbaut. Ja, mussten das nicht die ersten Kapitel der Genesis sein? Und was stand da über den Menschen?

Er schuf sie nach seinem Bild und schuf sie als Mann und Frau! Lethan stockte der Atem. Dann wäre ja der Mann nur ein

Teil von Gottes Ebenbild und erst Mann und Frau zusammen ergäben das ganze Ebenbild Gottes. Aber dann wäre ja das asketische Mönchsleben nur eine halbe Sache, ein Missverständnis. Das konnte nicht sein!

Was wollte Agnes ihm damit sagen? Ob sie vielleicht wollte, dass sie sich doch trafen und heirateten? Rätselhaft. Doch der übrige Wortlaut des Briefes schien eindeutig zu sein. Es sollte ein Abschied für immer sein.

Plötzlich wurde Lethan ärgerlich auf Gott. Was hatte er sich eigentlich dabei gedacht, dass er ihm diese Frau über den Weg schickte? Hätten sie sich nicht während seines Noviziats kennen lernen können? Dann wäre alles viel einfacher gewesen.

Es schien so, als seien die Frauen nur dazu da, die Männer zu Grunde zu richten. Lethan schüttelte seinen Kopf wie ein Hund, der aus dem Fluss kommt, und das Wasser loswerden will. Wenn man doch seine Gedanken so einfach abschütteln könnte!

Bisher war die Liebe zu Agnes ein schönes Gedankenspiel gewesen, doch jetzt wurde sie für ihn zu einer Bedrohung. Er durfte gar nicht daran denken, was Columban zu ihm sagen würde, wenn sie in Luxovium ankamen.

Zur selben Zeit war Agnes damit beschäftigt, die Matratze der Königin zu wenden und sie auf ihre Festigkeit zu prüfen. Noch gab die Füllung nach, wenn man dagegendrückte. Es würde aber nicht schaden, frische, ungekämmte Schafwolle dazuzustopfen. In Gedanken war sie noch bei Lethan und stellte sich vor, wie er heimlich ihren Brief lesen würde.

Aber halt! Was war das? An der Unterseite der Matratze war das Leinen locker geworden, weil ein Riss entstanden war. Ungewöhnlich. Normalerweise war der Stoff so fest, dass er nicht von selber riss, selbst nach Jahren nicht. Agnes zündete eine Öllampe an, denn es fing schon zu dämmern an und hielt sie vorsichtig an die Stelle. Jetzt konnte sie deutlich sehen, dass es ein Schnitt mit einem Messer war.

Aber wer sollte denn Brunichildes Matratze aufschlitzen? Oder war es die Königin selbst gewesen, die vielleicht darin etwas verstecken wollte? Agnes ging zur Tür und machte sie zu. Dann nahm sie wieder die Matratze in die Hand und fühlte von außen an dem Schnitt entlang. Plötzlich hielt ihre Hand inne. Da war etwas Hartes, so groß wie eine Handfläche. Rasch schlüpfte sie mit den Fingern in die Öffnung und zog eine kleine Platte heraus.

Sie hielt sie unter das Licht und sah jetzt, dass es eine Bleiplatte war mit einer eingravierten Inschrift.

»Womöglich wieder ein Fluch«, flüsterte sie erschrocken.

Gerade wollte sie die Matratze wieder zurücklegen, da öffnete sich die Tür und Brunichilde sagte: »Was machst du mit meiner Matratze, Agnes?«

Vor Schreck ließ Agnes die Bleiplatte los, die mit einem dumpfen Geräusch auf den Ziegelfußboden fiel.

»Da war doch etwas. Ich habe es deutlich gehört!«

»Ich … habe mir nur die Matratze angesehen, ob die Füllung noch gut ist und …«

»Jetzt um diese Zeit, wo es bald dunkel sein wird? Aber es ist doch irgendetwas heruntergefallen!«

»Ja«, nickte Agnes und entschloss sich, alles zu erzählen, denn sie hatte ja nichts Verbotenes getan.

»Beim Wenden der Matratze habe ich entdeckt, dass jemand sie von unten aufgeschlitzt hat und dabei kam eine kleine Bleiplatte zum Vorschein und ich … ich hatte Angst, dass es ein neuer Fluch ist, der …«

»Gib sie her!«

Agnes bückte sich und gab der Königin den Gegenstand.

»Die Lampe!«

Agnes leuchtete und Brunichilde entzifferte den lateinischen Text: »Ich beschwöre dich, Amor, Gott der Liebe. Entflamme Brunichildes Herz, lass es dahinschmelzen, sauge ihr das Blut aus den Adern und fülle sie mit Liebe zu mir, dass sie nichts mehr fühlt als Leidenschaft für mich. Mach, dass sie mich immerfort liebt.«

Brunichilde blickte auf und sagte: »Es ist ein ganz gewöhnlicher heidnischer Liebeszauber. Etwas, was man auf dem Markt in einer dunklen Ecke erwerben kann. Aber wer hat das getan?«

»Ah, jetzt fällt mir etwas ein!«, rief Agnes

»Du kennst den Mann?«

»Ich glaube ja. Erinnere dich an den Bogenwettkampf mit Gunthram, der …«

»Erinnere mich nicht daran. Dieser Heuchler hatte mich betrogen, hatte vorgegeben, er würde Sigibert sehen und mich dadurch abgelenkt.«

»Nun, und zu dieser Zeit«, fuhr Agnes fort, »habe ich zufällig König Gunthram in deinem Zimmer entdeckt. Als er mich sah, war er verlegen und stammelte, dass er sich im Zimmer geirrt habe. Aber jetzt … kommt es mir so vor …«

»Als wäre er absichtlich in mein Zimmer gegangen«, beendete die Königin den angefangenen Satz.

Agnes nickte. »So ist es.«

»Ha, ein Liebeszauber! Das war also die geheimnisvolle Fährte, die dein Vater Aitulf verfolgt hatte. Ja, Gunthram besaß Zauberamulette, aber keine Fluchgegenstände. Er wollte meine Liebe gewinnen.«

»Verzeih, Königin«, wagte Agnes zu entgegnen. »Das stimmt nicht ganz. Otmar, der Mann, der diese Fluchringe herstellte, hat gesagt, dass Gunthrams Bote zwei Fluchringe bei ihm abgeholt hat.«

»Hm. Ja, du hast Recht. Ach, das passt alles nicht zusammen. Nun wissen wir aber nicht, ob mit Gunthrams Tod der Fluch zu Ende ist oder nicht.«

Sie betrachtete die Bleiplatte von allen Seiten und gab sie schließlich Agnes mit den Worten: »Ich schenke sie dir. Vielleicht hilft sie dir ja, um Lethan zu gewinnen!«

Jetzt wurde Agnes ärgerlich, nahm das Blei und verbog es voller Zorn.

»Was denkst du von mir? Ich bin die Tochter eines Diakons und werde solche abscheulichen Dinge nicht benutzen!«

Empört verließ sie das Zimmer, während Brunichilde ihr lachend hinterher rief: »Du vertraust wohl auf dein Gesicht und auf deine Stimme oder auf die Rundungen deiner Hüfte, was? Wir sehen uns morgen!«

Agnes ging mit raschen Schritten den Flur entlang und die

Treppe hinunter in die Richtung ihres Zimmers, das sie mit drei anderen Mägden teilte.

»Allmählich halte ich es bei Brunichilde nicht mehr aus«, murmelte sie ärgerlich. »Ich muss einen Weg finden, meinen Dienst zu beenden. Und dann, diese Geschichte mit Lethan! Ob das eine Zukunft hat? Eher wohl nicht. Dann ist es wirklich besser, ich gehe ins Kloster.«

Plures enim magnum saepe nomen falsis vulgi opinionibus abstulerunt. Quo quid turpis excogitari potest!

Es haben nämlich viele einen großen Namen häufig auf Grund falscher Ansichten der Menge erlangt. Und etwas Schmächlicheres als das lässt sich nicht denken!

Boethius, aus dem Werk : philosophiae consolationis – Trost der Philosophie, 3. Buch, 6. Jahrhundert

Im 20. Regierungsjahr König Childeberts, Sohn König Sigiberts von Austrasien, dem östlichen Teilgebiet des Frankenreiches (595 n.Chr.)

NEUN

»Es ist … es ist zum Verrücktwerden!«, sagte Aitulf zu Agnes, die ihn gerade mit der Neuigkeit überrascht hatte, dass König Childebert gestorben war. Man hatte ihn morgens tot im Bett gefunden.

»Woher weißt du das eigentlich? Seitdem du deinen Dienst bei Brunichilde aufgegeben hast, bist du doch nicht mehr über alles im Bilde.«

»Ich war unten am Hafen, um Fische zu kaufen, und da machte die Neuigkeit schon die Runde.«

»Childebert tot! Schon wieder ein Opfer des Fluches. Dieser Fluch verfolgt mich noch bis an mein Lebensende!«

»Wo ist Karolina?«, fragte seine Tochter. »Bevor ich zum Hafen ging, war sie doch noch da!«

»Ihr hättet euch treffen können, denn ein Bote kam vorhin und sagte, dass ihre alte Freundin Ansegund sehr krank ist. Ihr Husten wurde immer schlimmer. Jetzt ist sie so schwach, dass sie nicht mehr aufstehen kann. Und so ist sie vorhin mit einem Boot nach Contionacum aufgebrochen. Eigentlich lebt Ansegund in Colonia, aber sie hat in Contionacum Verwandte.«

Erregt ging er in seinem Wohnraum auf und ab. »Und wie geht es jetzt weiter? Bleibt Brunichilde in Burgundum?«

»Genaues weiß ich nicht. Aber wie ich sie kenne, wird sie unterwegs sein nach Mettis, um ihren Sohn zu bestatten. Auch das wird sie überwinden. Und dann wird sie an der Seite ihrer unmündigen Enkel regieren und die Fäden weiter in der Hand halten, bis sie auch noch Chlothachars Reich gewonnen hat. Das ist ihr Ziel.«

»Ja, sie ist ehrgeizig. Und mit den irischen Mönchen hat sie sich auch zerstritten. Ich fürchte, sie wird sie irgendwann aus dem Land treiben, außer sie wenden sich an Chlothachar.«

Aitulf blickte nach draußen durch das glaslose Fenster und sah die weiß blühenden Cerasusbäume vor einem blauen Himmel. Es sah aus, als ob Schnee gefallen wäre, denn die abgefallenen Blüten lagen als weiße Schicht auf den dunkelbraunen Ästen.

»Und dabei«, sagte er, »gibt es jemanden, der den Verursacher des Fluches kennt …«

»Du meinst Ansegund?«

»Ja. Und nur, weil sie Angst hat, dass sich ihre Hand in eine Hundepfote verwandelt, schweigt sie. Das ist ärgerlich. Aber ich kann sie schließlich nicht dazu zwingen.«

Agnes, die ohne etwas zu essen schon früh am Hafen gewesen war, füllte sich nun eine Schüssel mit Gerstenbrei, setzte sich an den Tisch und aß.

»Du könntest es nur mit einer List versuchen«, meinte sie kauend.

»Mit einer List?«

»Ja. Du selbst hast doch zu mir gesagt, dass man etwas erfahren kann, wenn man so tut, als wüsste man entweder nichts oder als wüsste man schon alles. Wenn du also so tust, als wüsstest du schon alles, dann erscheint es nicht als Verrat, wenn ein Geheimnis ausgeplaudert wird …«

»Hm«, brummte Aitulf. »Das stimmt. Wenn ich zu ihr ginge und sagte: ›Ich weiß endlich, wer für den Fluch verantwortlich ist‹, dann würde sie vielleicht sprechen. Das wäre zwar eine Lüge, aber eine Lüge, um die Wahrheit herauszufinden.«

»Außer … Ansegund ist misstrauisch und fragt nach, was du weißt …«

Aitulf seufzte. »Selbst wenn du Recht hast und Ansegund redet, dann kann es trotzdem sein, dass ihre Hand tatsächlich verzaubert wird. Und ich will nicht, dass Karolinas Freundin mit einer Hundepfote herumläuft.«

»Und … und wenn du gleich danach, wenn sie alles gesagt hat, einen kräftigen Segen sprichst und ihre Hände mit Weihwasser einreibst?«

»Ja, das könnte klappen. Aber sicher bin ich da nicht. Man

kann Gottes Kraft nicht befehlen. Aber probieren sollten wir es vielleicht. Ah, da fällt mir ein, ich könnte den Bischof bitten, mir ein Stück von Henochs Tuch zu leihen. Denn diese Reliquie hat schon manches Wunder getan.«

»Am besten wir brechen gleich auf«, schlug Agnes vor. »Wenn wir zu Fuß gehen, können wir gegen Mittag da sein und wenn wir ein Schiff finden, sogar noch eher.«

»Wir?«, fragte Aitulf verwundert zurück. »Willst du mitkommen? Und dein Kloster? Wolltest du nicht in dieser Woche mit mir nach Antonaco reisen, dich verabschieden und deine Sachen packen?«

»Das schon, aber ein paar Tage kann ich damit noch warten. Eines ist jedenfalls sicher: Diesmal werde ich mit dem Schiff nach Antonaco fahren und nicht durch die Wälder streifen. Ich will nicht noch einmal von den Sachsen geraubt werden.«

Nachdem sie Fram und den anderen Mägden Bescheid gesagt hatten, machten sie sich auf den Weg. Zuerst klopften sie bei Bischof Gaugerich an, der zwar zögerte, ihnen aber schließlich doch ein Stück der kostbaren Reliquie mitgab.

Unten am Hafen, nördlich der alten Römerbrücke, fanden sie leider kein Schiff, das die acht Meilen nach Contionacum fuhr, und deshalb entschlossen sie sich, den Weg zu nehmen, der am Flussufer entlangführte.

Jetzt, im Frühling, war es sogar ganz angenehm zu gehen. Die letzten Tage waren sonnig gewesen und hatten die Trampelpfade ausgetrocknet, so dass sie nicht mit lehmbeschmutzten Stiefeln bei Ansegund ankommen würden.

Erlen und Weiden säumten die Flussauen, und ab und zu schreckten sie Entenfamilien auf, die fluchtartig ins Wasser watschelten. Am Anfang mussten sie manchmal ihre Augen zukneifen, so hell spiegelte sich die Morgensonne in der Mosella, aber nach zwei Stunden Fußmarsch verwandelte sich die Oberfläche des Flusses von einem gleißenden Weiß allmählich in ein Blaugrün, als flösse flüssige Seide durch das Land. Und der Geruch des Wassers – eine Mischung aus modrigem Schilf und Fisch – stieg in ihre Nasen.

»Ach, da fällt mir ein«, begann Aitulf, der es genoss, mit seiner erwachsenen Tochter zusammen zu sein, es aber vor ihr nie zugeben würde, »es gab ein paar neue Gerüchte von den irischen Klöstern ...«

»Was denn für Gerüchte?«

»Papst Gregor, mit dem Columban korrespondiert, hat angeordnet, dass der katholische Ostertermin verbindlich sein sollte für die Kirche.«

»Oh, das wird den Iren nicht gefallen«, meinte Agnes.

»Außerdem arbeitet Gregor an einer Melodiensammlung. Er will endlich eine umfassende und einheitliche Psalmenvertonung schaffen, so dass man, ganz gleich, wo man sich befindet, auch als Fremder die Messe gleich mitsingen kann. Die Bischöfe reden schon von den gregorianischen Psalmen.«

»Auch da wird er bei den Iren auf Kritik stoßen, die ihre eigene Liturgie pflegen«, meinte Agnes nachdenklich.

Aitulf lachte.

»Warum lachst du?«

»Eine sonderbare Geschichte ist mir zu Ohren gekommen. In einem der irischen Klöster soll es einen Mönch geben, der in Liebe zu einer Frau entflammt ist.«

»So?« Agnes spürte, wie ihr Herz schneller schlug. »Wie kann das sein, da doch die Mönche für sich leben?«

»Nun, es muss bei einer Wanderung passiert sein, als ein paar Mönche unterwegs waren. Man kann eben nicht ganz verhindern, dass man auf Frauen trifft. Columban soll getobt haben und der Mönch, der es nicht einmal abstritt – sie sind ja ehrlich bis zum Tod – bekam die härtesten Strafen.«

»W... was denn, zum Beispiel?«

»Geiselung des Rückens ist, glaube ich, noch das mildere Übel.«

Agnes schwieg erschrocken und fragte dann weiter: »Kennt man den Namen des Mönchs?«

»Ich habe ihn wieder vergessen. Diese irischen Namen ... Und ... ach ja, jetzt fällt es mir wieder ein ...« Aitulf lachte wieder und fügte hinzu: »Irgendwie ist es ja tröstlich, dass auch die Liebe vor einem Kloster nicht Halt macht. Ich selber habe das ja auch schon erlebt, als ich Karolina kennen lernte ...«

Er schien in Gedanken bei seiner eigenen Liebesgeschichte zu sein und wäre beinahe mit dem Kopf gegen den tief herabhängenden Ast einer Weide gestoßen.

»Was ist es denn nun, was dich so amüsiert?«, drängte Agnes. »Das Thema scheint dich ja sehr zu interessieren!«

»Natürlich. Die Liebe zwischen zwei Menschen ist doch immer … immer eine zu Herzen gehende Geschichte.«

»Auf jeden Fall gab es einen Liebesbrief, den der arme Mönch nicht herausrücken wollte.«

»Einen Brief?«

»Ja, einen Brief. So weit war es schon gekommen.«

Heiliger Maximin, dachte Agnes. Habe ich eigentlich mit meinem Namen unterschrieben? Ich hätte nie gedacht, dass mein Brief … Obwohl Columban und Gallus kennen ja meinen Namen und …

»Jedenfalls«, unterbrach Aitulf Agnes' Gedanken, »hat der Mönch den Brief versteckt oder vernichtet. Er wurde nicht gefunden.«

Agnes atmete erleichtert aus. »Dank sei Gott.«

»Was sagst du da?«

»Oh, ich … ich habe mich nur in die Lage dieser Frau versetzt. Sie wäre doch sicher sehr verlegen, wenn ihr Brief öffentlich vorgelesen würde …«

»Ja, das stimmt.«

Sie schwiegen eine Weile, denn der Weg wurde jetzt uneben und führte über Steine und Wurzeln.

»Und«, fing Agnes wieder an, »wie geht es diesem Mönch jetzt? Hat er sich wieder … ist er wieder in seinem Dienst eingesetzt?«

»Soweit ich weiß, soll er immer noch unter dieser Geschichte leiden. Aber das kann auch ein Gerücht sein. Manchmal wollen die Menschen etwas Trauriges und Tragisches hören, um ihr eigenes langweiliges Leben zu vergessen.«

Während sie weitergingen und der Weg sich verbreiterte, weil es nicht mehr weit bis Contionacum war, hing Agnes ihren Gedanken nach und dachte an Lethan. Er tat ihr Leid, dass er das alles mitmachen musste.

Mit einem Mal kam ihr ein Gedanke, der sie erschreckte, aber sie konnte ihn nicht mehr zur Seite schieben.

Ihr fiel das Gespräch ein, das sie vor drei Jahren, als sie Lethan zum ersten Mal begegnet war, mit Brunichilde geführt hatte. Und Brunichildes Worte, an die sie sich zum Teil erinnerte, brannten jetzt wie Feuer in ihrem Herzen.

Es gibt noch ein anderes, ein noch stärkeres Mittel ... Du musst ihm sagen, dass diese Liebe verboten ist, dass du ihn liebst, dass es dir das Herz dabei zerreißt und dass du ihm nur noch einen letzten Brief schreiben willst ... Ich sage dir, diese unheilvolle Spannung wird seine Liebe zu dir so entfachen, dass er von Gefühlen überwältigt sein wird und du selbst auch. Abschiede zu genießen und sie hinauszuzögern ist wie ein Wind, der die Flamme der Liebe zum Lodern bringt, selbst wenn das Feuer zu einer unscheinbaren Glut heruntergebrannt ist.

Agnes Mund war trocken geworden und ihr Herz klopfte. Sie hatte genau das gemacht, was Brunichilde ihr damals boshafterweise geraten hatte. Und wenn das, was die Königin gesagt hatte, stimmte, dann war ihr eigener Brief der Wind gewesen, der die Glut in Lethans Herzen zum Glühen gebracht hatte. Aber ... aber, als sie den Brief schrieb, hatte sie doch nicht an Brunichildes Ratschlag gedacht. Oder doch? Wollte sie vielleicht ganz tief im Verborgenen Lethan für sich gewinnen? Was hatte sie da angerichtet? Wenn es überhaupt Lethan war ...

»Soweit ich weiß, sollen sich die beiden in Mettis begegnet sein«, sagte Aitulf, wischte sich den Schweiß vom Nacken und vertrieb ein paar Fliegen.

Er ist es, dachte Agnes.

»Du warst doch zu der Zeit in Mettis«, fuhr Aitulf unbekümmert fort. »Dann müsstest du doch etwas gemerkt haben?«

»Ja, jetzt wo du es sagst, erinnere ich mich an ein paar Mönche. Ach, er tut mir Leid.«

»Wer denn?«

»Nun, dieser Mönch.«

»Mir tut er nicht Leid«, brummte Aitulf und sagte ärgerlich:

»Ich frage mich, warum diese verfluchten Fliegen immer zu mir kommen?« Wieder hatte er drei getötet. »Nein, mir tut er nicht Leid«, wiederholte er. »Schließlich hat er ja Zeit genug gehabt, darüber nachzudenken, ob er ehelos bleiben will oder nicht.«

Agnes hörte kaum zu. Noch ganz benommen ging sie vorwärts und wäre fast über eine Wurzel gestolpert.

»Ich denke, es dauert nicht mehr lange und wir sind da«, sagte Aitulf. »Gebe Gott, dass ich diesmal mehr Glück habe und endlich den Namen des Mannes herausfinde, der die Flüche verursacht hat, auch wenn die Wahrheit mit Hilfe einer Lüge herauskommt.«

Als sie um die nächste Biegung kamen, sahen sie schon die ersten fränkischen Langhäuser, die noch vor der alten Stadt standen und umzäunt waren.

»Soweit ich weiß, wohnen Ansegunds Verwandte nicht innerhalb der ehemaligen Römersiedlung, sondern außerhalb, in einem dieser langen Häuser. Wir werden fragen müssen.«

Als sie sich dem ersten Haus näherten, schlug sich Aitulf mit der Hand auf die Stirn. »Ach, ich werde immer älter und vergesslicher«, klagte er.

»Was hast du denn vergessen?«

»Gestern kam eine versiegelte Briefrolle für dich an. Ich wollte sie aufmachen, aber irgendetwas kam dazwischen.«

Agnes dachte, wie ungerecht es war, dass sie unter der Muntgewalt ihres Vaters stand, der das Recht hatte, alle ihre Briefe zu öffnen. Sie hatte wahrscheinlich zu lange bei Brunichilde gedient und sich daran gewöhnt, dass es Frauen gab, die über ihr eigenes Leben entscheiden konnten. Für andere Frauen, wie Nanthild, war es völlig normal, dass ein Mann in ihrem Leben das letzte Wort hatte, entweder der Vater oder der Ehemann. Und doch war es seltsam, dass ein Brief für sie angekommen war.

»Ein Brief für mich?«, fragte sie. »Wer sollte mir denn schreiben?«

»Ich weiß nicht. Vielleicht deine Freundin Nanthild aus Mettis.«

»Nanthild kann nicht schreiben.«

»Aber sie hätte jemanden damit beauftragen können.«

»Hm.«

Und wenn es nun ein Brief von Lethan ist?, dachte Agnes.

Nachdem sie bei fünf Häusern nachgefragt hatten, fanden sie endlich das richtige.

Als sie eintraten, wurden sie von einem Geruch aus Eseldung und Menschenschweiß eingehüllt. Wie in Franken üblich, vereinte das Haus Menschen und Tiere unter einem Dach. Eine Mittelwand trennte zwar Mensch und Tier, aber die Wand zog sich nicht hoch bis zur Dachschräge. Da die »Windaugen« klein und mit Schweinsblasen verhangen waren, strömte auch nicht viel frische Luft herein. Im Winter war das angenehm, aber im Sommer konnte es manchmal drückend heiß werden.

Im dämmrigen Licht erkannten sie Karolina, die auf sie zukam und überrascht ausrief: Aitulf! Agnes! Was macht ihr denn hier? Wisst ihr, dass ihr gerade zur richtigen Zeit kommt? Ansegund liegt im Sterben und will die Eucharistie feiern. Viel Reden kann sie nicht mehr.«

»Beim Tuch des heiligen Henoch«, murmelte Aitulf, »da wird es wohl nichts mit unserem kleinen Betrug! Sterbende soll man nicht belügen.« Etwas missmutig ging er zu einer Gestalt, die in einer Decke gewickelt auf einer Holzbank lag.

»Ich grüße dich, Ansegund.«

Er hörte ein heiseres Flüstern.

»Sie kann nicht laut reden, weil das Atmen ihr Schwierigkeiten macht«, sagte Karolina und legte ihre kühle Hand auf die Stirn ihrer Freundin. Da merkte sie, dass die Kranke etwas sagen wollte und an ihrer Hand zog.

»Ja, ich weiß«, nickte Karolina, »du willst die Eucharistie.« Sie wandte sich fragend an Aitulf.

Er seufzte. »Agnes!«, rief er, »geh zu der Kirche und erkläre dem Priester oder dem Diakon den Sachverhalt, bring geweihten Wein und Oblaten mit. Schnell!«

Agnes verschwand.

Wieder zog Ansegund an Karolinas Hand, während ihre Augen zu Aitulf wanderten.

»Ach, jetzt versteh ich, du willst Aitulf etwas sagen!« Sie machte ihrem Mann ein Zeichen, dass er sich bücken sollte, damit Ansegunds Mund dicht an sein Ohr kam.

Aitulf beugte sich hinab und musste schlucken, weil ihn der nach Fäulnis riechende Atem Ansegunds einhüllte. Angestrengt bemühte er sich, ihre flüsternden Worte zu verstehen. Dann richtete er sich auf. »Sie fragt mich, ob bei der Auferstehung der Toten auch die Krankheiten und die hässlichen Stellen des Körpers mit auferstehen!«

Karolina hob fragend ihre Schultern.

Aitulf überlegte und sagte laut in Ansegunds Ohr: »Nein, das glaube ich nicht. Heißt es nicht in der Offenbarung des Johannes: *Siehe, ich mache alles neu?*«

Die Kranke atmete erleichtert aus, dann winkte sie wieder mit den Augen und Aitulf hielt noch einmal sein Ohr an ihren Mund.

»Dann kann ich dir auch sagen«, flüsterte die Kranke, »wer ... hinter dem Fluch steckt, wenn ... wenn die Hundepfote nicht auferweckt wird.«

Plötzlich verflog die trübe Stimmung Aitulfs, der schon alle Hoffnung aufgegeben hatte. Er nickte heftig und schrie fast die nächsten Worte: »Ja. Das ist eine gute Idee. Nenne mir denjenigen, der den Fluch verbreitet hat. Du solltest dein Wissen nicht mit dir nehmen.«

In diesem Augenblick öffnete sich die Tür und Agnes erschien mit einem Mann, der das liturgische Gewand der Diakone übergestreift hatte. In der einen Hand trug er einen Kelch und in der anderen eine kleine, silberne Schatulle.

»Wo ist die Sterbende?«, fragte er und setzte den Kelch und das silberne Kästchen ab.

»Nein! Noch nicht!«, rief Aitulf. »Sie ... will mir gerade noch etwas Wichtiges sagen.«

»Was ist wichtiger im Angesicht des Todes, als das Bekenntnis der Sünden?«

»Ja, ja, ich gebe dir Recht. So etwas Ähnliches wollte sie mir eben sagen.«

»So etwas Ähnliches?« Der Diakon von Contionacum runzelte die Stirn. »Nun, das ... kann sie ebenso gut mir erzählen.«

Er trat an das Lager und wollte sich hinunterbeugen. Aber Aitulf, der fürchtete, dass das Geheimnis nie gelüftet würde, zog den anderen weg und sagte. »Sie will es nur mir sagen! Nicht wahr, Karolina? So ist es doch?«

»Ja«, beeilte sich seine Frau zu sagen. »Es stimmt. Sie will es nur meinem Mann sagen.«

»Deinem Mann? Ist er Diakon und gleichzeitig verheiratet? Das hört sich seltsam an.«

Aitulf rang die Hände und sandte Stoßgebete zum Himmel. »Es ist nicht seltsam«, antwortete er. »Ich war schon vor meiner Diakonenweihe verheiratet. Frage Bischof Gaugerich!« Während dieser Worte drängte Aitulf den Mann zur Seite.

»Ich kann jetzt nicht zu Bischof Gaugerich gehen und ihn fragen!« Man sah ihm an, dass Aitulf ihm verdächtig vorkam, obwohl es rein rechtlich nichts daran auszusetzen gab.

Aitulf war jetzt kurz davor die Geduld zu verlieren. Er sah, wie Ansegund immer schwächer wurde und er sah auch, dass sein Amtskollege seinen Dienst gewissenhaft versehen wollte und alles daransetzen würde, das Ritual selbst in die Hand zu nehmen. Hilfe suchend blickte er sich um und warf seiner Frau einen verzweifelten Blick zu.

Karolina fing diesen Blick auf und wusste, dass jetzt etwas getan werden musste. Aber sie konnte doch als Frau diesen Mann nicht festhalten. Da kam ihr eine Idee. »Oh!«, rief sie und fasste den Diakon aus Contionacum an der Schulter.

»Was ist denn?«, rief dieser ärgerlich. »Kann man denn im Angesicht des Todes nicht in aller Ruhe seines Amtes walten?«

»Aber du hast etwas vergessen!«

»Was denn?«

»Die Stola fehlt. Und ohne deine Stola hätten deine Worte nicht ihr angemessenes Gewicht. Ich denke, so lange wird es die Kranke noch aushalten können.

»Meine Stola!«, murmelte der Diakon, wandte sich um und ging zum Ausgang.

»Möge er lange Zeit danach suchen«, sagte Aitulf erleichtert und kniete sich neben die Kranke, sein Ohr an ihrem Mund. Angestrengt lauschte er ihrem Flüstern. Nur zwischendurch stieß er einen überraschten Laut aus und fragte. »Aber wie kam Otmar dazu, das zu sagen?«

Dann hörte er wieder zu und fragte nach: »Auch Chilperich? Aber warum?«

Schließlich stand Aitulf wieder auf und murmelte die Worte der Absolution: »Ego te absolvo …«

In diesem Augenblick erschien die Gestalt des Diakons am Eingang. Schon von weitem rief er: »Ich hab sie!«

Aber Aitulf sagte ruhig, als sein Amtskollege näher kam: »Sie ist tot. Ich habe aber mit ihr noch ein Gebet und die Lossagungsformel gesprochen und sie gesegnet. Ich denke, mehr war nicht möglich.«

Der Mann runzelte die Stirn. »Das ist bedenklich. Ohne Stola ist deine Absolution wirkungslos.«

»Das bezweifle ich«, widersprach Aitulf. »Wir waren in einer Notlage. Du warst nicht da, und ich musste handeln.«

»Das sehe ich anders und du kannst gewiss sein, dass …«

Aber Aitulf achtete kaum auf die Worte seines Amtsbruders, sondern sann immer noch über die unerwartete Auflösung des Rätsels nach. Endlich kannte er also den Namen. Und so sagte er nur: »Dieser Name! Ausgerechnet dieser Name! Das hätte ich nie für möglich gehalten, aber … ja, es macht Sinn.«

Cen áinius
in gním í do-rigenus:
an ro carus ro cráidius.

Unerfreulich ist das,
was ich getan habe:
die ich liebte,
habe ich verärgert.

Aus einem anonymen Gedicht, altirisch, frühes Mittelalter

ZEHN

Lethan hatte Seitenstechen. Zu hastig war er gelaufen, und die Angst vor irgendwelchen Verfolgern saß ihm im Nacken, auch nach Tagen noch, obwohl es kaum einen Anlass dafür gab.

Er lehnte sich gegen den glatten, hellgrauen Stamm einer Buche, die die ersten zartgrünen Blätter getrieben hatte, und verschnaufte.

Auf der Stirn des Mönchs saßen Schweißperlen, und sein Nacken juckte. Er nahm die Lederkappe ab, strich über seine Haare, und es kam ihm seltsam vor, dass sie so kurz waren.

Er hatte alles, was ihn an sein Mönchstum erinnerte, abgestreift. Jedenfalls alles Äußere. Die Haare, die unter der Kopfbedeckung hervorquollen, reichten jetzt nur noch bis zum Kinn, der Bart war vollständig entfernt und den Haaransatz hatte er schon tagelang nicht mehr rasiert, so dass dort ein dunkler Schatten entstand, der aber durch die Mütze verdeckt wurde. Er trug das übliche halblange Gewand, das bis zu den Waden reichte, und es fühlte sich um die Beine herum so ungewohnt kühl an.

War es richtig, was er getan hatte? Alles, was ihm bisher lieb und vertraut gewesen war: sein geregeltes Leben im Kloster, seine Brüder, seine Studien, seine Hoffnung, einmal das Heilige Land zu sehen, all das hatte er nun aufgegeben, hatte die verärgert, die ihm vertraut waren und mit ihm gerechnet hatten.

Und das alles wegen einer Frau, von der er nicht einmal wusste, ob sie ihr Leben mit ihm teilen wollte. Ein Brief, den sie vor drei Jahren geschrieben hatte, vielleicht aus einer Laune heraus, und seine unbegründete Hoffnung, dass sie ihn immer noch liebte, war alles, was er auf die Waagschale werfen konnte.

Ob diese geringen Dinge all das andere aufwiegen konnten? Er wusste es nicht, es würde sich herausstellen.

Ob er auch Gott selbst verärgert hatte, als er sein Gelübde brach und aus dem Kloster floh?

Aber warum hatte ihm Gott dann diese vielen Gedanken eingegeben? Gedanken von einer Berufung, in der auch Frauen Platz hatten? Warum tauchten bei den Mittagslesungen gerade die Stellen auf, die davon erzählten, dass Männer Gottes an der Seite ihrer Frauen Gott dienten? Ja, selbst so eine Lichtgestalt wie der große Prophet Jesaja, in dessen Buch die schönsten und tiefsten Verse standen, hatte eine Frau und Kinder.

Nein, Lethan hatte nicht den Eindruck, dass Gott ihn verurteilte. Es war nur so unsäglich schwer, aus dem Gewohnten auszubrechen. Ja, es kam ihm vor, als wäre er an seinem früheren Leben festgewachsen und müsste nun ein Stück seiner Haut zurücklassen und mit einer offenen Wunde in das andere Leben gehen.

Zumindest hatte er vor ein paar Wochen einen Brief an Agnes geschrieben und ihn einem zuverlässigen Boten anvertraut. Er wusste, dass sie sich wieder zu Hause in Treveris aufhielt und wollte sie vorsichtig darauf vorbereiten, dass er zu ihr unterwegs war. Denn sie rechnete nicht mit seinem Kommen.

Aber hatte sie nicht damals davon gesprochen, dass sie wieder in das Frauenkloster nach Antonaco gehen wollte?

Und wenn sie nun schon dort war und gerade ihr Gelübde gesprochen hatte? Was dann? Wäre dann alles umsonst gewesen?

Lethan fuhr sich über die Stirn.

Was war nur aus ihm geworden? Ein Flüchtender, nur weil eine Magd vor drei Jahren seinen Knöchel verbunden hatte … ? Nein, so wollte er es nicht sehen. Er hatte zum ersten Mal eine tiefe Verbundenheit mit dieser unbekannten Frau gespürt, wie er das bei seinen Brüdern im Kloster nie empfunden hatte.

Hinter sich hörte Lethan ein Rascheln. Vorsichtig drehte er sich um, aber es war nur ein Vogel, der aus seinem Versteck geflattert war. Er atmete tief durch, befahl sein Leben Gott an und ging weiter.

Um zur Ruhe zu kommen, murmelte er einen Reisepsalm, den er oft gesungen hatte, wenn er mit den Brüdern unterwegs war. »Levavi oculus meos … Ich erhebe meine Augen zu den Bergen.

Woher wird mir Hilfe kommen? Meine Hilfe kommt von dem Herrn, der Himmel und Erde gemacht hat …«

Da kam ihm beim Weitergehen ein neuer Gedanke: Was wäre, wenn die Brüder seinen Betrug durchschauten, bei dem Gallus mitgeholfen hatte? Würden sie dann nachträglich das »Anathema«, das »Verflucht-seist-du« sprechen, das all denen galt, die das Gelübde brachen?

Es war alles so seltsam glatt gegangen, was er getan hatte: Gallus hatte ihm die landesüblichen Kleider besorgt und Lethan war zu einem erlaubten Krankenbesuch gegangen, mit der neuen Kleidung unter dem Pallum. Unterwegs hatte er sich umgezogen, sein Mönchsgewand zerrissen, mit Tierblut beschmiert und es nicht weit vom Kloster an einem öffentlichen Weg liegen gelassen.

So konnte er flüchten, ohne die Exkommunikation zu fürchten. In den Augen der Mönche war er tot. Später würde er einem vertrauten Priester oder Diakon seine Sünden beichten. Er würde sich an seinen neuen Namen gewöhnen und als Gelehrter seinen Lebensunterhalt bei einem Comes oder bei einem fränkischen Bischof verdienen. Und wenn niemand mehr nach ihm forschte, könnte er vielleicht daran denken, nach Irland zurückzugehen, vielleicht mit Agnes …?

Hoffentlich war sein Brief angekommen. Aber, da fiel ihm wieder etwas Unangenehmes ein. Er hatte nicht daran gedacht, dass es Agnes so ging wie ihm.

Solange er als Mönch unter der Leitung eines Abtes stand, hatte der die Pflicht, alle seine Briefe zu lesen. Und natürlich war Agnes keine freie Frau. Aitulf, ihr Vater, würde diesen Brief als Erster aufmachen. Und was dann?

Auf der anderen Seite musste Aitulf es sowieso erfahren, wenn er, Lethan, um Agnes warb. Aber wie sollte er um sie werben, wenn er noch gar nicht wusste, wie sie über alles dachte? Vielleicht hatte sie ihn schon längst vergessen? Und würde Aitulf seine Tochter einem entflohenen Mönch geben, der sein Versprechen gebrochen hatte?

Während Lethan langsam auf dem weich gepolsterten Waldweg weiterging, der mit den Blättern vom letzten Herbst bedeckt war und an dessen Rändern die ersten weißen Anemonen blühten, stellte er sich das Klosterleben in Luxovium vor. Was würden die Brüder jetzt gerade machen? Er blickte auf den Sonnenstand und wusste, dass jetzt das Mittagsgebet gesungen wurde. Ohne ihn. Und doch war dieser Gang durch den Wald nicht nur von Wehmut begleitet. Lethan fühlte sich gleichzeitig eigenartig berauscht wie nach einem Schluck Schlehenwein. Ohne Auftrag, ohne Anordnung durch den Wald zu gehen, immer nach Nordwesten, entlang der Mosella, bis nach Treveris, das war ungewohnt und neu, eine Freiheit, die einen schwindelig machte.

Der Weg, auf dem Lethan ging, näherte sich nach der Waldstrecke wieder dem Fluss. Contionacum lag im Rücken. Und wenn er sich anstrengte, dann könnte er heute Abend in Treveris sein.

Wieder hörte er ein Rascheln, aber das war nur ein Eichhörnchen, das ihn beobachtet hatte. Lethan blieb stehen und fing an, das auszuprobieren, was er inzwischen selbst herausgefunden hatte. Mit Columban hatte er nicht mehr über die seltsame Tiersprache reden können, weil er bei ihm in Ungnade gefallen war und so hatte er seine Zunge Gott anbefohlen und diese neue Sprache entdeckt, die im Brief an die Korinther erwähnt wurde: Reden aus Eingebung.

Jetzt wusste er auch, dass es nicht die Sprache war, die die Tiere verstanden, sondern dass es die Bilder waren, die gleichzeitig mit diesen Lauten durch seine Seele strömten. Es war, als lösten diese Laute, die für den Verstand unfruchtbar waren, eine urtümlichere Sprache aus, die aus Bildern bestand und auf die die Tiere manchmal reagierten. Nicht immer. Und das musste es wohl gewesen sein, was die Wölfe und der Bär bei Columban verstanden hatten.

Das Eichhörnchen drehte den Kopf hin und her, und Lethan war es, als ob ein rasches Bild in ihm aufleuchtete: eine Hand voll Nüsse, die unter der Erde lagen. Jetzt huschte das Tier weiter. Es schien durch etwas aufgeschreckt worden zu sein.

Hinter sich hörte Lethan plötzlich Stimmen. Sollte er sich verbergen und die Leute vorbeigehen lassen?

Auf der anderen Seite wäre es nicht gut, sich dauernd zu verstecken. Diese Wanderer waren sicher ganz harmlos und kannten seine Geschichte nicht. Offiziell war er ja tot, von einem wilden Tier zerrissen und aufgefressen.

Im Grunde war es gar nicht so schlecht, sich zu zeigen. Es wäre eine Möglichkeit zu prüfen, wie gut seine neue Rolle ankam. Inzwischen beherrschte er das Fränkische so gut, dass er sich leidlich unterhalten konnte.

Also ging er langsam weiter, um sich einholen zu lassen. Bald hörte er eine tiefe, männliche und eine weibliche Stimme, die den Redefluss des Mannes gelegentlich unterbrach.

Er tat so, als hörte er die beiden erst jetzt, drehte sich um und blieb stehen, um die Wanderer zu begrüßen. Das Paar schien ungleich gewachsen zu sein, denn der Mann war kleiner als die Frau. Er sah, dass die Hand des Mannes auf dem Griff des Messers lag. Eine übliche Vorsichtsmaßnahme. Auch das musste er noch lernen. Früher hatte ihn seine helle Tunika vor möglichen Angriffen geschützt.

»Ah!«, sagte der Fremde. »Auch jemand, der nach Treveris unterwegs ist?« Die Stimme kam Lethan bekannt vor. Sie klang so ähnlich wie … wie … Er kam nicht darauf und beeilte sich, seine Harmlosigkeit herauszustreichen, indem er sagte: »Du hast Recht. Treveris ist mein Ziel. Wenn es euch nicht stört, könnten wir gemeinsam gehen, denn ich habe leider kein Messer dabei, um mich vor Überfällen zu schützen.«

Diese Bemerkung schien auf Aitulf, denn er war der kleine Mann, eine beruhigende Wirkung zu haben. Seine rechte Hand ließ das Heft los. »Du scheinst von weither zu kommen, denn das Fränkische ist nicht deine Muttersprache«, fing Aitulf an, während die drei weitergingen.

»Ja, ich komme aus dem Süden, wo das Fränkische nicht so verbreitet ist wie hier. Ich spreche auch Latein.«

»Quid faciam – Was sollen wir tun?«, fragte Aitulf scherzend auf Latein und beantwortete seine Frage gleich selbst: »Latine loqui! – Lateinisch sprechen!«

Bisher hatte Lethan nicht auf die Frau geachtet, weil es noch immer seine Gewohnheit war, den Augenkontakt mit Frauen zu meiden.

Als sie sich nun aber einmischte und selbst eine Frage auf Latein stellte, blickte er überrascht zu ihr hinüber. Einmal war es ungewöhnlich, dass eine Frau im Norden des Frankenreiches so gut Latein sprach und dann kam ihm die Stimme bekannt vor und mit einem Mal wusste er auch, dass dieser Mann Aitulf hieß, der Columban, Gallus und Haggai und ihn selbst vor drei Jahren durch Treveris geführt hatte. Und diese Frau war niemand anderes als Agnes, seine Tochter.

Schnell blickte Lethan zur Seite und zog seine Ledermütze tiefer in die Stirn. Offensichtlich hatten sie ihn noch nicht erkannt, denn Aitulf plauderte munter daher und auch Agnes schien nicht verlegen zu sein.

Dann war sie wenigstens noch nicht nach Antonaco gegangen und da sie mit ihrem Vater unterwegs war, hatte sie sicher keinen Ehemann, vermutete Lethan, und es durchzuckte ihn ein kleiner Glücksfunke.

»Dein Latein ist flüssig und gut«, sagte Aitulf gerade. »Wie heißt du? Und woher kommst du?«

Auf diese Frage hatte sich Lethan schon seit Tagen vorbereitet.

»Ich heiße Markus und stamme ursprünglich aus Irland. Meine Eltern hatten aber auch noch Verwandte in Armorica. Nach ihrem Tod kam ich dorthin und wurde in ein Kloster geschickt, um zu lernen. Deshalb habe ich eine gute Bildung genossen, kann lesen und schreiben und sogar ein bisschen griechisch und ...«

»Beim Mantel des heiligen Martinus!«, rief Aitulf aus. »Ein Mann, der Latein spricht, lesen und schreiben kann, das ist genau das, was wir in unserer Kirche brauchen. Die Priester, musst du wissen, werden immer dümmer und die Lehrer immer weniger. Unser Unterricht fällt oft aus, weil wir zu wenig Lehrer haben. Also ... wenn du ... ich kenne natürlich nicht deine Pläne, aber ...«

»Nun ... also«, druckste Lethan herum, der überrascht war, dass sich ihm hier schon eine Stelle bot, wo er arbeiten konnte, »ich habe tatsächlich noch keine weitreichenden Pläne und hatte schon gedacht, nach Irland zurückzugehen ...«

»Dann hast du aber die falsche Richtung genommen. Du müsstest nach Westen, Richtung Armorica gehen.«

»Ja, du hast Recht. Allerdings wollte ich zuerst nach Norden, um den Osten Britaniens zu erreichen, und dann …«

»Ach!« Aitulf wischt diese Pläne mit einer Handbewegung weg. »Das hat Zeit. Du könntest zuerst einmal bei uns in Treveris bleiben. Oder hast du irgendwo Frau und Kinder, die auf dich warten?«

»Nein, das habe ich noch nicht.«

Aitulf blickte Lethan forschend ins Gesicht. »Das wundert mich. Ein Mann mit deiner Bildung, der zudem groß und kräftig gewachsen ist, zwar etwas abgemagert … Aber wahrscheinlich haben sich schon zu viele Frauen für dich interessiert, was? Und die Wahl fiel dir schwer?«

»Ja, genau. Ich habe zwar schon die richtige Frau getroffen, aber sie meinte …«, Lethan stockte kurz, sagte aber doch den Satz, der ihn verraten würde: »… sie meinte, ich hätte meine Füße schon lange nicht mehr gewaschen und auch meine Fußnägel seien etwas lang.«

Während Aitulf über diese vermeintlich lustige Übertreibung lauthals lachte, blickte Agnes erschrocken auf und begegnete Lethans Blick. Er lächelte ihr kurz zu und sah dann weg. Aber dieser Augenblick hatte Lethan schon genügt, um zu erkennen, dass Agnes jetzt Bescheid wusste.

Agnes, die den Fremden zuerst kaum beachtet hatte, im Laufe der Unterhaltung aber immer interessierter wurde, war nach Lethans Enthüllung eine Spur blasser geworden und spürte, wie ihr Herz pochte. Das ist doch nicht möglich, dachte sie, dieser Mann soll Lethan sein? Vorsichtig wagte sie einen zweiten Blick von der Seite. Wenn man sich den Bart dazudachte und sich den Kopf ohne Mütze mit langen Haaren vorstellte … Ja, und die Stimme klang unverkennbar nach Lethan. Dieses seltsame »R« das er so anders aussprach. Warum war ihr das nicht gleich aufgefallen?

Noch etwas verwirrt, folgte sie der Unterhaltung.

»Wie heißt du selbst?«, fragte Lethan. »Und wo kommst du her?«

Du Heuchler, dachte Agnes, du weißt genau, wie mein Vater heißt!

»Ich heiße Aitulf«, erwiderte ihr Vater, »bin Diakon in Treveris, und … und wir kommen gerade von Mettis und haben der Königin einen Besuch abgestattet.«

»Sprichst du von Brunichilde? Ich dachte, sie wohnt in Burgundum, in Cabillonum?«

»Normalerweise schon. Aber der Tod und das Begräbnis ihres Sohnes Childebert hat sie nach Mettis getrieben. Und ich musste sie unbedingt treffen, da ich ihr eine wichtige Mitteilung zu machen hatte.«

»Ah. Aber du stehst doch im Dienst der Kirche.«

Aitulf nickte. »Das ist richtig. Und trotzdem war ich von der Königin für eine ganz bestimmte Sache beauftragt worden, die ich jetzt endlich abgeschlossen habe. Ich fühle mich erleichtert. Mehr möchte ich nicht dazu sagen.«

»Ich verstehe«, sagte Lethan und Agnes spürte, dass er gerne mehr darüber gewusst hätte. Aber da fuhr Lethan schon fort: »Ja, um diese Königin gibt es viele Geschichten. Sie soll der Lehre des Arius anhängen …?«

»Nein, das kann man nicht sagen.« Aitulf schüttelte entschieden den Kopf. »Sie wuchs in Hispania auf, wo die Goten wohnen und Arianer sind, das ist richtig, aber als sie nach Franken kam und König Sigibert heiratete, wurde sie von den Bischöfen belehrt, gesalbt und nahm den katholischen Glauben an.«

»Da ich selbst aus Irland stamme«, warf Lethan dazwischen, »und mich eine Zeit lang in einem der irischen Klöster aufhielt, hörte ich davon, dass sie sich mit Columban zerstritten hat …«

»Ja, das stimmt«, bestätigte Aitulf. »Columban weigerte sich, ihre Enkel zu segnen.«

»Ist das denn so schlimm? Sicher würde die Königin doch andere Männer Gottes finden, die ihre Enkel segnen würden.«

Aitulf wiegte seinen Kopf hin und her. »Sie wollte einen besonders kräftigen Segen. Und von Columban wusste sie, dass er ein wundertätiger Mann war, dessen Gebete eine besondere Kraft hatten und es gibt ja auch den …«, Aitulf stockte.

»Du meinst, es gibt diesen Fluch, der über der Königsfamilie hängt?«

Überrascht blickte Aitulf seinen neuen Wandergefährten an. »Du weißt davon?«

»Nun, das ist kein Geheimnis. Es hat sich herumgesprochen, dass es auffällig viele Todesfälle in dieser unglücklichen Familie gab.«

Ziemlich geschickt, wie er Aitulf ausfragt, dachte Agnes.

»Ja, ein furchtbarer Fluch«, sagte Aitulf und setzte hinzu: »Meine Tochter Agnes hat die Fluchringe sogar selbst gesehen, die ihren Weg in den Königspalast fanden.«

»Hoffentlich ist es damit bald vorbei! Und hoffentlich findet man den, der den Fluch in Gang gesetzt hat und ständig erneuert!«

Aitulf runzelte die Stirn und fragte misstrauisch: »Kennst du etwa denjenigen, der hinter dem Fluch steht?«

»Ich bin mir nicht sicher«, gab Lethan zur Antwort, »aber ich habe mir natürlich wie viele andere auch meine Gedanken gemacht …«

Aitulf schwieg und Agnes spürte förmlich, wie er mit sich rang, ob er es erzählen sollte oder nicht.

»Aber«, sagte Lethan, »ich will es gar nicht wissen. Wenn man erst den Namen kennt, dann hat man womöglich Angst vor diesem Übeltäter und ist befangen. Außerdem«, sagte Lethan in einem gleichgültigen Tonfall, »wahrscheinlich gibt es so einen Menschen gar nicht. Die Todesfälle haben sich eben zufällig ereignet und für Außenstehende sieht es dann so aus, als ob ein Fluch dahinter …«

»O nein!«, schnitt Aitulf dem vermeintlichen Markus das Wort ab. »Es steckt eine Person hinter diesem Fluch, glaube mir.«

»Das mag sein«, gab Lethan zu, »aber um das herauszubekommen, dazu bedarf es eines großen und geschickten Wahrheitssuchers und ich würde vor diesem Meister auf die Knie fallen. Wer nach so langer Zeit dieses Rätsel lösen kann, der muss von Gott schon besonders gesegnet sein.«

Jetzt übertreibt er aber, überlegte Agnes, aber es ist doch erstaunlich, was ein ehemaliger irischer Mönch so alles kann. Ich habe ihn damals unterschätzt.

Plötzlich lachte Aitulf und rief: »Nur zu! Nur zu! Dann falle jetzt vor mir auf die Knie, denn ich habe das Geheimnis gelöst!«

Lethan blieb überrascht stehen. »Willst du damit sagen, dass du selbst der Meister bist, der …?«

»Ja, das will ich damit sagen.«

Lethan schüttelte traurig den Kopf und meinte: »Treibe keinen Scherz mit mir. Das kann ich nicht glauben. Denn es muss eine so schwere Aufgabe gewesen sein, dass selbst Salomon in seiner Weisheit kaum imstande gewesen wäre, sie zu lösen.«

Sie gingen weiter und in Aitulfs Stimme schlich sich ein ärgerlicher Unterton. »Aber wenn ich es dir doch sage. Traust du mir denn so wenig zu? Natürlich muss ich zugeben, dass Gott in seiner unendlichen Güte gewisse Umstände entstehen ließ, damit ich die Wahrheit erfuhr, aber ich habe eben an entscheidender Stelle gehandelt und zur rechten Zeit eingegriffen.«

»Nun, eingegriffen hat Karolina, als sie den Diakon weggeschickt hat«, ließ Agnes sich vernehmen, die es nicht aushielt, wie ihr Pflegevater sich aufblähte.

»Ah, es war also ein Diakon«, sagte Lethan. »Ich habe von anderen gehört, dass damals zwei Diakone den König ermordert haben. Dann wirft das ja ein zweifelhaftes Licht auf die katholische Kirche Frankens.«

»Es war kein Diakon«, polterte Aitulf los. »Du hast mich missverstanden. Wir mussten einen Diakon loswerden, weil mir eine sterbende Frau das Rätsel enthüllt hat.«

»Aber dann hast nicht du das Rätsel gelöst, sondern die Frau«, gab Lethan zu bedenken.

»Auch da irrst du dich. Ich habe sie aufgesucht, weil ich wusste, dass sie es wusste.«

»Nun, das hört sich sehr verworren an: Ein Diakon, der von einer Frau weggeschickt wird, eine Sterbende …«

»Wenn du erst einmal alles weißt, kommt es dir überhaupt nicht verworren vor«, sagte Aitulf etwas ungehalten.

»Verzeih«, meinte Lethan und senkte den Kopf. »Ich habe schon viel zu viel auf dich eingeredet. Dabei wollte ich doch gar nicht wissen, wer für diese Flüche verantwortlich ist. Das Ganze ist sicher ein Missverständnis. Denn warum sollte eine Frau so lange warten, bis sie stirbt, um ein Geheimnis zu enthüllen. Das kommt mir ungewöhnlich vor.«

»Es hängt ganz einfach mit einer Hundepfote zusammen, die ...«

»Einer Hundepfote? Jetzt verstehe ich überhaupt nichts mehr und meine Gedanken fangen an, sich in Holzwegen zu verfangen.«

»Nein, nein, nein!« Aitulf wurde immer ungehaltener. »Wenn ich dir die ganze Geschichte erzähle, wirst du selbst begreifen, wie alles zusammenpasst, und ich habe mich gerade eben entschlossen, dir alles zu sagen. Du scheinst kein schlechter Mensch zu sein. Aber: Stillschwiegen darüber!«

»Natürlich«, nickte Lethan. »Absolutes Stillschweigen. Ich höre.«

»Alles fing damit an, dass eine Frau von ihrem Mann verstoßen wurde. Und diese Frau hieß oder sie heißt immer noch: Fredegunde. Sie war eine Magd, die Chilperich zu sich genommen hatte und eine Friedelehe mit ihr einging. Bei den Franken ist es so, dass man zu seiner ersten Ehefrau noch weitere dazunehmen kann. Sie haben nicht die Rechte der ersten Ehefrau, aber das Verhältnis ist legitim. Nun, Fredegunde ist bis heute eine stolze und schöne Frau und genoss ihre neue Stellung sehr, bis Chilperichs Bruder Sigibert ...«

»Der ermordete Mann von Brunichilde?«, fragte Lethan.

»Richtig. Bis Sigibert eine echte Prinzessin aus Hispania heiratete, eine Gotin. Das Schöne an echten Prinzessinnen ist nicht nur, dass es besser klingt, wenn man eine Prinzessin und nicht eine Magd zur Frau hat, sondern, sie bringen auch Ländereien als Mitgift in die Ehe. Daher entschloss sich Chilperich ebenfalls eine Prinzessin zu heiraten, und zwar Galsuinta, Brunichildes Schwester. Aber sie wollte nur kommen, wenn der König seine anderen Frauen entließ. Nun, was tut man nicht alles, um ein paar große Ländereien ohne Kosten und Kriege zu erwerben?«

»Chilperich schickte Fredegunde und die anderen Frauen weg.«

»Du hast es erfasst. Er heiratete mit großem Aufwand seine Prinzessin, hatte aber Fredegunde unterschätzt. Durch ihre Schönheit und ihre falsche Freundlichkeit, erreichte sie es, dass sich Chilperich wieder ihr zuwandte und sie …«

»Du willst doch nicht sagen, dass Fredegunde diejenige war, die den Fluch ins Rollen gebracht hat?«

»O doch, genau das will ich sagen!«

»Aber, das kann nicht sein. Ich habe sie einmal gesehen, als wir am Hof Chlothachars … als ich mich zufällig am Hofe Chlothachars aufgehalten habe. Sie ist heiter und schön, eine angenehme Frau. Ich kann mir nicht vorstellen, dass sie … Außerdem, ich dachte die ganze Zeit an einen Mann.«

»Ja, mein Freund«, seufzte Aitulf. »Das dachte ich auch. Und auch ich konnte mir das nicht vorstellen. Aber ich habe eine Frau gesprochen, die Fredegunde jahrelang gekannt hat. Eben diese Sterbende, von der wir vorher sprachen. Und sie weiß, dass es unter einer glatten schönen Oberfläche Fäulnis und Moder gibt. Fredegunde hat Chilperich bezirzt, so dass er einen seiner Knechte beauftragte, Galsuinta im Schlaf zu erdrosseln, um seine verstoßene Magd wieder in Ehren zu sich zu nehmen und gleichzeitig die Mitgift zu behalten.«

»Aber verzeih, Aitulf«, unterbrach ihn Lethan. »Das ergibt keinen Sinn. Dann muss Chilperich später von jemand anderem beiseite geschafft worden sein.«

Aitulf schüttelte den Kopf. »Auch das geht auf Fredegunde zurück. Sie hatte ein Verhältnis mit einem der Adligen am Hof und ihr Mann wurde ihr lästig. Aber so weit sind wir noch nicht.«.

Aitulf schwieg, um seine Gedanken zu sammeln und fuhr fort: »Als Fredegunde wieder in Amt und Würde war, wollte sie ihre Macht erweitern, aber ihr Schwager Sigibert und seine Frau Brunichilde störten sie. Außerdem hasste sie Brunichilde und fürchtete deren Rache. Was lag also näher, als auch Sigibert zu beseitigen?

Schon bevor sie und ihr Mann von Sigibert gefangen genommen wurden, hatte sie zwei Männer bestochen, ihn bei günstiger

Gelegenheit mit zwei vergifteten Messern umzubringen. Aber halt, vorher hatte sie bei Otmar, dem Goldschmied, Fluchringe bestellt und gekauft und ich kam nicht dahinter, weil sie auch Otmar bedroht hatte. Sollte sich jemand nach diesen Ringen erkundigen, dann sollte Otmar sagen, dass König Gunthram sie gekauft hätte. Würde er sich weigern, dann würde sie ihn in ein Schwein verwandeln. Und so wurde ich auf eine falsche Fährte gesetzt.«

Hinter den Wäldern versank allmählich die Sonne. Sie schickte noch ihre letzten Strahlen über die Wipfel und warf einen Schimmer auf die Mosella.

Aitulf aber blickte durch den Abendglanz hindurch und erzählte weiter: »Fredegunde hatte jemanden beauftragt, der Brunichilde den Fluchring als ein Geschenk des Bischofs ausgeben sollte. Sie trug ihn und merkte nicht, was sie da trug. Nun, jedenfalls versetzte der Ring sie in Schrecken, ihr Mann wurde ermordet, später ihre Tochter …«

»Hm«, ließ Lethan sich vernehmen. »Wie soll man jemanden dazu bringen, den König in der Öffentlichkeit zu ermorden? Die Mörder mussten doch annehmen, dass sie selbst dabei getötet würden.«

»Auch dafür hatte Fredegunde vorgesorgt. Sie hatte ihnen Amulette verschafft und ihnen eingeredet, dass sie dadurch unverwundbar seien.«

»Und starb nicht auch Athanagild, Brunichildes und Galsuintas Vater, weit weg in Hispania?«

»Das war Zufall, aber es passte natürlich zu dem Fluch.«

Alle drei gingen schweigend weiter. Die Männer redeten über die Ereignisse, während Agnes, die die Geschichte schon kannte, immer mehr begriff, dass Lethan wahrscheinlich ihretwegen seinem Klosterleben entsagt und alle Brücken hinter sich abgebrochen hatte.

Ihr fiel der Brief ein, den sie damals in aller Eile geschrieben hatte und der diese verhängnisvolle Mischung von Liebe und Abschied enthielt. Warum hatte sie das getan? Sie wollte ihn damals doch nur trösten und ihre Liebe ausdrücken. Weiter nichts. Sie wollte Brunichildes Liebesstrategie gar nicht anwenden. Oder vielleicht doch? Aber … sie wusste ja gar nicht, ob Lethan wirklich wegen ihr das Kloster verlassen hatte. Und wenn doch? Wenn er gekommen war, um sie zu heiraten? Auf keinen Fall wollte sie ihn aus Mitleid zum Mann nehmen, wenn er sie danach fragte. Aber blieb ihr überhaupt etwas anderes übrig? Jemand, der wegen ihr alles geopfert und aufgegeben hatte, hatte der nicht das Recht, ihre Liebe zu fordern? Wer war sie denn, so jemanden zurückzustoßen?

In welche Zerreißprobe war sie da geraten! Sie hatte sich so auf das beschauliche Klosterleben gefreut, auf die wohltuende Ordnung, auf die Gemeinschaft mit anderen Frauen. Sicher, sie hatte damals Feuer gefangen und mochte diesen irischen Mönch. Aber das war jetzt drei Jahre her! Die Gefühle waren abgekühlt und fast vergessen.

Und doch hatten ihr Brief und ihre Strohfeuerliebe in ihm etwas ausgelöst, mit dem sie nicht gerechnet hatte.

Sollte sie jetzt, in ihrem fortgeschrittenen Alter noch heiraten und vielleicht sogar ein Kind gebären? Nein, das passte doch nicht. Sie brauchte Zeit, um in dem Durcheinander in ihrem Herzen einen Pfad zu erkennen. Ach, am liebsten wäre sie jetzt weggerannt, um dem allem zu entgehen. Was hatte sie nur angerichtet!

»Ja«, hörte sie Aitulf gerade sagen, »Fredegunde war also die Urheberin von alldem. Wer hätte das gedacht, dass so eine reizende, angenehme Frau zum Fluch werden kann für andere?«

Vielleicht werde ich auch zum Fluch für Lethan, wenn er entdeckt, dass sein großes Opfer umsonst war!, dachte Agnes verbittert. Oder kann man eine alte Liebe wieder neu entfachen?

»Und du meinst?«, fragte Lethan, »dass sie auch Childebert, Brunichildes Sohn, auf dem Gewissen hat und Gunthram und seine Söhne?«

»Ich kann es nicht beweisen, aber ich denke, ja. Sie hat es sich offenbar in den Kopf gesetzt, dass ihr Sohn Chlothachar das ganze Reich regieren sollte, Chlothachar, der Sohn einer Magd und eines Königs.«

»Und Brunichilde hat sich in den Kopf gesetzt«, fügte Agnes hinzu, um von ihren eigenen Gedanken loszukommen, »dass ihre Enkel das gesamte Reich regieren sollen.«

»So ist es«, brummte Aitulf. »Wer wird siegen? Ich weiß es nicht. Jedenfalls, um die Sache abzuschließen: In Sessionas gab es eine Magd, die Ansegund hieß und die alles mitbekommen hatte …«

»War das diese Sterbende …?«, fragte Lethan.

»Du sagst es«, nickte Aitulf. »Du hast eine rasche Auffassungsgabe! Als Fredegunde merkte, dass diese Magd zu viel wusste, war sie nahe daran, sie umzubringen, aber dann tat sie es doch nicht, sondern sagte ihr, falls sie ein Wort von alledem an andere weitergab, sollte ihre rechte Hand zu einer Hundepfote werden. Das hatte seine Wirkung gehabt, bis Ansegund im Sterben lag und die Angst vor Verzauberung keine Macht mehr über sie hatte.«

Gerade holte Lethan Luft, um etwas zu sagen, da rief Aitulf: »Ach, du hättest Brunichilde erleben sollen, als ich ihr die Lösung des Rätsels vortrug. Sie tobte und schrie: *Ich habe es doch schon immer gewusst, dass diese Schlange an allem Schuld ist. Ich habe es geahnt, aber sie hat überall ihre Spuren verwischt und Sand verstreut!*

Jetzt will sie unbedingt persönlich nach Sessionas, dort, wo Fredegunde und ihr Sohn Chlothachar residieren, um sich zu rächen.«

»Wie will sie das denn machen, ohne dass sie selbst dabei festgenommen wird?«

Aitulf hob die Schultern. »Ich weiß es nicht. Aber ihr wird schon etwas einfallen. Sieh nur«, er wies mit dem Arm nach vorn. »Die alte Römerbrücke von Treveris und das Westtor der Stadt.« Er wandte sich an Lethan. »Du bist selbstverständlich heute und die nächsten Tage unser Gast.«

In diente von ir landen vil stolziu ritterscaft
mit lobelîchen êren unz an îr endes zît.
si stúrben sît jæmerlîche von zweier edelen frouwen nît.

Die stattliche Ritterschaft des Landes
diente ihnen ehrenvoll bis zu ihrem Tod.
Später gingen sie am Hass zweier Königinnen kläglich zu Grunde.

Aus dem Nibelungenlied, 1. Aventiure

ELF

»Ich will sie aufspießen!«, brüllte Brunichilde, legte einen Pfeil auf die Sehne und ließ ihn los. Er flog quer über den Innenhof und blieb in einer Holzplatte stecken, auf der die Umrisse einer Frau aufgezeichnet waren.

»Ich werde sie erdrosseln!« Der nächste Pfeil flog.

»Ihr die Haare abfackeln!« Wieder ein Schuss.

»Und ihr das Herz bei lebendigem Leib herausreißen und aufessen, nein, ich werde es den Schweinen vorwerfen!« Ein neuer Pfeil fand sein Ziel in der Gegend des Herzens.

»Und dann jage ich sie tagelang durch die Gassen von Mettis …«

»Aber … verzeih, meine Königin«, sagte Leutgard, Brunichildes Magd, die dabeistand und zuschaute. »Wenn du mir einen Einwand gestattest: Ohne Herz kannst du sie doch nicht mehr durch die Gassen von Mettis jagen …«

»Schweig! Du erbärmliche Kreatur. Du bist ja nicht einmal in der Lage, richtigen Hass zu empfinden. Bei dir kocht alles nur auf einem kleinen Holzkohlefeuer, sowohl deine mickrige Liebe als auch dein lahmer Hass. Du hast keine Ahnung, was diese Frau mir und meiner Familie angetan hat: »Galsuinta, Sigibert, meine Tochter, mein Sohn … Oh, Fredegunde, bald werde ich dir gegenüberstehen als Rachengel, als Todesengel mit meinem Bogen und dann: Gnade dir Gott!«

Brunichilde ließ den Bogen sinken, sah ins Leere und stellte sich diesen Augenblick vor.

»Nein, das geht zu schnell«, überlegte sie laut. »Ein Pfeil und alles wäre zu Ende. Wo bleibt da der Genuss? Ich werde sie ein wenig quälen. Vielleicht werde ich sie an ihren Haaren aufhängen und gleichzeitig unter ihren Fußsohlen ein kleines Feuer anzünden …? Oder … ich lasse einen Trog mit Pferdemist füllen und darin muss sie dann tagelang liegen … Herrlich!«

»Aber …«, wieder ertönte die Stimme Leutgards, in der ein nörgelnder Unterton mitschwang. »Aber wenn deine Männer Fredegunde nun nicht finden und sie nicht gefangen nehmen können? Vielleicht ist sie gerade irgendwohin verreist? Dann kann es noch Wochen dauern, bis du deine Rache an ihr stillen kannst.«

»Beim heiligen Wulfila! Deine Worte können einem die Mundwinkel bis auf den Boden herunterziehen. Statt mich aufzumuntern, raubst du mir noch den letzten Funken Hoffnung!« Erregt schritt Brunichilde auf und ab. »Gut. Rechnen wir nach. Es ist jetzt sieben Tage her, dass ich die Männer fortgeschickt habe, um mir diese … diese Schlange zu bringen, damit ich meine Wut an ihr auslassen kann. Wenn sie schnell reiten, könnten sie in drei Tagen in Sessionas sein. Einen Tag, um die Mörderin zu fangen und zu fesseln und wieder drei Tage, um mit ihr hierher zurückzukehren. Und wenn sie sich beeilen, und noch einen Teil der Nacht reiten, geht es sogar schneller. Schließlich habe ich ihnen einen zusätzlichen Beutel Silber versprochen, wenn sie sich beeilen.«

»Sie können unterwegs aufgehalten werden«, ertönte Leutgards Stimme, die ihren Grundsätzen treu blieb, sich stets das Schlimmste auszumalen.

»Ah, jetzt weiß ich, was ich tun werde, bevor Fredegunde hier eintrifft. Ich werde mich bei meinen Schießübungen an dich halten, Leutgard. Ich werde ein besonderes Vergnügen empfinden, auf deinen Hals zu zielen und deine Stimme für immer zum Schweigen zu bringen!«

Drohend richtete Brunichilde den gespannten Bogen auf den Hals ihrer Magd, die voller Schrecken ausrief: »Verzeih, so war das nicht gemeint! Vielleicht … vielleicht … oder sehr wahrscheinlich kommen sie schon früher. Vielleicht reiten sie gerade jetzt durch das Tor, wenn das Pferd nicht lahmt …«

Brunichilde kam näher, während Leutgard ausrief: »Nein …

nein! Warum sollte das Pferd lahmen? Sicher hat es starke Fesseln und eine große Ausdauer!«

Die Königin ließ den Bogen sinken. »Das klingt schon viel besser. Ich werde in den dritten Stock hinaufgehen und mich an ein Fenster setzen! Bring mir etwas zu trinken!«

Etwas später saß die Königin am Westfenster der Residenz und blickte über die Flussschleife der Mosella nach Westen, dorthin, wo sich eine Erdstraße der einzigen Brücke näherte.

Sie hatte an diesem Morgen ein feuerrotes Seidenkleid gewählt, das gut zu ihrer braunen Gesichtshaut und den schwarzen Haaren passte, die sie mit einer Mischung aus Kohle und Essig nachgedunkelt hatte.

Zwei schwere Ohrringe aus Silber bildeten einen reizvollen Gegensatz zu den hochgesteckten dunklen Haaren. Ihre Lippen waren mit roter Farbe nachgezogen und über der Nasenwurzel verbanden schwarze Punkte die beiden Augenbrauen und gaben Brunichildes Gesicht, wenn sie nicht gerade lächelte, einen drohenden Ausdruck.

Wie stark würde die Erscheinung Fredegundes dagegen abfallen. Sie würde verstaubt und verdreckt hier ankommen, ihre Haare unordentlich und fettig, Schweißflecken auf dem Kleid und ein ängstlicher Ausdruck im Gesicht, der ihre einstige Schönheit überdecken würde. Wie eine richtige Magd würde Fredegunde aussehen. Und das war sie ja auch. Eine Magd, die durch die Dummheit eines Mannes zur Königin gemacht worden war.

Auf einem kleinen Tisch neben dem Fenster standen eine Glasflasche mit verdünntem Rotwein und ein Silberbecher.

»Endlich«, seufzte Brunichilde, »nach über fünfundzwanzig Jahren kann ich nun ruhig werden und mich am Tod meiner Feindin satt sehen.

Sigibert, Galsuinta und all die anderen werden gerächt sein, und die Waage der Gerechtigkeit wird wieder in der Balance schwingen.«

Brunichilde ergriff den Becher und nahm einen kräftigen Schluck.

Und dann könnte man endlich darangehen, überlegte sie, Neustrien, das dritte Teilreich, über das Chlothachar noch herrschte, einzunehmen und ganz Franken würde geeint sein. Von einem Zentrum aus würde das große Land regiert werden. Ein kleines Rom. Und sie, die Gotin, die Fremde, die nie ganz dazugehörte, würde von allen geehrt und geachtet sein. Und dieser Mönch Columbanus sollte dann zusehen, wie er seine Klöster führen könnte, ohne ihre Unterstützung. Bisher konnte er sich noch zu Chlothachar flüchten, wenn sie ihm Steine in den Weg legte. Aber dann? War das nicht sogar von Anfang an ihr göttlicher Auftrag gewesen, dieses wilde, heidnische Land zu verändern, das nur eine dünne, christliche Oberfläche besaß, aber darunter noch voller Gräuel steckte? Nicht so schnell und radikal, wie diese übereifrigen Iren das wollten, sondern langsamer. Sie, Brunichilde, Gottes Dienerin, die mit strenger Hand den Unglauben ausrottete, damit der Glaube an den wahren Gott umso kräftiger leuchtete!

Brunichilde stand auf, ging in eines ihrer Zimmer und holte aus einer Truhe ein zusammengerolltes Pergament hervor, das das Siegel von Papst Gregor zeigte.

Sie setzte sich wieder und rollte den Brief auf, den Gregor ihr vor kurzem erst geschrieben hatte und las halblaut zum wiederholten Mal die Zeilen: »… Desgleichen ermahnen wir dich, auch deine übrigen Untertanen in weiser Zucht zu halten, damit sie nicht den Götzen opfern, den Bäumen huldigen und nicht mit Tierköpfen einen gottesräuberischen Opferdienst treiben. Denn es ist uns gemeldet worden, dass viele Christen zwar die Kirchen besuchen, aber gleichwohl den Dämonendienst nicht unterlassen …«

Brunichilde blickte auf und sagte: »So wie Fredegunde es tat, die mit dämonischen Fluchringen meine Familie in Schrecken versetzte und umbrachte.«

Sie nahm einen weiteren Schluck aus dem Becher und sagte: »Im Grunde ist die Folter und die Hinrichtung Fredegundes eine Art Gottesdienst, den der Papst selbst befürwortet. Man muss das Böse ausrotten.«

Ganz weit hinten, am Horizont, erkannte Brunichilde eine winzige Staubwolke. Sie kniff die Augen zusammen, aber es war noch nichts zu erkennen.

»Ach, Galsuinta«, murmelte sie, »wenn du jetzt hier sein könntest, um das Ende deiner Mörderin zu sehen, die es nicht ertragen konnte, dass du ihren Platz eingenommen hast. Und du, Sigibert«, sagte sie in die Luft, »ich weiß, du würdest stolz auf mich sein, dass ich es endlich geschafft habe, deine Mörderin zu fassen. Endlich wird wieder Ruhe in mein Herz einkehren, wenn diese Ausgeburt der Hölle mit ihrer schönen Maske ihr Leben aushaucht.«

Brunichilde stand auf, lehnte sich aus dem Fenster, schirmte ihre Stirn mit der Hand ab und blickte angestrengt nach Westen.

Dann zog sie sich hastig zurück, richtete sich auf und sagte freudig: »Sie sind es! Das Blinken in der Sonne war Andreas' Eisenhelm. Es hat sich also ausgezahlt, nicht Franken mit wichtigen Aufträgen zu betrauen, sondern Romanen. Ein Franke hätte vielleicht gezaudert, diese fränkische Königinwitwe zu fangen.«

Vor Aufregung faltete sie ihre Hände, löste sie wieder und rieb sie gleich darauf gegeneinander.

»Ich werde die drei mit königlicher Würde persönlich empfangen. Andreas und Federico werde ich einen Becher mit kühlem Wein hinhalten und dann soll Leutgard einen dritten Becher füllen, ich werde ihn in die Hand nehmen und ihn Fredegunde reichen. Und wenn sie gierig ihre Hand danach ausstreckt, werde ich den Becher fallen lassen und sagen: ›Oh! Diese Becher weigern sich, von Mägden ausgetrunken zu werden! Herrlich!‹«

Sie eilte die Stufen hinunter und rief: »Leutgard! Wo steckst du? Los, eile dich! Sie kommen!«

Bald darauf war alles vorbereitet. Leutgard stand mit einem Tablett in der Hand vor dem noch geschlossenen Eingangstor. Brunichilde hatte einen Blick in ihren großen Bronzespiegel geworfen und eine lose Haarsträhne mit einer Nadel festgesteckt. Zusätzlich hatte sie noch einen Hermelinstreifen über die Schulter geworfen, der mit stilisierten Bienen verziert war.

Ein Poltern war jetzt zu hören, der langsame Hufschlag von Pferden und Männerstimmen.

»Öffnet das Tor!«, rief Brunichilde.

Die Männer, die am Tor standen, schoben den schweren Eisenriegel zurück und drückten das Tor nach draußen.

Licht flutete in den Innenhof und zwei Männer betraten das Pflaster. An der Hand hielten sie die Zügel ihrer Pferde.

Verwirrt blickte sich Brunichilde um und fragte: »Wo ist Fredegunde?«

Andreas senkte den Kopf und erwiderte: »Sie ist nicht hier.«

»Sie ist nicht hier?« In Brunichildes Stimme schwang ein unterdrückter Zorn. »Was heißt das: Sie ist nicht hier? Ihr wagt es, ohne sie zurückzukommen?«

Jetzt sprach Federico: »Wir hätten es nicht gewagt, Königin, glaube mir. Unter anderen Umständen hätten wir Tage und Wochen gewartet, bis wir Fredegunde ergriffen hätten, selbst wenn wir dabei unsere rechte Hand verloren hätten.«

Die Stimme der Königin war jetzt gefährlich leise und scharf geworden. »Was für bestimmte Umstände waren das?«

»Gott selbst hat gehandelt!«

»Gott selbst?«

Andreas nickte.

»Als wir in Sessionas ankamen, hörten wir die Nachricht von Fredegundes Tod.«

»Und wir …«, fuhr Federico fort, »… wir haben es nachgeprüft, damit wir nicht einer Lüge folgten. Wir stellten uns als Trauergäste vor und haben die aufgebahrte Leiche in der Basilika gesehen. Erschüttert mussten wir einsehen, dass wir zu spät gekommen sind.«

Mit zwei Schritten stand die Königin vor Federico, der sie um einen Kopf überragte, und packte ihn an seiner Fibel, so dass der Stoff seines Mantels anfing zu reißen.

»Wenn du mich belügst und es stellt sich heraus, dass ihr nur zu faul gewesen seid, Fredegunde zu entführen, dann … dann werde ich dich köpfen lassen!«

»Glaub mir, Königin«, in Federicos Augen flackerte jetzt die

Angst. »Es ist so, wie ich gesagt habe. Ich habe ihre Leiche vor meinen Augen gesehen!«

»Es stimmt«, bestätigte Andreas, »Fredegunde ist wirklich tot.«

»Ach, geht mir aus den Augen. Ich kann euch nicht mehr sehen!«

Nach diesen Worten herrschte einige Augenblicke lang Schweigen, nur die Pferde waren unruhig und schnaubten. Dann zogen sich die beiden Männer mit ihren Reittieren schweigend zurück.

Brunichildes Gesicht war wie erstarrt. Regungslos sah sie den Männern nach, und ihr Blick blieb schließlich auf dem halb offenen Tor hängen.

Dann hob sie ihre Faust zum Himmel und schrie: »Du hast mir meine Rache genommen, Gott. Du hast mir meine Rache genommen!«

Mit einer schroffen Bewegung drehte sie sich um und rannte wortlos in ihr Schlafzimmer.

Dort warf sie sich auf ihr Bett und zerriss mit den Zähnen ihr Bettzeug.

Deilm ndega
ro thethainn mo chridese;
ro-fess, nicon bí a cena.

Ein Gebrüll wie von Feuer
hat mein Herz zerrissen;
ohne ihn werde ich gewiss nicht leben.

Aus einer Sammlung anonymer, nicht geistlicher Gedichte, altirisch, frühes Mittelalter

Is é didiu do-ratsi
fairsium alúas
ro gab caille.

Jedoch, ihre Art, ihn zu ärgern
bestand darin,
zu hastig den Schleier zu nehmen.

Aus einer Sammlung anonymer, nicht geistlicher Gedichte, altirisch, frühes Mittelalter

Zwölf

Lethan, der sich jetzt Markus nannte, stand an diesem Morgen vor dem geöffneten Fenster und staunte.

Die Sonne hatte die oberen Zweige der Cerasusbäume erfasst und spielte mit den wenigen weißen Blütenblättern, die noch am Baum hingen. Gleichzeitig war eine Schar Bienen gekommen und umschwärmte die Baumspitze. Von weitem sah es so aus, als wären die Bienen kleine Klumpen von Blütenstaub, die durch die Krone schwebten und sich nicht trennen wollten. Lethan hörte das feine Summen und Brummen bis in sein Zimmer.

Seine irische Seele, die von Kindheit an Augen für die Schönheiten der Schöpfung und einen Sinn für Poesie besaß, begann ebenfalls zu schweben und die Worte strömten wie von selbst über Lethans Lippen:

»Der Staub, der alles
fruchtbar macht,
der gelb und schwer
in Blüten ruht,
erhebt sich heut
aus zarter Blütenhaft,
befruchtet Geist
und mein Gemüt.
Und pflanzt dort
einen Baum,
lässt Zweig und Blätter treiben.
So kommt die Liebe
bei mir an
sitzt auf dem Ast und singt so schön,
so schön, wie sie nur singen kann.«

Nur ein paar Augenblicke dauerte dieses Blütenstaubwunder, dann wurde Lethans träumerische Stimmung jäh beendet durch die lauten Stimmen der Mägde, die mit großen Körben auf der Schulter an den Bäumen vorbeigingen und feuchte Wäschestücke zum Trocknen und Bleichen auf die sonnenbeschienene Wiese legten.

Zwei Wochen war Lethan nun schon Gast bei Aitulf, der ihn immer mehr schätzte und ihn bei seiner Arbeit gerne einsetzte. Aber es war zum Verrücktwerden. Immer wenn Lethan meinte, dass er jetzt ungestört mit Agnes reden konnte, war sie verschwunden. Und wenn sie alle gemeinsam zusammen aßen, redete Agnes von ihren Plänen, in das Frauenkloster nach Antonaco zu gehen.

Und doch schien es ihm, als ob sie ihn beobachtete, wenn sie dachte, er würde es nicht merken. Sie verabschiedete sich aber auch nicht, um endlich in ihr Kloster zu gehen, sondern blieb bei Aitulf und Karolina, so dass Aitulf eines Tages ärgerlich sagte: »Es gibt Leute, die reden immer nur von etwas, das sie tun wollen. Aber sie tun es dann doch nicht.«

Nach ungefähr einer Woche hatte Lethan angefangen, sich über diesen unerträglichen Zustand zu ärgern. Da hatte er sich nun unter großen Opfern von allem losgesagt, um diese Frau wiederzusehen und wenn möglich, sie zu fragen, ob sie ihr Leben mit ihm teilen wollte. Und alles, was sie tat, bestand darin, ihm auszuweichen und von dem wunderbaren Leben im Frauenkloster zu erzählen.

Er kam sich vor wie ein Hund, der mit einem langen Strick an einem Baum festgebunden war und vor dem ein Stück Fleisch lag, das immer gerade dann weggezogen wurde, wenn er sich ihm näherte.

Aber heute Morgen hatte sich seine Laune beim Anblick dieses wunderbaren Baumes mit dem Sonnenlicht und den summenden Bienen gebessert und er sagte sich, dass der Vogel der Liebe sich irgendwann auf dem Ast seines Seelenbaumes niederlassen würde.

Anfangs hatte Lethan Angst gehabt, weil er die Reaktion Aitulfs auf den Brief fürchtete, den er an Agnes geschrieben hatte. Wie würde er darauf reagieren? Würde er nicht wütend werden auf diesen entflohenen Mönch? Und es stimmte. Aitulf war beim Lesen tatsächlich zornig geworden und rief zuerst nach Agnes. Mit gesenktem Haupt gestand sie, dass sie damals einen Liebesbrief geschrieben hatte und dass die Gerüchte, die man von dem Mönch und seiner Geliebten hörte, mit ihr selbst zu tun hatten.

Später, als Lethan ihm über den Weg gelaufen war, rief er ihn in das Versammlungszimmer und zeigte auf den Tisch, wo die Briefrolle lag. Lethan war wie vor den Kopf geschlagen gewesen und erwartete einen Wutausbruch. Der kam zwar, aber nicht gegen ihn, denn Aitulf brachte diesen Brief nicht im Geringsten mit seinem neuen irischen Freund in Zusammenhang.

»Eine Unverschämtheit«, hatte Aitulf losgepoltert. »Da ist so ein Mönch, er ist übrigens Ire wie du, hat sich in meine Tochter verliebt, bricht sein Gelübde und redet von Liebe und Heirat. Und hofft sogar, dass Agnes ihn erhört. Und nur deshalb, weil Agnes ihm einmal geholfen und ihm ein paar Zeilen von Liebe und Abschied geschrieben hat. Nun bildet er sich ein, dass Agnes sich leidenschaftlich nach ihm verzehrt.

Aber nicht mit mir! Dieser dahergelaufene Nichtsnutz, dieser … dieser Betrüger. Das soll ein Asket sein? Er ist ja nicht einmal in der Lage, seine Gefühle zu kontrollieren! Fast würde ich mich dazu hinreißen lassen, alle irischen Mönche zu verdammen, aber da ich ja dich kenne und Columban ein wenig, bin ich geneigt, die Iren als gottesfürchtige und gebildete Menschen stehen zu lassen!«

Er hatte sich die Hände gerieben und hinzugefügt »Aber warte nur ab, mein liebestoller Ire. Ich werde ein offenes Wort mit dir reden, wenn du hier auftauchen solltest. Ich werde dir dein Liebesgefasel schon abgewöhnen, und zwar mit diesen beiden Fäusten. Ich bin doch nicht verrückt und gebe meine Tochter einem entflohenen Mönch, der sein Gelübde gebrochen hat. Wer weiß, ob er nicht das Eheversprechen auch nach ein paar Jahren bricht?«

»Aber … Aitulf«, hatte Lethan versucht einzuwenden, »es könnte doch sein, dass dieser Mönch viele innere Kämpfe hinter sich hat, dass er es sich nicht einfach gemacht hat mit seinem Entschluss, das Kloster zu verlassen. Er hat alles aufgegeben, wegen … wegen deiner Tochter. Das ist doch auch etwas, das man berücksichtigen …«

»Wahrscheinlich hat er die Nase von all dem Asketentum voll und sucht nur nach einem Schlupfloch. Ich hätte nicht übel Lust, mit diesem Brief nach Luxovium zu gehen und zu sagen: *Euer Mönchlein ist nicht von einem wilden Tier zerrissen worden, wie er hier schreibt, sondern er ist vor Liebe zerrissen und hat euch alle an der Nase herumgeführt. Und er wird eines Tages bei mir und bei Agnes an die Tür klopfen!*«

»Oh!«, hatte Lethan ausgerufen. »Das würde ich an deiner Stelle nicht machen.«

»Und warum nicht? Ich sehe schon, du hast Mitleid mit diesem schwankenden Rohr, mit diesem Betrüger.«

»Ich würde keine schlafenden Wölfe wecken, Aitulf. Womöglich wird dann dein ganzes Anwesen durchsucht, weil sie denken, er hätte sich hier versteckt. Du hättest keine ruhigen Augenblicke mehr …«

»Hm …« hatte Aitulf gebrummt. »Da könnte etwas dran sein. Dann warte ich lieber, bis unser Liebesflüchtling hier auftaucht. Ah, ich weiß, was ich tun werde. Ich werde ihn zunächst freundlich empfangen, lasse ihn reden und dann, wenn er denkt, es sei alles bestens, werde ich zu ihm sagen: *Hier ist ein Zimmer, wo du dich zuerst einmal verstecken kannst.* Ich führe ihn dann in eine Kammer mit kleinem Fenster und einem Außenriegel, schließe ab und der Vogel ist gefangen!«

Lethan hatte genickt und gesagt: »Ja, das erscheint mir das Richtige zu sein. Ich würde diese Geschichte auf keinen Fall vorher bekannt machen, sondern warten, bis er auftaucht.«

Lethan wandte sich von dem Cerasusbaum ab und wollte seine Morgengebete sprechen, was ihm auch halbwegs gelang, aber dann schob sich doch seine groteske Lage vor seine Gebete, denn Aitulf hatte gestern Abend zu ihm fast nebenbei gesagt: »Weißt du, Markus, ich finde es seltsam, dass Agnes dauernd von ihrem Kloster redet, aber keine Anstalten macht, dorthin zu gehen. Sie scheint auf etwas zu warten und ich hoffe nicht, dass es dieser Hohlkopf von Mönch ist.«

Er hatte den letzten Rest Bier in die beiden Trinkhörner geschüttet, Markus zugeblinzelt und zu ihm gesagt: »Weißt du, was ich am liebsten sehen würde?«

»Nein. Was denn?«

Er hatte sich zu ihm herübergebeugt und ihm zugeraunt: »Ein Wort unter Männern. Am liebsten würde ich es sehen, wenn du Agnes zur Frau nimmst, bevor dieser abtrünnige Fantast auftaucht und Agnes den Kopf verdreht. Verstehst du? Sicher ist sicher. Wenn sie erst einmal mit dir verheiratet ist, dann ist die Entscheidung gefallen. Außerdem habe ich das Gefühl dass sie … nun, dass sie dir auch zugetan ist.«

Bei diesen Worten hatte sich Lethan verschluckt und musste husten.

Beruhigend hatte ihm Aitulf auf die Schulter gehauen und gesagt: »Ich weiß, das kommt plötzlich für dich und – ja, ich weiß – Agnes ist nicht mehr die Jüngste mit ihren über dreißig Wintern. Aber sie hat sich gut gehalten und sieht doch immer noch ganz annehmbar aus. Außerdem ist sie in der Lage, Kinder zu kriegen. Sie hat eine Tochter. Ein kleines Missgeschick. Aber du weißt, was du hast, denn sie ist auf jeden Fall fruchtbar.«

Er hatte die Hände gehoben, als er Lethans erstaunten und verwirrten Blick gesehen hatte. »Aber keine Angst, das war nur so ein Gedanke. Überleg es dir!«

Lethan hatte den Hustenreiz mit einem Schluck Bier besänftigt und fragte nach: »Also, du meinst, dass sie auch mich ganz annehmbar findet? Woher weißt du das?«

»Oho.« Aitulf hatte etwas schief gelächelt und hinzugefügt: »Sie ist dir also nicht gleichgültig! Zu deiner Frage: Ich habe eine Angewohnheit, Menschen genau zu beobachten. Und ich habe sie beobachtet, wenn du in der Nähe warst, natürlich nicht so, dass sie es gemerkt hat. Und da habe ich doch manchen liebevollen Blick aufgefangen. Ich weiß, was ich gesehen habe.«

Lethan erhob sich von seinem Gebet und ging nach unten, um einen Bissen zu essen und danach zu seinem neuen Arbeitsplatz, der Basilika, zu gehen. Er sollte bei der Messe helfen und beim Unterricht der neuen Taufkandidaten.

Niemand war da. Im Topf fand er einen halbwarmen Körnerbrei vor, den er schnell aß. Danach ging er an den Cerasusbäumen entlang zum Tor, um sich nach Norden zu wenden. In Gedanken wiederholte er sein neues Gedicht.

Sicher, dachte er beim Gehen, während er einem laut polternden Ochsenkarren auswich, nun habe ich sogar Agnes' Vater auf meiner Seite und wenn ich es will, würde er mir Agnes zur Frau geben und Agnes könnte nichts dagegen machen.

Aber will ich das? Sie findet mich zwar angenehm, aber trotzdem geht sie mir aus dem Weg und vermeidet jedes Gespräch.

Ich möchte sie nicht zu meiner Frau machen, wenn sie es nicht wirklich will. Denn all das, was ich in der Schrift erfahren habe über Mann und Frau, die zusammen den Acker der Arbeit bestellen, hängt davon ab, dass sie einander freiwillig wählen ... Nein. Das stimmt nicht ganz. Bei Abraham war es bestimmt so, dass Sarai ihm zur Frau gegeben wurde. Und auch Petrus oder Jesaja haben ihre Frauen durch das Oberhaupt der Familie bekommen. Also, wäre es doch ... Aber nein, Agnes will ja in das Kloster eintreten. Sie schwankt vielleicht zwischen diesem Leben und einem Leben mit Mann und Familie. Wenn Aitulf sie zwingt, mich zu heiraten, obwohl sie noch das Klosterleben liebt, wird sie unglücklich sein.

Ach, mit den Frauen hat man nur seine Last, lange Quälereien, Ungewissheiten, Sorgen ... Wenn ich doch nur einmal mit Agnes allein reden könnte!

Der Unterricht lenkte Lethan von seinen Gedanken ab. Als er den Lehrraum im zweiten Stock betrat, standen zehn Priester vor ihren Lesepulten und begrüßten ihren Lehrer auf Latein. Immerhin konnten alle lesen und schreiben, was nicht selbstverständlich war. Schon seit einer Woche behandelten sie das Buch Genesis, hatten die Paradiesgeschichte gelesen und darüber debattiert, was für eine Frucht es wohl gewesen war, die Eva von der

Schlange bekommen hatte. In der Schrift stand nichts Genaues, nur das allgemeine Wort für Frucht.

Als einer der Schüler vorschlug, der Baum in der Mitte des Gartens könnte ein Cerasusbaum gewesen sein, beeilte sich Lethan weiterzukommen. Einer der Priester, ein Mann namens Frotbert, hob die Handfläche, um eine Frage zu stellen.

Er trug einen für Franken untypischen Vollbart, stammte aus dem Süden und wohnte jetzt in einem Dorf nördlich von Treveris. Dort versorgte er eine kleine Kirche, da die Christen in ihrem Dorf inzwischen die Mehrheit darstellten.

Lethan nickte Frotbert zu, damit er seine Frage loswurde.

»Verehrter Lehrer«, begann Frotbert, »wie kann es sein, dass es eine Schlange im Garten Eden gibt, die bösartige und gottlose Gedanken hat? Es steht zwar im Text, dass Gott auch sie erschaffen hat. Aber kann Gott Böses erschaffen?«

Lethan seufzte innerlich. Eine berechtigte Frage, die auch er sich schon oft gestellt, aber bisher nur unbefriedigende Antworten bekommen hatte.

»Nun?«, fragte er seine Schüler. »Was meint ihr? Erschafft Gott böse Geschöpfe oder wurde die Schlange böse? Aber wenn sie böse wurde, dann muss Gott immerhin die Möglichkeit erschaffen haben, böse sein zu können.«

Es wurde still, denn es war nicht einfach für die Männer, die im Denken nicht geschult waren, solch einen Gedankengang nachzuvollziehen. Einige Augenblicke standen die Schüler da und bewegten ihre Lippen, während sie nachdachten.

Jemand meldete sich und sagte: »Wenn Gott die Schlange von vornherein als böse geschaffen hat, dann darf er sie nicht bestrafen für ihre böse Tat, oder es wäre zumindest ungerecht, wenn er es täte.«

Lethan nickte: »Das ist ein guter Gedanke. Du hast Recht, obwohl wir Gott natürlich nicht vorschreiben können, was er zu tun hat. Wenn es ihm gefällt, Geschöpfe, die von Natur aus böse sind, zu bestrafen, dann kann er es wohl tun. Er ist Gott. Aber diese Tat würde Zweifel über das Wesen Gottes in unser Herz säen, denn wir wären dann niemals sicher, was er mit uns machen würde …«

Wieder senkte sich Schweigen über die Klasse, bis sich Frotbert abermals meldete und hinzufügte: »Gibt es überhaupt Geschöpfe, die durch und durch böse sind? Wir kennen von der Schlange nur diese eine Tat und wir wissen nicht, was sie vorher und nachher tat? Möglicherweise hat sie vorher lange Zeit Gutes getan und die Mäuse vertrieben, die Adam und Eva belästigten …«

»Das mag sein. Auf der anderen Seite behaupten viele Kirchenväter, dass der Teufel die Gestalt einer Schlange angenommen hat, um Eva zu verführen …«

»Aber dann«, sagte Frotbert, »stellt sich die Frage, wie es kam, dass der Teufel böse war oder wurde und wir sind wieder bei der Anfangsfrage: »Wie kam das Böse in die gute Welt, die Gott erschuf?«

»Frotbert hat Recht«, nickte Lethan. »Man mag es wenden wie man will, an dieser Frage kommen wir nicht vorbei: Woher kam das Böse? Wir werden nach der Pause weitermachen.«

Lethan beeilte sich, den Raum zu verlassen und die Bibliothek aufzusuchen, bevor ihn einer der Schüler ansprach. Das hätte ihn nur in Verlegenheit gebracht, weil er die Antwort nicht kannte.

Er kam in der Bibliothek an und stöberte in den Werken der Kirchenväter. Da stieß er auf den Codex des Julius Caecilius Firmianus, genannt Lactantius und las staunend: »… Denn es gibt kein Leben ohne Gegensatz. Das Gute hat das Böse zu seiner unumgänglichen Voraussetzung. Es gibt kein Warmes ohne das Kalte, kein Licht ohne Finsternis, keine Antwort ohne Frage und keinen Sieg ohne Widersacher und vorausgehendem Kampf …Die ganze zwiespältige Welt aus Gut und Böse ist ja um des Menschen willen so geschaffen, damit er – nicht ewig ein Kind – durch Kampf die Tugend erlerne …«

Lethan blickte auf und sagte: »Dann wäre das Böse also notwendig, um das Gute zu erkennen? Das erscheint mir aber fragwürdig. Kann ich nicht auch das Gute durch das weniger Gute erkennen?«

Mit diesen Gedanken ging er wieder zu den Lehrräumen zurück und kam dann zu der Erkenntnis: Die Schrift selbst gibt keine Erklärung darüber, woher das Böse kam. Sie stellt nur fest: Kein Paradies ohne Schlangen.

Bis zur Mittagszeit lief der Unterricht ohne Unterbrechung weiter. Es gab eine Stunde Geografie, in der die Priester mit den wichtigsten Orten des Frankenreiches vertraut gemacht wurden und etwas über die Britische Insel erfuhren und, da Lethan unterrichtete, erfuhren sie noch mehr über Irland. Die Stunde danach war dem Verzieren von Großbuchstaben gewidmet, und beendet wurde der Unterricht, indem die Männer im Takt Psalmen auswendig lernten

Während der Mittagszeit gab es für die Lehrer in einem der Räume ein leichtes Essen: gedünstetes Gemüse mit Brot. Und Lethan, der sich etwas müde fühlte, zog sich in die Basilika zurück, setzte sich auf den Boden neben eine Säule und versuchte zu schlafen.

Manchmal kamen Leute, redeten oder beteten, aber Lethan hatte gelernt, darauf nicht zu achten.

Nach einiger Zeit kam er wieder zu sich. Nicht weit von ihm entfernt hörte er eine halblaute Frauenstimme, die betete. Sie kam ihm bekannt vor. Plötzlich wurde er hellwach, denn er erkannte Agnes' Stimme.

Aber so sehr er sich anstrengte, er konnte ihre Sätze nicht verstehen. Allmählich wurde es ihm ungemütlich und kalt. Er musste dringend zum Unterricht zurück, aber er durfte sich jetzt nicht rühren, sonst würde sie denken, er würde sie beim Beten belauschen. Sehnlichst wünschte er, dass Agnes' ihr Gebet beenden würde.

Gleichzeitig ging ihm immer noch die Stelle von Lactantius durch den Kopf: »Denn es gibt kein Leben ohne Gegensatz. Das Gute hat das Böse zu seiner unumgänglichen Voraussetzung. Es gibt kein Warmes ohne das Kalte, kein Licht ohne Finsternis, keine Antwort ohne Frage und keinen Sieg ohne Widersacher …«

»Es gibt keine Antwort ohne Frage«, wiederholte er flüsternd.

»Natürlich. Ich werde nicht weiterkommen, wenn ich sie nicht frage und wenn sie mir dauernd ausweicht, muss ich sie eben aufsuchen. Und wenn das nicht geht, werde ich ihren Vater bitten, dass er ein Gespräch ermöglicht. Am besten heute noch!«

Da hörte er ein Geräusch und sah zu seiner Erleichterung, dass Agnes ihren Platz verließ und nach draußen ging.

Agnes hatte sich nach diesem Gebet etwas beruhigt. Es kam ihr vor, als hätte sie etwas von den trüben Gedanken, die sie seit Tagen quälten, abgelegt und in der Basilika zurückgelassen.

Sie musste mit Lethan sprechen, das war ihr jetzt klar. Denn er hatte die letzten Wochen ständig versucht, mit ihr allein zu sein. Und auf Dauer konnte sie ihn nicht hinhalten.

Sie ging die belebten Straßen zurück zum Haus ihrer Pflegeeltern. Vor ihr war eine Menschenmenge, die den Weg blockierte. Sie blieb stehen und fragte, warum es nicht weitergehe.

»Es ist nichts Besonderes«, sagte ein alter Mann in Lumpen. »Da vorne überquert eine Schafherde die Straße.«

Jetzt hörte sie das Blöken, und der typische Duft von Schafen, eine Mischung von strengem Schweiß und etwas Süßem, zog an ihrer Nase vorbei.

Sie erinnerte sich an Nanthild, ihrer Freundin aus Mettis, in deren Wohnraum oft ein ähnlicher Geruch hing, der allerdings durch Feuerqualm angereichert wurde. Was mochte Nanthild jetzt machen? Sie hatte einen Mann, zwei Kinder und mehr erwartete sie nicht von ihrem Leben. Ihr war es unverständlich, wie man als Frau auf eine Familie verzichten konnte, um in ein Kloster zu gehen.

Agnes erreichte das Haus ihrer Familie und kam an einer mit Wasser gefüllten Holzwanne vorbei, in der schon seit Tagen Weidenruten lagen, die noch geschält werden mussten. Ein neuer Besen war fällig und die Körbe waren brüchig geworden.

Sie nahm den Schälstock, bohrte ihn in die Erde und zog eine feuchte Weidenrute durch die v-förmige Kerbe. Dann drehte sie sie und wiederholte den Vorgang, bis der dunkle Zweig weiß und glatt war.

»Heute Abend, wenn Lethan kommt, werde ich ihm nicht mehr ausweichen und mit ihm sprechen, auch wenn ich noch nicht weiß, was dabei herauskommen wird. Auf jeden Fall …« die Weidenrute hing an einem Astloch fest und Agnes musste mit mehr Kraft weiterziehen. »… auf jeden Fall muss ich ihm klar machen, dass ich … dass ich … Ja was eigentlich? Dass ich ins Kloster will? Dass ich ihn nicht heiraten mag? Aber das stimmt auch nicht. Ich … schätze ihn ja und je länger ich ihn beobachte, desto besser gefällt er mir. Wenn ich ihn wenigstens hassen könnte oder wenn er eine scheußliche Gestalt hätte oder einen ekelhaften Geruch. Ob ich vielleicht Karolina einweihe und sie bitte, ein Los für mich zu werfen?«

Sie schälte die restlichen Weidenzweige zu Ende, band sie zusammen und brachte sie ins Haus, um abends mit einer der Mägde Besen zu binden und Körbe zu flechten.

In einer Ecke des Zimmers saß Karolina und war dabei, Ton zu kneten und zu schlagen, um die Luftblasen herauszupressen.

»Oh, das ist gut!«, rief Agnes, legte ihr Weidenbündel auf den Boden und nahm sich auch einen Lehmklumpen.

Mit großer Kraft donnerte sie ihn auf ihr Brett und Agnes spürte, wie ihre innere Unruhe allmählich verging, aus ihr herausgeschleudert wurde und in den Ton kroch.

»Ich muss mit dir reden, Karolina«, sagte sie nach einer Weile, nahm den geschlagenen Klumpen und hüllte ihn in ein feuchtes Leinentuch.

»Das habe ich mir schon fast gedacht«, sagte ihre Stiefmutter. »Ich habe selten jemanden mit so großer Kraft den Ton schlagen sehen. Nun, was hast du dir aus dem Herzen geschlagen?«

Agnes ging zu einer Schüssel und wusch sich ihre schmierigen Hände. »Ich habe gebetet und mein Herz vor Gott ausgeschüttet und es geht mir etwas besser.« Sie seufzte. »Aber ich kann mich nicht entscheiden.«

»Zwischen was oder zwischen wem?« Auch Karolina hatte sich ihre Hände gewaschen und setzte sich auf einen Hocker.

»Zwischen dem Klosterleben in Antonaco und … und … nun ja, dem Familienleben.«

»Dem Familienleben hier bei uns?«

»Nein, ich denke an meine eigene Familie. Ich frage mich, ob ich eine Familie gründen sollte.«

»Dazu gehört meines Wissens auch ein Mann.«

Agnes fuhr auf, was sonst nicht ihre Art war. »Ach, komm, Karolina, du weißt genau, was ich damit sagen will und welchen Mann ich meine.«

»Du meinst den entflohenen Mönch?«

Agnes blickte sie an, weil sie nicht wusste, was sie genau damit meinte, aber Karolina lachte: »Keine Angst, ich verrate nicht, wer Markus in Wirklichkeit ist. Es ist ja nicht besonders schwer, eine Verbindung zwischen ihm und diesem Brief herzustellen. Nur Aitulf scheint mit Blindheit geschlagen zu sein. Aitulf, der scharfsinnige Beobachter!«

»Wie bist du darauf gekommen?«, fragte Agnes

»Ich habe Markus einmal ohne seine Mütze gesehen, die er sich immer viel zu tief in die Stirn schiebt und habe entdeckt, dass sein Haaransatz an der Stirne nachwächst. Es gibt nur eine Sorte von Mönchen, die ihre Haare bis zur Schädelmitte rasieren, sie ansonsten aber lang lassen. Und den Rest konnte ich mir denken.«

»Dann weißt du also, warum Lethan hier ist …«

»Ah, Lethan heißt er also.«

»Ja. Wir sind uns vor drei Jahren begegnet und die Liebe wuchs zwischen uns auf …«

»Wie kam das? Normalerweise treffen sich Mönche und Mägde nicht zu einem Gespräch zu zweit.«

»Er hatte seinen Fuß verletzt und Brunichilde befahl mir, ihn zu versorgen. Und so kamen wir zusammen. Aber das Schreckliche ist, dass ich ihm später, bei einem zweiten Treffen noch einen Brief mitgegeben habe, indem ich ihm schrieb, dass ich ihn liebe, dass wir uns aber nie mehr sehen dürften … Und dieser Brief …«

»Dieser Brief hat die Liebe erst recht bei ihm entzündet.«

»So ist es.«

»Und hat ihn dazu getrieben, das Klosterleben zu verlassen.«

»Ja.«

»Und wie sieht es bei dir aus?«

»Bei mir ist nur noch etwas Glut übrig. Die Wunde, die das Feuer hinterlassen hat, ist verheilt und ich freue mich im Grunde auf das Kloster und nun …«

»Nun ist er hier und erwartet eine Antwort.«

»Ja und genau das ist die Schwierigkeit. Bin ich nicht sogar dazu verpflichtet, ihn zu nehmen, nachdem er solch ein Opfer gebracht hat?«

»Das weißt du nicht.«

»Was meinst du?«

»Du weißt nicht, ob das Verlassen seines Klosters ein Opfer für ihn war. Du nimmst das nur an. Es kann ja sein, dass diese Liebe zu dir nur der letzte Schritt war.« Karolina sah Agnes an. »Was Lethan getan hat, hat er getan mit dir oder ohne dich. Das ist seine Entscheidung oder seine Berufung. Du musst nicht immer über diesen Brief nachdenken. Wenn er sich für das Leben mit einer Familie entscheidet, dann wird Gott schon eine Frau für ihn finden. Und das musst nicht unbedingt du sein. Lass mich dir eine Frage stellen: Wohin zieht dich dein Herz? Nach Antonaco oder zu ihm?«

»Ich weiß es nicht«, klagte Agnes. »Ich weiß es wirklich nicht. Ich könnte mit beiden Lösungen glücklich sein. Deshalb frage ich mich, ob wir nicht ein Los werfen sollen?«

Karolina nickte. »Ja, das könnten wir tun. Aber wir könnten auch noch ein wenig Zeit verstreichen lassen.« Sie nahm eine Schale, die auf einem Tisch stand, rührte in der Schüssel mit Lehmwasser herum und füllte das Gefäß. »Was ist da drin, Agnes?«, fragte sie.

»Trübes Wasser.«

»Was wird passieren, wenn ich die Schale eine Weile stehen lasse?«

Agnes zuckte mit den Schultern. »Ich weiß nicht.«

»Dann will ich es dir sagen. Die kleinen Lehmteilchen werden mit der Zeit nach unten sinken und das Wasser wird irgendwann wieder klar und durchsichtig sein. Warte also noch eine Weile ab, dann werden sich deine Gefühle klären und Gottes Licht wird dein Leben erhellen. Aber du musst mit Lethan sprechen und es ihm sagen. Und jetzt geh! Ich befehle dir, dass du einen

Text aus dem Lateinischen ins Fränkische übersetzt, damit dein Geist beweglich bleibt. Später könntest du mit Fram die gebleichte Wäsche zusammenlegen und ins Haus bringen.«

Einen besseren Befehl hätte Karolina ihrer Tochter gar nicht geben können. Agnes stand auf, neigte ihren Kopf und sagte: »Danke für deine Antwort.« Dann ging sie ein Stockwerk höher, um sich einen Text im Zimmer ihres Vaters zu suchen, den sie übersetzen konnte.

Der Spätnachmittag war schon zu Ende, als Lethan zurückkam. Er ging durch die Tür, betrat den Innenhof und schnupperte, denn es roch nach gebratenem Schweinefleisch.

»Ist etwas Besonderes passiert? Gibt es Gäste?«, fragte er Fram, die gerade mit großen Schritten vorbeieilte.

»Keine Gäste«, sagte sie und war schon hinter einer Tür verschwunden.

»Bist du nicht selbst unser Gast?«, hörte er eine Stimme und drehte sich um. Karolina stand da und lächelte.

»Ja, das schon, aber ich lebe doch nun schon einige Zeit bei euch.«

»Es gibt Schweinsrippen einfach nur so«, sagte seine Gastgeberin, »und da du ja kein Asket mehr bist, darfst du sie mit Genuss essen, Lethan.«

Bei diesem Namen zuckte er zusammen. »Du … du kennst meinen Namen?«

»Ja, wie du siehst. Aber …«, sie hob ihren Finger zum Mund, »kein Wort zu Aitulf, der würde dich sonst auf die Straße setzen. Und das fände ich schade.«

»Kein Wort.«

Lethan blieb abwartend stehen, denn es schien ihm, als ob Karolina ihm noch etwas sagen wollte. Weil sie aber schwieg, fuhr er hastig fort: »Wenn wir schon dabei sind, dann wirst du sicher verstehen, dass ich mit Agnes ein paar Worte wechseln möchte. Ich weiß, es ist unziemlich, wenn wir allein unter deinem Dach …«

»Was unziemlich ist oder nicht, das ist noch nicht entschieden.« Sie blickte aus einem der Fenster, rief nach Fram, die auch bald darauf kam und sagte zu ihr: »Fang schon mit dem Besenbinden an!«

»Aber ich muss Agnes helfen, die Wäsche …«

»Das wird jemand anderes tun.«

Als Fram gegangen war, sah sie Lethan wieder an. Dann griff sie nach einem leeren Korb, der neben ihr auf dem Boden stand und drückte ihn Lethan in die Hand.

»Ich sehe gerade, dass Agnes die gebleichte Wäsche einsammelt. Alles wird nicht in einen Korb passen. Ich glaube, du solltest ihr dabei helfen, auch wenn das keine Männerarbeit ist. Aber es ist manchmal leichter zu reden, wenn man arbeitet.«

Lethan begriff und ging zögernd nach draußen in die Richtung der Cerasusbäume. Unterwegs kam ihm die letzte Zeile seines Morgengedichtes wieder in den Sinn:

»So kommt die Liebe
bei mir an,
sitzt auf dem Ast und singt so schön,
so schön, wie sie nur singen kann.«

Ob der Vogel wirklich bei mir ankommt, steht noch aus, dachte er.

Neben den Bäumen gab es einen Streifen Gras, auf dem Agnes stand und sich gerade nach einem Wäschestück bückte. Sie hatte die Haare hochgesteckt, damit sie sie nicht behinderten. Als sie Schritte hörte, sagte sie, ohne sich umzudrehen: »Ach, da kommst du ja, Fram. Ich hoffe, du hast einen zweiten Korb dabei?«

»Ja, den hab ich«, antwortete Lethan. Überrascht drehte sich Agnes um, blickte Lethan mit großen Augen an und sagte nur: »Ich glaube, du hast mit Karolina geredet … »

»Ja, das habe ich, und sie meinte, man könnte sich beim Arbeiten ganz gut unterhalten.«

Er stellte den Korb auf den Boden.

Agnes lächelte und reichte ihm ein langes Laken.

»Du musst die Ecken festhalten und ziehen!«

Sie zogen ein paarmal kräftig. Dann kam sie auf ihn zu und nahm ihm seinen Teil aus der Hand.

Lethan war noch etwas verwirrt von der raschen Abfolge der Dinge. Worauf er zwei Wochen gewartet hatte, passierte jetzt.

»Ich … ich habe mir gedacht, es wäre gut, wenn wir uns einmal unterhalten, denn es gibt keine Antwort ohne Frage.«

»Ach! Das scheint mir ein tiefe Erkenntnis zu sein«, sagte Agnes, lachte und setzte hinzu: »Hinter dir ist noch ein Stück Wäsche!«

Lethan drehte sich um, bückte sich und reichte Agnes das schmale Ende.

Wortlos zogen sie den Stoff zurecht, blieben aber stehen und lauschten, denn vom Haus drangen jetzt Geräusche herüber. Jemand war gekommen. Es war Aitulf. Seine tiefe Stimme dröhnte bis zu ihnen herüber: »Was ist los? Warum gibt es gebratenes Fleisch?«

»Ah, da kommt ja mein Mann!«, hörten sie Karolinas Stimme. »Der scharfsinnigste Diakon im Frankenreich.«

»Was soll das? Ich …«

»Komm herein, ich erkläre dir alles.«

Lethan musste lächeln. »Er weiß es also immer noch nicht.«

»Nein«, sagte Agnes. »Und wir werden es ihm auch vorerst lieber nicht sagen.« Sie sahen sich kurz an. Agnes nahm das Wäscheteil aus Lethans Hand und legte es weiter zusammen. Dann sagte sie: »Gut. Keine Antwort ohne Frage. Und wie lautet nun deine Frage?«

Lethan ging zunächst wortlos hin und her, dann blieb er stehen.

»Ich frage dich, ob du meine Frau werden willst.«

»Oh das habe nicht ich zu entscheiden. Das liegt bei Aitulf. Ich bin sein Eigentum.«

»Das weiß ich. Und ich weiß auch, dass er gar nicht abgeneigt wäre.«

»Ja«, nickte sie. »Er könnte mich zwingen, dich zu heiraten. Ein kleiner Handel zwischen Männern.«

»Aber das will ich nicht. Deshalb frage ich dich.«

Agnes nahm den zusammengelegten Stoff und legte ihn in den Korb. Dann richtete sie sich auf, gab sich einen Ruck und erwiderte: »Um es kurz zu machen: Ich weiß noch nicht, was ich will, ob ich mein Leben mit dir verbringen oder in das Kloster gehen soll und daran wird sich so schnell auch nichts ändern. Weißt du, ich hatte alles so schön geplant und einfach nicht mehr mit dir gerechnet.«

»Und …«, begann Lethan vorsichtig, »ist von unserer Liebe nichts übrig geblieben? Nur eine schöne Erinnerung?«

Agnes hob die Schultern. »Verstehe mich nicht falsch. Ich habe viel für dich übrig, und während der letzten zwei Wochen habe ich gemerkt, dass ich dich sehr schätze, aber das andere Leben in Antonaco hat auch eine große Anziehungskraft für mich … Es ist wie bei einem Becher, der voller Lehmwasser ist. Es braucht Zeit, bis sich der Lehm gesetzt hat und das Wasser klar geworden ist. Und so ist das auch bei mir.«

Sie bückte sich rasch und hob ein kleineres Tuch auf, das sie alleine zusammenlegte und in den Korb tat.

Lethan, der sich gegen den Stamm eines Cerasusbaumes gelehnt hatte, setzte nachdenklich hinzu: »Und Gott schied das Wasser vom Land. Und Gott sah, dass es gut war.« Agnes sagte nichts und hob das nächste Stück auf.

Als Lethan jetzt mit Reden fortfuhr, verließ er den Baum, und seine Stimme wurde eine Spur schärfer: »Gut. Du brauchst also Zeit. Das verstehe ich bis in gewisser Weise, obwohl dein Brief mein Leben durcheinander gebracht hat. Ich trenne mich von allem, komme zu dir und du sagst: ›Ich brauche Zeit.‹ Jetzt komme ich mir vor wie eine Holzpuppe in der Hand von Kindern. Aber ich frage dich: Gibt es überhaupt Hoffnung? Oder soll ich gleich gehen?«

»Ich …«, fing Agnes an, »ich weiß es nicht und …«

»Gut, dann setzen wir eine Zeit fest. Ich kann nicht grenzenlos warten. Sagen wir – vierzig Tage. Das ist eine biblische Zahl. In vierzig Tagen fällt die Entscheidung.«

Agnes nickte. »Gut, sagen wir vierzig Tage.« Sie hob den vollen Korb in die Höhe und gab ihn Lethan zum Tragen.

»Vierzig Tage!«, wiederholte Lethan, als seien die Worte ein Gebet, und er dachte: Ich sollte zur Strafe in der tiefsten Hölle schmoren, wenn ich es in vierzig Tagen nicht schaffen sollte, ihre Liebe neu zu entzünden.

»Halt! Hier ist noch ein Teil!«, rief Agnes und legte das letzte Wäschestück oben auf Lethans Korb. Eine Haarsträhne hatte sich bei ihr gelöst und sie steckte sie hinter ihr Ohr. Sie blickten sich kurz an und senkten dann die Augen.

»Weißt du, was mir an dir auffällt?«, sagte sie. »Obwohl du andere Kleider trägst, deine Haare gekürzt hast und dein Bart verschwunden ist, siehst du immer noch ein wenig aus wie ein Mönch.«

»Und du«, lächelte Lethan, »obwohl du eine Magd warst, siehst jetzt aus wie eine Königin.«

Epilog

Im Jahr 613 stand Königin Brunichilde kurz davor, ihr Lebensziel zu erreichen: die Einigung des Frankenreiches unter der Führung ihrer Familie. Sie veranlasste, dass einer ihrer Urenkel, der dreizehnjährige Sigibert II., zum alleinigen Erben Burgunds und Austriens ernannt wurde. Danach zog Brunichildes Heer gegen Chlothachar, dem Sohn Fredegundes, um ihn in einer letzten Schlacht zu besiegen und Neustrien, das dritte Teilreich, zu erobern. Aber die Politik Brunichildes, die die fränkischen Adligen und ihre Familien jahrzehntelang unterdrückt hatte, um ihr eigenes Königshaus zu festigen und romanische Männer in Schlüsselpositionen zu heben, rächte sich jetzt. Die fränkisch aristokratische Opposition verbündete sich gegen sie und unterstützte Chlothachar.

Brunichildes Heer löste sich bei Châlons sur Marne von selbst auf. Sigibert wurde getötet und Brunichilde wurde bei Orbe, in der Gegend von Neuchâtel, gefangen genommen.

Ihr wurde vorgeworfen, dass sie die alleinige Verantwortung am Tod sämtlicher merowingischer Könige und deren Söhne seit 575 trage.

Alt geworden und von ihrem Hass verzehrt, wurde sie monatelang in Renève sur Vingeanne festgehalten.

Am Tag ihrer Hinrichtung setzte man sie auf ein Kamel, das für sie aus Spanien importiert worden war. Beim Anblick des Kamels, einem Tier aus dem Land ihrer Kindheit, legte die Königin die Hände vors Gesicht und weinte.

Unter dem Gejohle und dem Spott der Soldaten (»Seht! Da reitet die Gotin, die braune Hexe …«) drehte das seltsame Gespann seine Runden.

Chlothachar, der das alles angeordnet hatte, befahl schließlich, dass ein Pferd gebracht wurde. Die Soldaten banden Brunichildes lange Haare und ihr rechtes Fußgelenk an den Schweif des Pferdes, damit sie zu Tode geschleift wurde. Noch Tage danach sah man ihre Blutspur im Sand.

Die Bestattung in einer Basilika konnte man selbst dem ärgsten Feind nicht verwehren. So duldete es Chlothachar, dass die sterblichen Überreste Brunichildes in der von ihr selbst gegründeten Martinsabtei vor Autun zur letzten Ruhe geleitet wurden.

Columbans Leben ging nicht so spektakulär zu Ende. Im Jahr 610, nachdem sich der Streit zwischen ihm und Brunichilde zugespitzt hatte, wurde er des Landes verwiesen und unter militärischer Bewachung nach Irland zurückgeschickt.

Aber das Schiff ging an der bretonischen Küste, an der »Côte des naufrages« zu Bruch. Die Besatzung rettete sich an Land, und der Kapitän ließ Columban laufen. Bei Carnac gibt es heute eine kleine Kirche, die sich »La Chapelle St. Columban« nennt und die auf dieses Ereignis anspielt.

Columban begab sich unverzüglich an den Hof Chlothachars in Soissons und fand dort Schutz, entschloss sich aber, schon über siebzigjährig, seine Pilgerreise fortzusetzen und zog mit den engsten Vertrauten, unter anderem auch mit Gallus, über Trier nach Mainz und rheinaufwärts zum Bodensee.

Überraschend für seine Gefährten, die ihn sonst eher als gefühlsmäßig zurückhaltend kannten, sang er ein Lied, als er auf dem Rhein fuhr, das sogar überliefert wurde: »Heia! In Wäldern gefällt, schneidet der Kiel durch die Strömung des doppelhörnigen Rheins und gleitet sanft durch die Fluten …«

Wegen einer fieberhaften Erkrankung lehnte Gallus es ab, nach Süden weiterzuziehen. Unfassbar für den Asketen Columban. Sie trennten sich 612, wahrscheinlich im Streit.

Im Hochtal der Steinach fand Gallus einen geeigneten Platz, um eine Kapelle zu errichten und zu beten. Aus dieser Gebetszelle sind später das Kloster und die Stadt St. Gallen entstanden.

Columban zog rastlos weiter bis nach Oberitalien, wo er im

langobardischen Gebiet, am Fuß des Monte Penice, in Bobbio, ein neues Kloster gründete. Er soll sich beim Bau der Hütten als Holzfäller und Zimmermann betätigt haben. Nachdem er sich endgültig zur Ruhe gesetzt hatte, schickte er Gallus zum Zeichen der Versöhnung seinen Pilgerstab und seinen Mantel.

Gegen Ende seines Lebens wurde Columban etwas milder, und man sah ihn gelegentlich, wie er mit zahmen und wilden Tieren spielte und wie er mit einem kleinen Mädchen Lehmfiguren formte.

Columbans Biograf, ein Mönch namens Jonas aus dem Kloster Bobbio, beendete seine Schrift »Ionae vitae Columbani liber« mit den Worten: »Als sich nun der Jahreskreis geschlossen und der heilige Columban sein ehrwürdiges Leben im vorher genannten Kloster Bobbio vollendet hatte, kehrte seine Seele, vom Leibe befreit, am 23. November zum Himmel zurück …«

Anhang

Alte und heutige geografische Namen

Antonaco – Andernach am Rhein
Armorica – alte Bezeichnung für Bretagne
Axona – der heutige Fluss Oise, nördlich von Paris
Bangor – gleichnamiger Vorort von Belfast
Cabillonum – Chalon sur Saône, seit 570 Hauptstadt von Burgund
Colonia – Köln
Confluentis – Koblenz
Contionacum – Konz
Crutisium – in der Nähe des Ortes Pachten, zwischen Saarbrücken und Merzig
Hibernia – alte Bezeichnung für Irland
Hispania – Teile des heutigen Spaniens
Leinster – gleichnamige Grafschaft im Osten Irlands
Liger – der Fluss Loire
Luxovium – Luxeuil in den Vogesen
Mettis – Metz
Mosa – der Fluss Maaß
Mosella – der Fluss Mosel
Namnetes – Nantes
Parisium – Paris
Remus bzw. das alte Durocortorum – Reims
Saguntum – Valencia
Salmantica – das heutige Salamanca, im Nordwesten Spaniens zwischen Portugal, dem ehemaligen suebischen Gebiet und Toledo
Septimanien – Gebiet um die Rhônemündung
Sessionas – Soissons

Tagus – der heutige Fluss Tajo in Spanien, der durch Toledo fließt
Tornacum – Tournai (Belgien)
Toletum – Toledo
Treveris bzw. Augusta treverorum – Trier
Tullum – Toul
Turones – Tour
Victuriacum – bei der heutigen Stadt Vitry, östlich von Arras
Virodun – Verdun

Ausspracheregeln für Altirisch:

Der Ton liegt normalerweise auf der ersten Silbe, nur bei komponierten Verben gelten besondere Regeln.
Ai wird wie i gesprochen
Th und dh = wie im Englischen »Think«
Gh vor a, o,u wie g im Deutschen »sagen«
Gh vor e,i, wie J
Bh= w
Mh ebenso, nur nasaliert es den vorhergehenden Vokal. So klingt Temhair wie französisch teint ouir.
s vor e = sch
ll = chl
w = u. Also llwyd wird chluid ausgesprochen
y am Wortanfang = ö
b = w

Danksagung

Besonders danken möchte ich Dr. Lukas Clemens vom Rheinischen Landesmuseum in Trier für seine Bereitschaft, die beiden vorausgehenden Bände *Der Geschmack des Wunders* und *Die Weissagerin* auf historische Ungenauigkeiten durchgesehen zu haben und auch dieses Manuskript zu prüfen.

Ebenso danken möchte ich Herrn F.-J. Knöchel, Universität Trier, der die Karte »Europa im frühen Mittelalter« erstellt hat.